Эрих Мария Ремарк

Три товарища

I

Небо было желтым, как латунь; его еще не закоптило дымом. За крышами фабрики оно светилось особенно сильно. Вот-вот должно было взойти солнце. Я посмотрел на часы – еще не было восьми. Я пришел на четверть часа раньше обычного.

Я открыл ворота и подготовил насос бензиновой колонки. Всегда в это время уже подъезжали заправляться первые машины.

Вдруг за своей спиной я услышал хриплое кряхтение, – казалось, будто под землей проворачивают ржавый винт. Я остановился и прислушался. Потом пошел через двор обратно в мастерскую и осторожно приоткрыл дверь. В полутемном помещении, спотыкаясь, бродило привидение. Оно было в грязном белом платке, синем переднике, в толстых мягких туфлях и размахивало метлой; весило оно не менее девяноста килограммов; это была наша уборщица Матильда Штосс.

Некоторое время я наблюдал за ней. С грацией бегемота сновала она взад и вперед между автомобильными радиаторами и глухим голосом напевала песню о верном гусаре. На столе у окна стояли две бутылки коньяка. В одной уже почти ничего не оставалось. Накануне вечером она была полна.

– Однако, фрау Штосс… – сказал я.

Пение оборвалось. Метла упала на пол. Блаженная ухмылка погасла. Теперь уже я оказался привидением.

– Иисусе Христе, – заикаясь пробормотала Матильда и уставилась на меня покрасневшими глазами. – Так рано я вас не ждала.

– Догадываюсь. Ну как? Пришлось по вкусу?

– Еще бы, но мне так неприятно. – Она вытерла рот. – Я просто ошалела.

– Ну, это уж преувеличение. Вы только пьяны. Пьяны в дым.

Она с трудом сохраняла равновесие. Ее усики подрагивали, и веки хлопали, как у старой совы. Но постепенно ей всё же удалось несколько прийти в себя. Она решительно шагнула вперед:

– Господин Локамп, человек всего лишь человек. Сначала я только понюхала, потом сделала глоточек, а то у меня с желудком неладно, – да, а потом, видать, меня бес попутал. Не надо было вводить в искушение старую женщину и оставлять бутылку на столе.

Уже не впервые заставал я ее в таком виде.

Каждое утро она приходила на два часа убирать мастерскую; там можно было оставить сколько угодно денег, она не прикасалась к ним. Но водка была для нее что сало для крысы.

Я поднял бутылку:

– Ну конечно, коньяк для клиентов вы не тронули, а налегли на хороший, который господин Кестер держит для себя.

На обветренном лице Матильды мелькнула усмешка:

– Что правда, то правда – в этом я разбираюсь. Но, господин Локамп, вы же не выдадите меня, беззащитную вдову.

Я покачал головой:

– Сегодня нет.

Она опустила подоткнутые юбки.

– Ну, так я смоюсь. А то придет господин Кестер, и тогда такое начнется…

Я подошел к шкафу и отпер его:

– Матильда!

Она поспешно заковыляла ко мне. Я высоко поднял коричневую четырехгранную бутылку.

Она протестующе замахала руками:

– Это не я! Честью клянусь! Этого я не трогала!

– Знаю, – ответил я и налил полную рюмку. – А знаком ли вам этот напиток?

– Еще бы! – она облизнула губы. – Ром! Выдержанный, старый, ямайский!

– Верно. Вот и выпейте стаканчик. – Я? – она отшатнулась. – Господин Локамп, это уж слишком. Вы пытаете меня на медленном огне. Старуха Штосс тайком вылакала ваш коньяк, а вы ром еще ей подносите. Вы – просто святой, да и только! Нет, уж лучше я сдохну, чем выпью.

– Вот как? – сказал я и сделал вид, что собираюсь забрать рюмку.

– Ну, раз уж так… – она быстро схватила рюмку. – Раз дают, надо брать. Даже когда не понимаешь толком, почему. За ваше здоровье! Может, у вас день рождения?

– Да, вы в точку попали, Матильда!

– В самом деле? Правда? – Она вцепилась в мою руку и тряхнула ее. – От всего сердца желаю счастья! И деньжонок побольше! Господин Локамп! – Она вытерла рот.

– Я так разволновалась, что надо бы еще одну пропустить! Я же люблю вас, как родного сына.

– Вот и хорошо!

Я налил ей еще рюмку. Она выпила ее единым духом и, осыпая меня добрыми пожеланиями, вышла из мастерской.

***

Я убрал бутылки и сел к столу. Бледный луч солнца, проникавший через окно, освещал мои руки. Странное чувство испытываешь все-таки в день рождения, даже если никакого значения не придаешь ему. Тридцать лет… Было время, когда мне казалось, что я никак не доживу до двадцати, так хотелось поскорее стать взрослым. А потом…

Я вытащил из ящика листок почтовой бумаги и стал вспоминать. Детство, школа… Все это так далеко ушло, словно никогда и не было. Настоящая жизнь началась только в 1916 году. Как раз тогда я стал новобранцем. Тощий, долговязый, восемнадцатилетний, я падал и вскакивал под команду усатого унтер-офицера на старой пашне за казармой. В один из первых вечеров моя мать пришла в казарму навестить меня. Ей пришлось прождать целый час. Я неправильно уложил ранец и в наказание должен был в свободное время чистить уборную. Мать хотела помочь мне, но ей не разрешили. Она плакала, а я так устал, что заснул, когда она сидела со мной.

1917 год. Фландрия. Мы с Мидендорфом купили в погребке бутылку красного вина. Собирались покутить. Но не вышло. На рассвете англичане открыли ураганный огонь. В полдень ранили Кестера. Майер и Петере были убиты перед вечером. А к ночи, когда мы уже надеялись отдохнуть и откупорили бутылку, началась газовая атака. Удушливые облака заползали в блиндажи. Правда, мы вовремя надели противогазы. Но у Мидендорфа маска прорвалась. Когда он заметил, было уже поздно. Пока он срывал ее и искал другую, он наглотался газа, и его рвало кровью. Он умер на следующее утро; лицо было зеленым и черным. А шея вся истерзана. Он пытался разорвать ее ногтями, чтобы глотнуть воздух.

1918. Это было в госпитале. Двумя днями раньше прибыла новая партия раненых. Тяжелые ранения. Повязки из бумажных бинтов. Стоны. Весь день то въезжали, то выезжали длинные операционные тележки. Иногда они возвращались пустыми. Рядом со мной лежал Иозеф Штоль. Ног у него уже не было, но он этого еще не знал. Увидеть он не мог, потому что там, где должны были лежать его ноги, торчал проволочный каркас, покрытый одеялом. Да он и не поверил бы, потому что чувствовал боль в ногах. За ночь в нашей палате умерли двое. Один умирал очень долго и трудно.

1919. Снова дома. Революция. Голод. С улицы всё время слышится треск пулеметов. Солдаты воюют против солдат. Товарищи против товарищей.

1920. Путч. Расстреляли Карла Брегера. Арестованы Кестер и Ленц. Моя мать в больнице. Последняя стадия рака.

1921. Я припоминал. И не мог уже вспомнить. Этот год просто выпал из памяти. В 1922-м я работал на строительстве дороги в Тюрингии. В 1923-м заведовал рекламой на фабрике резиновых изделий. То было время инфляции. В месяц я зарабатывал двести миллиардов марок. Деньги выдавали два раза в день, и каждый раз делали на полчаса перерыв, чтобы сбегать в магазины и успеть купить хоть что-нибудь до очередного объявления курса доллара, так как после этого деньги снова наполовину обесценивались.

Что было потом? Что было в последующие годы? Я отложил карандаш. Не имело смысла вспоминать дальше. Я уже и не помнил всего достаточно точно. Слишком всё перепуталось. В последний раз я праздновал день моего рождения в кафе «Интернациональ». Там я целый год работал тапером. Потом опять встретил Кестера и Ленца. И вот теперь я здесь, в «Аврема» – в авторемонтной мастерской Кестера и Кнь. Под «и Кнь» подразумевались Ленц и я, хотя мастерская по существу принадлежала только Кестеру. Он был нашим школьным товарищем, потом командиром нашей роты. Позже он стал летчиком, некоторое время был студентом, затем гонщиком и, наконец, купил эту лавочку. Сперва к нему присоединился Ленц, который до этого несколько лет шатался по Южной Америке, а потом и я.

Я вытащил из кармана сигарету. Собственно говоря, я мог быть вполне доволен. Жилось мне неплохо, я имел работу, был силен, вынослив и, как говорится, находился в добром здравии; но всё же лучше было не раздумывать слишком много. Особенно наедине с собой. И по вечерам. Не то внезапно возникало прошлое и таращило мертвые глаза. Но для таких случаев существовала водка.

* * *

Заскрипели ворота. Я разорвал листок с датами своей жизни и бросил его под стол в корзинку. Дверь распахнулась. На пороге стоял Готтфрид Ленц, худой, высокий, с копной волос цвета соломы и носом, который, вероятно, предназначался для совершенно другого человека. Следом за ним вошел Кестер. Ленц встал передо мной;

– Робби! – заорал он. – Старый обжора! Встать и стоять как полагается! Твои начальники желают говорить с тобой!

– Господи боже мой, – я поднялся. – А я надеялся,

что вы не вспомните... Сжальтесь надо мной, ребята!

– Ишь чего захотел! – Готтфрид положил на стол пакет, в котором что-то звякнуло.

– Робби! Кто первым повстречался тебе сегодня утром? Я стал вспоминать...

– Танцующая старуха!

– Святой Моисей! Какое дурное предзнаменование! Но оно подходит к твоему гороскопу. Я вчера его составил. Ты родился под знаком Стрельца и, следовательно, непостоянен, колеблешься как тростник на ветру, на тебя воздействуют какие-то подозрительные листригоны Сатурна, а в атом году еще и Юпитер. И поскольку Отто и я заменяем тебе отца и мать, я вручаю тебе для начала некое средство защиты. Прими этот амулет! Правнучка инков однажды подарила мне его. У нее была голубая кровь, плоскостопие, вши и дар предвидения. «Белокожий чужестранец, – сказала она мне. – Его носили цари, в нем заключены силы Солнца, Луны и Земли, не говоря уже о прочих мелких планетах. Дай серебряный доллар на водку и можешь носить его». Чтобы не прерывалась эстафета счастья, передаю амулет тебе. Он будет охранять тебя и обратит в бегство враждебного Юпитера, – Ленц повесил мне на шею маленькую черную фигурку на тонкой цепочке. – Так! Это против несчастий, грозящих свыше. А против повседневных бед – вот подарок Отто! Шесть бутылок рома, который вдвое старше тебя самого!

Развернув пакет, Ленц поставил бутылки одну за другой на стол, освещенный утренним солнцем. Они отливали янтарем.

– Чудесное зрелище, – сказал я. – Где ты их раздобыл, Отто?

Кестер засмеялся:

– Это была хитрая штука. Долго рассказывать. Но лучше скажи, как ты себя чувствуешь? Как тридцатилетний?

Я отмахнулся:

– Так, будто мне шестнадцать и пятьдесят лет одновременно. Ничего особенного.

– И это ты называешь «ничего особенного»? – возразил Ленц. – Да ведь лучшего не может быть. Это значит, что ты властно покорил время и проживешь две жизни.

Кестер поглядел на меня.

– Оставь его, Готтфрид, – сказал он. – Дни рождения тягостно отражаются на душевном состоянии. Особенно с утра. Он еще отойдет.

Ленц прищурился:

– Чем меньше человек заботится о своем душевном состоянии, тем большего он стоит, Робби.

Это тебя хоть немного утешает?

– Нет, – сказал я, – совсем не утешает. Если человек чего-то стоит, – он уже только памятник самому себе. А по-моему, это утомительно и скучно.

– Отто, послушай, он философствует, – сказал Ленц, – и значит, уже спасен. Роковая минута прошла! Та роковая минута дня рождения, когда сам себе пристально смотришь в глаза и замечаешь, какой ты жалкий цыпленок. Теперь можно спокойно приниматься за работу и смазать потроха старому кадилляку…

* * *

Мы работали до сумерек. Потом умылись и переоделись. Ленц жадно поглядел на шеренгу бутылок:

– А не свернуть ли нам шею одной из них?

– Пусть решает Робби, – сказал Кестер. – Это просто неприлично, Готтфрид, делать такие неуклюжие намеки тому, кто получил подарок.

– Еще неприличнее заставлять умирать от жажды подаривших, – возразил Ленц и откупорил бутылку. Аромат растекся по всей мастерской.

– Святой Моисей! – сказал Готтфрид. Мы стали принюхиваться.

– Отто, аромат сказочный. Нужно обратиться к самой высокой поэзии, чтобы найти достойное сравнение.

– Да, такой ром слишком хорош для нашего мрачного сарая! – решил Ленц. – Знаете что? Поедем за город, поужинаем где-нибудь и прихватим бутылку с собой. Там, на лоне природы, мы ее и выдуем.

– Блестяще.

Мы откатили в сторону кадилляк, с которым возились весь день. За ним стоял очень странный предмет на четырех колесах. Это была гоночная машина Отто Кестера – гордость нашей мастерской.

Однажды на аукционе Кестер купил по дешевке старую колымагу с высоким кузовом. Присутствовавшие специалисты не колеблясь заявили, что это занятный экспонат для музея истории транспорта. Больвис – владелец фабрики дамских пальто и гонщик-любитель – посоветовал Отто переделать свое приобретение в швейную машину. Но Кестер не обращал ни на кого внимания. Он разобрал машину, как карманные часы, и несколько месяцев подряд возился с ней, оставаясь иногда в мастерской до глубокой ночи. И вот однажды он появился в своем автомобиле перед баром, в котором мы обычно сидели по вечерам. Больвис едва не свалился от хохота, так уморительно всё это выглядело. Шутки ради он предложил Отто пари. Он ставил двести марок против двадцати, если Кестер захочет состязаться с его новой гоночной машиной: дистанция десять километров и один километр форы для машины Отто. Они ударили по рукам. Вокруг смеялись, предвкушая знатную потеху. Но Отто пошел дальше: он отказался от форы и с невозмутимым видом предложил повысить ставку до тысячи марок против тысячи. Изумленный Больвис спросил, не отвезти ли его в психиатрическую лечебницу. Вместо ответа Кестер запустил мотор. Оба стартовали немедленно. Больвис вернулся через полчаса и был так потрясен, словно увидел морского змея. Он молча выписал чек, а затем стал выписывать второй. Он хотел тут же приобрести машину.

Кестер высмеял его. Теперь он не продаст ее ни за какие деньги. Но как ни великолепны были скрытые свойства машины, внешний вид ее был страшен. Для повседневного обихода мы поставили самый старомодный кузов, старомодней нельзя было сыскать. Лак потускнел. На крыльях были трещины, а верх прослужил, пожалуй, не меньше десятка лет. Разумеется, мы могли бы отделать машину значительно лучше, но у нас были основания поступить именно так.

Мы назвали машину «Карл». «Карл» – призрак шоссе.

* * *

Наш «Карл», сопя, тянул вдоль шоссе.

– Отто, – сказал я. – Приближается жертва.

Позади нетерпеливо сигналил тяжелый бьюик. Он быстро догонял нас. Вот уже сравнялись радиаторы. Мужчина за рулем пренебрежительно поглядел в нашу сторону. Его взгляд скользнул по обшарпанному «Карлу». Потом он отвернулся и сразу забыл о нас.

Через несколько секунд он обнаружил, что «Карл» идет с ним вровень. Он уселся поплотнее, удивленно взглянул на нас и прибавил газу. Но «Карл» не отставал. Маленький и стремительный, он мчался рядом со сверкающей никелем и лаком махиной, словно терьер рядом с догом.

Мужчина крепче схватился за руль. Он еще ничего не подозревал и насмешливо скривил губы. Теперь он явно собирался показать нам, на что способна его телега. Он нажал на акселератор так, что глушитель зачирикал, как стая жаворонков над летним полем, по это не помогло: он не обогнал нас. Словно заколдованный, прилепился к бьюику уродливый и неприметный «Карл». Хозяин бьюика изумленно вытаращился на нас. Он не понимал, как это при скорости в сто километров он не может оторваться от старомодной коляски. Он с недоверием посмотрел на свой спидометр, словно тот мог обмануть. Потом дал полный газ.

Теперь машины неслись рядышком вдоль прямого длинного шоссе. Через несколько сот метров впереди показался грузовик, который громыхал нам навстречу. Бьюику пришлось уступить дорогу, и он отстал. Едва он снова поравнялся с «Карлом», как промчался автокатафалк с развевающимися лентами венков, и он снова должен был отстать. Потом шоссе очистилось.

Между тем водитель бьюика утратил всё свое высокомерие. Раздраженно сжав губы, сидел он, пригнувшись к рулю, его охватила гоночная лихорадка. Вдруг оказалось, что его честь зависит от того, сумеет ли он оставить позади этого щенка. Мы же сидели на своих местах с видом полнейшего равнодушия. Бьюик просто не существовал для нас. Кестер спокойно глядел на дорогу, я, скучая, уставился в пространство, а Ленц, хотя к этому времени он уже превратился в сплошной комок напряженных нервов, достал газету и углубился в нее, словно для него сейчас не было ничего важнее.

Несколько минут спустя Кестер подмигнул нам, «Карл» незаметно убавлял скорость, и бюик стал медленно перегонять. Мимо нас пронеслись его широкие сверкающие крылья, глушитель с грохотом швырнул нам в лицо голубой дым. Постепенно бюик оторвался примерно метров на двадцать. И тогда, как мы этого и ожидали, из окна показалось лицо водителя, ухмыляющееся с видом явного торжества. Он считал, что уже победил.

Но он не ограничился этим. Он не мог отказать себе в удовольствии поиздеваться над побежденными и махнул нам, приглашая догонять. Его жест был подчеркнуто небрежен и самоуверен.

– Отто, – призывно произнес Ленц.

Но это было излишним. В то же мгновение «Карл» рванулся вперед. Компрессор засвистел. И махнувшая нам рука сразу же исчезла: «Карл» последовал приглашению – он догонял. Он догонял неудержимо; нагнал, и тут-то впервые мы обратили внимание на чужую машину. С невинно вопрошающими лицами смотрели мы на человека за рулем. Нас интересовало, почему он махал нам. Но он, судорожно отвернувшись, смотрел в другую сторону, а «Карл» мчался теперь на полном газу, покрытый грязью, с хлопающими крыльями, – победоносный навозный жук.

– Отлично сделано, Отто, – сказал Ленц Кестеру. – Этому парню мы испортили к ужину аппетит.

Ради таких гонок мы и не меняли кузов «Карла». Стоило ему появиться на дороге, и кто-нибудь уже пытался его обогнать. На иных автомобилистов он действовал, как подбитая ворона на стаю голодных кошек. Он подзадоривал самые мирные семейные экипажи пускаться наперегонки, и даже тучных бородачей охватывал неудержимый гоночный азарт, когда они видели, как перед ними пляшет этот разболтанный остов. Кто мог подозревать, что за такой смешной наружностью скрыто могучее сердце гоночного мотора!

Ленц утверждал, что «Карл» воспитывает людей. Он, мол, прививает им уважение к творческому началу, – ведь оно всегда прячется под неказистой оболочкой. Так говорил Ленц, который себя самого называл последним романтиком.

* * *

Мы остановились перед маленьким трактиром и выбрались из машины. Вечер был прекрасен и тих. Борозды свежевспаханных полей казались фиолетовыми, а их мерцающие края были золотисто-коричневыми. Словно огромные фламинго, проплывали облака в яблочнозеленом небе, окружая узкий серп молодого месяца. Куст орешника скрывал в своих объятиях сумерки и безмолвную мечту. Он был трогательно наг, но уже исполнен надежды, таившейся в почках. Из маленького трактира доносился запах жареной печенки и лука. Наши сердца забились учащенно.

Ленц бросился в дом навстречу манящему запаху. Он вернулся сияющий:

– Вы должны полюбоваться жареной картошкой! Скорее. Не то самое лучшее съедят без нас!

В это мгновенье с шумом подкатила еще одна машина. Мы замерли, словно пригвожденные. Это был тот самый бюик. Он резко затормозил рядом с «Карлом».

– Гопля! – сказал Ленц.

Нам уже не раз приходилось драться в подобных случаях. Мужчина вышел. Он был рослый, грузный, в широком коричневом реглане из верблюжьей шерсти. Неприязненно покосившись на «Карла», он снял большие желтые перчатки и подошел к нам.

– Какой марки ваша машина? – спросил он с уксусно-кислой гримасой, обращаясь к Кестеру, который стоял ближе к нему.

Мы некоторое время помолчали. Несомненно, он считал нас автомеханиками, выехавшими в воскресных костюмах погулять на чужой машине.

– Вы, кажется, что-то сказали? – спросил, наконец, Отто с сомнением. Его тон указывал на возможность быть повежливей.

Мужчина покраснел.

– Я спросил об этой машине, – заявил он ворчливо.

Ленц выпрямился. Его большой нос дрогнул. Он был чрезвычайно требователен в вопросах вежливости ко всем, кто с ним соприкасался. Но внезапно, прежде чем он успел открыть рот, распахнулась вторая дверца бюика. Выскользнула узкая нога, мелькнуло тонкое колено. Вышла девушка и медленно направилась к нам.

Мы переглянулись, пораженные. Раньше мы и не заметили, что в машине еще кто-то сидит. Ленц немедленно изменил позицию. Он широко улыбнулся, всё его веснушчатое лицо расплылось. И мы все тоже вдруг заулыбались неизвестно почему.

Толстяк удивленно глядел на нас. Он чувствовал себя неуверенно и явно не знал, что же делать дальше. Наконец он представился, сказав с полупоклоном: «Биндинг», цепляясь за собственную фамилию, как за якорь спасения.

Девушка подошла к нам. Мы стали еще приветливей.

– Так покажи им машину, Отто, – сказал Ленц, бросив быстрый взгляд на Кестера.

– Что ж, пожалуй, – ответил Отто, улыбаясь одними глазами.

– Да, я охотно посмотрел бы, – Биндинг говорил уже примирительное. – У нее, видно, чертовская скорость. Этак, за здорово живешь, оторвалась от меня.

Они вдвоем подошли к машине, и Кестер поднял капот «Карла».

Девушка не пошла с ними. Стройная и молчаливая, она стояла в сумерках рядом со мной и Ленцем. Я ожидал, что Готтфрид использует обстоятельства и взорвется, как бомба. Ведь он был мастер в подобных случаях. Но, казалось, он разучился говорить. Обычно он токовал, как тетерев, а теперь стоял словно ионах, давший обет молчания, и не двигался с места.

– Простите, пожалуйста, – сказал наконец я. – Мы не заметили, что вы сидели в машине. Мы не стали бы так озорничать.

Девушка поглядела на меня.

– А почему бы нет? – возразила она спокойно и неожиданно низким, глуховатым голосом. – Ведь в этом же не было ничего дурного.

– Дурного-то ничего, но мы поступили не совсем честно. Ведь наша машина дает примерно двести километров в час.

Она слегка наклонилась и засунула руки в карманы пальто:

– Двести километров?

– Точнее, 189,2 по официальному хронометражу, – с гордостью выпалил Ленц.

Она засмеялась:

– А мы думали, шестьдесят – семьдесят, не больше.

– Вот видите, – сказал я. – Вы ведь не могли этого знать.

– Нет, – ответила она. – Этого мы действительно не могли знать. Мы думали, что бюик вдвое быстрее вашей машины.

– То-то же. – Я оттолкнул ногою сломанную ветку. – А у нас было слишком большое преимущество. И господин Биндинг, вероятно, здорово разозлился на нас.

Она засмеялась:

– Конечно, но ненадолго. Ведь нужно уметь и проигрывать. Иначе нельзя было бы жить.

– Разумеется…

Возникла пауза. Я поглядел на Ленца. Но последний романтик только ухмылялся и подергивал носом, покинув меня на произвол судьбы.

Шумели березы. За домом закудахтала курица.

– Чудесная погода, – сказал я наконец, чтобы прервать молчание.

– Да, великолепная, – ответила девушка.

– И такая мягкая, – добавил Ленц.

– Просто необычайно мягкая, – завершил я. Возникла новая пауза.

Девушка, должно быть, считала нас порядочными болванами. Но я при всех усилиях не мог больше ничего придумать. Ленц начал принюхиваться.

– Печеные яблоки, – сказал он растроганно. – Кажется, тут подают к печенке еще и печеные яблоки. Вот это – деликатес.

– Несомненно, – подтвердил я, мысленно проклиная себя и его.

* * *

Кестер и Биндинг вернулись. За эти несколько минут Биндинг стал совершенно другим человеком. По всей видимости, он был одним из тех автомобильных маньяков, которые испытывают совершеннейшее блаженство, когда им удается встретить специалиста, с которым можно поговорить.

– Не поужинаем ли мы вместе? – спросил он.

– Разумеется, – ответил Ленц.

Мы вошли в трактир. В дверях Готтфрид подмигнул мне, кивнув на девушку:

– А знаешь, ведь она с лихвой искупает утреннюю

встречу с танцующей старухой.

Я пожал плечами:

– Возможно. Но почему это ты предоставил мне одному заикаться?

Он засмеялся:

– Должен же и ты когда-нибудь научиться, деточка.

– Не имею никакого желания еще чему-нибудь учиться, – сказал я.

Мы последовали за остальными. Они уже сидели за столом. Хозяйка подавала печенку и жареную картошку. В качестве вступления она поставила большую бутылку хлебной водки. Биндинг оказался говоруном неудержимым, как водопад. Чего он только не знал об автомобилях! Когда же он услыхал, что Кестеру приходилось участвовать в гонках, его симпатия к Отто перешла все границы.

Я пригляделся к Биндингу внимательнее. Он был грузный, рослый, с красным лицом и густыми бровями; несколько хвастлив, несколько шумен и, вероятно, добродушен, как люди, которым везет в жизни. Я мог себе представить, что по вечерам, прежде чем лечь спать, он серьезно, с достоинством и почтением разглядывает себя в зеркало.

Девушка сидела между Ленцем и мною. Она сняла пальто и осталась в сером английском костюме. На шее у нее была белая косынка, напоминавшая жабо амазонки. При свете лампы ее шелковистые каштановые волосы отливали янтарем. Очень прямые плечи слегка выгибались вперед, руки узкие, с длинными пальцами казались суховатыми. Большие глаза придавали тонкому и бледному лицу выражение страстности и силы. Она была очень хороша, как мне показалось, – но для меня это не имело значения.

Зато Ленц загорелся. Он совершенно преобразился. Его желтый чуб блестел, как цветущий хмель. Он извергал фейерверки острот и вместе с Биндингом царил за столом. Я же сидел молча и только изредка напоминал о своем существовании, передавая тарелку или предлагая сигарету. Да еще чокался с Биндингом. Это я делал довольно часто. Ленц внезапно хлопнул себя по лбу:

– А ром! Робби, тащи-ка наш ром, припасенный к дню рождения.

– К дню рождения? У кого сегодня день рождения? – спросила девушка.

– У меня, – ответил я. – Меня уже весь день сегодня этим преследуют.

– Преследуют? Значит, вы не хотите, чтобы вас поздравляли?

– Почему же? Поздравления – это совсем другое

дело.

— Ну, в таком случае желаю вам всего самого лучшего.

В течение одного мгновения я держал ее руку в своей и чувствовал ее теплое пожатие. Потом я вышел, чтобы принести ром. Огромная молчаливая ночь окружала маленький дом. Кожаные сиденья нашей машины были влажны. Я остановился, глядя на горизонт; там светилось красноватое зарево города. Я охотно задержался бы подольше, но Ленц уже звал меня.

Для Биндинга ром оказался слишком крепким. Это обнаружилось уже после второго стакана. Качаясь, он выбрался в сад. Мы с Ленцем встали и подошли к стойке. Ленц потребовал бутылку джина. — Великолепная девушка, не правда ли? — спросил он.

— Не знаю, Готтфрид, — ответил я. — Не особенно к ней приглядывался.

Он некоторое время пристально смотрел на меня своими голубыми глазами и потом тряхнул рыжей головой:

— И для чего только ты живешь, скажи мне, детка?

— Именно это хотел бы я и сам знать, — ответил я. Он засмеялся:

— Ишь, чего захотел. Легко это знание не дается. Но сперва я хочу выведать, какое она имеет отношение к этому толстому автомобильному справочнику.

Готтфрид пошел за Биндингом в сад. Потом они вернулись вдвоем к стойке. Видимо, Ленц получил благоприятные сведения и, в явном восторге оттого, что дорога свободна, бурно ухаживал за Биндингом. Они распили вдвоем еще бутылку джина и час спустя уже были на «ты». Ленц, когда он бывал хорошо настроен, умел так увлекать окружающих, что ему нельзя было ни в чем отказать. Да он и сам тогда не мог себе ни в чем отказать. Теперь он полностью завладел Биндингом, и вскоре оба, сидя в беседке, распевали солдатские песни. А про девушку последний романтик тем временем совершенно забыл.

* * *

Мы остались втроем в зале трактира. Внезапно наступила тишина. Мерно тикали шварцвальдские часы. Хозяйка убирала стойку и по-матерински поглядывала на нас. У печки растянулась коричневая гончая собака. Время от времени она лаяла со сна, — тихо, визгливо и жалобно. За окном шурша скользил ветер. Его заглушали обрывки солдатских песен, и мне казалось, что маленькая комнатка трактира вместе с нами подымается ввысь и, покачиваясь, плывет сквозь ночь, сквозь годы, сквозь множество воспоминаний.

Было какое-то странное настроение. Словно время остановилось; оно уже не было рекой, вытекающей из мрака и впадающей в мрак, – оно стало морем, в котором безмолвно отражалась жизнь. Я поднял свой бокал. В нем поблескивал ром. Я вспомнил записку, которую составлял с утра в мастерской. Тогда мне было немного грустно. Сейчас всё прошло. Мне было всё безразлично, – живи, пока жив. Я посмотрел на Кестера. Он говорил с девушкой, я слушал, но не различал слов. Я почувствовал мягкое озарение первого хмеля, согревающего кровь, которое я любил потому, что в его свете всё неопределенное, неизвестное кажется таинственным приключением. В саду Ленц и Биндинг пели песню о сапере в Аргоннском лесу. Рядом со мной звучал голос незнакомой девушки; она говорила тихо и медленно, низким, волнующим, чуть хриплым голосом. Я допил свой бокал.

Вернулись Ленц и Биндинг. Они несколько протрезвели на свежем воздухе. Мы стали собираться. Я подал девушке пальто. Она стояла передо мной, плавно расправляя плечи, откинув голову назад, чуть приоткрыв рот в улыбке, которая никому не предназначалась и была направлена куда-то в потолок. На мгновенье я опустил пальто. Как же это я ничего не замечал всё время? Неужели я спал? Внезапно я понял восторг Ленца.

Она слегка повернулась ко мне и поглядела вопросительно. Я снова быстро поднял пальто и посмотрел на Биндинга, который стоял у стола, всё еще пурпурнокрасный и с несколько остекленевшим взглядом.

– Вы полагаете, он сможет вести машину? – спросил я.

– Надеюсь.

Я всё еще смотрел на нее:

– Если в нем нельзя быть уверенным, один из нас мог бы поехать с вами.

Она достала пудреницу и открыла ее.

– Обойдется, – сказала она. – Он даже лучше водит после выпивки.

– Лучше и, вероятно, неосторожнее, – возразил я. Она смотрела на меня поверх своего маленького зеркальца.

– Надеюсь, всё будет благополучно, – сказал я. Мои опасения были очень преувеличены, потому что Биндинг держался достаточно хорошо. Но мне хотелось что-то предпринять, чтобы она еще не уходила.

– Вы разрешите мне завтра позвонить вам, чтобы узнать, всё ли в порядке? – спросил я.

Она ответила не сразу.

— Ведь мы несем известную ответственность, раз уж затеяли эту выпивку, – продолжал я, – из особенности я со своим днем рождения. Она засмеялась:

— Ну что же, пожалуйста, – мой телефон – вестен 27–96.

Как только мы вышли, я сразу же записал номер. Мы поглядели, как Биндинг отъехал, и выпили еще по рюмке на прощанье. Потом запустили нашего «Карла». Он понесся сквозь легкий мартовский туман. Мы дышали учащенно, город двигался нам навстречу, сверкая и колеблясь, и, словно ярко освещенный пестрый корабль, в волнах тумана возник бар «Фредди». Мы поставили «Карла» на якорь. Жидким золотом тек коньяк, джин сверкал, как аквамарин, а ром был воплощением самой жизни. В железной неподвижности восседали мы на высоких табуретах у стойки, вокруг нас плескалась музыка, и бытие было светлым и мощным; оно наполняло нас новой силой, забывалась безнадежность убогих меблированных комнат, ожидающих нас, и всё отчаянье нашего существования. Стойка бара была капитанским мостиком на корабле жизни, и мы, шумя, неслись навстречу будущему.

II

На следующий день было воскресенье. Я спал долго и проснулся только когда солнце осветило мою постель. Быстро вскочив, я распахнул окно. День был свеж и прозрачно ясен. Я поставил спиртовку на табурет и стал искать коробку с кофе. Моя хозяйка – фрау Залевски – разрешала мне варить кофе в комнате. Сама она варила слишком жидкий. Мне он не годился, особенно наутро после выпивки. Вот уже два года, как я жил в пансионе фрау Залевски. Мне нравилась улица. Здесь всегда что-нибудь происходило, потому что вблизи друг от друга расположились дом профсоюзов, кафе „Интернационалы“ и сборный пункт Армии спасения. К тому же, перед нашим домом находилось старое кладбище, на котором уже давно никого не хоронили. Там было много деревьев, как в парке, и в тихие ночи могло показаться, что живешь за городом. Но тишина наступала поздно, потому что рядом с кладбищем была шумная площадь с балаганами, каруселями и качелями.

Для фрау Залевски соседство кладбища было на руку. Ссылаясь на хороший воздух и приятный вид, она требовала более высокую плату. Каждый раз она говорила одно и то же: „Вы только подумайте, господа, какое местоположение! „Одевался я медленно. Это позволяло мне ощутить воскресенье. Я умылся, побродил по комнате, прочел газету, заварил кофе и, стоя у окна, смотрел, как поливают улицу, слушал пение птиц на высоких кладбищенских деревьях. Казалось, это звуки маленьких серебряных флейт самого господа бога сопровождают нежное ворчанье меланхолических шарманок на карусельной площади... Я выбрал рубашку и носки, и выбирал так долго, словно у меня их было в двадцать раз больше, чем на самом деле. Насвистывая, я опорожнил свои карманы: монеты, перочинный нож, ключи, сигареты... вдруг вчерашняя записка с номером телефона и именем девушки. Патриция Хольман. Странное имя – Патриция. Я положил записку на стол. Неужели это было только вчера? Каким давним это теперь казалось, – почти забытым в жемчужно-сером чаду опьянения. Как странно всё-таки получается: когда пьешь, очень быстро сосредоточиваешься, но зато от вечера до утра возникают такие интервалы, которые длятся словно годы.

Я сунул записку под стопку книг. Позвонить? Пожалуй... А пожалуй, не стоит. Ведь на следующий день всё выглядит совсем по-другому, не так, как представлялось накануне вечером. В конце концов я был вполне удовлетворен своим положением. Последние годы моей жизни были достаточно суматошливыми. „Только не принимать ничего близко к сердцу, – говорил Кестер. – Ведь то, что примешь, хочешь удержать. А удержать нельзя ничего".

В это мгновенье в соседней комнате начался обычный воскресный утренний скандал. Я искал шляпу, которую, видимо, забыл где-то накануне вечером, и поневоле некоторое время прислушивался. Там неистово нападали друг на друга супруги Хассе. Они уже пять лет жили здесь в маленькой комнате. Это были неплохие люди. Если бы у них была трехкомнатная квартира с кухней, в которой жена хозяйничала бы, да к тому же был бы еще и ребенок, их брак, вероятно, был бы счастливым. Но на квартиру нужны деньги. И кто может себе позволить иметь ребенка в такое беспокойное время. Вот они и теснились вдвоем; жена стала истеричной, а муж всё время жил в постоянном страхе. Он боялся потерять работу, для него это был бы конец. Хассе было сорок пять лет. Окажись он безработным, никто не дал бы ему нового места, а это означало беспросветную нужду. Раньше люди опускались постепенно, и всегда еще могла найтись возможность вновь подняться, теперь за каждым увольнением зияла пропасть вечной безработицы.

Я хотел было тихо уйти, но раздался стук, и,

спотыкаясь, вошел Хассе. Он свалился на стул:

– Я этого больше не вынесу.

Он был по сути добрый человек, с покатыми плечами и маленькими усиками. Скромный, добросовестный служащий. Но именно таким теперь приходилось особенно трудно. Да, пожалуй, таким всегда приходится труднее всех. Скромность и добросовестность вознаграждаются только в романах. В жизни их используют, а потом отшвыривают в сторону.

Хассе поднял руки:

– Подумайте только, опять у нас уволили двоих. Следующий на очереди я, вот увидите, я!

В таком страхе он жил постоянно от первого числа одного месяца до первого числа другого. Я налил ему рюмку водки. Он дрожал всем телом. В один прекрасный день он свалится, – это было очевидно. Больше он уже ни о чем не мог говорить.

– И всё время эти упреки... – прошептал он. Вероятно, жена упрекала его в том, что он испортил ей жизнь. Это была женщина сорока двух лет, несколько рыхлая, отцветшая, но, разумеется, не так опустившаяся, как муж. Ее угнетал страх приближающейся старости. Вмешиваться было бесцельно.

– Послушайте, Хассе, – сказал я. – Оставайтесь у меня сколько хотите. Мне нужно уйти. В платяном шкафу стоит коньяк, может быть он вам больше понравится. Вот ром. Вот газеты. А потом, знаете что? Уйдите вечером с женой из этого логова. Ну, сходите хотя бы в кино. Это обойдется вам не дороже, чем два часа в кафе. Но зато больше удовольствия. Сегодня главное: уметь забывать! И не раздумывать! – Я похлопал его по плечу, испытывая что-то вроде угрызения совести. Впрочем, кино всегда годится. Там каждый может помечтать.

* * *

Дверь в соседнюю комнату была распахнута. Слышались рыдания жены. Я пошел по коридору. Следующая дверь была приоткрыта. Там подслушивали. Оттуда струился густой запах косметики. Это была комната Эрны Бениг – личной секретарши. Она одевалась слишком элегантно для своего жалованья, но один раз в неделю шеф диктовал ей до утра. И тогда на следующий день у нее бывало очень плохое настроение. Зато каждый вечер она ходила на танцы. Она говорила, что если не танцевать, то и жить не захочется. У нее было двое друзей. Один любил ее и приносил ей цветы. Другого любила она и давала ему деньги.

Рядом с ней жил ротмистр граф Орлов – русский эмигрант, кельнер, статист на киносъемках, наемный партнер для танцев, франт с седыми висками. Он замечательно играл на гитаре. Каждый вечер он молился Казанской божьей матери, выпрашивая должность метрдотеля в гостинице средней руки. А когда напивался, становился слезлив. Следующая дверь – комната фрау Бендер, медицинской сестры в приюте для грудных детей. Ей было пятьдесят лет. Муж погиб на войне. Двое детей умерли в 1918 году от голода. У нее была пестрая кошка. Единственное ее достояние.

Рядом с ней – Мюллер, казначей на пенсии. Секретарь союза филателистов. Живая коллекция марок, и ничего больше. Счастливый человек.

В последнюю дверь я постучал.

– Ну, Георг, – спросил я, – всё еще ничего нового?

Георг Блок покачал головой. Он был студентом второго курса. Для того чтобы прослушать два курса, он два года работал на руднике. Но деньги, которые скопил тогда, были почти полностью израсходованы, оставалось еще месяца на два. Вернуться на рудник он не мог – теперь там было слишком много безработных горняков. Он тщетно пытался получить хоть какую-нибудь работу. В течение одной недели он распространял рекламные листовки фабрики маргарина. Но фабрика обанкротилась. Вскоре он стал разносчиком газет и облегченно вздохнул. Но три дня спустя на рассвете его остановили два парня в форменных фуражках, отняли газеты, изорвали их и заявили, чтобы он не смел больше покушаться на чужую работу, к которой не имеет отношения. У них достаточно своих безработных. Всё же на следующее утро он вышел опять, хотя ему пришлось оплатить изорванные газеты. Его сшиб какой-то велосипедист. Газеты полетели в грязь. Это обошлось ему еще в две марки. Он пошел в третий раз и вернулся в изорванном костюме и с разбитым лицом. Тогда он сдался. Отчаявшись, Георг сидел теперь целыми днями в своей комнате и зубрил как сумасшедший, словно это имело какой-то смысл. Ел он один раз в день. А между тем было совершенно безразлично – закончит он курс или нет. Даже сдав экзамены, он мог рассчитывать на работу не раньше, чем через десять лет.

Я сунул ему пачку сигарет:

– Плюнь ты на это дело, Георг. Я тоже плюнул в свое время. Ведь сможешь потом, когда захочешь, начать снова.

Он покачал головой:

– Нет, после рудника я убедился: если не заниматься каждый день, то полностью выбиваешься из колеи; нет, во второй раз мне уж не осилить.

Я смотрел на бледное лицо с торчащими ушами, близорукие глаза, щуплую фигуру с впалой грудью. Эх, проклятье!

– Ну, будь здоров, Джорджи. – Я вспомнил: родителей у него уж тоже нет.

Кухня. На стенке чучело – голова дикого кабана, – наследство, оставленное покойным Залевски. Рядом в прихожей телефон. Полумрак. Пахнет газом и плохим жиром. Входная дверь со множеством визитных карточек у звонка. Среди них и моя

– „Роберт Локамп, студент философии. Два долгих звонка". Она пожелтела и загрязнилась. Студент философии… Видите ли каков! Давно это было. Я спустился по лестнице в кафе „Интернационалы""

* * *

Кафе представляло собой большой, темный, прокуренный, длинный, как кишка, зал со множеством боковых комнат. Впереди, возле стойки, стояло пианино. Оно было расстроенно, несколько струн лопнуло, и на многих клавишах недоставало костяных пластинок; но я любил этот славный заслуженный музыкальный ящик. Целый год моей жизни был связан с ним, когда я работал здесь тапером. В боковых комнатах кафе проводили свои собрания торговцы скотом; иногда там собирались владельцы каруселей и балаганов. У входа в зал сидели проститутки.

В кафе было пусто. Один лишь плоскостопии кельнер Алоис стоял у стойки. Он спросил:

– Как обычно?

Я кивнул. Он принес мне стакан портвейна пополам с ромом. Я сел к столику и, ни о чем не думая, уставился в пространство. В окно падал косой луч солнца. Он освещал бутылки на полках. Шерри-бренди сверкало как рубин.

Алоис полоскал стаканы. Хозяйская кошка сидела на пианино и мурлыкала. Я медленно выкурил сигарету. Здешний воздух нагонял сонливость. Своеобразный голос был вчера у этой девушки. Низкий, чуть резкий, почти хриплый и всё же ласковый.

– Дай-ка мне посмотреть журналы, Алоис, – сказал я.

Скрипнула дверь. Вошла Роза, кладбищенская проститутка, по прозвищу „Железная кобыла". Ее прозвали так за исключительную выносливость. Роза попросила чашку шоколада. Это она позволяла себе каждое воскресное утро; потом она отправлялась в Бургдорф навестить своего ребенка.

– Здорово, Роберт!

– Здорово, Роза, как поживает маленькая?

– Вот поеду, погляжу. Видишь, что я ей везу? Она развернула пакет, в котором лежала краснощекая кукла, и надавила ей на живот. „Ма-ма“ – пропищала кукла. Роза сияла.

– Великолепно, – сказал я.

– Погляди-ка. – Она положила куклу. Щелкнув, захлопнулись веки.

– Изумительно, Роза.

Она была удовлетворена и снова упаковала куклу:

– Да, ты смыслишь в этих делах, Роберт! Ты еще будешь хорошим мужем.

– Ну вот еще! – усомнился я.

Роза была очень привязана к своему ребенку. Несколько месяцев тому назад, пока девочка не умела еще ходить, она держала ее при себе, в своей комнате. Это удавалось, несмотря на Розино ремесло, потому что рядом был небольшой чулан. Когда она по вечерам приводила кавалера, то под каким-нибудь предлогом просила его немного подождать, забегала в комнату, быстро задвигала коляску с ребенком в чулан, запирала ее там и впускала гостя. Но в декабре малышку приходилось слишком часто передвигать из теплой комнаты: в неотапливаемый чулан. Она простудилась, часто плакала и как раз в то время, когда Роза принимала посетителей. Тогда ей пришлось расстаться с дочерью, как ни тяжело это было. Роза устроила ее в очень дорогой приют. Там она считалась почтенной вдовой. В противном случае ребенка, разумеется, не приняли бы.

Роза поднялась:

– Так ты придешь в пятницу?

Я кивнул.

Она поглядела на меня:

– Ты ведь знаешь, в чем дело?

– Разумеется.

Я не имел ни малейшего представления, о чем идет речь, но не хотелось спрашивать. К этому я приучил себя за тот год, что был здесь тапером. Так было удобнее. Это было так же обычно, как и мое обращение на „ты“ со всеми девицами. Иначе просто нельзя было.

– Будь здоров, Роберт.

– Будь здорова, Роза.

Я посидел еще немного. Но в этот раз что-то не клеилось, не возникал, как обычно, тот сонливый покой, ради которого я по воскресеньям заходил отдохнуть в „Интернациональ“. Я выпил еще стакан рома, погладил кошку и ушел.

Весь день я слонялся без толку. Не зная, что предпринять, я нигде подолгу не задерживался. К вечеру пошел в нашу мастерскую. Кестер был там. Он возился с кадилляком. Мы купили его недавно по дешевке, как старье. А теперь основательно отремонтировали, и Кестер как раз наводил последний глянец. В этом был деловой расчет. Мы надеялись хорошенько на нем заработать. Правда, я сомневался, что это нам удастся. В трудные времена люди предпочитают покупать маленькие машины, а не такой дилижанс.

— Нет, Отто, мы не сбудем его с рук, – сказал я. Но Кестер был уверен.

— Это средние машины нельзя сбыть с рук, – заявил он. – Покупают дешевые и самые дорогие. Всегда есть люди, у которых водятся деньги. Либо такие, что хотят казаться богатыми.

— Где Готтфрид? – спросил я.

— На каком-то политическом собрании.

— С ума он сошел. Что ему там нужно?

Кестер засмеялся:

— Да этого он и сам не знает. Скорей всего, весна у него в крови бродит. Тогда ему обычно нужно что-нибудь новенькое.

— Возможно, – сказал я. – Давай я тебе помогу.

Мы возились, пока не стемнело.

— Ну, хватит, – сказал Кестер.

Мы умылись.

— А знаешь, что у меня здесь? – спросил Отто, похлопывая по бумажнику.

— Ну?

— Два билета на бокс. Не пойдешь ли ты со мной?

Я колебался. Он удивленно посмотрел на меня:

— Стиллинг дерется с Уокером. Будет хороший бой.

— Возьми с собой Готтфрида, – предложил я, и сам себе показался смешным оттого, что отказываюсь. Но мне не хотелось идти, хотя я и не знал, почему.

— У тебя на вечер что-нибудь намечено? – спросил он,

— Нет.

Он поглядел на меня.

— Пойду домой, – сказал я. – Буду писать письма и тому подобное. Нужно же когда-нибудь и этим заняться.

— Ты заболел? – спросил он озабоченно.

— Да что ты, ничуть. Вероятно, и у меня весна в крови бродит.

— Ну ладно, как хочешь.

Я побрел домой. Но, сидя в своей комнате, по-прежнему не знал, чем же заняться. Нерешительно походил взад и вперед. Теперь я уже не понимал, почему меня, собственно, потянуло домой. Наконец вышел в коридор, чтобы навестить Георга, и столкнулся с фрау Залевски.

– Вот как, – изумленно спросила она, – вы здесь?

– Не решаюсь опровергать, – ответил я несколько раздраженно. Она покачала головой в седых буклях:

– Не гуляете? Воистину, чудеса.

У Георга я пробыл недолго. Через четверть часа вернулся к себе. Подумал – не выпить ли? Но не хотелось. Сел к окну и стал смотреть на улицу.

Сумерки раскинулись над кладбищем крыльями летучей мыши. Небо за домом профсоюзов было зеленым, как неспелое яблоко. Зажглись фонари, но темнота еще не наступила, и казалось, что они зябнут. Порылся в книгах, потом достал записку с номером телефона. В конце концов, почему бы не позвонить? Ведь я почти обещал. Впрочем, может быть, ее сейчас и дома нет.

Я вышел в прихожую к телефону, снял трубку и назвал номер. Пока ждал ответа, почувствовал, как из черного отверстия трубки подымается мягкой волной легкое нетерпение. Девушка была дома. И когда ее низкий, хрипловатый голос словно из другого мира донесся сюда, в прихожую фрау Залевски, и зазвучал вдруг под головами диких кабанов, в запахе жира и звяканье посуды, – зазвучал тихо и медленно, так, будто она думала над каждым словом, меня внезапно покинуло чувство неудовлетворенности. Вместо того чтобы только справиться о том, как она доехала, я договорился о встрече на послезавтра и лишь тогда повесил трубку. И сразу ощутил, что всё вокруг уже не кажется мне таким бессмысленным. „С ума сошел“, – подумал я и покачал головой. Потом опять снял трубку и позвонил Кестеру:

– Билеты еще у тебя, Отто?

– Да.

– Ну и отлично. Так я пойду с тобой на бокс. После бокса мы еще немного побродили по ночному городу. Улицы были светлы и пустынны. Сияли вывески. В витринах бессмысленно горел свет. В одной стояли голые восковые куклы с раскрашенными лицами. Они выглядели призрачно и развратно. В другой сверкали драгоценности. Потом был магазин, залитый белым светом, как собор. Витрины пенились пестрым, сверкающим шелком. Перед входом в кино на корточках сидели бледные изголодавшиеся люди. А рядом сверкала витрина продовольственного магазина. В ней высились башни консервных банок, лежали упакованные в вату вянущие яблоки, гроздья жирных гусей свисали, как белье с веревки, нежно-желтыми и розовыми надрезами мерцали окорока, коричневые круглые караваи хлеба и рядом копченые колбасы и печеночные паштеты.

Мы присели на скамью в сквере. Было прохладно. Луна висела над домами, как большая белая лампа. Полночь давно прошла. Неподалеку на мостовой рабочие разбили палатку. Там ремонтировали трамвайные рельсы. Шипели сварочные аппараты, и снопы искр вздымались над склонившимися темными фигурами. Тут же, словно полевые кухни, дымились асфальтные котлы.

Мы сидели; каждый думал о своем.

— А странно вот так в воскресенье, Отто, правда? Кестер кивнул.

— В конце концов радуешься, когда оно уже проходит, — сказал я задумчиво.

Кестер пожал плечами:

— Видимо, так привыкаешь гнуть спину в работе, что даже маленькая толика свободы как-то мешает. Я поднял воротник:

— А что, собственно, мешает нам жить, Отто? Он поглядел на меня улыбаясь:

— Прежде было такое, что мешало, Робби.

— Правильно, — согласился я. — Но всё-таки? Вспышка автогена метнула на асфальт зеленые лучи. Палатка на рельсах, освещенная изнутри, казалась маленьким, уютным домиком.

— Как ты думаешь, ко вторнику покончим с кадилляком? — спросил я.

— Возможно, — ответил Кестер. — А с чего это ты?

— Да просто так.

Мы встали.

— Я сегодня малость не в себе, Отто, — сказал я.

— С каждым случается, — ответил Кестер. — Спокойной ночи, Робби.

— И тебе того же, Отто.

Потом я еще немного посидел дома. Моя конура вдруг совершенно перестала мне нравиться. Люстра была отвратительна, свет слишком ярок, кресла потерты, линолеум безнадежно скучен, умывальник, кровать, и над ней картина с изображением битвы при Ватерлоо, — да ведь сюда же нельзя пригласить порядочного человека, думал я. Тем более женщину. В лучшем случае — только проститутку из „Интернационаля“.

III

Во вторник утром мы сидели во дворе нашей мастерской и завтракали. Кадилляк был готов. Ленц держал в руках листок бумаги и торжествующе поглядывал на нас. Он числился заведующим отделом рекламы и только что прочел Кестеру и мне текст составленного им объявления о продаже машины. Оно начиналось словами: „Отпуск на юге в роскошном лимузине", – и в общем представляло собой нечто среднее между лирическим стихотворением и гимном.

Мы с Кестером некоторое время помолчали. Нужно было хоть немного прийти в себя после этого водопада цветистой фантазии.

Ленц полагал, что мы сражены.

– Ну, что скажете? В этой штуке есть и поэзия и хватка, не правда ли? – гордо спросил он. – В наш деловой век нужно уметь быть романтиком, в этом весь фокус. Контрасты привлекают.

– Но не тогда, когда речь идет о деньгах, – возразил я.

– Автомобили покупают не для того, чтобы вкладывать деньги, мой мальчик, – пренебрежительно объяснял Готтфрид. – Их покупают, чтобы тратить деньги, и с этою уже начинается романтика, во всяком случае для делового человека. А у большинства людей она на этом и кончается. Как ты полагаешь, Отто?

– Знаешь ли… – начал Кестер осторожно.

– Да что тут много разговаривать! – прервал его я. – С такой рекламой можно продавать путевки на курорт или крем для дам, но не автомобили.

Ленц приготовился возражать.

– Погоди минутку, – продолжал я. – Нас ты, конечно, считаешь придирами, Готтфрид. Поэтому я предлагаю – спросим Юппа. Он – это голос народа.

Юпп, наш единственный служащий, пятнадцатилетний паренек, числился чем-то вроде ученика. Он обслуживал заправочную колонку, приносил нам завтрак и убирал по вечерам. Он был маленького роста, весь усыпан веснушками и отличался самыми большими и оттопыренными ушами, которые я когда-либо видел. Кестер уверял, что если бы Юпп выпал из самолета, то не пострадал бы. С такими ушами он мог бы плавно спланировать и приземлиться. Мы позвали его. Ленц прочитал ему объявление.

– Заинтересовала бы тебя такая машина, Юпп? – спросил Кестер.

– Машина? – спросил Юпп.

Я засмеялся.

– Разумеется, машина, – проворчал Готтфрид. – А что ж, по-твоему, речь идет о лошади?

– А есть ли у нее прямая скорость? А как управляется кулачковый вал? Имеются ли гидравлические тормоза? – осведомился невозмутимый Юпп.

– Баран, ведь это же наш кадилляк! – рявкнул Ленц.

– Не может быть, – возразил Юпп, ухмыляясь во всё лицо.

– Вот тебе, Готтфрид, – сказал Кестер, – вот она, современная романтика.

– Убирайся к своему насосу, Юпп. Проклятое дитя двадцатого века!

Раздраженный Ленц отправился в мастерскую с твердым намерением сохранить весь поэтический пыл своего объявления и подкрепить его лишь некоторыми техническими данными.

* * *

Через несколько минут в воротах неожиданно появился старший инспектор Барзиг. Мы встретили его с величайшим почтением. Он был инженером и экспертом страхового общества „Феникс“, очень влиятельным человеком, через которого можно было получать заказы на ремонт. У нас с ним установились отличные отношения. Как инженер он был самим сатаной, и его ни в чем невозможно было провести, но как любитель бабочек он был мягче воска. У него была большая коллекция, и однажды мы подарили ему огромную ночную бабочку, залетевшую в мастерскую. Барзиг даже побледнел от восторга и был чрезвычайно торжествен, когда мы преподнесли ему эту тварь. Оказалось, что это „Мертвая голова“, очень редкостный экземпляр, как раз недостававший ему для коллекции. Он никогда не забывал этого и доставал нам заказы на ремонт где только мог. А мы ловили для него каждую козявку, которая только попадалась нам.

– Рюмку вермута, господин Барзиг? – спросил Ленц, уже успевший прийти в себя. – До вечера не пью спиртного, – ответил Барзиг. – Это у меня железный принцип.

– Принципы нужно нарушать, а то какое же от них удовольствие, – заявил Готтфрид и налил ему. – Выпьем за грядущее процветание „Павлиньего глаза“ и „Жемчужницы!“

Барзиг колебался недолго.

– Когда вы уж так за меня беретесь, не могу отказаться, – сказал он, принимая стакан. – Но тогда уж чокнемся и за „Воловий глаз“. – Он смущенно ухмыльнулся, словно сказал двусмысленность о женщине:

– Видите ли, я недавно открыл новую разновидность со щетинистыми усиками.

– Черт возьми, – сказал Ленц. – Вот здорово! Значит, вы первооткрыватель и ваше имя войдет в историю естествознания!

Мы выпили еще по рюмке в честь щетинистых усиков. Барзиг утер рот:

– А я пришел к вам, с хорошей вестью. Можете

отправляться за фордом. Дирекция согласилась поручить вам ремонт.

– Великолепно, – сказал Кестер. – Это нам очень кстати. А как с нашей сметой?

– Тоже утверждена.

– Без сокращений?

Барзиг зажмурил один глаз:

– Сперва господа не очень соглашались, но в конце концов…

– Еще по одной за страховое общество „Феникс“! – воскликнул Ленц, наливая в стаканы.

Барзиг встал и начал прощаться.

– Подумать только, – сказал он, уже уходя. – Дама, которая была в форде, всё же умерла несколько дней тому назад. А ведь у нее лишь порезы были. Вероятно, очень большая потеря крови.

– Сколько ей было лет? – спросил Кестер.

– Тридцать четыре года, – ответил Барзиг. – И беременна на четвертом месяце. Застрахована на двадцать тысяч марок.

* * *

Мы сразу же отправились за машиной. Она принадлежала владельцу булочной. Он ехал вечером, был немного пьян и врезался в стену. Но пострадала только его жена; на нем самом не оказалось даже царапины. Мы встретились с ним в гараже, когда готовились выкатывать машину. Некоторое время он молча присматривался к нам; несколько обрюзгший, сутулый, с короткой шеей, он стоял, слегка наклонив голову. У него был нездоровый сероватый цвет лица, как у всех пекарей, и в полумраке он напоминал большого печального мучного червя. Он медленно подошел к нам.

– Когда будет готова? – спросил он.

– Примерно через три недели, – ответил Кестер.

Булочник показал на верх машины:

– Ведь это тоже включено, не правда ли?

– С какой стати? – спросил Отто. – Верх не поврежден.

Булочник сделал нетерпеливый жест:

– Разумеется. Но можно ведь выкроить новый верх. Для вас это достаточно крупный заказ. Я думаю, мы понимаем друг друга.

– Нет, – ответил Кестер.

Он понимал его отлично. Этот субъект хотел бесплатно получить новый верх, за который страховое общество не платило, он собирался включить его в ремонт контрабандой. Некоторое время мы спорили с ним. Он грозил, что добьется, чтобы у нас заказ отняли и передали другой, более сговорчивой мастерской. В конце концов Кестер уступил. Он не пошел бы на это, если бы у нас была работа.

– Ну то-то же. Так бы и сразу, – заметил булочник с кривой ухмылкой. – Я зайду в ближайшие дни, выберу материал. Мне хотелось бы бежевый, предпочитаю нежные краски.

Мы выехали. По пути Ленц обратил внимание на сидение форда. На нем были большие черные пятна.

– Это кровь его покойной жены. А он выторговывал новый верх. „Беж, нежные краски…" Вот это парень! Не удивлюсь, если ему удастся вырвать страховую сумму за двух мертвецов. Ведь жена была беременна.

Кестер пожал плечами:

– Он, вероятно, считает, что одно к другому не имеет отношения.

– Возможно, – сказал Ленц. – Говорят, что бывают люди, которых это даже утешает в горе. Однако нас он накрыл ровно на пятьдесят марок.

* * *

Вскоре после полудня я под благовидным предлогом ушел домой. На пять часов была условлена встреча с Патрицией Хольман, но в мастерской я ничего об этом не сказал. Не то чтобы я собирался скрывать, но мне всё это казалось почему-то весьма невероятным.

Она назначила мне свидание в кафе. Я там никогда не бывал и знал только, что это маленькое и очень элегантное кафе. Ничего не подозревая, зашел я туда и, едва переступив порог, испуганно отшатнулся. Всё помещение было переполнено болтающими женщинами. Я попал в типичную дамскую кондитерскую.

Лишь с трудом удалось мне пробраться к только что освободившемуся столику. Я огляделся, чувствуя себя не в своей тарелке. Кроме меня, было еще только двое мужчин, да и те мне не понравились.

– Кофе, чаю, шоколаду? – спросил кельнер и смахнул салфеткой несколько сладких крошек со стола мне на костюм.

– Большую рюмку коньяку, – потребовал я. Он принес. Но заодно он привел с собой компанию дам, которые искали место, во главе с пожилой особой атлетического сложения, в шляпке с плерезами.

– Вот, прошу, четыре места, – сказал кельнер, указывая на мой стол.

– Стоп! – ответил я. – Стол занят. Ко мне должны прийти.

– Так нельзя, сударь, – возразил кельнер. – В это

время у нас не полагается занимать места.

Я поглядел на него. Потом взглянул на атлетическую даму, которая уже подошла вплотную к столу и вцепилась в спинку стула. Увидев ее лицо, я отказался от дальнейшего сопротивления. Даже пушки не смогли бы поколебать эту особу в ее решимости захватить стол.

– Не могли бы вы тогда по крайней мере принести мне еще коньяку? – проворчал я, обращаясь к кельнеру.

– Извольте, сударь. Опять большую порцию?

– Да.

– Слушаюсь. – Он поклонился. – Ведь это стол на шесть персон, сударь, – сказал он извиняющимся тоном.

– Ладно уж, принесите только коньяк. Атлетическая особа, видимо, принадлежала к обществу поборников трезвости. Она так уставилась на мою рюмку, словно это была тухлая рыба. Чтоб позлить ее, я заказал еще один и в упор взглянул на нее. Вся эта история меня внезапно рассмешила. Зачем я забрался сюда? Зачем мне нужна эта девушка? Здесь, в суматохе и гаме, я вообще ее не узнаю. Разозлившись, я проглотил свой коньяк.

– Салют! – раздался голос у меня за спиной. Я вскочил. Она стояла и смеялась:

– А вы уже заблаговременно начинаете? Я поставил на стол рюмку, которую всё еще держал в руке. На меня напало вдруг замешательство. Девушка выглядела совсем по-иному, чем запомнилось мне. В этой толпе раскормленных баб, жующих пирожные, она казалась стройной, молодой амазонкой, прохладной, сияющей, уверенной и недоступной. „У нас с ней не может быть ничего общего", – подумал я и сказал:

– Откуда это вы появились, словно призрак? Ведь я всё время следил за дверью.

Она кивнула куда-то направо:

– Там есть еще один вход. Но я опоздала. Вы уже давно ждете?

– Вовсе нет. Не более двух-трех минут. Я тоже только что пришел.

Компания за моим столом притихла. Я чувствовал оценивающие взгляды четырех матрон на своем затылке.

– Мы останемся здесь? – спросил я.

Девушка быстро оглядела стол. Ее губы дрогнули в улыбке. Она весело взглянула на меня:

– Боюсь, что все кафе одинаковы.

Я покачал головой:

– Те, которые пусты, лучше. А здесь просто чертово заведение, в нем начинаешь чувствовать себя неполноценным человеком. Уж лучше какой-нибудь бар.

– Бар? Разве бывают бары, открытые средь бела дня?

– Я знаю один, – ответил я. – И там вполне спокойно. Если вы не возражаете…

– Ну что ж, для разнообразия…

Я посмотрел на нее. В это мгновенье я не мог понять, что она имеет в виду. Я не имею ничего против иронии, если она не направлена против меня. Но совесть у меня была нечиста.

– Итак, пойдем, – сказала она.

Я подозвал кельнера, – Три большие рюмки коньяку! – заорал этот чертов филин таким голосом, словно предъявлял счет посетителю, уже находившемуся в могиле. – Три марки тридцать.

Девушка обернулась:

– Три рюмки коньяку за три минуты? Довольно резвый темп.

– Две я выпил еще вчера.

– Какой лжец! – прошипела атлетическая особа мне вслед. Она слишком долго молчала.

Я повернулся и поклонился:

– Счастливого рождества, сударыня! – и быстро ушел. – У вас была ссора? – спросила девушка на улице.

– Ничего особенного. Просто я произвожу неблагоприятное впечатление на солидных дам.

– Я тоже, – ответила она.

Я поглядел на нее. Она казалась мне существом из другого мира. Я совершенно не мог себе представить, кто она такая и как она живет.

* * *

В баре я почувствовал твердую почву под ногами. Когда мы вошли, бармен Фред стоял за стойкой и протирал большие рюмки для коньяка. Он поздоровался со мною так, словно видел впервые и словно это не он третьего дня тащил меня домой. У него была отличная школа и огромный опыт.

В зале было пусто. Только за одним столиком сидел, как обычно, Валентин Гаузер. Его я знал еще со времен войны; мы были в одной роте. Однажды он под ураганным огнем принес мне на передовую письмо; он думал, что оно от моей матери. Он знал, что я очень жду письма, так как матери должны были делать операцию. Но он ошибся. Это была рекламная листовка о подшлемниках из крапивной ткани. На обратном пути его ранило в ногу.

Вскоре после войны Валентин получил наследство. С тех пор он его пропивал… Он утверждал, что обязан торжественно отмечать свое счастье – то, что он уцелел на войне. И его не смущало, что с тех пор прошло уже несколько лет. Он заявлял, что такое счастье невозможно переоценить: сколько ни празднуй, всё мало. Он был одним из тех, кто необычайно остро помнил войну. Всё мы уже многое забыли, а он помнил каждый день и каждый час.

Я заметил, что он уже много выпил. Он сидел в углу, погруженный в себя, от всего отрешенный. Я поднял руку:

– Салют, Валентин. Он очнулся и кивнул:

– Салют, Робби.

Мы сели за столик в углу. Подошел бармен.

– Что бы вы хотели выпить? – спросил я девушку.

– Пожалуй, рюмку мартини, – ответила она, – сухого мартини.

– В этом Фред специалист, – заявил я. Фред позволил себе улыбнуться.

– Мне как обычно, – сказал я.

В баре было прохладно и полутемно. Пахло пролитым джином и коньяком. Это был терпкий запах, напоминавший аромат можжевельника и хлеба. С потолка свисала деревянная модель парусника. Стена за стойкой была обита медью. Мягкий свет одинокой лампы отбрасывал на нее красные блики, словно там отражалось подземное пламя. В зале горели только две маленькие лампы в кованых бра – одна над столиком Валентина, другая над нашим. Желтые пергаментные абажуры на них были сделаны из старых географических карт, казалось – это узкие светящиеся ломти мира.

Я был несколько смущен и не знал, с чего начинать разговор. Ведь я вообще не знал эту девушку и, чем дольше глядел на нее, тем более чуждой она мне казалась. Прошло уже много времени с тех пор, как я был вот так вдвоем с женщиной, у меня не было опыта. Я привык общаться с мужчинами. В кафе мне было не по себе, оттого что там слишком шумно, а теперь я внезапно ощутил, что здесь слишком тихо. Из-за этой тишины вокруг каждое слово приобретало особый вес, трудно было говорить непринужденно. Мне захотелось вдруг снова вернуться в кафе.

Фред принес бокалы. Мы выпили. Ром был крепок и свеж. Его вкус напоминал о солнце. В нем было нечто, дающее поддержку. Я выпил бокал и сразу же протянул его Фреду.

– Вам нравится здесь? – спросил я.

Девушка кивнула. – Ведь здесь лучше, чем в кондитерской?

– Я ненавижу кондитерские, – сказала она.

– Так зачем же нужно было встретиться именно

там? – спросил я удивленно.

– Не знаю. – Она сняла шапочку. – Просто я ничего другого не придумала.

– Тем лучше, что вам здесь нравится. Мы здесь часто бываем. По вечерам эта лавочка становится для нас чем-то вроде родного дома.

Она засмеялась:

– А ведь это, пожалуй, печально?

– Нет, – сказал я. – Это в духе времени. Фред принес мне второй бокал. И рядом с ним он положил на стол зеленую гаванну:

– От господина Гаузера.

Валентин кивнул мне из своего угла и поднял бокал.

– Тридцать первое июля семнадцатого года, Робби, – пробасил он.

Я кивнул ему в ответ и тоже поднял бокал. Он обязательно должен был пить с кем-нибудь. Мне случалось по вечерам замечать, как он выпивал где-нибудь в сельском трактире, обращаясь к луне или к кусту сирени. При этом он вспоминал один из тех дней в окопах, когда особенно тяжело приходилось, и был благодарен за то, что он здесь и может вот так сидеть.

– Это мой друг, – сказал я девушке. – Товарищ по фронту. Он единственный человек из всех, кого я знаю, который сумел из большого несчастья создать для себя маленькое счастье. Он не знает, что ему делать со своей жизнью, и поэтому просто радуется тому, что всё еще жив.

Она задумчиво взглянула на меня. Косой луч света упал на ее лоб и рот.

– Это я отлично понимаю, – сказала она.

Я посмотрел на нее:

– Этого вам не понять. Вы слишком молоды.

Она улыбнулась. Легкой улыбкой – только глазами. Ее лицо при этом почти не изменилось, только посветлело, озарилось изнутри.

– Слишком молода? – сказала она. – Это не то слово. Я нахожу, что нельзя быть слишком молодой. Только старой можно быть слишком.

Я помолчал несколько мгновений. – На это можно многое возразить, – ответил я и кивнул Фреду, чтобы он принес мне еще чего-нибудь.

Девушка держалась просто и уверенно; рядом с ней я чувствовал себя чурбаном. Мне очень хотелось бы завести легкий, шутливый разговор, настоящий разговор, такой, как обычно придумываешь потом, когда остаешься один. Ленц умел разговаривать так, а у меня всегда получалось неуклюже и тяжеловесно. Готтфрид не без основания говорил обо мне, что как собеседник я нахожусь примерно на уровне почтового чиновника.

К счастью, Фред был догадлив. Он принес мне не маленькую рюмочку, а сразу большой бокал. Чтобы ему не приходилось всё время бегать взад и вперед и чтобы не было заметно, как много я пью. А мне нужно было пить, иначе я не мог преодолеть этой деревянной тяжести.

— Не хотите ли еще рюмочку мартини? — спросил я девушку.

— А что это вы пьете?

— Ром.

Она поглядела на мой бокал:

— Вы и в прошлый раз пили то же самое?

— Да, — ответил я. — Ром я пью чаще всего.

Она покачала головой:

— Не могу себе представить, чтобы это было вкусно.

— Да и я, пожалуй, уже не знаю, вкусно ли это, — сказал я.

Она поглядела на меня:

— Почему же вы тогда пьете?

Обрадовавшись, что нашел нечто, о чем могу говорить, я ответил:

— Вкус не имеет значения. Ром — это ведь не просто напиток, это скорее друг, с которым вам всегда легко. Он изменяет мир. Поэтому его и пьют. — Я отодвинул бокал. — Но вы позволите заказать вам еще рюмку мартини?

— Лучше бокал рома, — сказала она. — Я бы хотела тоже попробовать.

— Ладно, — ответил я. — Но не этот. Для начала он, пожалуй, слишком крепок. Принеси коктейль „Баккарди“! — крикнул я Фреду.

Фред принес бокал и подал блюдо с соленым миндалем и жареными кофейными зернами.

— Оставь здесь всю бутылку, — сказал я.

* * *

Постепенно всё становилось осязаемым и ясным. Неуверенность проходила, слова рождались сами собой, и я уже не следил так внимательно за тем, что говорил. Я продолжал пить и ощущал, как надвигалась большая ласковая волна, поднимая меня, как этот пустой предвечерний час заполнялся образами и над равнодушными серыми просторами бытия вновь возникали в безмолвном движении призрачной вереницей мечты. Стены бара расступились, и это уже был не бар — это был уголок мира, укромный уголок, полутемное укрытие, вокруг которого бушевала вечная битва хаоса, и внутри в безопасности приютились мы, загадочно сведенные вместе, занесенные сюда сквозь сумеречные времена.

Девушка сидела, съежившись на своем стуле, чужая и таинственная, словно ее принесло сюда откуда-то из другой жизни. Я говорил и слышал свой голос, но казалось, что это не я, что говорит кто-то другой, и такой, каким я бы хотел быть. Слова, которые я произносил, уже не были правдой, они смещались, они теснились, уводя в иные края, более пестрые и яркие, чем те, в которых происходили мелкие события моей жизни; я знал, что говорю неправду, что сочиняю и лгу, но мне было безразлично, – ведь правда была безнадежной и тусклой. И настоящая жизнь была только в ощущении мечты, в ее отблесках.

На медной обивке бара пылал свет. Время от времени Валентин поднимал свой бокал и бормотал себе под нос какое-то число. Снаружи доносился приглушенный плеск улицы, прерываемый сигналами автомобилей, звучавшими, как голоса хищных птиц. Когда кто-нибудь открывал дверь, улица что-то кричала нам. Кричала, как сварливая, завистливая старуха.

* * *

Уже стемнело, когда я проводил Патрицию Хольман домой. Медленно шел я обратно. Внезапно я почувствовал себя одиноким и опустошенным. С неба просеивался мелкий дождик. Я остановился перед витриной. Только теперь я заметил, что слишком много выпил. Не то чтобы я качался, но всё же я это явственно ощутил.

Мне стало сразу жарко. Я расстегнул пальто и сдвинул шляпу на затылок. „Черт возьми, опять это на меня нашло. Чего я только не наговорил ей!"

Я даже не решался теперь всё точно припомнить. Я уже забыл всё, и это было самое худшее. Теперь, здесь, в одиночестве, на холодной улице, сотрясаемой автобусами, всё выглядело совершенно по-иному, чем тогда, в полумраке бара. Я проклинал себя. Хорошее же впечатление должен был я произвести на эту девушку. Ведь она-то, конечно, заметила. Ведь она сама почти ничего не пила. И, прощаясь, она как-то странно посмотрела на меня.

– Господи ты боже мой! – Я резко повернулся. При этом я столкнулся с маленьким толстяком.

– Ну! – сказал я яростно.

– Разуйте глаза, вы, соломенное чучело! – пролаял толстяк.

Я уставился на него.

– Что, вы людей не видели, что ли? – продолжал

он тявкать.

Это было мне кстати.

– Людей-то видел, – ответил я. – Но вот разгуливающие пивные бочонки не приходилось.

Толстяк ненадолго задумался. Он стоял, раздуваясь.

– Знаете что, – фыркнул он, – отправляйтесь в зоопарк. Задумчивым кенгуру нечего делать на улице.

Я понял, что передо мной ругатель высокого класса. Несмотря на паршивое настроение, нужно было соблюсти достоинство.

– Иди своим путем, душевнобольной недоносок, – сказал я и поднял руку благословляющим жестом. Он не последовал моему призыву.

– Попроси, чтобы тебе мозги бетоном залили, заплесневелый павиан! – лаял он.

Я ответил ему „плоскостопым выродком“. Он обозвал меня попугаем, а я его безработным мойщиком трупов. Тогда он почти с уважением охарактеризовал меня: „Коровья голова, разъедаемая раком“. А я, чтобы уж покончить, кинул: „Бродячее кладбище бифштексов“.

Его лицо внезапно прояснилось.

– Бродячее кладбище бифштексов? Отлично, – сказал он. – Этого я еще не знал, включаю в свой репертуар. Пока!.. – Он приподнял шляпу, и мы расстались, преисполненные уважения друг к другу.

Перебранка меня освежила. Но раздражение осталось. Оно становилось сильнее по мере того, как я протрезвлялся. И сам себе я казался выкрученным мокрым полотенцем. Постепенно я начинал сердиться уже не только на себя. Я сердился на всё и на девушку тоже. Ведь это из за нее мне пришлось напиться. Я поднял воротник. Ладно, пусть она думает, что хочет. Теперь мне это безразлично, – по крайней мере она сразу поняла, с кем имеет дело. А по мне – так пусть всё идет к чертям, – что случилось, то случилось. Изменить уже всё равно ничего нельзя. Пожалуй, так даже лучше.

Я вернулся в бар и теперь уже напился по-настоящему.

IV

Потеплело, и несколько дней подряд шел дождь. Потом прояснилось, солнце начало припекать. В пятницу утром, придя в мастерскую, я увидел во дворе Матильду Штосс. Она стояла, зажав метлу под мышкой, с лицом растроганного гиппопотама.

– Ну поглядите, господин Локамп, какое великолепие. И ведь каждый раз это снова чистое чудо!

Я остановился изумленный. Старая слива рядом с

заправочной колонкой за ночь расцвела.

Всю зиму она стояла кривой и голой. Мы вешали на нее старые покрышки, напяливали на ветки банки из-под смазочного масла, чтобы просушить их. На ней удобно размещалось всё, начиная от обтирочных тряпок до моторных капотов; несколько дней тому назад на ней развевались после стирки наши синие рабочие штаны. Еще вчера ничего нельзя было заметить, и вот внезапно, за одну ночь, такое волшебное превращение: она стала мерцающим розово-белым облаком, облаком светлых цветов, как будто стая бабочек, заблудившись, прилетела в наш грязный двор...

— И какой запах! — сказала Матильда, мечтательно закатывая глаза. — Чудесный! Ну точь-в-точь как ваш ром.

Я не чувствовал никакого запаха. Но я сразу понял, в чем дело.

— Нет, пожалуй, это больше похоже на запах того коньяка, что для посетителей, — заявил я. Она энергично возразила: — Господин Локамп, вы, наверное, простыли. Или, может, у вас полипы в носу? Теперь почти у каждого человека полипы. Нет, у старухи Штосс нюх, как у легавой собаки. Вы можете ей поверить. Это ром, выдержанный ром.

— Ладно уж, Матильда...

Я налил ей рюмку рома и пошел к заправочной колонке. Юпп уже сидел там. Перед ним в заржавленной консервной банке торчали цветущие ветки.

— Что это значит? — спросил я удивленно.

— Это для дам, — заявил Юпп. — Когда они заправляются, то получают бесплатно веточку. Я уже сегодня продал на девяносто литров больше. Это золотое дерево, господин Локамп. Если бы у нас его не было, мы должны были бы специально посадить его.

— Однако ты деловой мальчик.

Он ухмыльнулся. Солнце просвечивало сквозь его уши, так что они походили на рубиновые витражи церковных окон.

— Меня уже дважды фотографировали, — сообщил он, — на фоне дерева.

— Гляди, ты еще станешь кинозвездой, — сказал я в пошел к смотровой канаве; оттуда, из-под форда, выбирался Ленц.

— Робби, — сказал он. — Знаешь, что мне пришло в голову? Нам нужно хоть разок побеспокоиться о той девушке, что была с Биндингом.

Я взглянул на него:

— Что ты имеешь в виду?

— Именно то, что говорю. Ну чего ты уставился на

меня?

– Я не уставился.

– Не только уставился, но даже вытаращился. А как, собственно, звали эту девушку? Пат… А как дальше?

– Не знаю, – ответил я.

Он поднялся и выпрямился:

– Ты не знаешь? Да ведь ты же записал ее адрес. Я это сам видел.

– Я потерял запись.

– Потерял! – Он обеими руками схватился за свою желтую шевелюру. – И для этого я тогда целый час возился в саду с Биндингом! Потерял! Но, может быть, Отто помнит? – Отто тоже ничего не помнит.

Он поглядел на меня:

– Жалкий дилетант! Тем хуже! Неужели ты не понимаешь, что это чудесная девушка! Господи боже мой! – Он воззрился на небо. – В кои-то веки попадается на пути нечто стоящее, и этот тоскливый чурбан теряет адрес!

– Она вовсе не показалась мне такой необычайной.

– Потому что ты осёл, – заявил он. – Болван, который не знает ничего лучшего, чем шлюхи из кафе „Интернациональ“. Эх ты, пианист! Повторяю тебе, это был счастливый случай, исключительно счастливый случай – эта девушка. Ты, конечно, ничего в этом не понимаешь. Ты хоть посмотрел на ее глаза? Разумеется, нет. Ты ведь смотрел в рюмку.

– Заткнись! – прервал его я. Потому что, напомнив о рюмке, он коснулся открытой раны.

– А руки? – продолжал он, не обращая на меня внимания. – Тонкие, длинные руки, как у мулатки. В этом уж Готтфрид кое-что понимает, можешь поверить! Святой Моисей! в кои-то веки появляется настоящая девушка – красивая, непосредственная и, что самое важное, создающая атмосферу. – Тут он остановился. – Ты хоть знаешь вообще, что такое атмосфера?

– Воздух, который накачивают в баллоны, – ответил я ворчливо.

– Конечно, – сказал он с презрительным сожалением. – Конечно, воздух. Атмосфера – это ореол! Излучение! Тепло! Тайна! Это то, что дает женской красоте подлинную жизнь, живую душу. Эх, да что там говорить! Ведь твоя атмосфера – это испарения рома.

– Да замолчи ты! Не то я чем-нибудь стукну тебя по черепу! – прорычал я.

Но Готтфрид продолжал говорить, и я его не тронул. Ведь он ничего не подозревал о том, что произошло, и не знал, что каждое его слово было для меня разящим ударом. Особенно, когда он говорил о пьянстве. Я уже было примирился с этим и отлично сумел утешить себя; но теперь он опять всё во мне разбередил. Он расхваливал и расхваливал эту девушку, и скоро я сам почувствовал, что безвозвратно потерял нечто замечательное.

* * *

Расстроенный, отправился я в шесть часов в кафе „Интернациональ". Там было мое давнее убежище. Ленц снова подтвердил это. К моему изумлению, я попал в суматоху большого пиршества. На стойке красовались торты и пироги, и плоскостопии Алоис мчался в заднюю комнату с подносом, уставленным бренчащими кофейниками.

Я замер на месте. Кофе целыми кофейниками? Должно быть, здесь пирует большое общество и пьяные уже валяются под столами.

Но владелец кафе объяснил мне всё. Оказывается, сегодня в задней комнате торжественно провожали Лилли – подругу Розы. Я хлопнул себя по лбу. Разумеется, ведь я тоже был приглашен. И притом как единственный мужчина, о чем многозначительно сказала мне Роза; педераст Кики, который тоже присутствовал там, не шел в счет. Я успел сбегать и купить букет цветов, ананас, погремушку и плитку шоколада.

Роза встретила меня улыбкой светской дамы. В черном декольтированном платье, она восседала во главе стола. Ее золотые зубы сверкали. Я осведомился, как чувствует себя малютка, и вручил целлулоидную погремушку и шоколад. Роза сияла.

Ананас и цветы я поднес Лилли:

– От души желаю счастья.

– Он был и остается настоящим кавалером, – сказала Роза. – А теперь, Робби, усаживайся с нами.

Лилли была лучшей подругой Розы. Она сделала блестящую карьеру. Она достигла того, что является заветной мечтой каждой маленькой проститутки, – она была дамой из отеля. Дама из отеля не выходит на панель – она живет в гостинице и там заводит знакомства. Для большинства проституток это недостижимо. У них не хватает ни гардероба, ни денег, чтобы иметь возможность хоть некоторое время прожить, выжидая клиентов. А вот Лилли хотя и селилась преимущественно в провинциальных гостиницах, но всё же за несколько лет скопила почти четыре тысячи марок. Теперь она собиралась выйти замуж. Ее будущий супруг имел маленькую ремонтную мастерскую. Он знал о ее прошлом, и это ему было безразлично. За будущее он мог не беспокоиться. Когда одна из таких девиц выходила замуж, на нее можно было положиться. Она уже всё испытала, и ей это надоело. Такая становилась верной женой.

Свадьба Лилли была назначена на понедельник. Сегодня Роза давала для нее прощальный ужин. Все собрались, чтобы в последний раз побыть вместе с Лилли. После свадьбы ей уже нельзя будет сюда приходить.

Роза налила мне чашку кофе. Алоис подбежал с огромным пирогом, усыпанным изюмом, миндалем и зелеными цукатами. Роза отрезала мне большой кусок.

Я знал, как следует поступить. Откусив с видом знатока первый кусок, я изобразил величайшее удивление:

– Черт возьми! Но это уж, конечно, не покупное.

– Сама пекла, – сказала осчастливленная Роза. Она была великолепной поварихой и любила, когда это признавали. С ее гуляшами и пирогами никто не мог соревноваться. Недаром она была чешкой.

Я огляделся. Вот они сидят за одним столом – эти труженицы на виноградниках господа бога, безошибочно знающие людей, солдаты любви: красавица Валли, у которой недавно во время ночной прогулки на автомобиле украли горжетку из белого песца; одноногая Лина, ковыляющая на протезе, но всё еще находящая любовников; стерва Фрицци, которая любит плоскостопого Алоиса, хотя уже давно могла бы иметь собственную квартиру и жить на содержании у состоятельного любовника; краснощекая Марго, которая всегда разгуливает в платье горничной и на это ловит элегантных клиентов, и самая младшая – Марион, сияющая и бездумная; Кики – который не может считаться мужчиной, потому что ходит в женском платье, румянится и красит губы; бедная Мими, которой всё труднее ходить по панели, – ей уже сорок пять лет и вены у нее вздулись. Было еще несколько девиц из баров и ресторанов, которых я не знал, и, наконец, в качестве второго почетного гостя маленькая, седая, сморщенная, как мороженое яблоко, „мамаша“ – наперсница, утешительница и опора всех ночных странниц, – „мамаша“, которая торгует горячими сосисками на углу Николайштрассе, служит ночным буфетом и разменной кассой и, кроме своих франкфуртских сосисок, продает еще тайком сигареты и презервативы и ссужает деньгами.

Я знал, как нужно себя держать. Ни слова о делах, ни одного скользкого намека; нужно забыть необычайные способности Розы, благодаря которым она заслужила кличку „Железной кобылы“, забыть беседы о любви, которые Фрицци вела с торговцем скота Стефаном Григоляйтом, забыть, как пляшет Кики на рассвете вокруг корзинки с булочками. Беседы, которые велись здесь, были достойны любого дамского общества.

— Всё уже приготовлено, Лилли? – спросил я.

Она кивнула:

— Приданым я запаслась давно.

— Великолепное приданое, – сказала Роза. – Всё полностью, вплоть до последнего кружевного покрывальца.

— А зачем нужны кружевные покрывальца? – спросил я.

— Ну что ты, Робби! – Роза посмотрела на меня так укоризненно, что я поспешил вспомнить. Кружевные покрывала, вязанные вручную и покрывающие диваны и кресла, – это же символ мещанского уюта, священный символ брака, утраченного рая. Ведь никто из них не был проституткой по темпераменту; каждую привело к этому крушение мирного обывательского существования. Их тайной мечтой была супружеская постель, а не порок. Но ни одна никогда не призналась бы в этом.

Я сел к пианино. Роза уже давно ожидала этого. Она любила музыку, как все такие девицы. Я сыграл на прощанье снова те песни, которые любили она и Лилли. Сперва „Молитву девы“. Название не совсем уместное именно здесь, но ведь это была только бравурная пьеска со множеством бренчащих аккордов. Потом „Вечернюю песню птички“, „Зарю в Альпах“, „Когда умирает любовь“, „Миллионы Арлекина“ и в заключение „На родину хотел бы я вернуться“. Это была любимая песня Розы. Ведь проститутки – это самые суровые и самые сентиментальные существа. Все дружно пели, Кики вторил.

Лилли начала собираться. Ей нужно было зайти за своим женихом. Роза сердечно расцеловала ее.

— Будь здорова, Лилли. Гляди не робей… Лилли ушла, нагруженная подарками. И, будь я проклят, лицо ее стало совсем иным. Словно сгладились те резкие черты, которые проступают у каждого, кто сталкивается с человеческой подлостью. Ее лицо стало мягче. В нем и впрямь появилось что-то от молодой девушки.

Мы вышли за двери и махали руками вслед Лилли. Вдруг Мими разревелась. Она и сама когда-то была замужем, Ее муж еще в войну умер от воспаления легких. Если бы он погиб на фронте, у нее была бы небольшая пенсия и не пришлось бы ей пойти на панель. Роза похлопала ее по спине:

— Ну-ну, Мими, не размокай! Идем-ка выпьем еще по глотку кофе.

Всё общество вернулось в потемневший „Интернациональ“, как стая куриц в курятник. Но прежнее настроение уже не возвращалось.

– Сыграй нам что-нибудь на прощанье, – сказала Роза. – Для бодрости.

– Хорошо, – ответил я. – Давайте-ка отхватим „Марш старых товарищей“.

Потом распрощался и я. Роза успела сунуть мне сверток с пирогами. Я отдал его сыну „мамаши“, который уже устанавливал на ночь ее котелок с сосисками,

* * *

Я раздумывал, что предпринять. В бар не хотелось ни в коем случае, в кино тоже. Пойти разве в мастерскую? Я нерешительно посмотрел на часы. Уже восемь. Кестер, должно быть, вернулся. При нем Ленц не сможет часами говорить о той девушке. Я пошел в мастерскую.

Там горел свет. И не только в помещении – весь двор был залит светом. Кроме Кестера, никого не было.

– Что здесь происходит, Отто? – спросил я. – Неужели ты продал кадилляк?

Кестер засмеялся:

– Нет. Это Готтфрид устроил небольшую иллюминацию.

Обе фары кадилляка были зажжены. Машина стояла так, что снопы света падали через окна прямо на цветущую сливу. Ее белизна казалась волшебной. И темнота вокруг нее шумела, словно прибой сумрачного моря,

– Великолепно! – сказал я. – А где же он?

– Пошел принести чего-нибудь поесть.

– Блестящая мысль, – сказал я. – У меня что-то вроде головокружения. Но, возможно, это просто от голода.

Кестер кивнул:

– Поесть всегда полезно. Это основной закон всех старых вояк. Я сегодня тоже учинил кое-что головокружительное. Записал „Карла“ на гонки, – Что? – спросил я. – Неужели на шестое? Он кивнул.

– Черт подери, Отто, но там же будет немало лихих гонщиков. Он снова кивнул:

– По классу спортивных машин участвует Браумюллер.

Я стал засучивать рукава:

– Ну, если так, тогда за дело, Отто. Закатим большую смазочную баню нашему любимцу.

– Стой! – крикнул последний романтик, вошедший в эту минуту. – Сперва сами заправимся.

Он стал разворачивать свертки. На столе появились: сыр, хлеб, копченая колбаса – твердая, как камень, шпроты. Всё это мы запивали хорошо охлажденным пивом. Мы ели, как артель изголодавшихся косарей. Потом взялись за „Карла“. Два часа мы возились с ним, проверили и смазали все подшипники. Затем мы с Ленцем поужинали еще раз.

Готтфрид включил в иллюминацию еще и форд. Одна из его фар случайно уцелела при аварии. Теперь она торчала на выгнутом кверху шасси, косо устремленная к небу.

Ленц был доволен.

– Вот так; а теперь, Робби, принеси-ка бутылки, и мы торжественно отметим „праздник цветущего дерева“. Я поставил на стол коньяк, джин и два стакана.

– А себе? – спросил Готтфрид.

– Я не пью.

– Что такое? С чего бы так?

– Потому, что это проклятое пьянство больше не доставляет мне никакого удовольствия.

Ленц некоторое время разглядывал меня.

– У нашего ребенка не все дома, Отто, – сказал он немного погодя.

– Оставь его, раз он не хочет, – ответил Кестер. Ленц налил себе полный стакан:

– В течение последнего времени мальчик малость свихнулся.

– Это еще не самое худшее, – заявил я. Большая красная луна взошла над крышами фабрики напротив нас. Мы еще помолчали немного, потом я спросил: – Послушай, Готтфрид, ведь ты, кажется, знаток в вопросах любви, не правда ли?

– Знаток? Да я гроссмейстер в любовных делах, – скромно ответил Ленц.

– Отлично. Так вот я хотел бы узнать: всегда ли при этом ведут себя по-дурацки?

– То есть как по-дурацки?

– Ну так, словно ты полупьян. Болтают, несут всякую чушь и к тому же обманывают?

Ленц расхохотался:

– Но, деточка! Так ведь это же всё обман. Чудесный обман, придуманный мамашей природой. Погляди на эту сливу. Ведь она тоже обманывает. Притворяется куда более красивой, чем потом окажется. Ведь было бы отвратительно, если бы любовь имела хоть какое-то отношение к правде. Слава богу, не всё ведь могут подчинить себе эти проклятые моралисты.

Я поднялся:

– Значит, ты думаешь, что без некоторого обмана вообще не бывает любви?

– Вообще не бывает, детка.

– Да, но при этом можно показаться чертовски

смешным.

Ленц ухмыльнулся:

– Заметь себе, мальчик: никогда, никогда и никогда не покажется женщине смешным тот, кто что-нибудь делает ради нее. Будь это даже самая пошлая комедия. Делай что хочешь, – стой на голове, болтай самую дурацкую чепуху, хвастай, как павлин, распевай под ее окном, но избегай только одного – не будь деловит! Не будь рассудочен!

Я внезапно оживился:

– А ты что думаешь об этом, Отто? Кестер рассмеялся:

– Пожалуй, это правда.

Он встал и, подойдя к „Карлу“, поднял капот мотора. Я достал бутылку рома и еще один стакан и поставил на стол. Отто запустил машину. Мотор вздыхал глубоко и сдержанно. Ленц забрался с ногами на подоконник и смотрел во двор. Я подсел к нему:

– А тебе случалось когда-нибудь напиться, когда ты был вдвоем с женщиной?

– Частенько случалось, – ответил он, не пошевельнувшись.

– Ну и что же?

Он покосился на меня:

– Ты имеешь в виду, если натворил чего-нибудь при этом? Никогда не просить прощения, детка! Не разговаривать. Посылать цветы. Без письма. Только цветы. Они всё прикрывают. Даже могилы.

Я посмотрел на него. Он был неподвижен. В его глазах мерцали отблески белого света, заливавшего наш двор. Мотор всё еще работал, тихо урча: казалось, что земля под нами вздрагивает.

– Пожалуй, теперь я мог бы спокойно выпить, – сказал я и откупорил бутылку.

Кестер заглушил мотор. Потом обернулся к Ленцу:

– Луна уже достаточно светит, чтобы можно было увидеть рюмку, Готтфрид. Выключи иллюминацию. Особенно на форде. Эта штука напоминает мне косой прожектор, напоминает войну. Невесело бывало в ночном полете, когда такие твари вцеплялись в самолет.

Ленц кивнул:

– А мне они напоминают… да, впрочем, всё равно что! – Он поднялся и выключил фары.

Луна уже выбралась из-за фабричных крыш. Она становилась всё ярче и, как большой желтый фонарь, висела теперь на ветвях сливы. А ветви тихо раскачивались, колеблемые легким ветерком.

– Диковинно! – сказал немного погодя Ленц. – Почему это устанавливают памятники разным людям, а почему бы не поставить памятник луне или цветущему дереву?

* * *

Я рано пришел домой. Когда я отпер дверь в коридор, послышалась музыка. Играл патефон Эрны Бениг – секретарши. Пел тихий, чистый женский голос. Потом заискрились приглушенные скрипки и пиччикато на банджо. И снова голос, проникновенный, ласковый, словно задыхающийся от счастья. Я прислушался, стараясь различить слова. Тихое пение женщины звучало необычайно трогательно здесь, в темном коридоре, над швейной машиной фрау Бендер и сундуками семейства Хассе…

Я поглядел на чучело кабаньей головы на стене в кухне, – слышно было, как служанка грохочет там посудой. – „Как могла я жить без тебя?..“ – пел голос всего в двух шагах, за дверью.

Я пожал плечами и пошел в свою комнату. Рядом слышалась возбужденная перебранка. Уже через несколько минут раздался стук и вошел Хассе.

– Не помешаю? – спросил он утомленно.

– Нисколько, – ответил я. – Хотите выпить?

– Нет, уж лучше не стоит. Я только посижу.

Он тупо глядел в пространство перед собой.

– Вам-то хорошо, – сказал он. – Вы одиноки.

– Чепуха, – возразил я. – Когда всё время торчишь вот так один, тоже несладко – поверьте уж мне.

Он сидел съежившись в кресле. Глаза его казались остекленевшими. В них отражался свет уличного фонаря, проникавший в полутьму комнаты. Его худые плечи обвисли.

– Я себе по-иному представлял жизнь, – сказал он погодя.

– Все мы так… – сказал я.

Через полчаса он ушел к себе, чтобы помириться с женой. Я отдал ему несколько газет и полбутылки ликера кюрассо, с незапамятных времен застрявшую у меня на шкафу, – приторно сладкая дрянь, но для него-то как раз хороша, ведь он всё равно ничего не смыслил в этом.

Он вышел тихо, почти беззвучно – тень в тени, – словно погас. Я запер за ним дверь. Но за это мгновенье из коридора, словно взмах пестрого шелкового платка, впорхнул клочок музыки – скрипки, приглушенные банджо – „Как могла я жить без тебя?“

Я сел у окна. Кладбище было залито лунной синевой. Пестрые сплетения световых реклам взбирались на вершины деревьев, и из мглы возникали, мерцая, каменные надгробья. Они были безмолвны и вовсе не страшны. Мимо них проносились, гудя, автомашины, и лучи от фар стремительно пробегали по выветрившимся строкам эпитафий.

Так я просидел довольно долго, размышляя о всякой всячине. Вспомнил, какими мы были тогда, вернувшись с войны, – молодые и лишенные веры, как шахтеры из обвалившейся шахты. Мы хотели было воевать против всего, что определило наше прошлое, – против лжи и себялюбия, корысти и бессердечия; мы ожесточились и не доверяли никому, кроме ближайшего товарища, не верили ни во что, кроме таких никогда нас не обманывавших сил, как небо, табак, деревья, хлеб и земля; но что же из этого получилось? Всё рушилось, фальсифицировалось и забывалось. А тому, кто не умел забывать, оставались только бессилие, отчаяние, безразличие и водка. Прошло время великих человеческих мужественных мечтаний. Торжествовали дельцы. Продажность. Нищета.

* * *

„Вам хорошо, вы одиноки“, – сказал мне Хассе. Что ж, и впрямь всё отлично, – кто одинок, тот не будет покинут. Но иногда по вечерам это искусственное строение обрушивалось и жизнь становилась рыдающей стремительной мелодией, вихрем дикой тоски, желаний, скорби и надежд. Вырваться бы из этого бессмысленного отупения, бессмысленного вращения этой вечной шарманки, – вырваться безразлично куда. Ох, эта жалкая мечта о том, чтоб хоть чуточку теплоты, – если бы она могла воплотиться в двух руках и склонившемся лице! Или это тоже самообман, отречение и бегство? Бывает ли что-нибудь иное, кроме одиночества?

Я закрыл окно. Нет, иного не бывает. Для всего иного слишком мало почвы под ногами.

* * *

Всё же на следующее утро я вышел очень рано и по дороге в мастерскую разбудил владельца маленькой цветочной лавки. Я выбрал букет роз и велел сразу же отослать. Я почувствовал себя несколько странно, когда стал медленно надписывать на карточке адрес. Патриция Хольман…

V

Кестер, надев самый старый костюм, отправился в финансовое управление. Он хотел добиться, чтобы нам уменьшили налог. Мы с Ленцем остались в мастерской.

– К бою, Готтфрид, – сказал я. – Штурмуем толстый кадилляк.

Накануне вечером было опубликовано наше объявление. Значит, мы уже могли ожидать покупателей, – если они вообще окажутся. Нужно было подготовить машину.

Сперва промыли все лакированные поверхности. Машина засверкала и выглядела уже на сотню марок дороже. Потом залили в мотор масло, самое густое, какое только нашлось. Цилиндры были не из лучших и слегка стучали. Это возмещалось густотою смазки, мотор работал удивительно тихо. Коробку скоростей и дифер мы также залили густою смазкой, чтобы они были совершенно беззвучны.

Потом выехали. Вблизи был участок с очень плохой мостовой. Мы прошли по нему на скорости в пятьдесят километров. Шасси громыхало. Мы выпустили четверть атмосферы из баллонов и проехали еще раз. Стало получше. Мы выпустили еще одну четверть атмосферы. Теперь уже ничто не гремело.

Мы вернулись, смазали скрипевший капот, приспособили к нему несколько небольших резиновых прокладок, залили в радиатор горячей воды, чтобы мотор сразу же запускался, и опрыскали машину снизу керосином из пульверизатора – там тоже появился блеск. После всего Готтфрид Ленц воздел руки к небу:

– Гряди же, благословенный покупатель! Гряди, о любезный обладатель бумажника! Мы ждем тебя, как жених невесту.

* * *

Но невеста заставляла себя ждать. И поэтому мы вкатили на канаву боевую колесницу булочника и стали снимать переднюю ось. Несколько часов мы работали мирно, почти не разговаривая. Потом я услышал, что Юпп у бензиновой колонки стал громко насвистывать песню: „Чу! кто там входит со двора!..“

Я выбрался из канавы и поглядел в окно. Невысокий коренастый человек бродил вокруг кадилляка. У него была внешность солидного буржуа.

– Взгляни-ка, Готтфрид, – прошептал я. – Неужели это невеста?

– Несомненно, – сразу откликнулся Ленц. – Достаточно взглянуть на его лицо. Он никого еще не видел, и уже недоверчив. В атаку, марш! Я остаюсь в резерве. Приду на выручку, если сам не справишься. Помни о моих приемах. – Ладно.

Я вышел во двор.

Человек встретил меня взглядом умных черных глаз. Я представился:

– Локамп.

– Блюменталь.

Представиться – это был первый прием Готтфрида. Он утверждал, что тем самым сразу же создается более интимная атмосфера. Его второй прием заключался в чрезвычайной сдержанности в начале разговора, – сперва выслушать покупателя, с тем чтобы включиться там, где всего удобнее.

– Вы пришли по поводу кадилляка, господин Блюменталь? – спросил я.

Блюменталь кивнул.

– Вот он! – сказал я, указывая на машину.

– Вижу, – ответил Блюменталь.

Я быстро оглядел его. „Держись, – подумал я, – это коварная бестия“.

Мы прошли через двор. Я открыл дверцу и запустил мотор. Потом я помолчал, предоставляя Блюменталю время для осмотра. Он уж, конечно, найдет что-нибудь, чтобы покритиковать, тут-то я и включусь.

Но Блюменталь ничего не осматривал. Он и не критиковал. Он тоже молчал и стоял, как идол. Мне больше ничего не оставалось делать, и я пустился наугад.

Начал я с того, что медленно и обстоятельно стал описывать кадилляк, как мать своего ребенка, и пытался при этом выяснить, разбирается ли мой слушатель в машинах. Если он знаток, то нужно подробнее распространяться о моторе и шасси, если ничего не смыслит, – упирать на удобства и финтифлюшки.

Но он всё еще ничем не обнаруживал себя. Он только слушал. А я продолжал говорить и уже сам казался себе чем-то вроде воздушного шара.

– Вам нужна машина, собственно, какого назначения? Для города или для дальних поездок? – спросил я наконец, чтоб хоть в этом найти точку опоры.

– Как придется, – заявил Блюменталь.

– Ах, вот как! Вы сами будете водить, или у вас шофёр?

– По обстоятельствам.

„По обстоятельствам“! Этот субъект отвечал, как попугай. Он, видно, принадлежал к братству монахов-молчальников.

Чтобы как-то его оживить, я попытался побудить его самого испробовать что-нибудь. Обычно это делает покупателей более общительными.

Я опасался, что он попросту заснет у меня на глазах.

– Верх открывается и поднимается исключительно легко для такой большой машины, – сказал я. – Вот попробуйте сами поднять. Вы управитесь одной рукой.

Но Блюменталь нашел, что в этом нет необходимости. Он видит и так. Я с треском захлопывал дверцы, тряс ручки:

— Вот видите, ничего не разболтано. Всё закреплено надежно. Испытайте сами…

Блюменталь ничего не проверял. Для него всё было само собой разумеющимся. Чертовски твердый орешек.

Я показал ему боковые стёкла:

— Поднимаются и опускаются с поразительной легкостью. Можно закрепить на любом уровне. Он даже не пошевелился.

— К тому же, небьющееся стекло, — добавил я, уже начиная отчаиваться. — Это неоценимое преимущество! Вот у нас в мастерской сейчас ремонтируется форд…

— Я рассказал, как погибла жена булочника, и даже приукрасил немного эту историю, погубив вместе с матерью еще и ребенка.

Но душа у Блюменталя была словно несгораемый шкаф.

— Небьющееся стекло теперь во всех машинах, — прервал он меня. — В этом ничего особенного нет.

— Ни в одной машине серийного производства нет небьющегося стекла, — возразил я с ласковой решительностью. — В лучшем случае это только ветровые стёкла в некоторых моделях. Но никоим образом не боковые.

Я нажал на клаксон и перешел к описанию комфортабельного внутреннего устройства — багажника, сидений, кармана, приборного щитка; я не упустил ни одной подробности, включил даже зажигалку, чтобы иметь повод предложить сигарету и попытаться хоть таким образом немного смягчить его, но он отклонил и это.

— Спасибо, не курю, — сказал он и посмотрел на меня с выражением такой скуки, что я внезапно ощутил страшное подозрение — может быть, он вовсе и не к нам направлялся, а забрел сюда случайно; может быть, он собирался покупать машину для метания петель или радиоприемник и здесь торчал сейчас просто от нерешительности, переминаясь на месте, прежде чем двинуться дальше.

— Давайте сделаем пробную поездку, господин Блюменталь, — предложил я наконец, уже основательно измочаленный.

— Пробную поездку? — переспросил он так, словно я предложил ему искупаться.

— Ну да, проедем. Вы же должны сами убедиться, на что способна машина. Она просто стелется по дороге, идет, как по рельсам. И мотор тянет так, словно этот тяжеленный кузов легче пушинки.

– Эти уж мне пробные катания! – он пренебрежительно отмахнулся. – Пробные катания ничего не показывают. Недостатки машины обнаруживаются только потом.

„Еще бы, дьявол ты чугунный, – думал я обозленно, – что ж ты хочешь, чтобы я тебя носом тыкал в недостатки?“

– Нет так нет, – сказал я и простился с последней надеждой. Этот субъект явно не собирался покупать.

Но тут он внезапно обернулся, посмотрел мне прямо в глаза и спросил тихо, резко и очень быстро:

– Сколько стоит машина?

– Семь тысяч марок, – ответил я, не сморгнув, словно из пистолета выстрелил. Я знал твердо: ему не должно ни на мгновенье показаться, будто я размышляю. Каждая секунда промедления могла бы обойтись в тысячу марок, которую он выторговал бы. – Семь тысяч марок, нетто, – повторил я уверенно и подумал: „Если ты сейчас предложишь пять, то получишь машину“.

Но Блюменталь не предлагал ничего. Он только коротко фыркнул:

– Слишком дорого.

– Разумеется, – сказал я, считая, что теперь уже действительно не на что надеяться.

– Почему „разумеется“? – спросил Блюменталь неожиданно почти нормальным человеческим тоном.

– Господин Блюменталь, – сказал я, – а вы встречали в наше время кого-нибудь, кто по-иному откликнулся бы, когда ему называют цену? Он внимательно посмотрел на меня. Потом на его лице мелькнуло что-то вроде улыбки:

– Это правильно. Но машина всё-таки слишком дорога.

Я не верил своим ушам. Вот он, наконец-то, настоящий тон! Тон заинтересованного покупателя! Или, может быть, это опять какой-то новый дьявольский прием?

В это время в ворота вошел весьма элегантный франт. Он достал из кармана газету, заглянул туда, посмотрел на номер дома и направился ко мне:

– Здесь продают кадилляк?

Я кивнул и, не находя слов, уставился на желтую бамбуковую трость и кожаные перчатки франта.

– Не могу ли я посмотреть? – продолжал он с неподвижным лицом.

– Машина находится здесь, – сказал я. – Но будьте любезны подождать немного, я сейчас занят. Пройдите пока, пожалуйста, в помещение.

Франт некоторое время прислушивался к работе

мотора, сперва с критическим, а затем с удовлетворенным выражением лица; потом он позволил мне проводить его в мастерскую.

– Идиот! – зарычал я на него и поспешил вернуться к Блюменталю.

– Если вы хоть разок проедетесь на машине, вы по-иному отнесетесь к цене, – сказал я. – Вы можете испытывать ее сколько угодно. Если позволите, если вам так удобнее, то я вечером могу заехать за вами, чтобы совершить пробную поездку.

Но мимолетное колебание уже прошло. Блюменталь снова превратился в гранитный памятник.

– Ладно уж, – сказал он. – Мне пора уходить. Если я захочу прокатиться для пробы, я вам позвоню.

Я видел, что больше ничего не поделаешь. Этого человека нельзя было пронять словами.

– Хорошо, – сказал я. – Но не дадите ли вы мне свой телефон, чтобы я мог известить вас, если еще кто-нибудь будет интересоваться машиной?

Блюменталь как-то странно посмотрел на меня:

– Тот, кто только интересуется, еще не покупатель. Он вытащил большой портсигар и протянул мне. Оказалось, что он всё-таки курит. И, к тому же, сигары „Коронас“, значит загребает деньги возами. Но теперь мне уже всё было безразлично. Я взял сигару. Он приветливо пожал мне руку и ушел. Глядя вслед, я проклинал его безмолвно, но основательно. Потом вернулся в мастерскую.

– Ну как? – встретил меня франт – он же Готтфрид Ленц. – Как у меня получилось? Вижу, что ты мучишься, вот и решил помочь. Благо Отто переоделся здесь, перед тем как пойти в финансовое управление. Я увидел, что там висит его хороший костюм, мигом напялил его, выскочил в окно и вошел в ворота как солидный покупатель. Здорово проделано, не правда ли?

– По-идиотски проделано, – возразил я. – Он же хитрее, чем мы оба, вместе взятые! Погляди на эту сигару. Полторы марки штука. Ты спугнул миллиардера!

Готтфрид взял у меня сигару, понюхал и закурил:

– Я спугнул жулика, вот кого. Миллиардеры не курят таких сигар. Они покупают те, что полпфеннига штука.

– Чепуха, – ответил я. – Жулик не назовет себя Блюменталем. Жулик представится графом Блюменау или вроде этого.

– Он вернется, – сказал Ленп, как всегда преисполненный надежд, и выдохнул сигарный дым мне в лицо.

– Он уже не вернется, – возразил я убежденно. –

Однако где это ты раздобыл бамбуковую палку и перчатки?

— Взял в долг. В магазине Бенн и компания, напротив нас. Там у меня знакомая продавщица. А трость я, пожалуй, оставлю. Она мне нравится. — И, довольный собою, он стал размахивать толстой палкой.

— Готтфрид, — сказал я. — Ты здесь погибаешь впустую. Знаешь что? Иди в варьете, на эстраду. Там тебе место.

* * *

— Вам звонили, — сказала Фрида, косоглазая служанка фрау Залевски, когда я днем забежал ненадолго домой.

Я обернулся к ней:

— Когда?

— С полчаса назад. И звонила дама.

— Что она говорила?

— Что хочет позвонить еще раз вечером. Только я сразу сказала, что едва ли стоит. Что вас по вечерам никогда не бывает дома.

Я уставился на нее:

— Что? Вы так и сказали? Господи, хоть бы кто-нибудь научил вас разговаривать по телефону.

— Я умею разговаривать по телефону, — заявила нахально Фрида. — Вы ведь действительно никогда не бываете дома по вечерам.

— Вам до этого нет никакого дела, — рассердился я. — В следующий раз вы еще станете рассказывать, что у меня носки дырявые.

— Отчего ж нет, могу, — ответила Фрида язвительно, вытаращив на меня свои воспаленные красноватые глаза. Мы с ней издавна враждовали.

Всего приятнее было бы сунуть ее головой в кастрюлю с супом, но я сдержался, полез в карман, ткнул ей в руку марку и спросил примирительно:

— Эта дама не назвала себя?

— Не-ет, — сказала Фрида.

— А какой у нее голос? Немного глуховатый, низкий, и кажется, будто она слегка охрипла, не так ли?

— Не помню, — заявила Фрида так равнодушно, словно я и не давал ей марки.

— Какое у вас красивое колечко, право прелестное, — сказал я. — Ну подумайте получше, может быть всё-таки припомните?

— Нет, — ответила Фрида, так и сияя от злорадства.

— Ну так пойди и повесься, чертова метелка! — прошипел я и ушел, не оборачиваясь.

* * *

Вечером я пришел домой ровно в шесть. Отперев дверь, я увидел необычную картину. В коридоре стояла фрау Бендер – сестра из приюта для младенцев, и вокруг нее столпились все женщины нашей квартиры.

– Идите-ка сюда, – позвала фрау Залевски. Оказывается, причиной сборища был разукрашенный бантиками младенец. Фрау Бендер привезла его в коляске. Это был самый обыкновенный ребенок, но все дамы наклонялись над ним с выражением такого неистового восторга, словно это было первое дитя, появившееся на свет. Все они кудахтали и ворковали, щелкали пальцами над носом маленького существа и складывали губы бантиком. Даже Эрна Бениг в своем драконовом кимоно участвовала в этой оргии платонического материнства.

– Разве это не очаровательное существо? – спросила фрау Залевски, расплываясь от умиления.

– Об этом можно будет с уверенностью сказать только лет через двадцать – тридцать, – ответил я, косясь на телефон. Лишь бы только меня не вызвали в то время, пока здесь все в сборе.

– Да вы посмотрите на него хорошенько, – требовала от меня фрау Хассе.

Я посмотрел. Младенец как младенец. Ничего особенного в нем нельзя было обнаружить. Разве что поразительно маленькие ручонки и потом – странное сознание, что ведь и сам был когда-то таким крохотным.

– Бедный червячок, – сказал я. – Он еще и не подозревает, что ему предстоит. Хотел бы я знать, что это будет за война, на которую он поспеет.

– Жестокий человек, – сказала фрау Залевски. – Неужели у вас нет чувств?

– У меня даже слишком много чувств, – возразил я. – В противном случае у меня не было бы таких мыслей. – С этими словами я отступил к себе в комнату.

Через десять минут зазвонил телефон. Я услышал, что называют меня, и вышел. Разумеется, всё общество еще оставалось там. Оно не расступилось и тогда, когда, прижав к уху трубку, я слушал голос Патриции Хольман, благодарившей меня за цветы. Наконец младенцу, который, видимо, был самым разумным из этой компании, надоели все обезьяньи штуки, и он внезапно яростно заревел.

– Простите, – сказал я в отчаянии в трубку. – Я ничего не слышу, здесь разоряется младенец, но это не мой.

Все дамы шипели, как гнездо змей, чтобы успокоить орущее существо. Но они достигли только того, что он еще больше разошелся. Лишь теперь я заметил, что это действительно необычайное дитя: легкие у него, должно быть, доставали до бедер, иначе нельзя было объяснить такую потрясающую звучность его голоса. Я оказался в очень затруднительном положении: мои глаза метали яростные взгляды на этот материнский спектакль, а ртом я пытался произносить в телефонную трубку приветливые слова; от темени до носа я был воплощением грозы, от носа до подбородка – солнечным весенним полднем. Позже я сам не мог понять, как мне всё же удалось договориться о встрече на следующий вечер.

– Вы должны были бы установить здесь звуконепроницаемую телефонную будку, – сказал я фрау Залевски. Но она за словом в карман не полезла.

– С чего бы это? – спросила она, сверкая глазами. – Неужели вам так много приходится скрывать?

Я смолчал и удалился. Нельзя вступать в борьбу против возбужденных материнских чувств. На их стороне моралисты всего мира.

На вечер была назначена встреча у Готтфрида. Поужинав в небольшом трактире, я отправился к нему. По пути купил в одном из самых элегантных магазинов мужской одежды роскошный новый галстук для предстоящего торжества. Я всё еще был потрясен тем, как легко всё прошло, и поклялся быть завтра серьезным, как директор похоронной конторы.

Логово Готтфрида уже само по себе являлось достопримечательностью. Оно было увешано сувенирами, привезенными из странствий по Южной Америке. Пестрые соломенные маты на стенах, несколько масок, высушенная человеческая голова, причудливые глиняные кувшины, копья и – главное сокровище – великолепный набор снимков, занимавший целую стену: индианки и креолки, красивые, смуглые, ласковые зверьки, необычайно изящные и непринужденные.

Кроме Ленца и Кестера, там были еще Браумюллер и Грау.

Тео Браумюллер, с загорелой медно-красной плешью, примостился на валике дивана и восторженно рассматривал готтфридовскую коллекцию снимков. Тео был пайщиком одной автомобильной фабрики и давнишним приятелем Кестера. Шестого он должен был участвовать в тех же гонках, на которые Отто записал нашего "Карла".

Фердинанд Грау громоздился у стола – массивный, разбухший и уже довольно пьяный. Увидев меня, он огромной лапищей притянул меня к себе.

– Робби, – сказал он охрипшим голосом. – Зачем ты пришел сюда, к погибшим? Тебе здесь нечего делать! Уходи. Спасайся. Ты еще можешь спастись! Я посмотрел на Ленца. Он подмигнул мне:

– Фердинанд уже крепко в градусе. Два дня подряд он пропивает одну дорогую покойницу. Продал портрет и сразу же получил наличными.

Фердинанд Грау был художником. Однако он давно уже умер бы с голоду, если бы не обрел своеобразной специализации. С фотографий умерших он писал по заказу их скорбящих родственников на редкость верные портреты. Этим он кормился и даже не плохо. Его пейзажи, которые действительно были замечательны, никто не покупал. Всё это обычно придавало его рассуждениям несколько пессимистическую окраску.

– На этот раз заказывал трактирщик, – сказал он. – Трактирщик, у которого померла тетка, торговавшая уксусом и жирами. – Его передернуло. – Жутко!

– Послушай, Фердинанд, – вмешался Ленц. – Ты не должен употреблять таких резких выражений. Ведь тебя кормит одно из лучших человеческих свойств: склонность к благоговению.

– Чепуха, – возразил Грау. – Меня кормит сознание вины. Благоговение к памяти умерших это не что иное, как сознание вины перед ними. Люди стараются возместить то зло, которое они причинили покойникам при жизни. – Он медленно провел рукой по разгоряченному лицу. – Ты можешь себе представить, сколько раз мой трактирщик желал своей тетке, чтобы она подохла, – зато теперь он заказывает ее портрет в самых нежных красках и вешает его над диваном. Так ему больше по душе. Благоговение! Человек вспоминает о своих скудных запасах доброты обычно когда уже слишком поздно. И тогда он бывает очень растроган тем, каким благородным, оказывается, мог бы он быть, и считает себя добродетельным. Добродетель, доброта, благородство… – Он отмахнулся своей огромной ручищей. – Эти качества всегда предпочитаешь находить у других, чтобы их же водить за нос.

Ленц ухмыльнулся:

– Ты потрясаешь устои человеческого общества, Фердинанд.

– Устоями человеческого общества являются корыстолюбие, страх и продажность, – возразил Грау. – Человек зол, но он любит добро… когда его творят другие. – Он протянул свою рюмку Ленцу: – Так-то, а теперь налей мне и не болтай весь вечер, дай и другим слово вымолвить.

Я перелез через диван, чтобы пробраться к Кестеру. Мне внезапно пришла в голову новая мысль:

– Отто, сделай мне одолжение. Завтра вечером

мне нужен кадилляк.

Браумюллер оторвался от пристального изучения едва одетой креольской танцовщицы.

— А разве ты уже научился разворачиваться? — поинтересовался он. — Я всё думал, что ты умеешь ездить только по прямой, и то когда кто-нибудь другой держит баранку вместо тебя.

— Уж ты помолчи, Тео, — возразил я. — Шестого числа на гонках мы тебя разделаем под орех.

Браумюллер захлебнулся от хохота.

— Ну, так как же, Отто? — спросил я напряженно.

— Машина не застрахована, Робби, — сказал Кестер.

— Я буду ползти, как улитка, и гудеть, как сельский автобус. И всего лишь несколько километров по городу.

Отто прищурился так, что глаза его стали маленькими щелочками, и улыбнулся:

— Ладно, Робби, я не возражаю.

— Что же это, машина понадобилась тебе, вероятно, к твоему новому галстуку? — спросил подошедший Ленц.

— Заткнись, — ответил я и отодвинул его в сторону.

Но он не отставал.

— А ну, покажись-ка, деточка! — он ощупал шелковую ткань галстука. — Великолепно. Наш ребенок становится записным пижоном. Похоже, что ты собираешься па смотрины невесты.

— Сегодня ты, фокусник-трансформатор, меня не разозлишь, — сказал я.

— Смотрины невесты? — Фердинанд Грау поднял голову. — А почему бы ему и не присмотреть себе невесту? — Он оживился и обратился ко мне: — Так и поступай, Робби. Это по тебе. Для любви необходима известная наивность. У тебя она есть. Сохрани же ее. Это дар божий. Однажды утратив ее, уже не вернешь никогда.

— Не принимай всё это слишком близко к сердцу, — ухмылялся Ленц. — Родиться глупым не стыдно; стыдно только умирать глупцом.

— Молчи, Готтфрид, — Грау отмел его в сторону одним движением своей могучей лапищи. — О тебе здесь нет речи, обозный романтик. О тебе жалеть не придется.

— Валяй, Фердинанд, высказывайся, — сказал Ленц. — Высказаться — значит облегчить душу.

— Ты симулянт, — заявил Грау, — высокопарный симулянт.

— Все мы такие, — ухмыльнулся Ленц. — Все мы живем только иллюзиями и долгами.

— Вот именно, — сказал Грау, поднимая густые

клочкастые брови, и по очереди оглядел всех нас. – Иллюзии от прошлого, а долги в счет будущего. – Потом он опять повернулся ко мне: – Наивность, сказал я, Робби. Только завистники называют ее глупостью. Не обижайся на них. Это не недостаток, а, напротив достоинство.

Ленц попытался что-то сказать, но Фердинанд уже продолжал снова:

– Ты ведь знаешь, что я имею в виду: простую душу, еще не изъеденную скепсисом и сверхинтеллигентностью. Парцифаль был глуп. Будь он умен, он никогда не завоевал бы кубок святого Грааля. Только глупец побеждает в жизни, умник видит слишком много препятствий и теряет уверенность, не успев еще ничего начать. В трудные времена наивность – это самое драгоценное сокровище, это волшебный плащ, скрывающий те опасности, на которые умник прямо наскакивает, как загипнотизированный. – Он сделал глоток и посмотрел на меня огромными глазами, которые, словно куски неба, светились на его изборожденном морщинами лице. – Никогда не старайся узнать слишком много, Робби! Чем меньше знаешь, тем проще жить. Знание делает человека свободным, но несчастным. Выпьем лучше за наивность, за глупость и за всё, что с нею связано, – за любовь, за веру в будущее, за мечты о счастье; выпьем за дивную глупость, за утраченный рай!

Он сидел, отяжелевший и громоздкий, словно внезапно погрузившись в себя, в свое опьянение, этакий одинокий холм неисповедимой тоски. Его жизнь была разбита, и он знал, что ее уже не наладить… Он жил в своей большой студии, и его экономка стала его сожительницей.

Это была суровая грубоватая женщина, а Грау, напротив, несмотря на свое могучее тело, был очень чувствителен и несдержан. Он никак не мог порвать с ней, да теперь это, вероятно, было уже безразлично для него. Ему исполнилось сорок два года.

Хоть я и знал, что всё это от опьянения, но мне становилось как-то не по себе, когда я видел его таким. Он встречался с нами не часто и пил в одиночестве в своей мастерской. А это быстро ведет к гибели.

Мгновенная улыбка промелькнула на его лице. Он сунул мне в руку бокал:

– Пей, Робби. И спасайся. Помни о том, что я тебе говорил.

– Хорошо, Фердинанд.

Ленц завел патефон. У него была коллекция негритянских песен. Он проиграл нам некоторые из них: о Миссисипи, о собирателях хлопка, о знойных ночах и голубых тропических реках.

VI

Патриция Хольман жила в большом желтом доме, отделенном от улицы узкой полосой газона. Подъезд был освещен фонарем. Я остановил кадилляк. В колеблющемся свете фонаря машина поблескивала черным лаком и походила на могучего черного слона.

Я принарядился: кроме галстука, купил новую шляпу и перчатки, на мне было длинное пальто Ленца – великолепное серое пальто из тонкой шотландской шерсти. Экипированный таким образом, я хотел во что бы то ни стало рассеять впечатление от первой встречи, когда был пьян.

Я дал сигнал. Сразу же, подобно ракете, на всех пяти этажах лестницы вспыхнул свет. Загудел лифт. Он снижался, как светлая бадья, спускающаяся с неба. Патриция Хольман открыла дверь и быстро сбежала по ступенькам. На ней был короткий коричневый меховой жакет и узкая коричневая юбка.

– Алло! – она протянула мне руку. – Я так рада, что вышла. Весь день сидела дома.

Ее рукопожатие, более крепкое, чем можно было ожидать, понравилось мне. Я терпеть не мог людей с руками вялыми, точно дохлая рыба.

– Почему вы не сказали этого раньше? – спросил я. – Я заехал бы за вами еще днем.

– Разве у вас столько свободного времени? – Не так уж много, но я бы как-нибудь освободился. Она глубоко вздохнула:

– Какой чудесный воздух! Пахнет весной.

– Если хотите, мы можем подышать свежим воздухом вволю, – сказал я. – Поедем за город, в лес, – у меня машина. – При этом я небрежно показал на кадилляк, словно это был какой-нибудь старый фордик.

– Кадилляк? – Она изумленно посмотрела на меня. – Ваш собственный?

– На сегодняшний вечер. А вообще он принадлежит нашей мастерской. Мы его хорошенько подновили и надеемся заработать на нем, как еще никогда в жизни.

Я распахнул дверцу:

– Не поехать ли нам сначала в «Лозу» и поужинать? Как вы думаете?

– Поедем ужинать, но почему именно в «Лозу»? Я озадаченно посмотрел на нее. Это был единственный элегантный ресторан, который я знал.

– Откровенно говоря, – сказал я, – не знаю ничего лучшего. И потом мне кажется, что кадилляк кое к чему обязывает.

Она рассмеялась:

— В «Лозе» всегда скучная и чопорная публика. Поедем в другое место!

Я стоял в нерешительности. Моя мечта казаться солидным рассеивалась как дым.

— Тогда скажите сами, куда нам ехать, — сказал я. — В других ресторанах, где я иногда бываю, собирается грубоватый народ. Всё это, по-моему, не для вас.

— Почему вы так думаете? — Она быстро взглянула на меня. — Давайте попробуем.

— Ладно. — Я решительно изменил всю программу. — Если вы не из пугливых, тогда вот что: едем к Альфонсу.

— Альфонс! Это звучит гораздо приятнее, — ответила она. — А сегодня вечером я ничего не боюсь.

— Альфонс — владелец пивной, — сказал я. — Большой друг Ленца.

Она рассмеялась:

— По-моему, у Ленца всюду друзья.

Я кивнул:

— Он их легко находит. Вы могли это заметить на примере с Биндингом. — Ей-богу, правда, — ответила она. — Они подружились молниеносно.

Мы поехали.

* * *

Альфонс был грузным, спокойным человеком. Выдающиеся скулы. Маленькие глаза. Закатанные рукава рубашки. Руки как у гориллы. Он сам выполнял функции вышибалы и выставлял из своего заведения всякого, кто был ему не по вкусу, даже членов спортивного союза "Верность родине". Для особенно трудных гостей он держал под стойкой молоток. Пивная была расположена удобно — совсем рядом с больницей, и он экономил таким образом на транспортных расходах.

Волосатой лапой Альфонс провел по светлому еловому столу.

— Пива? — спросил он.

— Водки и чего-нибудь на закуску, — сказал я.

— А даме? — спросил Альфонс.

— И дама желает водки, — сказала Патриция Хольман.

— Крепко, крепко, — заметил Альфонс. — Могу предложить свиные отбивные с кислой капустой.

— Сам заколол свинью? — спросил я.

— А как же!

— Но даме, вероятно, хочется, что-нибудь полегче.

— Это вы несерьезно говорите, — возразил Альфонс. — Посмотрели бы сперва мои отбивные.

Он попросил кельнера показать нам порцию.

– Замечательная была свинья, – сказал он. – Медалистка. Два первых приза.

– Ну, тогда, конечно, устоять невозможно! – воскликнула Патриция Хольман. Ее уверенный тон удивил меня, – можно было подумать, что она годами посещала этот кабак.

Альфонс подмигнул:

– Значит, две порции?

Она кивнула.

– Хорошо! Пойду и выберу сам.

Он отправился на кухню.

– Вижу, я напрасно опасался, что вам здесь не понравится, – сказал я. – Вы мгновенно покорили Альфонса. Сам пошел выбирать отбивные! Обычно он это делает только для завсегдатаев. Альфонс вернулся:

– Добавил вам еще свежей колбасы.

– Неплохая идея, – сказал я.

Альфонс доброжелательно посмотрел на нас. Принесли водку. Три рюмки. Одну для Альфонса.

– Что ж, давайте чокнемся, – сказал он. – Пусть паши дети заимеют богатых родителей.

Мы залпом опрокинули рюмки. Патриция тоже выпила водку одним духом.

– Крепко, крепко, – сказал Альфонс и зашаркал к твоей стойке.

– Нравится вам водка? – спросил я.

Она поежилась:

– Немного крепка. Но не могла же я оскандалиться перед Альфонсом.

Отбивные были что надо. Я съел две большие порции, и Патриция тоже ела с аппетитом, которого я в ней не подозревал. Мне очень нравилась ее простая и непринужденная манера держаться. Без всякого жеманства она снова чокнулась с Альфонсом и выпила вторую рюмку.

Он незаметно подмигнул мне, – дескать, правильная девушка. А Альфонс был знаток. Не то чтобы он разбирался в красоте или культуре человека, он умел верно определить его сущность.

– Если вам повезет, вы сейчас узнаете главную слабость Альфонса, – сказал я.

– Вот это было бы интересно, – ответила она. – Похоже, что у него нет слабостей.

– Есть! – Я указал на столик возле стойки. – Вот...

– Что? Патефон?

– Нет, не патефон. Его слабость – хоровое пение! Никаких танцев, никакой классической музыки – только хоры: мужские, смешанные. Видите, сколько пластинок? Всё сплошные хоры. Смотрите, вот он опять идет к нам.

– Вкусно? – спросил Альфонс.

— Как дома у мамы, — ответил я.

— И даме понравилось?

— В жизни не ела таких отбивных, — смело заявила дама.

Альфонс удовлетворенно кивнул:

— Сыграю вам сейчас новую пластинку. Вот удивитесь! Он подошел к патефону. Послышалось шипение иглы, и зал огласился звуками могучего мужского хора. Мощные голоса исполняли "Лесное молчание". Это было чертовски громкое молчание.

С первого же такта все умолкли. Альфонс мог стать опасным, если кто-нибудь не выказывал благоговения перед его хорами. Он стоял у стойки, упираясь в нее своими волосатыми руками. Музыка преображала его лицо. Он становился мечтательным — насколько может быть мечтательной горилла. Хоровое пение производило на него неописуемое впечатление. Слушая, он становился кротким, как новорожденная лань. Если в разгар какой-нибудь потасовки вдруг раздавались звуки мужского хора, Альфонс, как по мановению волшебной палочки, переставал драться, вслушивался и сразу же готов был идти на мировую. Прежде, когда он был более вспыльчив, жена постоянно держала наготове его любимые пластинки. Если дело принимало опасный оборот и он выходил из-за стойки с молотком в руке, супруга быстро ставила мембрану с иглой на пластинку. Услышав пение, Альфонс успокаивался, и рука с молотком опускалась. Теперь в этом уж не было такой надобности, — Альфонс постарел, и страсти его поостыли, а жена его умерла. Ее портрет, подаренный Фердинандом Грау, который имел здесь за это даровой стол, висел над стойкой.

Пластинка кончилась. Альфонс подошел к нам.

— Чудесно, — сказал я.

— Особенно первый тенор, — добавила Патриция Хольман.

— Правильно, — заметил Альфонс, впервые оживившись, — вы в этом понимаете толк! Первый тенор — высокий класс!

Мы простились с ним.

— Привет Готтфриду, — сказал он. — Пусть как-нибудь покажется.

* * *

Мы стояли на улице. Фонари перед домом бросали беспокойный свет на старое ветвистое дерево, и тени бегали по его верхушке. На ветках уже зазеленел легкий пушок, и сквозь неясный, мерцающий свет дерево казалось необыкновенно высоким и могучим. Крона его терялась где-то в сумерках и, словно простертая гигантская рука, в непомерной тоске тянулась к небу. Патриция слегка поеживалась.

– Вам холодно? – спросил я.

Подняв плечи, она спрятала руки в рукава мехового жакета:

– Сейчас пройдет. Там было довольно жарко.

– Вы слишком легко одеты, – сказал я. – По вечерам еще холодно.

Она покачала головой:

– Не люблю тяжелую одежду. Хочется, чтобы стало, наконец, тепло. Не выношу холода. Особенно в городе.

– В кадилляке тепло, – сказал я. – У меня на всякий случай припасен плед.

Я помог ей сесть в машину и укрыл ее колени пледом. Она подтянула его выше:

– Вот замечательно! Вот и чудесно. А холод нагоняет тоску.

– Не только холод. – Я сел за руль. – Покатаемся немного?

Она кивнула:

– Охотно.

– Куда поедем?

– Просто так, поедем медленно по улицам. Всё равно куда.

– Хорошо.

Я запустил мотор, и мы медленно и бесцельно поехали по городу. Было время самого оживленного вечернего движения. Мотор работал совсем тихо, и мы почти бесшумно двигались в потоке машин. Казалось, что наш кадилляк – корабль, неслышно скользящий по пестрым каналам жизни. Проплывали улицы, ярко освещенные подъезды, огни домов, ряды фонарей, сладостная, мягкая взволнованность вечернего бытия, нежная лихорадка озаренной ночи, и над всем этим, между краями крыш, свинцово-серое большое небо, на которое город отбрасывал свое зарево.

Девушка сидела молча рядом со мной; свет и тени, проникавшие сквозь стекло, скользили по ее лицу. Иногда я посматривал на нее; я снова вспомнил тот вечер, когда впервые увидел ее. Лицо ее стало серьезнее, оно казалось мне более чужим, чем за ужином, но очень красивым; это лицо еще тогда поразило меня и не давало больше покоя. Было в нем что-то от таинственной тишины, которая свойственна природе – деревьям, облакам, животным, – а иногда женщине.

* * *

Мы ехали по тихим загородным улицам. Ветер

усилился, и казалось, что он гонит ночь перед собой. Вокруг большой площади стояли небольшие дома, уснувшие в маленьких садиках. Я остановил машину.

Патриция Хольман потянулась, словно просыпаясь.

— Как хорошо, — сказала она. — Будь у меня машина, я бы каждый вечер совершала на ней медленные прогулки. Всё кажется совсем неправдоподобным, когда так бесшумно скользишь по улицам. Всё наяву, и в то> же время – как во сне. Тогда по вечерам никто, пожалуй, и не нужен…

Я достал пачку сигарет:

— А ведь вообще вечером хочется, чтобы кто-нибудь был рядом, правда?

Она кивнула:

— Вечером, да… Когда наступает темнота… Странная это вещь.

Я распечатал пачку:

— Американские сигареты. Они вам нравятся?

— Да, больше других.

Я дал ей огня. Теплое и близкое пламя спички осветило на мгновение ее лицо и мои руки, и мне вдруг пришла в голову безумная мысль, будто мы давно уже принадлежим друг другу.

Я опустил стекло, чтобы вытянуло дым.

— Хотите немного поводить? – спросил я. – Это вам доставит удовольствие.

Она повернулась ко мне:

— Конечно, хочу; только я не умею.

— Совсем не умеете?

— Нет. Меня никогда не учили.

В этом я усмотрел какой-то шанс для себя.

— Биндинг мог бы давным-давно обучить вас, — сказал я.

Она рассмеялась:

— Биндинг слишком влюблен в свою машину. Никого к ней не подпускает.

— Это просто глупо, — заявил я, радуясь случаю уколоть толстяка. — Вы сразу же поедете сами. Давайте попробуем. Все предостережения Кестера развеялись в прах. Я распахнул дверцу и вылез, чтобы пустить ее за руль. Она всполошилась:

— Но ведь я действительно не умею водить.

— Неправда, — возразил я. – Умеете, но не догадываетесь об этом.

Я показал ей, как переключать скорости и выжимать сцепление.

— Вот, — сказал я, закончив объяснения, — А теперь трогайте!

— Минутку! – Она показала на одинокий автобус, медленно кативший по улице.

– Не пропустить ли его?

– Ни в коем случае!

Я быстро включил скорость и отпустил педаль сцепления. Патриция судорожно вцепилась в рулевое колесо, напряженно вглядываясь вперед:

– Боже мой, мы едем слишком быстро!

Я посмотрел на спидометр:

– Прибор показывает ровно двадцать пять километров в час. На самом деле это только двадцать. Неплохой темп для стайера.

– А мне кажется, целых восемьдесят.

Через несколько минут первый страх был преодолен. Мы ехали вниз по широкой прямой улице. Кадилляк слегка петлял из стороны в сторону будто его заправили не бензином, а коньяком. Иногда колёса почти касались тротуара. Но постепенно дело наладилось, и всё стало так, как я и ожидал: в машине были инструктор и ученица. Я решил воспользоваться своим преимуществом.

– Внимание, – сказал я. – Вот полицейский!

– Остановиться?

– Уже слишком поздно.

– А что если я попадусь? Ведь у меня нет водительских прав.

– Тогда нас обоих посадят в тюрьму.

– Боже, какой ужас! – Испугавшись, она пыталась нащупать ногой тормоз.

– Дайте газ! – приказал я. – Газ! Жмите крепче! Надо гордо и быстро промчаться мимо него. – Наглость – лучшее средство в борьбе с законом.

Полицейский не обратил на нас внимания. Девушка облегченно вздохнула.

– До сих пор я не знала, что регулировщики выглядят, как огнедышащие драконы, – сказала она, когда мы проехали несколько сот метров.

– Они выглядят так, если сбить их машиной. – Я медленно подтянул ручной тормоз. – Вот великолепная пустынная улица. Свернем в нее. Здесь можно хорошенько потренироваться. Сначала поучимся трогать с места и останавливаться.

Беря с места на первой скорости, Патриция несколько раз заглушала мотор. Она расстегнула жакет:

– Что-то жарко мне стало! Но я должна научиться! Внимательная и полная рвения, она следила за тем, что я ей показывал. Потом она сделала несколько поворотов, издавая при этом взволнованные, короткие восклицания. Фары встречных машин вызывали в ней дьявольский страх и такую же гордость, когда они оказывались позади. Вскоре в маленьком пространстве, полуосвещенном лампочками приборов на контрольном щитке, возникло чувство товарищества, какое быстро устанавливается в практических делах, и, когда через полчаса я снова сел за руль и повез ее домой, мы чувствовали такую близость, будто рассказали друг другу историю всей своей жизни.

* * *

Недалеко от Николайштрассе я опять остановил машину. Над нами сверкали красные огни кинорекламы. Асфальт мостовой переливался матовыми отблесками, как выцветшая пурпурная ткань. Около тротуара блестело большое черное пятно – у кого-то пролилось масло.

– Так, – сказал я, – теперь мы имеем полное право опрокинуть по рюмочке. Где бы нам это сделать? Патриция Хольман задумалась на минутку.

– Давайте поедем опять в этот милый бар с парусными корабликами, – предложила она.

Меня мгновенно охватило сильнейшее беспокойство. Я мог дать голову на отсечение, что там сейчас сидит последний романтик. Я заранее представлял себе его лицо.

– Ах, – сказал я поспешно, – что там особенного? Есть много более приятных мест…

– Не знаю… Мне там очень понравилось.

– Правда? – спросил я изумленно. – Вам понравилось там? – Да, – ответила она смеясь. – И даже очень…

"Вот так раз! – подумал я, – а я-то ругал себя за это!" Я еще раз попытался отговорить ее:

– Но, по-моему, сейчас там битком набито.

– Можно подъехать и посмотреть.

– Да, это можно.

Я обдумывал, как мне быть.

Когда мы приехали, я торопливо вышел из машины:

– Побегу посмотреть. Сейчас же вернусь.

В баре не было ни одного знакомого, кроме Валентина.

– Скажи-ка, Готтфрид уже был здесь?

Валентин кивнул:

– Он ушел с Отто. Полчаса назад.

– Жаль, – сказал я с явным облегчением. – Мне очень хотелось их повидать.

Я пошел обратно к машине.

– Рискнем, – заявил я. – К счастью, туг сегодня не так уж страшно.

Всё же из предосторожности я поставил кадилляк за углом, в самом темном месте.

Мы не посидели и десяти минут, как у стойки появилась соломенная шевелюра Ленца. "Проклятье, –

подумал я, – дождался! Лучше бы это произошло через несколько недель".

Казалось, что Готтфрид намерен тут же уйти. Я уже считал себя спасенным, но вдруг заметил, что Валентин показывает ему на меня. Поделом мне – в наказание за вранье. Лицо Готтфрида, когда он увидел нас, могло бы послужить великолепным образцом мимики для наблюдательного киноактера. Глаза его выпучились, как желтки яичницы-глазуньи, и я боялся, что у него отвалится нижняя челюсть. Жаль, что в баре не было режиссера. Бьюсь об заклад, он немедленно предложил бы Ленцу ангажемент. Его можно было бы, например, использовать в фильме, где перед матросом, потерпевшим кораблекрушение, внезапно из пучины всплывает морской змей.

Готтфрид быстро овладел собой. Я бросил на него взгляд, умоляя исчезнуть. Он ответил мне подленькой усмешкой, оправил пиджак и подошел к нам.

Я знал, что мне предстоит, и, не теряя времени, перешел в наступление. – Ты уже проводил фройляйн Бомблат домой? – спросил я, чтобы сразу нейтрализовать его.

– Да, – ответил он, не моргнув глазом и не выдав ничем, что до этой секунды ничего не знал о существовании фройляйн Бомблат. – Она шлет тебе привет и просит, чтобы ты позвонил ей завтра утром пораньше.

Это был неплохой контрудар. Я кивнул:

– Ладно, позвоню. Надеюсь, она всё-таки купит машину.

Ленц опять открыл было рот, но я ударил его по ноге и посмотрел так выразительно, что он, усмехнувшись, осекся.

Мы выпили несколько рюмок. Боясь захмелеть и сболтнуть что-нибудь лишнее, я пил только коктейли Сайдкар с большими кусками лимона.

Готтфрид был в отличном настроении.

– Только что заходил к тебе, – сказал он. – Думал, пройдемся вместе. Потом зашел в луна-парк. Там устроили великолепную новую карусель и американские горки. Давайте поедем туда! – Он посмотрел на Патрицию.

– Едем немедленно! – воскликнула она. – Люблю карусели больше всего на свете!

– Поедем, – сказал я. Мне хотелось уйти из бара. На свежем воздухе всё должно было стать проще.

* * *

Шарманщики – передовые форпосты луна-парка. Меланхолические нежные звуки. На потертых бархатных накидках шарманок можно увидеть попугая или маленькую озябшую обезьянку в красной суконной курточке. Резкие выкрики торговцев. Они продают состав для склеивания фарфора, алмазы для резания стекла, турецкий мед, воздушные шары и материи для костюмов. Холодный синий свет и острый запах карбидных ламп. Гадалки, астрологи, ларьки с пряниками, качели-лодочки, павильоны с аттракционами. И, наконец, оглушительная музыка, пестрота и блеск – освещенные, как дворец, вертящиеся башни карусели.

– Вперед, ребята! – С растрепавшимися на ветру волосами Ленц ринулся к американским горкам, – здесь был самый большой оркестр. Из позолоченных ниш, по шесть из каждой, выходили фанфаристы. Размахивая фанфарами, прижатыми к губам, они оглушали воздух пронзительными звуками, поворачивались во все стороны и исчезали. Это было грандиозно.

Мы уселись в большую гондолу с головою лебедя и понеслись вверх и вниз. Мир искрился и скользил, он наклонялся и проваливался в черный туннель, сквозь который мы мчались под барабанный бой, чтобы тут же вынырнуть наверх, где нас встречали звуки фанфар и блеск огней.

– Дальше! – Готтфрид устремился к "летающей карусели" с дирижаблями и самолетами. Мы забрались в цеппелин и сделали три круга.

Чуть задыхаясь, мы снова очутились на земле.

– А теперь на чертово колесо! – заявил Ленц.

Это был большой и гладкий круг, который вращался с нарастающей скоростью. Надо было удержаться на нем. На круг встало человек двадцать. Среди них был Готтфрид. Как сумасшедший, он выделывал немыслимые выкрутасы ногами, и зрители аплодировали ему. Всех остальных уже снесло, а он оставался на крупу вдвоем с какой-то кухаркой. У нее был зад, как у ломовой лошади. Когда круг завертелся совсем быстро, хитрая кухарка уселась поплотнее на самой середине, а Готтфрид продолжал носиться вокруг нее. В конце концов последний романтик выбился из сил; он повалился в объятия кухарки, и оба кубарем слетели с круга. Он вернулся к нам, ведя свою партнершу под руку и называя ее запросто Линой. Лина смущенно улыбалась. Ленц спросил, желает ли она выпить чего-нибудь. Лина заявила, что пиво хорошо утоляет жажду. Оба скрылись в палатке.

– А мы?.. Куда мы пойдем сейчас? – спросила Патриция Хольман. Ее глаза блестели.

– В лабиринт привидений, – сказал я, указывая на большой тент.

Путь через лабиринт был полон неожиданностей.

Едва мы сделали несколько шагов, как под нами зашатался пол, чьи-то руки ощупывали нас в темноте, из-за углов высовывались страшные рожи, завывали привидения; мы смеялись, но вдруг Патриция отпрянула назад, испугавшись черепа, освещенного зеленым светом. На мгновение я обнял ее, почувствовал ее дыхание, шелковистые волосы коснулись моих губ, – но через секунду она снова рассмеялась, и я отпустил ее. Я отпустил ее; но что-то во мне не могло расстаться с ней. Мы давно уже вышли из лабиринта, но я всё еще ощущал ее плечо, мягкие волосы, кожу, пахнущую персиком… Я старался не смотреть на нее. Она сразу стала для меня другой.

Ленц уже ждал нас. Он был один.

– Где Лина? – спросил я.

– Накачивается пивом, – ответил он и кивнул головой на палатку в сельском стиле. – С каким-то кузнецом.

– Прими мое соболезнование.

– Всё это ерунда. Давай-ка лучше займемся серьезным мужским делом.

Мы направились к павильону, где набрасывали гуттаперчевые кольца на крючки. Здесь были всевозможные выигрыши.

– Так, – сказал Ленц, обращаясь к Патриции, и сдвинул шляпу на затылок. – Сейчас мы вам добудем полное приданое.

Он начал первым и выиграл будильник. Я бросил кольцо вслед за ним и получил в награду плюшевого мишку. Владелец павильона шумливо и торжественно вручил нам оба выигрыша, чтобы привлечь новых клиентов.

– Ты у меня притихнешь, – усмехнулся Готтфрид и тут же заарканил сковородку. Я подцепил второго мишку.

– Ведь вот как везет! – сказал владелец павильона, передавая нам вещи.

Бедняга не знал, что его ждет. Ленц был первым в роте по метанию ручной гранаты, а зимой, когда дел было немного, мы месяцами напролет тренировались в набрасывании шляп на всевозможные крюки. В сравнении с этим гуттаперчевые кольца казались нам детской забавой. Без труда Готтфрид завладел следующим предметом – хрустальной вазой для цветов. Я – полудюжиной патефонных пластинок. Владелец павильона молча подал нам добычу и проверил свои крючки. Ленц прицелился, метнул кольцо и получил кофейный сервиз, второй по стоимости выигрыш. Вокруг нас столпилась куча зрителей. Я поспешно набросил еще три кольца на один крючок. Результат: кающаяся святая Магдалина в золоченой раме.

Лицо владельца павильона вытянулось, словно он был на приеме у зубного врача. Он отказался выдать нам новые кольца. Мы уже решили было прекратить игру, но зрители подняли шум, требуя от хозяина, чтобы он не мешал нам развлекаться. Они хотели быть свидетелями его разорения. Больше всех шумела Лина, внезапно появившаяся со своим кузнецом.

— Бросать мимо разрешается, не правда ли? — закудахтала она. — А попадать разве запрещено?

Кузнец одобрительно загудел.

— Ладно, — сказал Ленц, — каждый еще по разу.

Я бросил первым. Умывальный таз с кувшином и мыльницей. Затем изготовился Ленц. Он взял пять колец. Четыре он накинул с необычайной быстротой на один и тот же крюк. Прежде чем бросить пятое, он сделал нарочитую паузу и достал сигарету. Трое мужчин услужливо поднесли ему зажженные спички. Кузнец хлопнул его по плечу. Лина, охваченная крайним волнением, жевала свой носовой платок. Готтфрид прицелился и легким броском накинул последнее кольцо на четыре остальных. Раздался оглушительный рев. Ленцу достался главный выигрыш — детская коляска с розовым одеялом и кружевной накидкой.

Осыпая нас проклятьями, хозяин выкатил коляску Мы погрузили в нее все свои трофеи и двинулись к следующему павильону. Коляску толкала Лина. Кузнец отпускал по этому поводу такие остроты, что мне с Патрицией пришлось немного отстать. В следующем павильоне набрасывали кольца на бутылки с вином. Если кольцо садилось па горлышко, бутылка была выиграна. Мы взяли шесть бутылок. Ленц посмотрел на этикетки и подарил бутылки кузнецу.

Был еще один павильон такого рода. Но хозяин уже почуял недоброе и, когда мы подошли, объявил нам, что павильон закрыт. Кузнец, заметив бутылки с пивом, начал было скандалить, но мы отказались от своих намерений: у хозяина павильона была только одна рука.

Сопровождаемые целой свитой, мы подошли к кадилляку.

— Что же придумать? — спросил Ленц, почесывая голову. — Самое лучшее — привязать коляску сзади и взять на буксир.

— Конечно, — сказал я. — Только тебе придется сесть в нее и править, а то еще опрокинется. Патриция Хольман запротестовала. Она испугалась, подумав, что Ленц действительно сядет в коляску.

— Хорошо, — заявил Ленц, — тогда давайте рассортируем вещи. Обоих мишек вы должны обязательно взять себе. Патефонные пластинки тоже.

Как насчет сковородки?

Девушка покачала головой.

Тогда она переходит во владение мастерской, – сказал Готтфрид. – Возьми ее, Робби, ты ведь старый специалист по глазуньям. А кофейный сервиз?

Девушка кивнула в сторону Лины. Кухарка покраснела. Готфрид передал ей сервиз по частям, словно награждая ее призом. Потом он вынул из коляски таз для умывания:

– Керамический! Подарим его господину кузнецу, не правда ли? Он ему пригодится. А заодно и будильник. У кузнецов тяжелый сон.

Я передал Готтфриду цветочную вазу. Он вручил ее Лине. Заикаясь от волнения, она пыталась отказаться. Ее глаза не отрывались от кающейся Магдалины. Она боялась, что если ей отдадут вазу, то картину получит кузнец.

– Очень уж я обожаю искусство, – пролепетала она. Трогательная в своей жадности, она стояла перед нами и покусывала красные пальцы.

– Уважаемая фройляйн, что вы скажете по этому поводу? – спросил Ленц, величественно оборачиваясь к Патриции Хольман.

Патриция взяла картину и отдала ее Лине.

– Это очень красивая картина, – сказала она.

– Повесь над кроватью и вдохновляйся, – добавил Ленц.

Кухарка схватила картину. Глаза ее увлажнились. От благодарности у нее началась сильная икота.

– А теперь твоя очередь, – задумчиво произнес Ленц, обращаясь к детской коляске.

Глаза Лины снова загорелись жадностью. Кузнец заметил, что никогда, мол, нельзя знать, какая вещь может понадобиться человеку. При этом он так расхохотался, что уронил бутылку с вином. Но Ленц решил, что с них хватит.

– Погодите-ка, я тут кое-что заметил, – сказал он и исчез. Через несколько минут он пришел за коляской и укатил ее. – Всё в порядке, – сказал он, вернувшись без коляски. Мы сели в кадилляк.

– Задарили, прямо как на рождество! – сказала Лина, протягивая нам на прощанье красную лапу. Она стояла среди своего имущества и сияла от счастья.

Кузнец отозвал нас в сторону.

– Послушайте! – сказал он. – Если вам понадобится кого-нибудь вздуть, – мой адрес: Лейбницштрассе шестнадцать, задний двор, второй этаж, левая дверь. Ежели против вас будет несколько человек, я прихвачу с собой своих ребят.

– Договорились! – ответили мы и поехали. Миновав луна-парк и свернув за угол, мы увидели нашу коляску и в ней настоящего младенца. Рядом стояла бледная, еще не оправившаяся от смущения женщина.

— Здорово, а? – сказал Готтфрид.

— Отнесите ей и медвежат! — воскликнула Патриция. — Они там будут кстати!

— Разве что одного, – сказал Ленц. – Другой должен остаться у вас.

— Нет, отнесите обоих.

— Хорошо. – Ленц выскочил из машины, сунул женщине плюшевых зверят в руки и, не дав ей опомниться, помчался обратно, словно его преследовали. – Вот, – сказал он, переводя дух, – а теперь мне стало дурно от собственного благородства. Высадите меня у «Интернационаля». Я обязательно должен выпить коньяку.

Я высадил Ленца и отвез Патрицию домой. Всё было иначе, чем в прошлый раз. Она стояла в дверях, и по ее лицу то и дело пробегал колеблющийся свет фонаря. Она была великолепна. Мне очень хотелось остаться с ней.

— Спокойной ночи, – сказал я, – спите хорошо.

— Спокойной ночи.

Я глядел ей вслед, пока не погас свет на лестнице. Потом я сел в кадилляк и поехал. Странное чувство овладело мной. Всё было так не похоже на другие вечера, когда вдруг начинаешь сходить с ума по какой-нибудь девушке. Было гораздо больше нежности, хотелось хоть раз почувствовать себя совсем свободным. Унестись… Всё равно куда…

Я поехал к Ленцу в «Интернациональ». Там было почти пусто. В одном углу сидела Фрицци со своим другом кельнером Алоисом. Они о чем-то спорили. Готтфрид сидел с Мими и Валли на диванчике около стойки. Он вел себя весьма галантно с ними, даже с бедной старенькой Мими.

Вскоре девицы ушли. Им надо было работать – подоспело самое время. Мими кряхтела и вздыхала, жалуясь на склероз. Я подсел к Готтфриду.

— Говори сразу всё, – сказал я.

— Зачем, деточка? Ты делаешь всё совершенно правильно, – ответил он, к моему изумлению.

Мне стало легче оттого, что он так просто отнесся ко всему.

— Мог бы раньше слово вымолвить, – сказал я. Он махнул рукой:

— Ерунда!

Я заказал рому. Потом я сказал ему:

— Знаешь, я ведь понятия не имею, кто она, и всё такое. Не знаю, что у нее с Биндингом. Кстати, тогда он сказал тебе что-нибудь?

Он посмотрел на меня:

– Тебя это разве беспокоит?

– Нет.

– Так я и думал. Между прочим, пальто тебе идет.

Я покраснел.

– Нечего краснеть. Ты абсолютно прав. Хотелось бы и мне уметь так…

Я помолчал немного.

– Готтфрид, но почему же? – спросил я наконец.

Он посмотрел на меня:

– Потому, что всё остальное дерьмо, Робби. Потому что в наше время нет ничего стоящего. Вспомни, что тебе говорил вчера Фердинанд. Не так уж он неправ, этот старый толстяк, малюющий покойников. Вот, а теперь садись за этот ящик и сыграй несколько старых солдатских песен.

Я сыграл "Три лилии" и "Аргоннский лес". Я вспоминал, где мы распевали эти песни, и мне казалось, что здесь, в этом пустом кафе, они звучат как-то призрачно…

VII

Два дня спустя Кестер, запыхавшись, выскочил из мастерской:

– Робби, звонил твой Блюменталь. В одиннадцать ты должен подъехать к нему на кадилляке. Он хочет совершить пробную поездку. Если бы только это дело выгорело!

– А что я вам говорил? – раздался голос Ленца из смотровой канавы, над которой стоял форд. – Я сказал, что он появится снова. Всегда слушайте Готтфрида!

– Да заткнись ты, ведь ситуация серьезная! – крикнул я ему. – Отто, сколько я могу ему уступить?

– Крайняя уступка – две тысячи. Самая крайняя – две тысячи двести. Если нельзя будет никак иначе – две тысячи пятьсот. Если ты увидишь, что перед тобой сумасшедший, – две шестьсот. Но тогда скажи, что мы будем проклинать его веки вечные.

– Ладно.

Мы надраили машину до немыслимого блеска. Я сел за руль. Кестер положил мне руку на плечо:

– Робби, помни: ты был солдатом и не раз бывал в переделках. Защищай честь нашей мастерской до последней капли крови. Умри, но не снимай руки с бумажника Блюменталя.

– Будет сделано, – улыбнулся я.

Ленц вытащил какую-то медаль из кармана?

– Потрогай мой амулет, Робби!

– Пожалуйста.

Я потрогал медаль.

Готтфрид произнес заклинание:

– Абракадабра, великий Шива, благослови этого трусишку, надели его силой и отвагой! Или лучше вот что – возьми-ка амулет с собой! А теперь сплюнь три раза.

– Всё в порядке, – сказал я, плюнул ему под ноги и поехал. Юпп возбужденно отсалютовал мне бензиновым шлангом.

По дороге я купил несколько пучков гвоздики и искусно, как мне показалось, расставил их в хрустальные вазочки на стенках кузова. Это было рассчитано на фрау Блюменталь.

К сожалению, Блюменталь принял меня в конторе, а не на квартире. Мне пришлось подождать четверть часа. "Знаю я эти штучки, дорогой мой, – подумал я. – Этим ты меня не смягчишь". В приемной я разговорился с хорошенькой стенографисткой и, подкупив ее гвоздикой из своей петлицы, стал выведывать подробности о фирме ее патрона. Трикотажное производство, хороший сбыт, в конторе девять человек, сильнейшая конкуренция со стороны фирмы "Майер и сын", сын Майера разъезжает в двухместном красном эссексе – вот что успел я узнать, пока Блюменталь распорядился позвать меня.

Он сразу же попробовал взять меня на пушку.

– Молодой человек, – сказал он. – У меня мало времени. Цена, которую вы мне недавно назвали, – ваша несбыточная мечта. Итак, положа руку на сердце, сколько стоит машина?

– Семь тысяч, – ответил я. Он резко отвернулся:

– Тогда ничего не выйдет.

– Господин Блюменталь, – сказал я, – взгляните на машину еще раз…

– Незачем, – прервал он меня. – Ведь недавно я ее подробно осмотрел…

– Можно видеть и видеть, – заметил я. – Вам надо посмотреть детали. Первоклассная лакировка, выполнена фирмой "Фоль и Рурбек", себестоимость двести пятьдесят марок. Новый комплект резины, цена по каталогу шестьсот марок. Вот вам уже восемьсот пятьдесят. Обивка сидений, тончайший корд…

Он сделал отрицательный жест. Я начал сызнова. Я предложил ему осмотреть роскошный набор инструментов, великолепный кожаный верх, хромированный радиатор, ультрасовременные бамперы – шестьдесят марок пара; как ребенка к матери, меня тянуло назад к кадилляку, и я пытался уговорить Блюменталя выйти со мной к машине. Я знал, что, стоя на земле, я, подобно Антею, почувствую прилив новых сил. Когда показываешь товар лицом, абстрактный ужас перед ценой заметно уменьшается.

Но Блюменталь хорошо чувствовал свою силу за

письменным столом. Он снял очки и только тогда взялся за меня по-настоящему. Мы боролись, как тигр с удавом. Удавом был Блюменталь. Я и оглянуться не успел, как он выторговал полторы тысячи марок в свою пользу.

У меня затряслись поджилки. Я сунул руку в карман и крепко сжал амулет Готтфрида.

– Господин Блюменталь, – сказал я, заметно выдохшись, – уже час дня, вам, конечно, пора обедать! – Любой ценой я хотел выбраться из этой комнаты, в которой цены таяли, как снег.

– Я обедаю только в два часа, – холодно ответил Блюменталь. – Но знаете что? Мы могли бы совершить сейчас пробную поездку.

Я облегченно вздохнул.

– Потом продолжим разговор, – добавил он.

У меня снова сперло дыхание.

Мы поехали к нему домой. К моему изумлению, оказавшись в машине, он вдруг совершенно преобразился и добродушно рассказал мне старинный анекдот о кайзере Франце-Иосифе. Я ответил ему анекдотом о трамвайном кондукторе; тогда он рассказал мне о заблудившемся саксонце, а я ему про шотландскую любовную пару… Только у подъезда его дома мы снова стали серьезными. Он попросил меня подождать и отправился за женой.

– Мой дорогой толстый кадилляк, – сказал я и похлопал машину по. радиатору.

– За всеми этими анекдотами, бесспорно, кроется какая-то новая дьявольская затея. Но не волнуйся, мы пристроим тебя под крышей его гаража. Он купит тебя: уж коли еврей возвращается обратно, то он покупает. Когда возвращается христианин, он еще долго не покупает. Он требует с полдюжины пробных поездок, чтобы экономить на такси, и после всего вдруг вспоминает, что вместо машины ему нужно приобрести оборудование для кухни. Нет, нет, евреи хороши, они знают, чего хотят. Но клянусь тебе, мой дорогой толстяк: если я уступлю этому потомку строптивого Иуды Маккавея еще хоть одну сотню марок, я в жизни не притронусь больше к водке.

Появилась фрау Блюменталь. Я вспомнил все наставления Ленца и мгновенно превратился из воина в кавалера. Заметив это, Блюменталь гнусно усмехнулся. Это был железный человек, ему бы торговать не трикотажем, а паровозами.

Я позаботился о том, чтобы его жена села рядом со мной, а он – на заднее сиденье.

– Куда разрешите вас повезти, сударыня? – спросил я сладчайшим голосом.

– Куда хотите, – ответила она с материнской

улыбкой.

Я начал болтать. Какое блаженство беседовать с таким простодушным человеком. Я говорил тихо, Блюменталь мог слышать только обрывки фраз. Так я чувствовал себя свободнее. Но всё-таки он сидел за моей спиной, и это само по себе было достаточно неприятно. Мы остановились. Я вышел из машины и посмотрел своему противнику в глаза:

— Господин Блюменталь, вы должны согласиться, что машина идет идеально.

— Пусть идеально, а толку что, молодой человек? — возразил он мне с непонятной приветливостью. — Ведь налоги съедают всё. Налог на эту машину слишком высок. Это я вам говорю.

— Господин Блюменталь, — сказал я, стремясь не сбиться с тона, — вы деловой человек, с вами я могу говорить откровенно. Это не налог, а издержки. Скажите сами, что нужно сегодня для ведения дела? Вы это знаете: не капитал, как прежде, но кредит. Вот что нужно! А как добиться кредита? Надо уметь показать себя. Кадилляк — солидная и быстроходная машина, уютная, но не старомодная. Выражение здравого буржуазного начала, Живая реклама для фирмы.

Развеселившись, Блюменталь обратился к жене:

— У него еврейская голова, а?.. Молодой человек, — сказал он затем, — в наши дни лучший признак солидности — потрепанный костюм и поездки в автобусе, вот это реклама! Если бы у нас с вами были деньги, которые еще не уплачены за все эти элегантные машины, мчащиеся мимо нас, мы могли бы с легким сердцем уйти на покой. Это я вам говорю. Доверительно.

Я недоверчиво посмотрел на него. Почему он вдруг стал таким любезным? Может быть, присутствие жены умеряет его боевой пыл? Я решил выпустить главный заряд:

— Ведь такой кадилляк не чета какому-нибудь эссексу, не так ли, сударыня? Младший совладелец фирмы "Майер и сын", например, разъезжает в эссексе, а мне и даром не нужен этот ярко-красный драндулет, режущий глаза.

Блюменталь фыркнул, и я быстро добавил:

— Между прочим, сударыня, цвет обивки очень вам к лицу — приглушенный синий кобальт для блондинки…

Вдруг лицо Блюменталя расплылось в широкой улыбке. Смеялся целый лес обезьян.

— "Майер и сын" — здорово! Вот это здорово! — стонал он. — И вдобавок еще эта болтовня насчет кобальта и блондинки…

Я взглянул на него, не веря своим глазам: он

смеялся от души! Не теряя ни секунды, я ударил по той же струне: – Господин Блюменталь, позвольте мне кое-что уточнить. Для женщины это не болтовня. Это комплименты, которые в наше жалкое время, к сожалению, слышатся всё реже. Женщина – это вам не металлическая мебель; она – цветок. Она не хочет деловитости. Ей нужны солнечные, милые слова. Лучше говорить ей каждый день что-нибудь приятное, чем всю жизнь с угрюмым остервенением работать на нее. Это я вам говорю. Тоже доверительно. И, кстати, я не делал никаких комплиментов, а лишь напомнил один из элементарных законов физики: синий цвет идет блондинкам.

– Хорошо рычишь, лев, – сказал Блюменталь. – Послушайте, господин Локамп! Я знаю, что могу запросто выторговать еще тысячу марок...

Я сделал шаг назад, "Коварный сатана, – подумал я, – вот удар, которого я ждал". Я уже представлял себе, что буду продолжать жизнь трезвенником, в посмотрел на фрау Блюменталь глазами истерзанного ягнёнка.

– Но отец... – сказала она.

– Оставь, мать, – ответил он. – Итак, я мог бы... Но я этого не сделаю. Мне, как деловому человеку, было просто забавно посмотреть, как вы работаете. Пожалуй, еще слишком много фантазии, но всё же... Насчет "Майера и сына" получилось недурно. Ваша мать – еврейка?

– Нет.

– Вы работали в магазине готового платья?

– Да.

– Вот видите, отсюда и стиль. В какой отрасли?

– В душевной, – сказал я. – Я должен был стать школьным учителем.

– Господин Локамп, – сказал Блюменталь, – почет вам и уважение! Если окажетесь без работы, позвоните мне.

Он выписал чек и дал его мне, Я не верил глазам своим! Задаток! Чудо.

– Господин Блюменталь, – сказал я подавленно, – позвольте мне бесплатно приложить к машине две хрустальные пепельницы и первоклассный резиновый коврик.

– Ладно, – согласился он, – вот и старому Блюменталю достался подарок.

Затем он пригласил меня на следующий день к ужину. Фрау Блюменталь по-матерински улыбнулась мне.

– Будет фаршированная щука, – сказала она мягко. – Это деликатес, – заявил я. – Тогда я завтра же пригоню вам машину. С утра мы ее зарегистрируем.

Словно ласточка полетел я назад в мастерскую. Но Ленц и Кестер ушли обедать. Пришлось сдержать свое торжество. Один Юпп был на месте.

– Продали? – спросил он.

– А тебе все надо звать, пострел? – сказав я. – Вот тебе три марки. Построй себе на них самолет.

– Значит, продали, – улыбнулся Юпп.

– Я поеду сейчас обедать, – сказал я. – Но горе тебе, если ты скажешь им хоть слово до моего возвращения.

– Господин Локамп, – заверил он меня, подкидывая монету в воздух, – я нем как могила.

– Так я тебе в поверил, – сказал я и дал газ. Когда я вернулся во двор мастерской, Юпп сделал мне знак.

– Что случилось? – спросил я. – Ты проболтался?

– Что вы, господин Локамп! Могила! – Он улыбнулся. – Только… Пришел этот тип… Насчет форда.

Я оставил кадилляк во дворе и пошел в мастерскую. Там я увидел булочника, который склонился над альбомом с образцами красок. На нем было клетчатое пальто с поясом и траурным крепом на рукаве. Рядом стояла хорошенькая особа с черными бойкими глазками, в распахнутом пальтишке, отороченном поредевшим кроличьим мехом, и в лаковых туфельках, которые ей были явно малы. Черноглазая дамочка облюбовала яркий сурик, но булочник еще носил траур и красный цвет вызывал у него сомнение. Он предложил блеклую желтовато-серую краску.

– Тоже выдумал! – зашипела она. – Форд должен быть отлакирован броско, иначе он ни на что не будет похож.

Когда булочник углублялся в альбом, она посылала нам заговорщические взгляды, поводила плечами, кривила рот и подмигивала. В общем, она вела себя довольно резво. Наконец они сошлись на зеленоватом оттенке, напоминающем цвет резеды. К такому кузову дамочке нужен был светлый откидной верх. Но тут булочник показал характер: его траур должен был как-то прорваться, и он твердо настоял на черном кожаном верхе. При этом он оказался в выигрыше: верх мы ставили ему бесплатно, а кожа стоила дороже брезента.

Они вышли из мастерской, но задержались во дворе: едва заметив кадилляк, черноглазая пулей устремилась к нему:

– Погляди-ка, пупсик, вот так машина! Просто прелесть! Очень мне нравится!

В следующее мгновение она открыла дверцу и шмыгнула на сиденье, щурясь от восторга:

– Вот это сиденье! Колоссально! Настоящее кресло. Не то что твой форд!

– Ладно, пойдем, – недовольно пробормотал пупсик.

Ленц толкнул меня, – дескать, вперед, на врага, и попытайся навязать булочнику машину. Я смерил Готтфрида презрительным взглядом и промолчал. Он толкнул меня сильнее. Я отвернулся.

Булочник с трудом извлек свою черную жемчужину из машины и ушел с ней, чуть сгорбившись и явно расстроенный.

Мы смотрели им вслед.

– Человек быстрых решений! – сказал я. – Машину отремонтировал, завел новую женщину… Молодец!

– Да, – заметил Кестер. – Она его еще порадует. Только они скрылись за углом, как Готтфрид напустился на меня:

– Ты что же, Робби, совсем рехнулся? Упустить такой случай! Ведь это была задача для школьника первого класса.

– Унтер-офицер Ленц! – ответил я. – Стоять смирно, когда разговариваете со старшим! По-вашему, я сторонник двоеженства и дважды выдам машину замуж?

Стоило видеть Готтфрида в эту великую минуту. От удивления его глаза стали большими, как тарелки.

– Не шути святыми вещами, – сказал он, заикаясь. Я даже не посмотрел на него и обратился к Кестеру:

– Отто, простись с кадилляком, с нашим детищем! Он больше не принадлежит нам. Отныне он будет сверкать во славу фабриканта кальсон! Надеюсь, у него там будет неплохая жизнь! Правда, не такая героическая, как у нас, но зато более надежная.

Я вытащил чек. Ленц чуть не раскололся надвое. – Но ведь он не… оплачен. Денег-то пока нет?.. – хрипло прошептал он.

– А вы лучше угадайте, желторотые птенцы, – сказал я, размахивая чеком, – сколько мы получим?

– Четыре! – крикнул Ленц с закрытыми глазами.

– Четыре пятьсот! – сказал Кестер.

– Пять, – донесся возглас Юппа, стоявшего у бензоколонки.

– Пять пятьсот! – прогремел я.

Ленц выхватил у меня чек:

– Это невозможно! Чек наверняка останется неоплаченным!

– Господин Ленц, – сказал я с достоинством. – Этот чек столь же надежен, сколь ненадежны вы! Мой друг Блюменталь в состоянии уплатить в двадцать раз больше. Мой друг, понимаете ли, у которого я завтра вечером буду есть фаршированную щуку. Пусть это послужит вам примером! Завязать дружбу, получить задаток и быть приглашенным на ужин: вот что значит уметь продать! Так, а теперь вольно!

Готтфрид с трудом овладел собой. Он сделал последнюю попытку:

— А мое объявление в газете! А мой амулет!

Я сунул ему медаль:

— На, возьми свой собачий жетончик. Совсем забыл о нем.

— Робби, ты продал машину безупречно, — сказал Кестер. — Слава богу, что мы избавились от этой колымаги. Выручка нам очень пригодится.

— Дашь мне пятьдесят марок авансом? — спросил я.

— Сто! Заслужил!

— Может быть, заодно ты возьмешь в счет аванса в мое серое пальто? — спросил Готтфрид, прищурив глаза.

— Может быть, ты хочешь угодить в больницу, жалкий бестактный ублюдок? — спросил я его в свою очередь.

— Ребята, шабаш! На сегодня хватит! — предложил Кестер. — Достаточно заработали за один день! Нельзя испытывать бога. Возьмем «Карла» и поедем тренироваться. Гонки на носу.

Юпп давно позабыл о своей бензопомпе. Он был взволнован и потирал руки:

— Господин Кестер, значит, пока я тут остаюсь за хозяина! — Нет, Юпп, — сказал Отто, смеясь, — поедешь с нами!

Сперва мы поехали в банк и сдали чек. Ленц не мог успокоиться, пока не убедился, что чек настоящий. А потом мы понеслись, да так, что из выхлопа посыпались искры.

VIII

Я стоял перед своей хозяйкой.

— Пожар, что ли, случился? — спросила фрау Залевски.

— Никакого пожара, — ответил я. — Просто хочу уплатить за квартиру.

До срока оставалось еще три дня, и фрау Залевски чуть не упала от удивления.

— Здесь что-то не так, — заметила она подозрительно.

— Всё абсолютно так, — сказал я. — Можно мне сегодня вечером взять оба парчовых кресла из вашей гостиной?

Готовая к бою, она уперла руки в толстые бёдра:

– Вот так раз! Вам больше не нравится ваша комната?

– Нравится. Но ваши парчовые кресла еще больше. Я сообщил ей, что меня, возможно, навестит кузина и что поэтому мне хотелось бы обставить свою комнату поуютнее. Она так расхохоталась, что грудь ее заходила ходуном.

– Кузина, – повторила она презрительно. – И когда придет эта кузина?

– Еще неизвестно, придет ли она, – сказал я, – но если она придет, то, разумеется, рано… Рано вечером, к ужину. Между прочим, фрау Залевски, почему, собственно не должно быть на свете кузин?

– Бывают, конечно, – ответила она, – но для них не одалживают кресла.

– А я вот одалживаю, – сказал я твердо, – во мне очень развиты родственные чувства.

– Как бы не так! Все вы ветрогоны. Все как один, Можете взять парчовые кресла. В гостиную поставите пока красные плюшевые.

– Благодарю. Завтра принесу всё обратно. И ковер тоже. – Ковер? – Она повернулась. – Кто здесь сказал хоть слово о ковре?

– Я. И вы тоже. Вот только сейчас.

Она возмущенно смотрела на меня.

– Без него нельзя, – сказал я. – Ведь кресла стоят па нем.

– Господин Локамп! – величественно произнесла фрау Залевски. – Не заходите слишком далеко! Умеренность во всем, как говаривал покойный Залевски. Следовало бы и вам усвоить это.

Я знал, что покойный Залевски, несмотря на этот девиз, однажды напился так, что умер. Его жена часто сама рассказывала мне о его смерти. Но дело было не в этом. Она пользовалась своим мужем, как иные люди библией, – для цитирования. И чем дольше он лежал в гробу, тем чаще она вспоминала его изречения. Теперь он годился уже на все случаи, – как и библия.

* * *

Я прибирал свою комнату и украшал ее. Днем я созвонился с Патрицией Хольман. Она болела, и я не видел ее почти неделю. Мы условились встретиться в восемь часов; я предложил ей поужинать у меня, а потом пойти в кино.

Парчовые кресла и ковер казались мне роскошными, но освещение портило всё. Рядом со мной жили супруги Хассе. Я постучал к ним, чтобы попросить настольную лампу. Усталая фрау Хассе сидела у окна. Мужа еще не было. Опасаясь увольнения, он каждый день добровольно пересиживал час-другой на работе. Его жена чем-то напоминала больную птицу. Сквозь ее расплывшиеся стареющие черты всё еще проступало нежное лицо ребенка, разочарованного и печального.

Я изложил свою просьбу. Она оживилась и подала мне лампу.

– Да, – сказала она, вздыхая, – как подумаешь, что если бы в свое время…

Я знал эту историю. Речь шла о том, как сложилась бы ее судьба, не выйди она за Хассе. Ту же историю я знал и в изложении самого Хассе. Речь шла опять-таки о том, как бы сложилась его судьба, останься он холостяком. Вероятно, это была самая распространенная история в мире. И самая безнадежная. Я послушал ее с минутку, сказал несколько ничего не значащих фраз и направился к Эрне Бениг, чтобы взять у нее патефон.

Фрау Хассе говорила об Эрне лишь как об "особе, живущей рядом". Она презирала ее, потому что завидовала. Я же относился к ней довольно хорошо. Эрна не строила себе никаких иллюзий и знала, что надо держаться покрепче за жизнь, чтобы урвать хоть немного от так называемого счастья. Она знала также, что за него приходится платить двойной и тройной ценой. Счастье – самая неопределенная и дорогостоящая вещь на свете.

Эрна опустилась на колени перед чемоданом и достала несколько пластинок.

– Хотите фокстроты? – спросила она.

– Нет, – ответил я. – Я не танцую.

Она подняла на меня удивленные глаза:

– Вы не танцуете? Позвольте, но что же вы делаете, когда идете куда-нибудь с дамой?

– Устраиваю танец напитков в глотке. Получается неплохо.

Она покачала головой:

– Мужчине, который не умеет танцевать, я бы сразу дала отставку.

– У вас слишком строгие принципы, – возразил я. – Но ведь есть и другие пластинки. Недавно я слышал очень приятную – женский голос… что-то вроде гавайской музыки…

– О, это замечательная пластинка! "Как я могла жить без тебя!" Вы про эту?

– Правильно!.. Что только не приходит в голову авторам этих песенок! Мне кажется, кроме них, нет больше романтиков на земле.

Она засмеялась:

– Может быть и так. Прежде писали стихи в альбомы, а нынче дарят друг другу пластинки. Патефон тоже вроде альбома. Если я хочу вспомнить что-нибудь, мне надо только поставить нужную пластинку, и всё оживает передо мной.

Я посмотрел на груды пластинок на полу:

— Если судить по этому, Эрна, у вас целый ворох воспоминаний.

Она поднялась и откинула со лба рыжеватые волосы. — Да, — сказала она и отодвинула ногой стопку пластинок, — но мне было бы приятнее одно, настоящее и единственное…

Я развернул покупки к ужину и приготовил всё как умел. Ждать помощи из кухни не приходилось: с Фридой у меня сложились неважные отношения. Она бы разбила что-нибудь. Но я обошелся без ее помощи. Вскоре моя комната преобразилась до неузнаваемости — она вся сияла. Я смотрел на кресла, на лампу, на накрытый стол, и во мне поднималось чувство беспокойного ожидания.

Я вышел из дому, хотя в запасе у меня оставалось больше часа времени. Ветер дул затяжными порывами, огибая углы домов. Уже зажглись фонари. Между домами повисли сумерки, синие, как море. «Интернациональ» плавал в них, как военный корабль с убранными парусами. Я решил войти туда на минутку.

— Гопля, Роберт, — обрадовалась мне Роза.

— А ты почему здесь? — спросил я. — Разве тебе не пора начинать обход?

— Рановато еще.

К нам неслышно подошел Алоис.

— Ром? — спросил он.

— Тройную порцию, — ответил я.

— Здорово берешься за дело, — заметила Роза.

— Хочу немного подзарядиться, — сказал я и выпил ром.

— Сыграешь? — спросила Роза. Я покачал головой:

— Не хочется мне сегодня, Роза. Очень уж ветрено на улице. Как твоя малышка?

Она улыбнулась, обнажив все свои золотые зубы:

— Хорошо. Пусть бы и дальше так. Завтра опять схожу туда. На этой неделе неплохо подзаработала: старые козлы разыгрались — весна им в голову ударила. Вот и отнесу завтра дочке новое пальтишко. Из красной шерсти.

— Красная шерсть — последний крик моды.

— Какой ты галантный кавалер, Робби.

— Смотри не ошибись. Давай выпьем по одной. Анисовую хочешь?

Она кивнула. Мы чокнулись.

— Скажи, Роза, что ты, собственно, думаешь о любви? — спросил я. — Ведь в этих делах ты понимаешь толк.

Она разразилась звонким смехом. – Перестань говорить об этом, – сказала она, успокоившись. – Любовь! О мой Артур! Когда я вспоминаю этого подлеца, я и теперь еще чувствую слабость в коленях. А если по-серьезному, так вот что я тебе скажу, Робби: человеческая жизнь тянется слишком долго для одной любви. Просто слишком долго. Артур сказал мне это, когда сбежал от меня. И это верно. Любовь чудесна. Но кому-то из двух всегда становится скучно. А другой остается ни с чем. Застынет и чего-то ждет… Ждет, как безумный…

– Ясно, – сказал я. – Но ведь без любви человек – не более чем покойник в отпуске.

– А ты сделай, как я, – ответила Роза. – Заведи себе ребенка. Будет тебе кого любить, и на душе спокойно будет.

– Неплохо придумано, – сказал я. – Только этого мне не хватало!

Роза мечтательно покачала головой:

– Ах, как меня лупцевал мой Артур, – и все-таки, войди он сейчас сюда в своем котелке, сдвинутом на затылок… Боже мой! Только подумаю об этом – и уже вся трясусь!

– Ну, давай выпьем за здоровье Артура.

Роза рассмеялась:

– Пусть живет, потаскун этакий!

Мы выпили.

– До свидания, Роза. Желаю удачного вечера!

– Спасибо! До свидания, Робби!

* * *

Хлопнула парадная дверь.

– Алло, – сказала Патриция Хольман, – какой задумчивый вид!

– Нет, совсем нет! А вы как поживаете? Выздоровели? Что с вами было?

– Ничего особенного. Простудилась, температуривший немного.

Она вовсе не выглядела больной или изможденной. Напротив, ее глаза никогда еще не казались мне такими большими и сияющими, лицо порозовело, а движения были мягкими, как у гибкого, красивого животного.

– Вы великолепно выглядите, – сказал я. – Совершенно здоровый вид! Мы можем придумать массу интересною.

– Хорошо бы, – ответила она. – Но сегодня не выйдет. Сегодня я не могу.

Я посмотрел на нее непонимающим взглядом:

– Вы не можете?

Она покачала головой:

– К сожалению, нет.

Я всё еще не понимал. Я решил, что она просто раздумала идти ко мне и хочет поужинать со мной в другом месте.

– Я звонила вам, – сказала она, – хотела предупредить, чтобы вы не приходили зря. Но вас уже не было. Наконец я понял.

– Вы действительно не можете? Вы заняты весь вечер? – спросил я.

– Сегодня да. Мне нужно быть в одном месте. К сожалению, я сама узнала об этом только полчаса назад.

– А вы не можете договориться на другой день?

– Нет, не получится, – она улыбнулась, – нечто вроде делового свидания.

Меня словно обухом по голове ударили. Я учел всё, только не это. Я не верил ни одному ее слову. Деловое свидание, – но у нее был отнюдь не деловой вид! Вероятно, просто отговорка. Даже наверно. Да и какие деловые встречи бывают по вечерам? Их устраивают днем. И узнают о них не за полчаса. Просто она не хотела, сот и все.

Я расстроился, как ребенок. Только теперь я почувствовал, как мне был дорог этот вечер. Я злился на себя за свое огорчение и старался не подавать виду.

– Что ж, ладно, – сказал я. – Тогда ничего не поделаешь. До свидания.

Она испытующе посмотрела на меня:

– Еще есть время. Я условилась на девять часов. Мы можем еще немного погулять. Я целую неделю не выходила из дому.

– Хорошо, – нехотя согласился я. Внезапно я почувствовал усталость и пустоту.

Мы пошли по улице. Вечернее небо прояснилось, и звёзды застыли между крышами. Мы шли вдоль газона, в тени виднелось несколько кустов. Патриция Хольман остановилась. – Сирень, – сказала она. – Пахнет сиренью! Не может быть! Для сирени еще слишком рано.

– Я и не слышу никакого запаха, – ответил я.

– Нет, пахнет сиренью, – она перегнулась через решетку.

– Это "дафна индика", сударыня, – донесся из темноты грубый голос.

Невдалеке, прислонившись к дереву, стоял садовник в фуражке с латунной бляхой. Он подошел к нам, слегка пошатываясь. Из его кармана торчало горлышко бутылки.

– Мы ее сегодня высадили, – заявил он и звучно икнул. – Вот она.

– Благодарю вас, – сказала Патриция Хольман и

повернулась ко мне: – Вы всё еще не слышите запаха?

– Нет, теперь что-то слышу, – ответил я неохотно. – Запах доброй пшеничной водки.

– Правильно угадали. – Человек в тени громко рыгнул.

Я отчетливо слышал густой, сладковатый аромат цветов, плывший сквозь мягкую мглу, но ни за что на свете не признался бы в этом.

Девушка засмеялась и расправила плечи:

– Как это чудесно, особенно после долгого заточения в комнате! Очень жаль, что мне надо уйти! Этот Биндинг! Вечно у него спешка, всё делается в последнюю минуту. Он вполне мог бы перенести встречу на завтра!

– Биндинг? – спросил я. – Вы условились с Биндингом?

Она кивнула:

– С Биндингом и еще с одним человеком. От него-то всё и зависит. Серьезно, чисто деловая встреча. Представляете себе?

– Нет, – ответил я. – Этого я себе не представляю. Она снова засмеялась и продолжала говорить. Но я больше не слушал. Биндинг! Меня словно молния ударила. Я не подумал, что она знает его гораздо дольше, чем меня. Я видел только его непомерно огромный, сверкающий бюик, его дорогой костюм и бумажник. Моя бедная, старательно убранная комнатенка! И что это мне взбрело в голову. Лампа Хассе, кресла фрау Залевская! Эта девушка вообще была не для меня! Да и кто я? Пешеход, взявший напрокат кадилляк, жалкий пьяница, больше ничего! Таких можно встретить на каждом углу. Я уже видел, как швейцар в «Лозе» козыряет Биндингу, видел светлые, теплые, изящно отделанные комнаты, облака табачного дыма и элегантно одетых людей, я слышал музыку и смех, издевательский смех над собой. "Назад, – подумал я, – скорее назад. Что же… во мне возникло какое-то предчувствие, какая-то надежда… Но ведь ничего, собственно, не произошло! Было бессмысленно затевать всё это. Нет, только назад!"

– Мы можем встретиться завтра вечером, если хотите, – сказала Патриция.

– Завтра вечером я занят, – ответил я.

– Или послезавтра, или в любой день на этой неделе. У меня все дни свободны.

– Это будет трудно, – сказал я. – Сегодня мы получили срочный заказ, и нам, наверно, придется работать всю неделю допоздна.

Это было вранье, но я не мог иначе. Вдруг я почувствовал, что задыхаюсь от бешенства и стыда.

Мы пересекли площадь и пошли по улице, вдоль

кладбища. Я заметил Розу. Она шла от «Интернационаля». Ее высокие сапожки были начищены до блеска. Я мог бы свернуть, и, вероятно, я так бы и сделал при других обстоятельствах, – но теперь я продолжал идти ей навстречу. Роза смотрела мимо, словно мы и не были знакомы. Таков непреложный закон: ни одна из этих девушек не узнавала вас на улице, если вы были не одни.

– Здравствуй, Роза, – сказал я.

Она озадаченно посмотрела сначала на меня, потом на Патрицию, кивнула и, смутившись, поспешно пошла дальше. Через несколько шагов мы встретили ярко накрашенную Фрицци. Покачивая бедрами, она размахивала сумочкой. Она равнодушно посмотрела на меня, как сквозь оконное стекло.

– Привет, Фрицци, – сказал я.

Она наклонила голову, как королева, ничем не выдав своего изумления; но я услышал, как она ускорила шаг, – ей хотелось нагнать Розу и обсудить с ней это происшествие. Я всё еще мог бы свернуть в боковую улицу, зная, что должны встретиться и остальные, – было время большого патрульного обхода. Но, повинуясь какому-то упрямству, я продолжал идти прямо вперед, – да и почему я должен был избегать встреч с ними; ведь я знал их гораздо лучше, чем шедшую рядом девушку с ее Биндингом и его бьюиком. Ничего, пусть посмотрит, пусть как следует наглядится.

Они прошли все вдоль длинного ряда фонарей – красавица Валли, бледная, стройная и элегантная; Лина с деревянной ногой; коренастая Эрна; Марион, которую все звали «цыпленочком»; краснощекая Марго, женоподобный Кики в беличьей шубке и, наконец, склеротическая бабушка Мими, похожая на общипанную сову. Я здоровался со всеми, а когда мы прошли мимо «матушки», сидевшей около своего котелка с колбасками, я сердечно пожал ей руку.

– У вас здесь много знакомых, – сказала Патриция Хольман после некоторого молчания.

– Таких – да, – туповато ответил я.

Я заметил, что она смотрит на меня.

– Думаю, что мы можем теперь пойти обратно, – сказала она.

– Да, – ответил я, – и я так думаю.

Мы подошли к ее парадному.

– Будьте здоровы, – сказал я, – желаю приятно развлекаться.

Она не ответила. Не без труда оторвал я взгляд от кнопки звонка и посмотрел на Патрицию. Я не поверил своим глазам. Я полагал, что она сильно оскорблена, но уголки ее рта подергивались, глаза искрились огоньком, и вдруг она расхохоталась, сердечно и беззаботно. Она просто смеялась надо мной.

– Ребенок, – сказала она. – О господи, какой же вы еще ребенок!

Я вытаращил на нее глаза.

– Ну да… – сказал я, наконец, – всё же… – И вдруг я понял комизм положения. – Вы, вероятно, считаете меня идиотом?

Она смеялась. Я порывисто и крепко обнял ее. Пусть думает, что хочет. Ее волосы коснулись моей щеки, лицо было совсем близко, я услышал слабый персиковый запах ее кожи. Потом глаза ее приблизились, и вдруг она поцеловала меня в губы…

Она исчезла прежде, чем я успел сообразить, что случилось.

* * *

На обратном пути я подошел к котелку с колбасками, у которого сидела «матушка»: – Дай-ка мне порцию побольше.

– С горчицей? – спросила она. На ней был чистый белый передник.

– Да, побольше горчицы, матушка!

Стоя около котелка, я с наслаждением ел сардельки. Алоис вынес мне из «Интернационаля» кружку пива.

– Странное существо человек, матушка, как ты думаешь? – сказал я.

– Вот уж правда, – ответила она с горячностью. – Например, вчера: подходит какой-то господин, съедает две венские сосиски с горчицей и не может заплатить за них. Понимаешь? Уже поздно, кругом ни души, что мне с ним делать? Я его, конечно, отпустила, – знаю эти дела. И представь себе, сегодня он приходит опять, платит за сосиски и дает мне еще на чай.

– Ну, это – довоенная натура, матушка. А как вообще идут твои дела?

– Плохо! Вчера семь порций венских сосисок и девять сарделек. Скажу тебе: если бы не девочки, я давно бы уже кончилась.

Девочками она называла проституток. Они помогали «матушке» чем могли. Если им удавалось подцепить «жениха», они обязательно старались пройти мимо нее, чтобы съесть по сардельке и дать старушке заработать.

– Скоро потеплеет, – продолжала «матушка», – но зимой, когда сыро и холодно… Уж тут одевайся как хочешь, всё равно не убережешься.

– Дай мне еще колбаску, – сказал я, – у меня такое чудесное настроение сегодня. А как у тебя дома?

Она посмотрела на меня маленькими, светлыми,

как вода, глазками.

– Всё одно и то же. Недавно он продал кровать. «Матушка» была замужем. Десять лет назад ее муж попал под поезд метро, пытаясь вскочить на ходу. Ему пришлось ампутировать обе ноги. Несчастье подействовало на него довольно странным образом. Оказавшись калекой, он перестал спать с женой – ему было стыдно. Кроме того, в больнице он пристрастился к морфию. Он быстро опустился, попал в компанию гомосексуалистов. и вскоре этот человек, пятьдесят лет бывший вполне нормальным мужчиной, стал якшаться только с мальчиками. Перед ними он не стыдился, потому что они были мужчинами. Для женщин он был калекой, и ему казалось, что он внушает им отвращение и жалость. Этого он не мог вынести. В обществе мужчин он чувствовал себя человеком, попавшим в беду. Чтобы добывать деньги на мальчиков и морфий, он воровал у «матушки» всё, что мог найти, и продавал. Но «матушка» была привязана к нему, хотя он ее частенько бил. Вместе со своим сыном она простаивала каждую ночь до четырех утра у котелка с сардельками. Днем она стирала белье и мыла лестницы. Она была неизменно приветлива, она считала, что в общем ей живется не так уж плохо, хотя страдала язвой кишечника и весила девяносто фунтов. Иногда ее мужу становилось совсем невмоготу. Тогда он приходил к ней и плакал. Для нее это были самые прекрасные часы.

– Ты всё еще на своей хорошей работе? – спросила она.

Я кивнул:

– Да, матушка. Теперь я зарабатываю хорошо.

– Смотри не потеряй место.

– Постараюсь, матушка.

Я пришел домой. У парадного стояла горничная Фрида. Сам бог послал мне ее.

– Вы очаровательная девочка, – сказал я (мне очень хотелось быть хорошим).

Она скорчила гримасу, словно выпила уксусу.

– Серьезно, – продолжал я. – Какой смысл вечно ссориться, Фрида, жизнь коротка. Она полна всяких случайностей и превратностей. В наши дни надо держаться друг за дружку. Давайте помиримся!

Она даже не взглянула на мою протянутую руку, пробормотала что-то о "проклятых пьянчугах" и исчезла, грохнув дверью.

Я постучал к Георгу Блоку. Под его дверью виднелась полоска света. Он зубрил.

– Пойдем, Джорджи, жрать, – сказал я.

Он взглянул на меня. Его бледное лицо порозовело.

– Я не голоден.

Он решил, что я зову его из сострадания, и поэтому отказался.

— Ты сперва посмотри на еду, — сказал я. — Пойдем, а то всё испортится. Сделай одолжение.

Когда мы шли по коридору, я заметил, что дверь Эрны Бениг слегка приоткрыта. За дверью слышалось тихое дыхание. «Ага», — подумал я и тут же услышал, как у Хассе осторожно повернули ключ и тоже приотворили дверь на сантиметр. Казалось, весь пансион подстерегает мою кузину.

Ярко освещенные люстрой, стояли парчовые кресла фрау Залевски. Рядом красовалась лампа Хассе. На столе светился ананас. Тут же были расставлены ливерная колбаса высшего сорта, нежно-розовая ветчина, бутылка шерри-бренди… Когда мы с Джорджи, потерявшим дар речи, уписывали всю эту роскошную снедь, в дверь постучали. Я знал, что сейчас будет.

— Джорджи, внимание! — прошептал я и громко сказал: — Войдите!

Дверь отворилась, и вошла фрау Залевски. Она сгорала от любопытства. Впервые она лично принесла мне почту — какой-то проспект, настоятельно призывавший меня питаться сырой пищей. Она была разодета, как фея, — настоящая дама старого, доброго времени: кружевное платье, шаль с бахромой и брошь с портретом покойного Залевски. Приторная улыбка мгновенно застыла на ее лице; изумленно глядела она на растерявшегося Джорджи. Я разразился громким бессердечным смехом. Она тотчас овладела собой.

— Ага, получил отставку, — заметила она ядовито.

— Так точно, — согласился я, всё еще созерцая ее пышный наряд. Какое счастье, что визит Патриции не состоялся!

Фрау Залевски неодобрительно смотрела на меня:

— Вы еще смеетесь? Ведь я всегда говорила: где у других людей сердце, у вас бутылка с шнапсом.

— Хорошо сказано, — ответил я. — Не окажете ли вы нам честь, сударыня?

Она колебалась. Но любопытство победило: а вдруг удастся узнать еще что-нибудь. Я открыл бутылку с шерри-бренди.

* * *

Позже, когда всё утихло, я взял пальто и одеяло и прокрался по коридору к телефону. Я встал на колени перед столиком, на котором стоял аппарат, накрыл голову пальто и одеялом и снял трубку, придерживая левой рукой край пальто. Это гарантировало от подслушивания. В пансионе фрау Залевски было много длинных любопытных ушей. Мне повезло. Патриция Хольман была дома.

– Давно уже вернулись с вашего таинственного свидания? – спросил я.

– Уже около часа.

– Жаль. Если бы я знал…

Она рассмеялась:

– Это ничего бы не изменило. Я уже в постели, и у меня снова немного поднялась температура. Очень хорошо, что я рано вернулась.

– Температура? Что с вами?

– Ничего особенного. А вы что еще делали сегодня вечером?

– Беседовал со своей хозяйкой о международном положении. А вы как? У вас всё в порядке?

– Надеюсь, всё будет в порядке.

В моем укрытии стало жарко, как в клетке с обезьянами. Поэтому всякий раз, когда говорила девушка, я приподнимал «занавес» и торопливо вдыхал прохладный воздух; отвечая, я снова плотно прикрывал отдушину.

– Среди ваших знакомых нет никого по имени Роберт? – спросил я.

Она рассмеялась:

– Кажется, нет…

– Жаль. А то я с удовольствием послушал бы, как вы произносите это имя. Может быть, попробуете всё-таки?

Она снова рассмеялась.

– Ну, просто шутки ради, – сказал я. – Например: "Роберт осёл".

– Роберт детеныш…

– У вас изумительное произношение, – сказал я. – А теперь давайте попробуем сказать «Робби». Итак: "Робби…"

– Робби пьяница… – медленно произнес далекий тихий голос. – А теперь мне надо спать. Я приняла снотворное, и голова гудит…

– Да… спокойной ночи… спите спокойно… Я повесил трубку и сбросил с себя одеяло и пальто. Затем я встал на ноги и тут же замер. Прямо передо мной стоял, точно призрак, казначей в отставке, снимавший комнатку рядом с кухней. Разозлившись, я пробормотал что-то. – Тсс! – прошипел он и оскалил зубы.

– Тсс! – ответил я ему, мысленно посылая его ко всем чертям.

Он поднял палец:

– Я вас не выдам. Политическое дело, верно?

– Что? – спросил я изумленно.

Он подмигнул мне:

– Не беспокойтесь. Я сам стою на крайних правых

позициях. Тайный политический разговор, а? Я понял его.

— Высокополитический! — сказал я и тоже оскалил зубы.

Он кивнул и прошептал:

— Да здравствует его величество!

— Трижды виват! — ответил я. — А теперь вот что: вы случайно не знаете, кто изобрел телефон?

Он удивился вопросу и отрицательно покачал своим голым черепом.

— И я не знаю, — сказал я, — но, вероятно, это был замечательный парень…

IX

Воскресенье. День гонок. Всю последнюю неделю Кестер тренировался ежедневно. Вечерами мы принимались за «Карла» и до глубокой ночи копались в нем, проверяя каждый винтик, тщательно смазывая и приводя в порядок всё. Мы сидели около склада запасных частей и ожидали Кестера, отправившегося к месту старта.

Все были в сборе: Грау, Валентин, Ленц, Патриция Хольман, а главное Юпп — в комбинезоне и в гоночном шлеме с очками. Он весил меньше всех и поэтому должен был сопровождать Кестера. Правда, у Ленца возникли сомнения. Он утверждал, что огромные, торчащие в стороны уши Юппа чрезмерно повысят сопротивление воздуха, и тогда машина либо потеряет двадцать километров скорости, либо превратится в самолет.

— Откуда у вас, собственно, английское имя? — спросил Готтфрид Патрицию Хольман, сидевшую рядом с ним.

— Моя мать была англичанка. Ее тоже звали Пат.

— Ну, Пат — это другое дело. Это гораздо легче произносится. — Он достал стакан и бутылку. — За крепкую дружбу, Пат. Меня зовут Готтфрид. Я с удивлением посмотрел на него. Я всё еще не мог придумать, как мне ее называть, а он прямо средь бела дня так свободно шутит с ней. И Пат смеется и называет его Готтфридом.

Но всё это не шло ни в какое сравнение с поведением Фердинанда Грау. Тот словно сошел с ума и не спускал глаз с Пат. Он декламировал звучные стихи и заявил, что должен писать ее портрет. И действительно — он устроился на ящике и начал работать карандашом.

— Послушай, Фердинанд, старый сыч, — сказал я, отнимая у него альбом для зарисовок. — Не трогай ты живых людей. Хватит с тебя трупов. И говори, пожалуйста, побольше на общие темы. К этой девушке я отнесусь всерьез.

— А вы пропьете потом со мной остаток выручки, доставшейся мне от наследства моего трактирщика?

— Насчет всего остатка не знаю. Но частицу — наверняка, — сказал я.

— Ладно. Тогда я пожалею тебя, мой мальчик.

* * *

Треск моторов проносился над гоночной трассой, как пулеметный огонь. Пахло сгоревшим маслом, бензином и касторкой. Чудесный, возбуждающий запах, чудесный и возбуждающий вихрь моторов.

По соседству, в хорошо оборудованных боксах, шумно возились механики. Мы были оснащены довольно скудно. Несколько инструментов, свечи зажигания, два колеса с запасными баллонами, подаренные нам какой-то фабрикой, немного мелких запасных частей — вот и всё. Кестер представлял самого себя, а не какой-нибудь автомобильный завод, и нам приходилось нести самим все расходы. Поэтому у нас и было только самое необходимое.

Пришел Отто в сопровождении Браумюллера, уже одетого для гонки.

— Ну, Отто, — сказал он, — если мои свечи выдержат сегодня, тебе крышка. Но они не выдержат.

— Посмотрим, — ответил Кестер.

Браумюллер погрозил "Карлу":

— Берегись моего "Щелкунчика"!

Так называлась его новая, очень тяжелая машина. Ее считали фаворитом. — «Карл» задаст тебе перцу, Тео! — крикнул ему Ленц. Браумюллеру захотелось ответить ему на старом, честном солдатском языке, но, увидев около нас Патрицию Хольман, он осекся. Выпучив глаза, он глупо ухмыльнулся в пространство и отошел.

— Полный успех, — удовлетворенно сказал Ленц. На дороге раздался лай мотоциклов. Кестер начал готовиться. «Карл» был заявлен по классу спортивных машин.

— Большой помощи мы тебе оказать не сможем, Отто, — сказал я, оглядев набор наших инструментов. Он махнул рукой:

— И не надо. Если «Карл» сломается, тут уж не поможет и целая авторемонтная мастерская.

— Выставлять тебе щиты, чтобы ты знал, на каком ты месте?

Кестер покачал головой:

— Будет дан общий старт. Сам увижу. Кроме того, Юпп будет следить за этим.

Юпп ревностно кивнул головой. Он дрожал от возбуждения и непрерывно пожирал шоколад. Но таким он был только сейчас, перед гонками.

Мы знали, что после стартового выстрела он станет спокоен, как черепаха.

– Ну, пошли! Ни пуха ни пера! Мы выкатили «Карла» вперед.

– Ты только не застрянь на старте, падаль моя любимая, – сказал Ленц, поглаживая радиатор. – Не разочаруй своего старого папашу, "Карл"!

"Карл" помчался. Мы смотрели ему вслед.

– Глянь-ка на эту дурацкую развалину, – неожиданно послышалось рядом с нами. – Особенно задний мост… Настоящий страус!

Ленц залился краской и выпрямился.

– Вы имеете в виду белую машину? – спросил он, с трудом сдерживаясь.

– Именно ее, – предупредительно ответил ему огромный механик из соседнего бокса. Он бросил свою реплику небрежно, едва повернув голову, и передал своему соседу бутылку с пивом. Ленц начал задыхаться от ярости и уже хотел-было перескочить через низкую дощатую перегородку. К счастью, он еще не успел произнести ни одного оскорбления, и я оттащил его назад. – Брось эту ерунду, – зашипел я. – Ты нам нужен здесь. Зачем раньше времени попадать в больницу! С ослиным упрямством Ленц пытался вырваться. Он не выносил никаких выпадов против «Карла». – Вот видите, – сказал я Патриции Хольман, – и этого шального козла еще называют "последним романтиком"! Можете вы поверить, что он когда-то писал стихи? Это подействовало мгновенно. Я ударил по больному месту. – Задолго до войны, – извинился Готтфрид. – А кроме того, деточка, сходить с ума во время гонок – не позор. Не так ли, Пат? – Быть сумасшедшим вообще не позорно. Готтфрид взял под козырек: – Великие слова! Грохот моторов заглушил всё. Воздух содрогался. Содрогались земля и небо. Стая машин пронеслась мимо.

– Предпоследний! – пробурчал Ленц. – Наш зверь всё-таки запнулся на старте. – Нечего не значит, – сказал я. – Старт – слабое место «Карла». Он снимается медленно с места, но зато потом его не удержишь. В замирающий грохот моторов начали просачиваться звуки громкоговорителей. Мы не верили своим ушам: Бургер, один из самых опасных конкурентов, застрял на старте. Опять послышался гул машин. Они трепетали вдали, как саранча над полем. Быстро увеличиваясь, они пронеслись вдоль трибун и легли в большой поворот. Оставалось шесть машин, и «Карл» всё еще шел предпоследним. Мы были наготове. То слабее, то сильнее слышался из-за поворота рев двигателей и раскатистое эхо. Потом вся стая вырвалась на прямую. Вплотную за первой машиной шли вторая и третья. За ними следовал Костер: па повороте он продвинулся вперед и шел теперь четвертым. Солнце выглянуло из-за облаков. Широкие полосы света и тени легли на дорогу, расцветив ее, как тигровую шкуру. Тени от облаков проплывали над толпой. Ураганный рев моторов бил по нашим напряженным нервам, словно дикая бравурная музыка. Ленц переминался с ноги на ногу, я жевал сигарету, превратив ее в кашицу, а Патриция тревожно, как жеребенок па заре, втягивала в себя воздух. Только Валентин и Грау сидели спокойно и нежились на солнце. И снова грохочущее сердцебиение машин, мчащихся вдоль трибун. Мы не спускали глаз с Кестера. Отто мотнул головой, – он не хотел менять баллонов. Когда после поворота машины опять пронеслись мимо нас, Кестер шел уже впритирку за третьей. В таком порядке они бежали по бесконечной прямой. – Черт возьми! – Ленц глотнул из бутылки. – Это он освоил, – сказал я Патриции. – Нагонять на поворотах – его специальность. – Пат, хотите глоточек? – спросил Ленц, протягивая ей бутылку. Я с досадой посмотрел на него. Он выдержал мой взгляд, не моргнув глазом. – Лучше из стакана, – сказала она. – Я еще не научилась пить из бутылки. – Нехорошо! – Готтфрид достал стакан. – Сразу видны недостатки современного воспитания. На последующих кругах машины растянулись. Вел Браумюллер. Первая четверка вырвалась постепенно на триста метров вперед. Кестер исчез за трибунами, идя нос в нос с третьим гонщиком. Потом машины показались опять. Мы вскочили. Куда девалась третья? Отто несся один за двумя первыми. Наконец, подъехала третья машина. Задние баллоны были в клочьях. Ленц злорадно усмехнулся; машина остановилась у соседнего бокса. Огромный механик ругался. Через минуту машина снова была в порядке. Еще несколько кругов, но положение не изменилось. Ленц отложил секундомер в сторону и начал вычислять.

– У «Карла» еще есть резервы, – объявил он. – Боюсь, что у других тоже, – сказал я. – Маловер! – Он посмотрел на меня уничтожающим взглядом. На предпоследнем круге Кестер опять качнул головой. Он шел на риск и хотел закончить гонку, не меняя баллонов. Еще не было настоящей жары, и баллоны могли бы, пожалуй, выдержать. Напряженное ожидание прозрачной стеклянной химерой повисло над просторной площадью и трибунами, – начался финальный этап гонок. – Всем держаться за дерево, – сказал я, сжимая ручку молотка. Лепц положил руку на мою голову. Я оттолкнул его. Он улыбнулся и ухватился за барьер.

Грохот нарастал до рева, рев до рычания, рычание до грома, до высокого, свистящего пения моторов, работавших на максимальных оборотах. Браумюллер влетел в поворот. За ним неслась вторая машина. Ее задние колёса скрежетали и шипели. Она шла ниже первой. Гонщик, видимо, хотел попытаться пройти по нижнему кругу.

– Врешь! – крикнул Ленц. В эту секунду появился Кестер. Его машина на полной скорости взлетела до верхнего края. Мы замерли. Казалось, что «Карл» вылетит за поворот, но мотор взревел, и автомобиль продолжал мчаться по кривой.

– Он вошел в поворот па полном газу! – воскликнул я.

Ленц кивнул:

– Сумасшедший.

Мы свесились над барьером, дрожа от лихорадочного напряжения. Удастся ли ему? Я поднял Патрицию и поставил ее на ящик с инструментами:

– Так вам будет лучше видно! Обопритесь на мои плечи. Смотрите внимательно, он и этого обставит на повороте.

– Уже обставил! – закричала она. – Он уже впереди!

– Он приближается к Браумюллеру! Господи, отец небесный, святой Моисей! – орал Ленц. – Он действительно обошел второго, а теперь подходит к Браумюллеру.

Над треком нависла грозовая туча. Все три машины стремительно вырвались из-за поворота, направляясь к нам. Мы кричали как оголтелые, к нам присоединились Валентин и Грау с его чудовищным басом. Безумная попытка Кестера удалась, он обогнал вторую машину сверху на повороте, – его соперник допустил просчет и вынужден был сбавить скорость на выбранной им крутой дуге. Теперь Отто коршуном ринулся на Браумюллера, вдруг оказавшегося только метров на двадцать впереди, Видимо, у Браумюллера забарахлило зажигание.

– Дай ему, Отто! Дай ему! Сожри «Щелкунчика», – ревели мы, размахивая руками.

Машины последний раз скрылись за поворотом. Ленц громко молился всем богам Азии и Южной Америки, прося у них помощи, и потрясал своим амулетом. Я тоже вытащил свой. Опершись на мои плечи, Патриция подалась вперед и напряженно вглядывалась вдаль; она напоминала пзваянипе на носу галеры.

Показались машины. Мотор Браумюллера всё еще

чихал, то и дело слышались перебои. Я закрыл глаза; Ленц повернулся спиной к трассе – мы хотели умилостивить судьбу. Чей-то крик заставил пас очнуться. Мы только успели заметить, как Кестер первым пересек линию финиша, оторвавшись па два метра от своего соперника.

Лепц обезумел. Он швырнул инструмент на землю и сделал стойку па запасном колесе.

– Что это вы раньше сказали? – заорал он, снова встав па ноги и обращаясь к механику-геркулесу. – Развалина?

– Отвяжись от меня, дурак, – недовольно ответил ему механик. И в первый раз, с тех пор как я его знал, последний романтик, услышав оскорбление, не впал в бешенство. Он затрясся от хохота, словно у него была пляска святого Ватта.

* * *

Мы ожидали Отто. Ему надо было переговорить с членами судейской коллегии.

– Готтфрид, – послышался за нами хриплый голос. Мы обернулись и увидели человекоподобную гору в слишком узких полосатых брюках, не в меру узком пиджаке цвета маренго и в черном котелке.

– Альфонс! – воскликнула Патриция Хольман.

– Собственной персоной, – согласился он.

– Мы выиграли, Альфонс! – крикнула она.

– Крепко, крепко. Выходит, я немножко опоздал?

– Ты никогда не опаздываешь, Альфонс, – сказал Ленц.

– Я, собственно, принес вам кое-какую еду. Жареную свинину, немного солонины. Всё уже нарезано. Он развернул пакет.

– Боже мой, – сказала Патриция Хольман, – тут на целый полк!

– Об этом можно судить только потом, – заметил Альфонс. – Между прочим, имеется кюммель, прямо со льда. Он достал две бутылки:

– Уже откупорены.

– Крепко, крепко, – сказала Патриция Хольман. Он дружелюбно подмигнул ей.

Тарахтя, подъехал к нам «Карл». Кестер и Юпп выпрыгнули из машины. Юпп выглядел, точно юный Наполеон. Его уши сверкали, как церковные витражи. В руках он держал невероятно безвкусный огромный серебряный кубок.

– Шестой, – сказал Кестер, смеясь. – Эти ребята никак не придумают что-нибудь другое.

– Только эту молочную крынку? – деловито осведомился Альфонс. – А наличные?

— Да, — успокоил его Отто. — И наличные тоже.

— Тогда мы просто купаемся в деньгах, — сказал Грау.

— Наверно, получится приятный вечерок.

— У меня? — спросил Альфонс.

— Мы считаем это честью для себя, — ответил Ленц.

— Гороховый суп со свиными потрохами, ножками и ушами, — сказал Альфонс, и даже Патриция Хольман изобразила на своем лице чувство высокого уважения.

— Разумеется, бесплатно, — добавил он. Подошел Браумюллер, держа в руке несколько свечей зажигания, забрызганных маслом. Он проклинал свою неудачу.

— Успокойся, Тео! — крикнул ему Ленц. — Тебе обеспечен первый приз в ближайшей гонке на детских колясках.

— Дадите отыграться хоть на коньяке? — спросил Браумюллер.

— Можешь пить его даже из пивной кружки, — сказал Грау.

— Тут ваши шансы слабы, господин Браумюллер, — произнес Альфонс тоном эксперта. — Я еще ни разу не видел, чтобы у Кестера была авария.

— А я до сегодняшнего дня ни разу не видел «Карла» впереди себя, — ответил Браумюллер.

— Неси свое горе с достоинством, — сказал Грау. — Вот бокал, возьми. Выпьем за то, чтобы машины погубили культуру.

Собираясь отправиться в город, мы решили прихватить остатки провианта, принесенного Альфонсом. Там еще осталось вдоволь на несколько человек. Но мы обнаружили только бумагу.

— Ах, вот оно что! — усмехнулся Ленц и показал на растерянно улыбавшегося Юппа. В обеих руках он держал по большому куску свинины. Живот его выпятился, как барабан. — Тоже своего рода рекорд!

* * *

За ужином у Альфонса Патриция Хольман пользовалась, как мне казалось, слишком большим успехом. Грау снова предложил написать ее портрет. Смеясь, она заявила, что у нее не хватит на это терпения; фотографироваться удобнее.

— Может быть, он напишет ваш портрет с фотографии, — заметил я, желая кольнуть Фердинанда. — Это скорее по его части.

— Спокойно, Робби, — невозмутимо ответил Фердинанд, продолжая смотреть на Пат своими голубыми детскими глазами. — От водки ты делаешься злобным, а я — человечным. Вот в чем разница между нашими поколениями.

– Он всего на десять лет старше меня, – небрежно сказал я.

– В наши дни это и составляет разницу в поколение, – продолжал Фердинанд. – Разницу в целую жизнь, в тысячелетие. Что знаете вы, ребята, о бытии! Ведь вы боитесь собственных чувств. Вы не пишете писем – вы звоните по телефону; вы больше не мечтаете – вы выезжаете за город с субботы на воскресенье; вы разумны в любви и неразумны в политике – жалкое племя!

Я слушал его только одним ухом, а другим прислушивался к тому, что говорил Браумюллер. Чуть покачиваясь, он заявил Патриции Хольман, что именно он должен обучать ее водить машину. Уж он-то научит ее всем трюкам.

При первой же возможности я отвел его в сторонку:

– Тео, спортсмену очень вредно слишком много заниматься женщинами.

– Ко мне это не относится, – заметил Браумюллер, – у меня великолепное здоровье.

– Ладно. Тогда запомни: тебе не поздоровится, если я стукну тебя по башке этой бутылкой. Он улыбнулся:

– Спрячь шпагу, малыш. Как узнают настоящего джентльмена, знаешь? Он ведет себя прилично, когда нализжется. А ты знаешь, кто я?

– Хвастун!

Я не опасался, что кто-нибудь из них действительно попытается отбить ее; такое между нами не водилось. Но я не так уж был уверен в ней самой. Мы слишком мало впали друг друга. Ведь могло легко статься, что ей вдруг понравится один из них. Впрочем, можно ли вообще быть уверенным в таких случаях?

– Хотите незаметно исчезнуть? – спросил я. Она кивнула.

* * *

Мы шли по улицам. Было облачно. Серебристо-Серебристо-елевыйтуман медленно опускался на город. Я взял руку Патриции и сунул ее в карман моего пальто. Мы шли так довольно долго.

– Устали? – спросил я.

Она покачала головой и улыбнулась.

Показывая на кафе, мимо которых мы проходили, я ее спрашивал:

– Не зайти ли нам куда-нибудь?

– Нет… Потом.

Наконец мы подошли к кладбищу. Оно было как

тихий островок среди каменного потока домов. Шумели деревья. Их кроны терялись во мгле. Мы нашли пустую скамейку и сели.

Вокруг фонарей, стоявших перед нами, на краю тротуара, сияли дрожащие оранжевые нимбы. В сгущавшемся тумане начиналась сказочная игра света. Майские жуки, охмелевшие от ароматов, грузно вылетали из липовой листвы, кружились около фонарей и тяжело ударялись об их влажные стёкла. Туман преобразил все предметы, оторвав их от земли и подняв над нею. Гостиница напротив плыла по черному зеркалу асфальта, точно океанский пароход с ярко освещенными каютами, серая тень церкви, стоящей за гостиницей, превратилась в призрачный парусник с высокими мачтами, терявшимися в серовато-красном мареве света. А потом сдвинулись с места и поплыли караваны домов…

Мы сидели рядом и молчали. В тумане всё было нереальным – и мы тоже. Я посмотрел на Патрицию, – свет фонаря отражался в ее широко открытых глазах.

– Сядь поближе, – сказал я, – а то туман унесет тебя…

Она повернула ко мне лицо и улыбнулась. Ее рот был полуоткрыт, зубы мерцали, большие глаза смотрели в упор на меня… Но мне казалось, будто она вовсе меня не замечает, будто ее улыбка и взгляд скользят мимо, туда, где серое, серебристое течение; будто она слилась с призрачным шевелением листвы, с каплями, стекающими по влажным стволам, будто она ловит темный неслышный зов за деревьями, за целым миром, будто вот сейчас она встанет и пойдет сквозь туман, бесцельно и уверенно, туда, где ей слышится темный таинственный призыв земли и жизни.

Никогда я не забуду это лицо, никогда не забуду, как оно склонилось ко мне, красивое и выразительное, как оно просияло лаской и нежностью, как оно расцвело в этой сверкающей тишине, – никогда не забуду, как ее губы потянулись ко мне, глаза приблизились к моим, как близко они разглядывали меня, вопрошающе и серьезно, и как потом эти большие мерцающие глаза медленно закрылись, словно сдавшись…

А туман всё клубился вокруг. Из его рваных клочьев торчали бледные могильные кресты. Я снял пальто, и мы укрылись им. Город потонул. Время умерло…

* * *

Мы долго просидели так. Постепенно ветер усилился, и в сером воздухе перед нами замелькали длинные тени. Я услышал шаги и невнятное бормотанье. Затем донесся приглушенный звон гитар. Я поднял голову. Тени приближались, превращаясь в темные силуэты, и сдвинулись в круг. Тишина. И вдруг громкое пение: "Иисус зовет тебя…"

Я вздрогнул и стал прислушиваться. В чем дело? Уж не попали ли мы на луну? Ведь это был настоящий хор, – двухголосный женский хор…

– "Грешник, грешник, подымайся…" – раздалось над кладбищем в ритме военного марша.

В недоумении я посмотрел на Пат.

– Ничего не понимаю, – сказал я. – "Приходи в исповедальню…" – продолжалось пение в бодром темпе. Вдруг я понял: – Бог мой! Да ведь это Армия спасения! – "Грех в себе ты подавляй…" – снова призывали тени. Кантилена нарастала. В карих глазах Пат замелькали искорки. Ее губы и плечи вздрагивали от смеха. Над кладбищем неудержимо гремело фортиссимо:

> Страшный огонь и пламя
> ада
> – Вот за грех тебе
> награда;
> Но Иисус зовет:
> "Молись!
> О заблудший сын,
> спасись!"

– Тихо! Разрази вас гром! – послышался внезапно из тумана чей-то злобный голос. Минута растерянного молчания. Но Армия спасения привыкла к невзгодам. Хор зазвучал с удвоенной силой. – "Одному что в мире делать?" – запели женщины в унисон. – Целоваться, черт возьми, – заорал тот же голос. – Неужели и здесь нет покоя? – "Тебя дьявол соблазняет…" – оглушительно ответили ему.

– Вы, старые дуры, уже давно никого не соблазняете! – мгновенно донеслась реплика из тумана. Я фыркнул. Пат тоже не могла больше сдерживаться. Мы тряслись от хохота. Этот поединок был форменной потехой. Армии спасения было известно, что кладбищенские скамьи служат прибежищем для любовных пар. Только здесь они могли уединиться и скрыться от городского шума. Поэтому богобоязненные «армейцы», задумав нанести по кладбищу решающий удар, устроили воскресную облаву для спасения душ. Необученные голоса набожно, старательно и громко гнусавили слова песни. Резко бренчали в такт гитары. Кладбище ожило. В тумане начали раздаваться смешки и возгласы. Оказалось, что все скамейки были заняты.

Одинокий мятежник, выступивший в защиту любви, получил невидимое, но могучее подкрепление со стороны единомышленников. В знак протеста быстро организовался контрхор. В нем, видимо, участвовало немало бывших военных. Маршевая музыка Армии спасения раззадорила их. Вскоре мощно зазвучала старинная песня "В Гамбурге я побывал – мир цветущий увидал…" Армия спасения страшно всполошилась. Бурно заколыхались поля шляпок. Они вновь попытались перейти с контратаку. – "О, не упорствуй, умоляем…" – резко заголосил хор аскетических дам. Но зло победило. Трубные глотки противников дружно грянули в ответ:

> Свое имя назвать мне
> нельзя:
> Ведь любовь продаю я за
> деньги…

– Уйдем сейчас же, – сказал я Пат. – Я знаю эту песню. В ней несколько куплетов, и текст чем дальше, тем красочней. Прочь отсюда!

* * *

Мы снова были в городе, с автомобильными гудками и шорохом шин. Но он оставался заколдованным. Туман превратил автобусы в больших сказочных животных, автомобиля – в крадущихся кошек с горящими глазами, а витрины магазинов – в пестрые пещеры, полные соблазнов. Мы прошли по улице вдоль кладбища и пересекли площадь луна-парка. В мглистом воздухе карусели вырисовывалась, как башни, пенящиеся блеском и музыкой, чертово колесо кипело в пурпуровом зареве, в золоте и хохоте, а лабиринт переливался синими огнями.
– Благословенный лабиринт! – сказал я. – Почему? – спросила Пат. – Мы были там вдвоем. Она кивнула: – Мне кажется, что это было бесконечно давно. – Войдем туда еще разок? – Нет, – сказал я. – Уже поздно. Хочешь что-нибудь выпить? Она покачала головой. Как она была прекрасна! Туман, словно легкий аромат, делал ее еще более очаровательной. – А ты не устала? – спросил я. – Нет, еще не устала. Мы подошли к павильону с кольцами и крючками. Перед ним висели фонари, излучавшие резкий карбидный свет. Пат посмотрела на меня.
– Нет, – сказал я. – Сегодня не буду бросать колец. Ни одного не брошу. Даже если бы мог выиграть винный погреб самого Александра Македонского.

Мы пошли дальше через площадь и парк.

– Где-то здесь должна быть сирень, – сказала Пат.

– Да, запах слышен. Совсем отчетливо. Правда?

– Видно, уже распустилась, – ответила она. – Ее запах разлился по всему городу.

Мне захотелось найти пустую скамью, и я осторожно посмотрел по сторонам. Но то ли из-за сирени, или потому что был воскресный день, или нам просто не везло, – я ничего не нашел. На всех скамейках сидели пары. Я посмотрел на часы. Уже было больше двенадцати.

– Пойдем, – сказал я. – Пойдем ко мне, там мы будем одни.

Она не ответила, но мы пошли обратно. На кладбище мы увидели неожиданное зрелище. Армия спасения подтянула резервы. Теперь хор стоял в четыре шеренги, и в нем были не только сестры, но еще и братья в форменных мундирах. Вместо резкого двухголосья пение шло уже на четыре голоса, и хор звучал как орган. В темпе вальса над могильными плитами неслось: "О мой небесный Иерусалим…"

От оппозиции ничего не осталось. Она была сметена.

Директор моей гимназии частенько говаривал: "Упорство и прилежание лучше, чем беспутство и гений…"

* * *

Я открыл дверь. Помедлив немного, включил свет. Отвратительный желтый зев коридора кишкой протянулся перед нами.

– Закрой глаза, – тихо сказал я, – это зрелище для закаленных.

Я подхватил ее на руки и медленно, обычным шагом, словно я был один, пошел по коридору мимо чемоданов и газовых плиток к своей двери.

– Жутко, правда? – растерянно спросил я и уставился на плюшевый гарнитур, расставленный в комнате. Да, теперь мне явно не хватало парчовых кресел фрау Залевски, ковра, лампы Хассе… – Совсем не так жутко, – сказала Пат.

– Всё-таки жутко! – ответил я и подошел к окну. – Зато вид отсюда красивый. Может, подвинем кресла к окну?

Пат ходила по комнате:

– Совсем недурно. Главное, здесь удивительно тепло.

– Ты мерзнешь?

– Я люблю, когда тепло, – поеживаясь, сказала она. – Не люблю холод и дождь. К тому же, это мне вредно.

– Боже праведный… а мы просидели столько времени на улице в тумане…

– Тем приятнее сейчас здесь…

Она потянулась и снова заходила по комнате крупными шагами. Движения ее были очень красивы. Я почувствовал какую-то неловкость и быстро осмотрелся. К счастью, беспорядок был невелик. Ногой я задвинул свои потрепанные комнатные туфли под кровать.

Пат подошла к шкафу и посмотрела наверх. Там стоял старый чемодан – подарок Ленца. На нем была масса пестрых наклеек – свидетельства экзотических путешествий моего друга.

– "Рио-де-Жанейро! – прочитала она. – Манаос… Сантьяго, Буэнос-Айрес… Лас Пальмас…"

Она отодвинула чемодан назад и подошла ко мне:

– И ты уже успел побывать во всех этих местах?

Я что-то пробормотал. Она взяла меня под руку.

– Расскажи мне об этом, расскажи обо всех этих городах. Как должно быть чудесно путешествовать так далеко…

Я смотрел на нее. Она стояла передо мной, красивая, молодая, полная ожидания, мотылек, по счастливой случайности залетевший ко мне в мою старую, убогую комнату, в мою пустую, бессмысленную жизнь… ко мне и всё-таки не ко мне: достаточно слабого дуновения – и он расправит крылышки и улетит… Пусть меня ругают, пусть стыдят, но я не мог, не мог сказать «нет», сказать, что никогда не бывал там… тогда я этого не мог…

Мы стояли у окна, туман льнул к стеклам, густел около них, и я почувствовал там, за туманом, притаилось мое прошлое, молчаливое и невидимое… Дни ужаса и холодной испарины, пустота, грязь клочья зачумленного бытия, беспомощность, расточительная трата сил, бесцельно уходящая жизнь, – но здесь, в тени передо мной, ошеломляюще близко, ее тихое дыхание, ее непостижимое присутствие и тепло, ее ясная жизнь, – я должен был это удержать, завоевать…

– Рио… – сказал я. – Рио-де-Жанейро – порт как сказка. Семью дугами вписывается море в бухту, и белый сверкающий город поднимается над нею…

Я начал рассказывать о знойных городах и бесконечных равнинах, о мутных, илистых водах рек, о мерцающих островах и о крокодилах, о лесах, пожирающих дороги, о ночном рыке ягуаров, когда речной пароход скользит в темноте сквозь удушливую теплынь, сквозь ароматы ванильных лиан и орхидей, сквозь запахи разложения, – всё это я слышал от Ленца, но теперь я почти не сомневался, что и вправду был там, – так причудливо сменились воспоминания с томлением по всему этому, с желанием привнести в невесомую и мрачную путаницу моей жизни хоть немного блеска, чтобы не потерять это необъяснимо красивое лицо, эту внезапно вспыхнувшую надежду, это осчастливившее меня цветение… Что стоил я сам по себе рядом с этим?.. Потом, когда-нибудь, всё объясню, потом, когда стану лучше, когда всё будет прочнее… потом… только не теперь… "Манаос… – говорил я, – Буэнос-Айрес…" – И каждое слово звучало как мольба, как заклинание.

* * *

Ночь. На улице начался дождь. Капли падали мягко и нежно, не так, как месяц назад, когда они шумно ударялись о голые ветви лип; теперь они тихо шуршали, стекая вниз по молодой податливой листве, мистическое празднество, таинственней ток капель к корням, от которых они поднимутся снова вверх и превратятся в листья, томящиеся весенними ночами по дождю.

Стало тихо. Уличный шум смолк. Над тротуаром метался свет одинокого фонаря. Нежные листья деревьев, освещенные снизу, казались почти белыми, почти прозрачными, а кроны были как мерцающие светлые паруса.

– Слышишь, Пат? Дождь…

– Да…

Она лежала рядом со мной. Бледное лицо и темные волосы на белой подушке. Одно плечо приподнялось. Оно доблескивало, как матовая бронза. На руку падала узкая полоска света. – Посмотри… – сказала она, поднося ладони к лучу.

– Это от фонаря на улице, – сказал я.

Она привстала. Теперь осветилось и ее лицо. Свет сбегал по плечам и груди, желтый как пламя восковой свечи; он менялся, тона сливались, становились оранжевыми; а потом замелькали синие круги, и вдруг над ее головой ореолом всплыло теплое красное сияние. Оно скользнуло вверх и медленно поползло по потолку.

– Это реклама на улице.

– Видишь, как прекрасна твоя комната.

– Прекрасна, потому что ты здесь. Она никогда ужа не будет такой, как прежде… потому что ты была здесь, Овеянная бледно-синим светом, она стояла на коленях в постели.

– Но… – сказала она, – я ведь еще часто буду приходить сюда… Часто…

Я лежал не шевелясь и смотрел на нее. Расслабленный, умиротворенный и очень счастливый, я видел всё как сквозь мягкий, ясный сон.

– Как ты хороша, Пат! Куда лучше, чем в любом из твоих платьев.

Она улыбнулась и наклонилась надо мной:

– Ты должен меня очень любить, Робби. Не знаю, что я буду делать без любви!

Ее глаза были устремлены на меня. Лицо было совсем близко, взволнованное, открытое, полное страстной силы.

– Держи меня крепко, – прошептала она. – Мне нужно, чтобы кто-то держал меня крепко, иначе я упаду, Я боюсь.

– Не похоже, что ты боишься.

– Это я только притворяюсь, а на самом деле я часто боюсь.

– Уж я-то буду держать тебя крепко, – сказал я, всё еще не очнувшись от этого странного сна наяву, светлого и зыбкого, – Я буду держать тебя по-настоящему крепко. Ты даже удивишься.

Она коснулась ладонями моего лица:

– Правда?

Я кивнул. Ее плечи осветились зеленоватым светом, словно погрузились в глубокую воду. Я взял ее за руки и притянул к себе, – меня захлестнула большая теплая волна, светлая и нежная… Всё погасло…

* * *

Она спала, положив голову на мою руку. Я часто просыпался и смотрел на нее. Мне хотелось, чтобы эта ночь длилась бесконечно. Нас несло где-то по ту сторону времени. Всё пришло так быстро, и я еще ничего не мог понять. Я еще не понимал, что меня любят. Правда, я знал, что умею по-настоящему дружить с мужчинами, но я не представлял себе, за что, собственно, меня могла бы полюбить женщина. Я думал, видимо, всё сведется только к одной этой ночи, а потом мы проснемся, и всё кончится.

Забрезжил рассвет. Я лежал неподвижно. Моя рука под ее головой затекла и онемела. Но я не шевелился, и только когда она повернулась во сне и прижалась к подушке, я осторожно высвободил руку. Я тихонько встал, побрился и бесшумно почистил зубы. Потом налил на ладонь немного одеколона и освежил волосы и шею. Было очень странно – стоять в этой безмолвной серой комнате наедине со своими мыслями и глядеть на темные контуры деревьев за окном. Повернувшись, я увидел, что Пат открыла глаза и смотрит на меня. У меня перехватило дыхание.

– Иди сюда, – сказала она.

Я подошел к ней и сел на кровать.

– Всё еще правда? – спросил я.

– Почему ты спрашиваешь?

– Не знаю. Может быть, потому, что уже утро. Стало светлее.

– А теперь дай мне одеться, – сказала она. Я поднял с пола ее белье из тонкого шелка. Оно было совсем невесомым. Я держал его в руке и думал, что даже оно совсем особенное. И та, кто носит его, тоже должна быть совсем особенной. Никогда мне не понять ее, никогда.

Я подал ей платье. Она притянула мою голову и поцеловала меня.

Потом я проводил ее домой. Мы шли рядом в серебристом свете утра и почти не разговаривали. По мостовой прогромыхал молочный фургон. Появились разносчики газет. На тротуаре сидел старик и спал, прислонившись к стене дома. Его подбородок дергался, – казалось, вот-вот он отвалится. Рассыльные развозили на велосипедах корзины с булочками. На улице запахло свежим теплым хлебом. Высоко в синем небе гудел самолет. – Сегодня? – спросил я Пат, когда мы дошли до ее парадного.

Она улыбнулась.

– В семь? – спросил я.

Она совсем не выглядела усталой, а была свежа, как после долгого сна. Она поцеловала меня на прощанье. Я стоял перед домом, пока в ее комнате не зажегся свет.

Потом я пошел обратно. По пути я вспомнил всё, что надо было ей сказать, – много прекрасных слов. Я брел по улицам и думал, как много я мог бы сказать и сделать, будь я другим. Потом я направился на рынок. Сюда уже съехались фургоны с овощами, мясом и цветами. Я знал, что здесь можно купить цветы втрое дешевле, чем в магазине. На все деньги, оставшиеся у меня, я накупил тюльпанов. В их чашечках блестели капли росы. Цветы были свежи и великолепны. Продавщица набрала целую охапку и обещала отослать всё Пат к одиннадцати часам. Договариваясь со мной, она рассмеялась и добавила к букету пучок фиалок.

– Ваша дама будет наслаждаться ими по крайней мере две недели, – сказала она. – Только пусть кладет время от времени таблетку пирамидона в воду.

Я кивнул и расплатился. Потом я медленно пошел домой.

X

В мастерской стоял отремонтированный форд. Новых заказов не было. Следовало что-то предпринять. Кестер и я отправились на аукцион. Мы хотели купить такси, которое продавалось с молотка. Такси можно всегда неплохо перепродать.

Мы проехали в северную часть города. Под аукцион был отведен флигель во дворе. Кроме такси, здесь продавалась целая куча других вещей: кровати, шаткие столы, позолоченная клетка с попугаем, выкрикивавшим "Привет, миленький!", большие старинные часы, книги, шкафы, поношенный фрак, кухонные табуретки, посуда – всё убожество искромсанного и гибнущего бытия.

Мы пришли слишком рано, распорядителя аукциона еще не было.

Побродив между выставленными вещами, я начал листать зачитанные дешевые издания греческих и римских классиков с множеством карандашных пометок на полях. Замусоленные, потрепанные страницы. Это уже не были стихи Горация или песни Анакреона, а беспомощный крик нужды и отчаяния чьей-то разбитой жизни. Эти книги, вероятно, были единственным утешением для их владельца, он хранил их до последней возможности, и уж если их пришлось принести сюда, на аукцион, – значит, всё было кончено.

Кестер посмотрел на меня через плечо:

– Грустно всё это, правда?

Я кивнул и показал на другие вещи:

– Да, Отто. Не от хорошей жизни люди принесли сюда табуретки и шкафы.

Мы подошли к такси, стоявшему в углу двора. Несмотря на облупившуюся лакировку, машина была чистой. Коренастый мужчина с длинными большими руками стоял неподалеку и тупо разглядывал нас.

– А ты испробовал машину? – спросил я Кестера.

– Вчера, – сказал он. – Довольно изношена, но была в прекрасных руках. Я кивнул:

– Да, выглядит отлично. Ее мыли еще сегодня утром. Сделал это, конечно, не аукционист.

Кестер кивнул головой и посмотрел на коренастого мужчину:

– Видимо, это и есть владелец. Вчера он тоже стоял здесь и чистил машину.

– Ну его к чертям! – сказал я. – Он похож на раздавленную собаку.

Какой-то молодой человек в пальто с поясом пересек двор и подошел к машине. У него был неприятный ухарский вид.

– Вот он, драндулет, – сказал он, обращаясь то ли к нам, то ли к владельцу машины, и постучал тростью по капоту. Я заметил, что хозяин вздрогнул при этом.

– Ничего, ничего, – великодушно успокоил его человек в пальто с поясом, – лакировка всё равно уже не стоит ни гроша. Весьма почтенное старьё. В музей бы его, а? – Он пришел в восторг от своей остроты, громко расхохотался и посмотрел на нас, ожидая одобрения. Мы не рассмеялись. – Сколько вы хотите за этого дедушку? – обратился он к владельцу.

Хозяин молча проглотил обиду. – Хотите отдать его по цене металлического лома, не так ли? – продолжал тараторить юнец, которого не покидало отличное настроение. – Вы, господа, тоже интересуетесь? – И вполголоса добавил: – Можем обделать дельце. Пустим машину в обмен на яблоки и яйца, а прибыль поделим. Чего ради отдавать ему лишние деньги! Впрочем, позвольте представиться: "Гвидо Тисс из акционерного общества "Аугека'.

Вертя бамбуковой тростью, он подмигнул нам доверительно, но с видом превосходства. "Этот дошлый двадцатипятилетний червяк знает всё на свете", – подумал я с досадой. Мне стало жаль владельца машины, молча стоявшего рядом.

– Вам бы подошла другая фамилия. Тисс не звучит, – сказал я.

– Да что вы! – воскликнул он польщенно. Его, видимо, часто хвалили за хватку в делах.

– Конечно, не звучит, – продолжал я. – Сопляк, вот бы вам как называться, Гвидо Сопляк.

Он отскочил назад.

– Ну конечно, – сказал он, придя в себя. – Двое против одного…

– Если дело в этом, – сказал я, – то я и один могу пойти с вами куда угодно.

– Благодарю, благодарю! – холодно ответил Гвидо и ретировался.

Коренастый человек с расстроенным лицом стоял молча, словно всё это его не касалось; он не сводил глаз с машины.

– Отто, мы не должны ее покупать, – сказал я.

– Тогда ее купит этот ублюдок Гвидо, – возразил Кестер, – и мы ничем не поможем хозяину машины.

– Верно, – сказал я. – Но всё-таки мне это не нравится.

– А что может понравиться в наше время, Робби? Поверь мне: для него даже лучше, что мы здесь. Так он, может быть, получит за свое такси чуть побольше. Но обещаю тебе: если эта сволочь не предложит свою цену, то я буду молчать.

Пришел аукционист. Он торопился. Вероятно, у него было много дел: в городе ежедневно проходили десятки аукционов. Он приступил к распродаже жалкого скарба, сопровождая слова плавными, округлыми жестами. В нем была деловитость и тяжеловесный юмор человека, ежедневно соприкасающегося с нищетой, но не задетого ею.

Вещи уплывали за гроши. Несколько торговцев скупили почти всё. В ответ на взгляд аукциониста они небрежно поднимали палец или отрицательно качали головой. Но порой за этим взглядом следили другие глаза. Женщины с горестными лицами со страхом и надеждой смотрели на пальцы торговцев, как на священные письмена заповеди. Такси заинтересовало трех покупателей. Первую цену назвал Гвидо – триста марок. Это было позорно мало. Коренастый человек подошел ближе. Он беззвучно шевелил губами. Казалось, что и он хочет что-то предложить. Но его рука опустилась. Он отошел назад.

Затем была названа цена в четыреста марок. Гвидо повысил ее до четырехсот пятидесяти. Наступила пауза. Аукционист обратился к собравшимся:

– Кто больше?.. Четыреста пятьдесят – раз, четыреста пятьдесят – два…

Хозяин такси стоял с широко открытыми глазами и опущенной головой, как будто ожидая удара в затылок.

– Тысяча, – сказал Кестер. Я посмотрел на него. – Она стоит трех, – шепнул он мне. – Не могу смотреть как его здесь режут.

Гвидо делал нам отчаянные знаки. Ему хотелось обтяпать дельце, и он позабыл про "Сопляка".

– Тысяча сто, – проблеял он и, глядя на нас, усиленно заморгал обоими глазами. Будь у него глаз на заду, он моргал бы и им.

– Тысяча пятьсот, – сказал Кестер.

Аукционист вошел в раж. Он пританцовывал с молотком в руке, как капельмейстер. Это уже были суммы, а не какие-нибудь две, две с половиной марки, за которые шли прочие предметы.

– Тысяча пятьсот десять! – воскликнул Гвидо, покрываясь потом.

– Тысяча восемьсот, – сказал Кестер. Гвидо взглянул на него, постучал пальцем по лбу и сдался. Аукционист подпрыгнул. Вдруг я подумал о Пат.

– Тысяча восемьсот пятьдесят, – сказал я, сам того не желая. Кестер удивленно повернул голову.

– Полсотни я добавлю сам, – поспешно сказал я, – так надо… из осторожности.

Он кивнул. Аукционист ударил молотком – машина стала нашей. Кестер тут же уплатил деньги.

Но желая признать себя побежденным, Гвидо подошел к нам как ни в чем не бывало.

– Подумать только! – сказал он. – Мы могли бы заполучить этот ящик за тысячу марок. От третьего претендента мы бы легко отделались.

– Привет, миленький! – раздался за ним скрипучий голос.

Это был попугай в позолоченной клетке, – настала его очередь.

– Сопляк, – добавил я. Пожав плечами, Гвидо исчез.

Я подошел к бывшему владельцу машины. Теперь рядом с ним стояла бледная женщина.

– Вот… – сказал я.

– Понимаю… – ответил он.

– Нам бы лучше не вмешиваться, но тогда вы получили бы меньше, – сказал я.

Он кивнул, нервно теребя руки.

– Машина хороша, – начал он внезапно скороговоркой, – машина хороша, она стоит этих денег… наверняка… вы не переплатили… И вообще дело не в машине, совсем нет… а всё потому… потому что…

– Знаю, знаю, – сказал я

– Этих денег мы и не увидим, – сказала женщина. – Всё тут же уйдет на долги.

– Ничего, мать, всё опять будет хорошо, – сказал мужчина. – Всё будет хорошо! Женщина ничего не ответила.

– При переключении на вторую скорость повизгивают шестеренки, – сказал мужчина, – но это не дефект, так было всегда, даже когда она была новой. – Он словно говорил о ребенке. – Она у нас уже три года, и ни одной поломки. Дело в том, что… сначала я болел, а потом мне подложили свинью… Друг…

– Подлец, – жестко сказала женщина.

– Ладно, мать, – сказал мужчина и посмотрел на нее, – я еще встану на ноги. Верно, мать?

Женщина не отвечала. Лицо мужчины покрылось капельками пота.

– Дайте мне ваш адрес, – сказал Кестер, – иной раз нам может понадобиться шофёр. Тяжелой, честной рукой человек старательно вывел адрес. Я посмотрел на Кестера; мы оба знали, что беднягу может спасти только чудо. Но время чудес прошло, а если они и случались, то разве что в худшую сторону.

Человек говорил без умолку, как в бреду. Аукцион кончился. Мы стояли во дворе одни. Он объяснял нам, как пользоваться зимой стартером. Снова и снова он трогал машину, потом приутих.

– А теперь пойдем, Альберт, – сказала жена. Мы пожали ему руку. Они пошли. Только когда они скрылись из виду, мы запустили мотор.

Выезжая со двора, мы увидели маленькую старушку. Она несла клетку с попугаем и отбивалась от обступивших ее ребятишек. Кестер остановился.

– Вам куда надо? – спросил он ее.

– Что ты, милый! Откуда у меня деньги, чтобы

разъезжать на такси? – ответила она.

– Не надо денег, – сказал Отто. – Сегодня день моего рождения, я вожу бесплатно.

Она недоверчиво посмотрела на нас и крепче прижала клетку:

– А потом скажете, что всё-таки надо платить.

Мы успокоили ее, и она села в машину.

– Зачем вы купили себе попугая, мамаша? – спросил я, когда мы привезли ее.

– Для вечеров, – ответила она. – А как вы думаете, корм дорогой?

– Нет, – сказал я, – но почему для вечеров?

– Ведь он умеет разговаривать, – ответила она и посмотрела на меня светлыми старческими глазами. – Вот и у меня будет кто-то… будет разговаривать…

– Ах, вот как… – сказал я.

* * *

После обеда пришел булочник, чтобы забрать свой форд. У него был унылый, грустный вид. Я стоял один во дворе.

– Нравится вам цвет? – спросил я.

– Да, пожалуй, – сказал он, нерешительно оглядывая машину.

– Верх получился очень красивым.

– Разумеется…

Он топтался на месте, словно не решаясь уходить, Я ждал, что он попытается выторговать еще что-нибудь, например домкрат или пепельницу.

Но произошло другое. Он посопел с минутку, потом посмотрел на меня выцветшими глазами в красных прожилках и сказал:

– Подумать только: еще несколько недель назад она сидела в этой машине, здоровая и бодрая!..

Я слегка удивился, увидев его вдруг таким размякшим, и предположил, что шустрая чернявая бабенка, которая приходила с ним в последний раз, уже начала действовать ему на нервы. Ведь люди становятся сентиментальными скорее от огорчения, нежели от любви.

– Хорошая она была женщина, – продолжал он, – душевная женщина. Никогда ничего не требовала. Десять лет проносила одно и то же пальто. Блузки и всё такое шила себе сама. И хозяйство вела одна, без прислуги…

"Ага, – подумал я, – его новая мадам, видимо, не делает всего этого".

Булочнику хотелось излить душу. Он рассказал мне о бережливости своей жены, и было странно видеть, как воспоминания о сэкономленных деньгах растравляли этого заядлого любителя пива и игры в кегли. Даже сфотографироваться по-настоящему и то не хотела, говорила, что слишком дорого. Поэтому у него осталась только одна свадебная фотография и несколько маленьких моментальных снимков.

Мне пришла в голову идея.

– Вам следовало бы заказать красивый портрет вашей жены, – сказал я. – Будет память навсегда. Фотографии выцветают со временем. Есть тут один художник, который делает такие вещи.

Я рассказал ему о деятельности Фердинанда Грау. Он сразу же насторожился и заметил, что это, вероятно, очень дорого. Я успокоил его, – если я пойду с ним, то с него возьмут дешевле. Он попробовал уклониться от моего предложения, но я не отставал и заявил, что память о жене дороже всего. Наконец он был готов. Я позвонил Фердинанду и предупредил его. Потом я поехал с булочником за фотографиями.

Шустрая брюнетка выскочила нам навстречу из булочной. Она забегала вокруг форда:

– Красный цвет был бы лучше, пупсик! Но ты, конечно, всегда должен поставить на своем! – Да отстань ты! – раздраженно бросил пупсик. Мы поднялись в гостиную. Дамочка последовала за нами. Ее быстрые глазки видели всё. Булочник начал нервничать. Он не хотел искать фотографии при ней.

– Оставь-ка нас одних, – сказал он, наконец, грубо. Вызывающе выставив полную грудь, туго обтянутую джемпером, она повернулась и вышла. Булочник достал из зеленого плюшевого альбома несколько фотографий и показал мне. Вот его жена, тогда еще невеста, а рядом он с лихо закрученными усами; тогда она еще смеялась. С другой фотографии смотрела худая, изнуренная женщина с боязливым взглядом. Она сидела на краю стула. Только две небольшие фотографии, но в них отразилась целая жизнь.

– Годится, – сказал я. – По этим снимкам он может сделать всё.

* * *

Фердинанд Грау встретил нас в сюртуке. У него был вполне почтенный и даже торжественный вид. Этого требовала профессия. Он знал, что многим людям, носящим траур, уважение к их горю важнее, чем само горе.

На стенах мастерской висело несколько внушительных портретов маслом в золотых рамах; под ними были маленькие фотографии – образцы. Любой заказчик мог сразу же убедиться, что можно сделать даже из расплывчатого моментального снимка.

Фердинанд обошел с булочником всю экспозицию и спросил, какая манера исполнения ему больше по душе. Булочник в свою очередь спросил, зависят ли цены от размера портрета. Фердинанд объяснил, что дело тут не в квадратных метрах, а в стиле живописи. Тогда выяснилось, что булочник предпочитает самый большой портрет.

– У вас хороший вкус, – похвалил его Фердинанд, – это портрет принцессы Боргезе. Он стоит восемьсот марок. В раме.

Булочник вздрогнул.

– А без рамы?

– Семьсот двадцать.

Булочник предложил четыреста марок. Фердинанд тряхнул своей львиной гривой:

– За четыреста марок вы можете иметь максимум головку в профиль. Но никак не портрет анфас. Он требует вдвое больше труда. Булочник заметил, что головка в профиль устроила бы его. Фердинанд обратил его внимание на то, что обе фотографии сняты анфас. Тут даже сам Тициан и то не смог бы сделать портрет в профиль. Булочник вспотел; чувствовалось, что он в отчаянии оттого, что в свое время не был достаточно предусмотрителен. Ему пришлось согласиться с Фердинандом. Он понял, что для портрета анфас придется малевать на пол-лица больше, чем в профиль… Более высокая цена была оправдана. Булочник мучительно колебался. Фердинанд, сдержанный до этой минуты, теперь перешел к уговорам. Его могучий бас приглушенно перекатывался по мастерской. Как эксперт, я счел долгом заметить, что мой друг выполняет работу безукоризненно. Булочник вскоре созрел для сделки, особенно после того, как Фердинанд расписал ему, какой эффект произведет столь пышный портрет на злокозненных соседей.

– Ладно, – сказал он, – но при оплате наличными десять процентов скидки.

– Договорились, – согласился Фердинанд. – Скидка десять процентов и задаток триста марок на издержки – на краски и холст.

Еще несколько минут они договаривались о деталях, а затем перешли к обсуждению характера самого портрета. Булочник хотел, чтобы были дорисованы нитка жемчуга и золотая брошь с бриллиантом. На фотографии они отсутствовали.

– Само собой разумеется, – заявил Фердинанд, – драгоценности вашей супруги будут пририсованы. Хорошо, если вы их как-нибудь занесете на часок, чтобы они получились возможно натуральнее.

Булочник покраснел:

– У меня их больше нет. Они... Они у родственников.

– Ах, так. Ну что же, можно и без них. А скажите, брошь пашей жены похожа на ту, что на портрете напротив?

Булочник кивнул:

– Она была чуть поменьше.

– Хорошо, так мы ее и сделаем. А ожерелье нам ни к чему. Все жемчужины похожи одна на другую. Булочник облегченно вздохнул.

– А когда будет готов портрет?

– Через шесть недель. – Хорошо.

Булочник простился и ушел. Я еще немного посидел с Фердинандом в мастерской.

– Ты будешь работать над портретом шесть недель?

– Какое там! Четыре-пять дней. Но ему я этого не могу сказать, а то еще начнет высчитывать, сколько я зарабатываю в час, и решит, что его обманули. А шесть недель его вполне устраивают, так же, как и принцесса Боргезе! Такова человеческая природа, дорогой Робби. Скажи я ему, что это модистка, и портрет жены потерял бы для него половину своей прелести. Между прочим, вот уже шестой раз выясняется, что умершие женщины носили такие же драгоценности, как на том портрете. Вот какие бывают совпадения. Этот портрет никому неведомой доброй Луизы Вольф – великолепная возбуждающая реклама.

Я обвел взглядом комнату. С неподвижных лиц на стенах смотрели глаза, давно истлевшие в могиле. Эти портреты остались невостребованными или неоплаченными родственниками. И всё это были люди, которые когда-то надеялись и дышали.

– Скажи, Фердинанд, ты не станешь постепенно меланхоликом в таком окружении?

Он пожал плечами:

– Нет, разве что циником. Меланхоликом становишься, когда размышляешь о жизни, а циником – когда видишь, что делает из нее большинство людей.

– Да, но ведь некоторые страдают по-настоящему...

– Конечно, но они не заказывают портретов.

Он встал.

– И хорошо, Робби, что у людей еще остается много важных мелочей, которые приковывают их к жизни, защищают от нее. А вот одиночество – настоящее одиночество, без всяких иллюзий – наступает перед безумием или самоубийством.

Большая голая комната плыла в сумерках. За стеной кто-то тихо ходил взад и вперед. Это была экономка, никогда не показывавшаяся при ком-нибудь из нас. Она считала, что мы восстанавливаем против нее Фердинанда, и ненавидела нас.

Я вышел и окунулся в шумное движение улицы, как в теплую ванну.

XI

Впервые я шел в гости к Пат. До сих пор обычно она навещала меня или я приходил к ее дому, и мы отправлялись куда-нибудь. Но всегда было так, будто она приходила ко мне только с визитом, ненадолго. Мне хотелось знать о ней больше, знать, как она живет.

Я подумал, что мог бы принести ей цветы. Это было нетрудно: городской сад за луна-парком был весь в цвету. Перескочив через решетку, я стал обрывать кусты белой сирени.

— Что вы здесь делаете? — раздался вдруг громкий голос. Я поднял глаза. Передо мной стоял человек с лицом бургундца и закрученными седыми усами. Он смотрел на меня с возмущением. Не полицейский и не сторож, но, судя по всему, старый офицер в отставке.

— Это нетрудно установить, — вежливо ответил я, — я обламываю здесь ветки сирени.

На мгновение у отставного военного отнялся язык

— Известно ли вам, что это городской парк? — гневно спросил он.

Я рассмеялся:

— Конечно, известно; или, по-вашему, я принял это место за Канарские острова?

Он посинел. Я испугался, что его хватит удар.

— Сейчас же вон отсюда! — заорал он первоклассным казарменным басом. — Вы расхищаете городскую собственность! Я прикажу вас задержать!

Тем временем я успел набрать достаточно сирени.

— Но сначала меня надо поймать. Ну-ка, догони, дедушка! — предложил я старику, перемахнул через решетку и исчез.

* * *

Перед домом Пат я еще раз придирчиво осмотрел свой костюм. Потом я поднялся по лестнице. Это был современный новый дом — прямая противоположность моему обветшалому бараку. Лестницу устилала красная дорожка. У фрау Залевски этого не было, не говоря уже о лифте.

Пат жила на четвертом этаже. На двери красовалась солидная латунная табличка. "Подполковник Эгберт фон Гаке". Я долго разглядывал ее. Прежде чем позвонить, я невольно поправил галстук. Мне открыла девушка в белоснежной наколке и кокетливом передничке; было просто невозможно сравнить ее с нашей неуклюжей косоглазой Фридой. Мне вдруг стало не по себе.

– Господин Локамп? – спросила она. Я кивнул. Она повела меня через маленькую переднюю и открыла дверь в комнату. Я бы, пожалуй, не очень удивился, если бы там оказался подполковник Эгберт фон Гаке в полной парадной форме и подверг меня допросу, – настолько я был подавлен множеством генеральских портретов в передней. Генералы, увешанные орденами, мрачно глядели на мою сугубо штатскую особу. Но тут появилась Пат. Она вошла, стройная и легкая, и комната внезапно преобразилась в какой-то островок тепла и радости. Я закрыл дверь и осторожно обнял ее. Затем я вручил ей наворованную сирень.

– Вот, – сказал я. – С приветом от городского управления.

Она поставила цветы в большую светлую вазу, стоявшую на полу у окна. Тем временем я осмотрел ее комнату. Мягкие приглушенные тона, старинная красивая мебель, бледно-голубой ковер, шторы, точно расписанные пастелью, маленькие удобные кресла, обитые поблекшим бархатом.

– Господи, и как ты только ухитрилась найти такую комнату, Пат, – сказал я.

– Ведь когда люди сдают комнаты, они обычно ставят в них самую что ни на есть рухлядь и никому не нужные подарки, полученные ко дню рождения.

Она бережно передвинула вазу с цветами к стене. Я видел тонкую изогнутую линию затылка, прямые плечи. худенькие руки. Стоя на коленях, она казалась ребенком, нуждающимся в защите. Но в ней было что-то от молодого гибкого животного, и когда она выпрямилась и прижалась ко мне, это уже не был ребенок, в ее глазах и губах я опять увидел вопрошающее ожидание и тайну, смущавшие меня. А ведь мне казалось, что в этом грязном мире такое уже не встретить.

Я положил руку ей на плечо. Было так хорошо чувствовать ее рядом.

– Всё это мои собственные вещи, Робби. Раньше квартира принадлежала моей матери. Когда она умерла, я ее отдала, а себе оставила две комнаты. – Значит, это твоя квартира? – спросил я с облегчением. – А подполковник Эгберт фон Гаке живет у тебя только на правах съемщика?

Она покачала головой:

– Больше уже не моя. Я не могла ее сохранить. От квартиры пришлось отказаться, а лишнюю мебель я продала. Теперь я здесь квартирантка. Но что это тебе дался старый Эгберт?

– Да ничего. У меня просто страх перед полицейскими и старшими офицерами. Это еще со времен моей военной службы.

Она засмеялась:

– Мой отец тоже был майором.

– Майор это еще куда ни шло.

– А ты знаешь старика Гаке? – спросила она.

Меня вдруг охватило недоброе предчувствие:

– Маленький, подтянутый, с красным лицом, седыми, подкрученными усами и громовым голосом? Он часто гуляет в городском парке?

Она смеясь перевела взгляд с букета сирени на меня:

– Нет, он большого роста, бледный, в роговых очках?

– Тогда я его не знаю.

– Хочешь с ним познакомиться? Он очень мил.

– Боже упаси! Пока что мое место в авторемонтной мастерской и в пансионе фрау Залевски.

В дверь постучали. Горничная вкатила низкий столик на колесиках. Тонкий белый фарфор, серебряное блюдо с пирожными, еще одно блюдо с неправдоподобно маленькими бутербродами, салфетки, сигареты и бог знает еще что. Я смотрел на всё, совершенно ошеломленный.

– Сжалься, Пат! – сказал я наконец. – Ведь это как в кино. Уже на лестнице я заметил, что мы стоим на различных общественных ступенях. Подумай, я привык сидеть у подоконника фрау Залевски, около своей верной спиртовки, и есть на засаленной бумаге. Не осуждай обитателя жалкого пансиона, если в своем смятении он, может быть, опрокинет чашку!

Она рассмеялась:

– Нет, опрокидывать чашки нельзя. Честь автомобилиста не позволит тебе это сделать. Ты должен быть ловким. – Она взяла чайник. – Ты хочешь чаю или кофе?

– Чаю или кофе? Разве есть и то и другое?

– Да. Вот, посмотри. – Роскошно! Как в лучших ресторанах! Не хватает только музыки.

Она нагнулась и включила портативный приемник, – я не заметил его раньше.

– Итак, что же ты хочешь, чай или кофе?

– Кофе, просто кофе, Пат. Ведь я крестьянин. А ты что будешь пить?

– Я выпью с тобой кофе.

– А вообще ты пьешь чай?

– Да.

– Так зачем же кофе?

– Я уже начинаю к нему привыкать. Ты будешь есть пирожные или бутерброды?

– И то и другое. Таким случаем надо воспользоваться. Потом я еще буду пить чай. Я хочу попробовать всё, что у тебя есть.

Смеясь, она наложила мне полную тарелку. Я остановил ее:

– Хватит, хватит! Не забывай, что тут рядом подполковник! Начальство ценит умеренность в нижних чинах!

– Только при выпивке, Робби. Старик Эгберт сам обожает пирожные со сбитыми сливками.

– Начальство требует от нижних чинов умеренности и в комфорте, – заметил я.

– В свое время нас основательно отучали от него. – Я перекатывал столик на резиновых колесиках взад и вперед. Он словно сам напрашивался на такую забаву и бесшумно двигался по ковру. Я осмотрелся. Всё в этой комнате было подобрано со вкусом. – Да, Пат, – сказал я, – вот, значит, как жили наши предки!

Пат опять рассмеялась:

– Ну что ты выдумываешь?

– Ничего не выдумываю. Говорю о том, что было.

– Ведь эти несколько вещей сохранились у меня случайно.

– Не случайно. И дело не в вещах. Дело в том, что стоит за ними. Уверенность и благополучие. Этого тебе не понять. Это понимает только тот, кто уже лишился всего.

Она посмотрела на меня:

– И ты мог бы это иметь, если бы действительно хотел.

Я взял ее за руку:

– Но я не хочу, Пат, вот в чем дело. Я считал бы себя тогда авантюристом. Нашему брату лучше всего жить на полный износ. К этому привыкаешь. Время такое.

– Да оно и весьма удобно. Я рассмеялся:

– Может быть. А теперь дай мне чаю. Хочу попробовать.

– Нет, – сказала она, – продолжаем пить кофе. Только съешь что-нибудь. Для пущего износа.

– Хорошая идея. Но не надеется ли Эгберт, этот страстный любитель пирожных, что и ему кое-что перепадет?

– Возможно. Пусть только не забывает о мстительности нижних чинов. Ведь это в духе нашего времени. Можешь спокойно съесть всё.

Ее глаза сияли, она была великолепна.

– А знаешь, когда я перестаю жить на износ, – и не потому, что меня кто-то пожалел? – спросил я.

Она не ответила, но внимательно посмотрела на меня.

– Когда я с тобой! – сказал я. – А теперь в ружье, в беспощадную атаку на Эгберта!

В обед я выпил только чашку бульона в шофёрской закусочной. Поэтому я без особого труда съел всё. Ободряемый Пат, я выпил заодно и весь кофе.

* * *

Мы сидели у окна и курили. Над крышами рдел багряный закат.

– Хорошо у тебя, Пат, – сказал я. – По-моему, здесь можно сидеть, не выходя целыми неделями, и забыть обо всем, что творится на свете.

Она улыбнулась:

– Было время, когда я не надеялась выбраться отсюда.

– Когда же это?

– Когда болела.

– Ну, это другое дело. А что с тобой было?

– Ничего страшного. Просто пришлось полежать. Видно, слишком быстро росла, а еды не хватало. Во время войны, да и после нее, было голодновато.

Я кивнул:

– Сколько же ты пролежала? Подумав, она ответила:

– Около года. – Так долго! – Я внимательно посмотрел на нее.

– Всё это давным-давно прошло. Но тогда это мне казалось целой вечностью. В баре ты мне как-то рассказывал о своем друге Валентине. После войны он всё время думал: какое это счастье – жить. И в сравнении с этим счастьем всё казалось ему незначительным.

– Ты всё правильно запомнила, – сказал я.

– Потому что я это очень хорошо понимаю. С тех пор я тоже легко радуюсь всему. По-моему, я очень поверхностный человек.

– Поверхностны только те, которые считают себя глубокомысленными.

– А вот я определенно поверхностна. Я не особенно разбираюсь в больших вопросах жизни. Мне нравится только прекрасное. Вот ты принес сирень – и я уже счастлива.

– Это не поверхностность; это высшая философия.

– Может быть, но не для меня. Я просто поверхностна и легкомысленна.

– Я тоже.

– Не так, как я. Раньше ты говорил что-то про авантюризм. Я настоящая авантюристка.

– Я так и думал, – сказал я.

– Да. Мне бы давно надо переменить квартиру,

иметь профессию, зарабатывать деньги. Но я всегда откладывала это. Хотелось пожить какое-то время так, как нравится. Разумно это, нет ли – все равно. Так я и поступила.

Мне стало смешно:

– Почему у тебя сейчас такое упрямое выражение лица?

– А как же? Все говорили мне, что всё это бесконечно легкомысленно, что надо экономить жалкие гроши. оставшиеся у меня, подыскать себе место и работать. А мне хотелось жить легко и радостно, ничем не связывать себя и делать, что захочу. Такое желание пришло после смерти матери и моей долгой болезни.

– Есть у тебя братья или сёстры?

Она отрицательно покачала головой.

– Я так и думал.

– И ты тоже считаешь, что я вела себя легкомысленно?

– Нет, мужественно.

– При чем тут мужество? Не очень-то я мужественна. Знаешь, как мне иногда бывало страшно? Как человеку, который сидит в театре на чужом месте и всё-таки не уходит с него.

– Значит, ты была мужественна, – сказал я. – Мужество не бывает без страха. Кроме того, ты вела себя разумно. Ты могла бы без толку растратить свои деньги. А так ты хоть что-то получила взамен. А чем ты занималась?

– Да, собственно, ничем. Просто так – жила для себя,

– За это хвалю! Нет ничего прекраснее.

Она усмехнулась:

– Всё это скоро кончится, я начну работать.

– Где? Это не связано с твоим тогдашним деловым свиданием с Биндингом?

– Да. С Биндингом и доктором Максом Матушайтом, директором магазинов патефонной компании «Электрола». Продавщица с музыкальным образованием.

– И ничто другое этому Биндингу в голову не пришло?

– Пришло, но я не захотела.

– Я ему и не советовал бы… Когда же ты начнешь работать?

– Первого августа.

– Ну, тогда еще остается немало времени. Может быть, подыщем что-нибудь другое. Но так или иначе, мы безусловно будем твоими покупателями.

– Разве у тебя есть патефон?

– Нет, но я, разумеется, немедленно приобрету его. А вся эта история мне определенно не нравится.

— А мне нравится, — сказала она. — Ничего путного я делать не умею. Но с тех пор как ты со мной, всё стало для меня гораздо проще. Впрочем, не стоило рассказывать тебе об этом.

— Нет, стоило. Ты должна мне всегда говорить обо всем.

Поглядев на меня, она сказала:

— Хорошо, Робби. — Потом она поднялась и подошла к шкафчику:

— Знаешь, что у меня есть? Ром. Для тебя. И, как мне кажется, хороший ром.

Она поставила рюмку на столик и выжидательно посмотрела на меня.

— Ром хорош, это чувствуется издалека, — сказал я. — Но почему бы тебе не быть более бережливой, Пат? Хотя бы ради того, чтобы оттянуть всё это дело с патефонами?

— Не хочу.

— Тоже правильно.

По цвету рома я сразу определил, что он смешан. Виноторговец, конечно, обманул Пат. Я выпил рюмку.

— Высший класс, — сказал я, — налей мне еще одну. Где ты его достала?

— В магазине на углу.

"Какой-нибудь паршивый магазинчик деликатесов", — подумал я, решив зайти туда при случае и высказать хозяину, что я о нем думаю.

— А теперь мне, пожалуй, надо идти, Пат? — спросил я.

— Нет еще...

Мы стояли у окна. Внизу зажглись фонари.

— Покажи мне свою спальню, — сказал я. Она открыла дверь и включила свет. Я оглядел комнату, не переступая порога. Сколько мыслей пронеслось в моей голове!

— Значит, это твоя кровать, Пат?.. — спросил я наконец.

Она улыбнулась:

— А чья же, Робби?

— Правда! А вот и телефон. Буду знать теперь и это... Я пойду... Прощай, Пат.

Она прикоснулась руками к моим вискам. Было бы чудесно остаться здесь в этот вечер, быть возле нее, под мягким голубым одеялом... Но что-то удерживало меня. Не скованность, не страх и не осторожность, — просто очень большая нежность, нежность, в которой растворялось желание.

— Прощай, Пат, — сказал я. — Мне было очень хорошо у тебя. Гораздо лучше, чем ты можешь себе представить. И ром... и то, что ты подумала обо всем...

— Но ведь всё это так просто...

– Для меня нет. Я к этому не привык,

* * *

Я вернулся в пансион фрау Залевски и посидел немного в своей комнате. Мне было неприятно, что Пат чем-то будет обязана Биндингу. Я вышел в коридор и направился к Эрне Бениг.

– Я по серьезному делу, Эрна. Какой нынче спрос на женский труд?

– Почему это вдруг? – удивилась она. – Не ждала такого вопроса. Впрочем, скажу вам, что положение весьма неважное.

– И ничего нельзя сделать?

– А какая специальность?

– Секретарша, ассистентка… Она махнула рукой:

– Сотни тысяч безработных… У этой дамы какая-нибудь особенная специальность?

– Она великолепно выглядит, – сказал я.

– Сколько слогов? – спросила Эрна.

– Что?

– Сколько слогов она записывает в минуту? На скольких языках?

– Понятия не имею, – сказал я, – но, знаете… для представительства…

– Дорогой мой, знаю всё заранее: дама из хорошей семьи, когда-то жила припеваючи, а теперь вынуждена… и так далее и так далее. Безнадежно, поверьте. Разве что кто-нибудь примет в ней особенное участие и пристроит ее. Вы понимаете, чем ей придется платить? А этого вы, вероятно, не хотите?

– Странный вопрос.

– Менее странный, чем вам кажется, – с горечью ответила Эрна. – На этот счет мне кое-что известно. Я вспомнил о связи Эрны с ее шефом.

– Но я вам дам хороший совет, – продолжала она. – Постарайтесь зарабатывать так, чтобы хватало на двоих. Это самое простое решение вопроса. Женитесь.

Я рассмеялся:

– Вот так здорово! Не знаю, смогу ли я взять столько на себя.

Эрна странно посмотрела на меня. При всей своей живости она показалась мне вдруг слегка увядшей и даже постаревшей.

– Вот что я вам скажу, – произнесла она. – Я живу хорошо, и у меня немало вещей, которые мне вовсе не нужны. Но поверьте, если бы кто-нибудь пришел ко мне и предложил жить вместе, по-настоящему, честно, я бросила бы всё это барахло и поселилась бы с ним хоть в чердачной каморке. – Ее лицо снова обрело прежнее выражение. – Ну, бог с ним, со всем – в каждом человеке скрыто немного сентиментальности. – Она подмигнула мне сквозь дым своей сигаретки. – Даже в вас, вероятно.

– Откуда?..

– Да, да… – сказала Эрна. – И прорывается она совсем неожиданно…

– У меня не прорвется, – ответил я.

Я был дома до восьми часов, потом мне надоело одиночество, и я пошел в бар, надеясь встретить там кого-нибудь.

За столиком сидел Валентин.

– Присядь, – сказал он. – Что будешь пить?

– Ром, – ответил я. – С сегодняшнего дня у меня особое отношение к этому напитку.

– Ром – молоко солдата, – сказал Валентин. – Между прочим, ты хорошо выглядишь, Робби.

– Разве?

– Да, ты помолодел.

– Тоже неплохо, – сказал я. – Будь здоров, Валентин.

– Будь здоров, Робби.

Мы поставили рюмки на столик и, посмотрев друг на друга, рассмеялись.

– Дорогой ты мой старик, – сказал Валентин.

– Дружище, черт бы тебя побрал! – воскликнул я. – А теперь что выпьем?

– Снова то же самое.

– Идет.

Фред налил нам.

– Так будем здоровы, Валентин.

– Будем здоровы, Робби.

– Какие замечательные слова "будем здоровы", верно?

– Лучшие из всех слов!

Мы повторили тост еще несколько раз. Потом Валентин ушел.

* * *

Я остался. Кроме Фреда, в баре никого не было. Я разглядывал старые освещенные карты на стенах, корабли с пожелтевшими парусами и думал о Пат. Я охотно позвонил бы ей, но заставлял себя не делать этого. Мне не хотелось думать о ней так много. Мне хотелось, чтобы она была для меня нежданным подарком, счастьем, которое пришло и снова уйдет, – только так. Я не хотел допускать и мысли, что это может стать чем-то большим. Я слишком хорошо знал – всякая любовь хочет быть вечной, в этом и состоит ее вечная мука. Не было ничего прочного, ничего.

– Дай мне еще одну рюмку, Фред, – попросил я. В

бар вошли мужчина и женщина. Они выпили по стаканчику коблера у стойки. Женщина выглядела утомленной, мужчина смотрел на нее с вожделением. Вскоре они ушли.

Я выпил свою рюмку. Может быть, не стоило идти сегодня к Пат. Перед моими глазами всё еще была комната, исчезающая в сумерках, мягкие синие вечерние тени и красивая девушка, глуховатым, низким голосом говорившая о своей жизни, о своем желании жить. Черт возьми, я становился сентиментальным. Но разве не растворилось уже в дымке нежности то, что было до сих пор ошеломляющим приключением, захлестнувшим меня, разве всё это уже не захватило меня глубже, чем я думал и хотел. разве сегодня, именно сегодня, я не почувствовал, как сильно я переменился? Почему я ушел, почему не остался у нее? Ведь я желал этого. Проклятье, я не хотел больше думать обо всем этом. Будь что будет, пусть я сойду с ума от горя, когда потеряю ее, но, пока она была со мной, всё остальное казалось безразличным. Стоило ли пытаться упрочить свою маленькую жизнь! Всё равно должен был настать день, когда великий потоп смоет всё.

– Выпьешь со мной, Фред? – спросил я.

– Как всегда, – сказал он.

Мы выпили по две рюмки абсента. Потом бросили жребий, кому заказать следующие. Я выиграла но меня это не устраивало. Мы продолжали бросать жребий, и я проиграл только на пятый раз, но уж зато трижды кряду.

– Что я, пьян, или действительно гром гремит? – спросил я.

Фред прислушался:

– Правда, гром. Первая гроза в этом году.

Мы пошли к выходу и посмотрели на небо. Его заволокло тучами. Было тепло, и время от времени раздавались раскаты грома.

– Раз так, значит, можно выпить еще по одной, – предложил я.

Фред не возражал.

– Противная лакричная водичка, – сказал я и поставил пустую рюмку на стойку. Фред тоже считал, что надо выпить чего-нибудь покрепче, – вишневку, например. Мне хотелось рому. Чтобы не спорить, мы выпили и то и другое. Мы стали пить из больших бокалов: их Фреду не надо было так часто наполнять. Теперь мы были в блестящем настроении. Несколько раз мы выходили на улицу смотреть, как сверкают молнии. Очень хотелось видеть это, но нам не везло. Вспышки озаряли небо, когда мы сидели в баре. Фред сказал, что у него есть невеста, дочь владельца ресторана-автомата. Но од хотел повременить с женитьбой до смерти старика, чтобы знать совершенно точно, что ресторан достанется ей. На мой взгляд, Фред был не в меру осторожен, но он доказал мне, что старик – гнусный тип, о котором наперед ничего нельзя знать; от него всего жди, – еще завещает ресторан в последнюю минуту местной общине методистской церкви. Тут мне пришлось с ним согласиться. Впрочем, Фред не унывал. Старик простудился, и. Фред решил, что у него, может быть, грипп, а ведь это очень опасно. Я сказал ему, что для алкоголиков грипп, к сожалению, сущие пустяки; больше того, настоящие пропойцы иной раз начинают буквально расцветать и даже жиреть от гриппа. Фред заметил, что это в общем всё равно, авось старик попадет под какую-нибудь машину. Я признал возможность такого варианта, особенно на мокром асфальте. Фред тут же выбежал на улицу, посмотреть, не пошел ли дождь. Но было еще сухо. Только гром гремел сильнее. Я дал ему стакан лимонного сока и пошел к телефону. В последнюю минуту я вспомнил, что не собирался звонить. Я помахал рукой аппарату и хотел снять перед ним шляпу. Но тут я заметил, что шляпы на мне нет.

Когда я вернулся, у столика стояли Кестер и Ленц.

– Ну-ка, дохни, – сказал Готтфрид.

Я повиновался.

– Ром, вишневая настойка и абсент, – сказал он. – Пил абсент, свинья! – Если ты думаешь, что я пьян, то ты ошибаешься, – сказал я. – Откуда вы?

– С политического собрания. Но Отто решил, что это слишком глупо. А что пьет Фред?

– Лимонный сок.

– Выпил бы и ты стакан.

– Завтра, – ответил я. – А теперь я чего-нибудь поем.

Кестер не сводил с меня озабоченного взгляда.

– Не смотри на меня так, Отто, – сказал я, – я слегка наклюкался, но от радости, а не с горя.

– Тогда всё в порядке, – сказал он. – Всё равно, пойдем поешь с нами.

* * *

В одиннадцать часов я был снова трезв как стеклышко. Кестер предложил пойти посмотреть, что с Фредом. Мы вернулись в бар и нашли его мертвецки пьяным за стойкой.

– Перетащите его в соседнюю комнату, – сказал Ленц, – а я пока буду здесь за бармена.

Мы с Кестером привели Фреда в чувство, напоив его горячим молоком. Оно подействовало мгновенно.

Затем мы усадили его на стул и приказали отдохнуть с полчаса, пока Ленц работал за него.

Готтфрид делал всё как следует. Он знал все цены, все наиболее ходкие рецепты коктейлей и так лихо тряс миксер, словно никогда ничем иным не занимался.

Через час появился Фред. Желудок его был основательно проспиртован, и Фред быстро приходил в себя.

— Очень сожалею, Фред, — сказал я: — надо было нам сперва что-нибудь поесть.

— Я опять в полном порядке, — ответил Фред. — Время от времени это неплохо.

— Безусловно.

Я пошел к телефону и вызвал Пат. Мне было совершенно безразлично всё, что я передумал раньше. Она ответила мне.

— Через пятнадцать минут буду у парадного, — сказал я и торопливо повесил трубку. Я боялся, что она устала и не захочет ни о чем говорить. А мне надо было ее увидеть.

Пат спустилась вниз. Когда она открывала дверь парадного, я поцеловал стекло там, где была ее голова. Она хотела что-то сказать, но я не дал ей и слова вымолвить. Я поцеловал ее, мы побежали вдвоем вдоль улицы, пока не нашли такси. Сверкнула молния, и раздался гром.

— Скорее, начнется дождь, — сказал я.

Мы сели в машину. Первые капли ударили по крыше. Такси тряслось по неровной брусчатке. Всё было чудесно — при каждом толчке я ощущал Пат. Всё было чудесно — дождь, город, хмель. Всё было так огромно и прекрасно! Я был в том бодром, светлом настроении, какое испытываешь, когда выпил и уже преодолел хмель. Вся моя скованность исчезла, ночь была полна глубокой силы и блеска, и уже ничто не могло случиться, ничто не было фальшивым. Дождь начался по-настоящему, когда мы вышли. Пока я расплачивался с шофёром, темная мостовая еще была усеяна капельками-пятнышками, как пантера. Но не успели мы дойти до парадного, как на черных блестящих камнях уже вовсю подпрыгивали серебряные фонтанчики — с неба низвергался потоп. Я не зажег свет. Молнии освещали комнату. Гроза бушевала над городом. Раскаты грома следовали один за другим.

— Вот когда мы сможем здесь покричать, — воскликнул я, — не боясь, что нас услышат! — Ярко вспыхивало окно. На бело-голубом фоне неба взметнулись черные силуэты кладбищенских деревьев и сразу исчезли, сокрушенные треском и грохотом ночи; перед окном, между тьмою и тьмой, словно фосфоресцируя, на мгновенье возникала гибкая фигура Пат. Я обнял ее за плечи, она тесно прижалась ко мне, я ощутил ее губы, ее дыхание и позабыл обо всем.

XII

Наша мастерская всё еще пустовала, как амбар перед жатвой. Поэтому мы решили не продавать машину, купленную на аукционе, а использовать ее как такси. Ездить на ней должны были по очереди Ленц и я. Кестер с помощью Юппа вполне мог управиться в мастерской до получения настоящих заказов.

Мы с Ленцем бросили кости, кому ехать первому. Я выиграл. Набив карман мелочью и взяв документы, я медленно поехал на нашем такси по городу, чтобы подыскать для начала хорошую стоянку. Первый выезд показался мне несколько странным. Любой идиот мог меня остановить, и я обязан был его везти. Чувство не из самых приятных.

Я выбрал место, где стояло только пять машин. Стоянка была против гостиницы "Вальдекер гоф", в деловом районе. Казалось, что тут долго не простоишь. Я передвинул рычаг зажигания и вышел. От одной из передних машин отделился молодой парень в кожаном пальто и направился ко мне.

– Убирайся отсюда, – сказал он угрюмо. Я спокойно смотрел на него, прикидывая, что если придется драться, то лучше всего сбить его ударом в челюсть снизу. Стесненный одеждой, он не смог бы достаточно быстро закрыться руками.

– Не понял? – спросило кожаное пальто и сплюнуло мне под ноги окурок сигареты. – Убирайся, говорю тебе! Хватит нас тут! Больше нам никого не надо!

Его разозлило появление лишней машины, – это было ясно; но ведь и я имел право стоять здесь.

– Ставлю вам водку, – сказал я. Этим вопрос был бы исчерпан. Таков был обычай, когда кто-нибудь появлялся впервые. К нам подошел молодой шофёр:

– Ладно, коллега. Оставь его, Густав… Но Густаву что-то во мне не понравилось, и я знал, что. Он почувствовал во мне новичка.

– Считаю до трех…

Он был на голову выше меня и, видимо, хотел этим воспользоваться.

Я понял, что слова не помогут. Надо было либо уезжать, либо драться.

– Раз, – сказал Густав и расстегнул пальто.

– Брось глупить, – сказал я, снова пытаясь утихомирить его. – Лучше пропустим по рюмочке.

– Два… – прорычал Густав.

Он собирался измордовать меня по всем правилам.

– Плюс один… равняется…

Он заломил фуражку.

– Заткнись, идиот! – внезапно заорал я. От неожиданности Густав открыл рот, сделал шаг вперед и оказался на самом удобном для меня месте. Развернувшись всем корпусом, я сразу ударил его. Кулак сработал, как молот. Этому удару меня научил Кестер. Приемами бокса я владел слабо, да и не считал нужным тренироваться. Обычно всё зависело от первого удара. Мой апперкот оказался правильным. Густав повалился на тротуар, как мешок.

– Так ему и надо, – сказал молодой шофёр. – Старый хулиган. – Мы подтащили Густава к его машине и положили на сиденье. – Ничего, придет в себя.

Я немного разволновался. В спешке я неправильно поставил большой палец и при ударе вывихнул его. Если бы Густав быстро пришел в себя, он смог бы сделать со мной что угодно. Я сказал об этом молодому шофёру и спросил, не лучше ли мне сматываться.

– Ерунда, – сказал он. – Дело с концом. Пойдем в кабак – поставишь нам по рюмочке. Ты не профессиональный шофёр, верно?

– Да.

– Я тоже нет. Я актер.

– И как?

– Да вот живу, – рассмеялся он. – И тут театра достаточно.

В пивную мы зашли впятером – двое пожилых и трое молодых. Скоро явился и Густав. Тупо глядя на нас, он подошел к столику. Левой рукой я нащупал в кармане связку ключей и решил, что в любом случае буду защищаться до последнего.

Но до этого не дошло. Густав пододвинул себе ногой стул и с хмурым видом опустился на него. Хозяин поставил перед ним рюмку. Густав и остальные выпили по первой. Потом нам подали по второй. Густав покосился на меня и поднял рюмку.

– Будь здоров, – обратился он ко мне с омерзительным выражением лица.

– Будь здоров, – ответил я и выпил.

Густав достал пачку сигарет. Не глядя на меня, он протянул ее мне. Я взял сигарету и дал ему прикурить. Затем я заказал по двойному кюммелю. Выпили. Густав посмотрел на меня сбоку.

– Балда, – сказал он, но уже добродушно.

– Мурло, – ответил я в том же тоне. Он повернулся ко мне:

– Твой удар был хорош…

– Случайно… – Я показал ему вывихнутый палец. – Не повезло… – сказал он, улыбаясь. – Между прочим, меня зовут Густав.

– Меня – Роберт.

– Ладно. Значит, всё в порядке, Роберт, да? А я решил, что ты за мамину юбку держишься.

– Всё в порядке, Густав.

С этой минуты мы стали друзьями.

* * *

Машины медленно подвигались вперед. Актер, которого все звали Томми, получил отличный заказ – поездку на вокзал. Густав повез кого-то в ближайший ресторан за тридцать пфеннигов. Он чуть не лопнул от злости: заработать десять пфеннигов и снова пристраиваться в хвост! Мне попался редкостный пассажир – старая англичанка, пожелавшая осмотреть город. Я разъезжал с ней около часу. На обратном пути у меня было еще несколько мелких ездок. В полдень, когда мы снова собрались в пивной и уплетали бутерброды, мне уже казалось, что я бывалый шофёр такси. В отношениях между водителями было что-то от братства старых солдат. Здесь собрались люди самых различных специальностей. Только около половины из них были профессиональными шофёрами, остальные оказались за рулем случайно.

Я был довольно сильно измотан, когда перед вечером въехал во двор мастерской. Ленц и Кестер уже ожидали меня.

– Ну, братики, сколько вы заработали? – спросил я.

– Продано семьдесят литров бензина, – доложил Юпп.

– Больше ничего?

Ленц злобно посмотрел на небо:

– Дождь нам хороший нужен! А потом маленькое столкновение на мокром асфальте прямо перед воротами! Ни одного пострадавшего! Но зато основательный ремонт.

– Посмотрите сюда! – Я показал им тридцать пять марок, лежавших у меня на ладони.

– Великолепно, – сказал Кестер. – Из них двадцать марок – чистый заработок. Придется размочить их сегодня. Ведь должны же мы отпраздновать первый рейс!

– Давайте пить крюшон, – заявил Ленц.

– Крюшон? – спросил я. – Зачем же крюшон? – Потому что Пат будет с нами.

– Пат?

— Не раскрывай так широко рот, — сказал последний романтик, — мы давно уже обо всем договорились. В семь мы заедем за ней. Она предупреждена. Уж раз ты не подумал о ней, пришлось нам самим позаботиться. И в конце концов ты ведь познакомился с ней благодаря нам.

— Отто, — сказал я, — видел ты когда-нибудь такого нахала, как этот рекрут?

Кестер рассмеялся.

— Что у тебя с рукой, Робби? Ты ее держишь как-то набок.

— Кажется, вывихнул. — Я рассказал историю с Густавом.

Ленц осмотрел мой палец:

— Конечно, вывихнул! Как христианин и студент-медик в отставке, я, несмотря на твои грубости, помассирую тебе палец. Пойдем, чемпион по боксу.

Мы пошли в мастерскую, где Готтфрид занялся моей рукой, вылив на нее немного масла.

— Ты сказал Пат, что мы празднуем однодневный юбилей нашей таксомоторной деятельности? — спросил я его.

Он свистнул сквозь зубы.

— А разве ты стыдишься этого, паренек?

— Ладно, заткнись, — буркнул я, зная, что он прав. — Так ты сказал?

— Любовь, — невозмутимо заметил Готтфрид, — чудесная вещь. Но она портит характер.

— Зато одиночество делает людей бестактными, слышишь, мрачный солист?

— Такт — это неписаное соглашение не замечать чужих ошибок и не заниматься их исправлением. То есть жалкий компромисс. Немецкий ветеран на такое не пойдет, детка.

— Что бы сделал ты на моем месте, — спросил я, — если бы кто-нибудь вызвал твое такси по телефону, а потом выяснилось бы, что это Пат?

Он ухмыльнулся:

— Я ни за что не взял бы с нее плату за проезд, мой сын.

Я толкнул его так, что он слетел с треножника. — Ах ты, негодяй! Знаешь, что я сделаю? Я просто заеду за ней вечером на нашем такси.

— Вот это правильно! — Готтфрид поднял благословляющую руку. — Только не теряй свободы! Она дороже любви. Но это обычно понимают слишком поздно. А такси мы тебе всё-таки не дадим. Оно нужно нам для Фердинанда Грау и Валентина. Сегодня у нас будет серьезный и великий вечер.

* * *

Мы сидели в садике небольшого пригородного трактира. Низко над лесом, как красный факел, повисла влажная луна. Мерцали бледные канделябры цветов на каштанах, одуряюще пахла сирень, на столе перед нами стояла большая стеклянная чаша с ароматным крюшоном. В неверном свете раннего вечера чаша казалась светлым опалом, в котором переливались последние синевато-перламутровые отблески догоравшей зари. Уже четыре раза в этот вечер чаша наполнялась крюшоном.

Председательствовал Фердинанд Грау. Рядом с ним сидела Пат. Она приколола к платью бледно-розовую орхидею, которую он принес ей.

Фердинанд выудил из своего бокала мотылька и осторожно положил его на стол.

— Взгляните на него, — сказал он. — Какое крылышко. Рядом с ним лучшая парча — грубая тряпка! А такая тварь живет только один день, и всё. — Он оглядел всех по очереди. — Знаете ли вы, братья, что страшнее всего на свете?

— Пустой стакан, — ответил Ленц.

Фердинанд сделал презрительный жест в его сторону:

— Готтфрид, нет ничего более позорного для мужчины, чем шутовство. — Потом он снова обратился к вам: — Самое страшное, братья, — это время. Время. Мгновения, которое мы переживаем и которым всё-таки никогда не владеем.

Он достал из кармана часы и поднес их к глазам Ленца:

— Вот она, мой бумажный романтик! Адская машина Тикает, неудержимо тикает, стремясь навстречу небытию Ты можешь остановить лавину, горный обвал, но вот эту штуку не остановишь.

— И не собираюсь останавливать, — заявил Ленц. — Хочу мирно состариться. Кроме того, мне нравится разнообразие.

— Для человека это невыносимо, — сказал Грау, не обращая внимания на Готтфрида. — Человек просто не может вынести этого. И вот почему он придумал себе мечту. Древнюю, трогательную, безнадежную мечту о вечности.

Готтфрид рассмеялся:

— Фердинанд, самая тяжелая болезнь мира — мышление! Она неизлечима.

— Будь она единственной, ты был бы бессмертен, — ответил ему Грау, — ты — недолговременное соединение углеводов, извести, фосфора и железа, именуемое на этой земле Готтфридом Ленцем.

Готтфрид блаженно улыбался. Фердинанд тряхнул

своей львиной гривой:

– Братья, жизнь – это болезнь, и смерть начинается с самого рождения. В каждом дыхании, в каждом ударе сердца уже заключено немного умирания – всё это толчки, приближающие нас к концу.

– Каждый глоток тоже приближает нас к концу, – заметил Ленц. – Твое здоровье, Фердинанд! Иногда умирать чертовски легко.

Грау поднял бокал. По его крупному лицу как беззвучная гроза пробежала улыбка.

– Будь здоров, Готтфрид! Ты – блоха, резво скачущая по шуршащей гальке времени. И о чем только думала призрачная сила, движущая нами, когда создавала тебя?

– Это ее частное дело. Впрочем, Фердинанд, тебе не следовало бы говорить так пренебрежительно об этом. Если бы люди были вечны, ты остался бы без работы, старый прихлебатель смерти.

Плечи Фердинанда затряслись. Он хохотал. Затем он обратился к Пат:

– Что вы скажете о нас, болтунах, маленький цветок на пляшущей воде?

* * *

Потом я гулял с Пат по саду. Луна поднялась выше, и луга плыли в сером серебре. Длинные, черные тени деревьев легли на траву темными стрелами, указывающими путь в неизвестность. Мы спустились к озеру и повернули обратно. По дороге мы увидели Ленца; он притащил в сад раскладной стул, поставил его в кусты сирени и уселся. Его светлая шевелюра и огонек сигареты резко выделялись в полумраке. Рядом на земле стояла чаша с недопитым майским крюшоном и бокал.

– Вот так местечко! – воскликнула Пат. – В сирень забрался!

– Здесь недурно. – Готтфрид встал. – Присядьте и вы.

Пат села на стул. Ее лицо белело среди цветов.

– Я помешан на сирени, – сказал последний романтик. – Для меня сирень – воплощение тоски по родине. Весной тысяча девятьсот двадцать четвертого года я, как шальной, снялся с места и приехал из Рио-де-Жанейро домой – вспомнил, что в Германии скоро должна зацвести сирень. Но я, конечно, опоздал. – Он рассмеялся. – Так получается всегда.

– Рио-де-Жанейро… – Пат притянула к себе ветку сирени. – Вы были там вдвоем с Робби?

Готтфрид опешил. У меня мурашки побежали по телу.

– Смотрите, какая луна! – торопливо сказал я и многозначительно наступил Ленцу на ногу.

При вспышке его сигареты я заметил, что он улыбнулся и подмигнул мне. Я был спасен.

– Нет, мы там не были вдвоем, – заявил Ленц. – Тогда я был один. Но что если мы выпьем еще по глоточку крюшона?

– Больше не надо, – сказала Пат. – Я не могу пить столько вина.

Фердинанд окликнул нас, и мы пошли к дому. Его массивная фигура вырисовывалась в дверях.

– Войдите, детки, – сказал он. – Ночью людям, подобным нам, незачем общаться с природой. Ночью она желает быть одна. Крестьянин или рыбак – другое дело, но мы, горожане, чьи инстинкты притупились… – Он положил руку на плечо Готтфрида. – Ночь – это протест природы против язв цивилизации, Готтфрид! Порядочный человек не может долго выдержать это. Он замечает, что изгнан из молчаливого круга деревьев, животных, звезд и бессознательной жизни. – Он улыбнулся своей странной улыбкой, о которой никогда нельзя было сказать, печальна она или радостна. – Заходите, детки! Согреемся воспоминаниями. Ах, вспомним же чудесное время, когда мы были еще хвощами и ящерицами, – этак пятьдесят или шестьдесят тысяч лет тому назад. Господи, до чего же мы опустились с тех пор…

Он взял Пат за руку.

– Если бы у нас не сохранилась хотя бы крупица понимания красоты, всё было бы потеряно. – Осторожным движением своей огромной лапы он продел под свой локоть ее ладонь. – Серебристая звездная чешуйка, повисшая над грохочущей бездной, – хотите выпить стакан вина с древним-древним старцем?

– Да, – сказала она. – Всё, что вам угодно.

Они вошли в дом. Рядом с Фердинандом она казалась его дочерью. Стройной, смелой и юной дочерью усталого великана доисторических времен.

* * *

В одиннадцать мы двинулись в обратный путь. Валентин сел за руль такси и уехал с Фердинандом. Остальные сели в «Карла». Ночь была теплая, Кестер сделал крюк, и мы проехали через несколько деревень, дремавших у шоссе. Лишь изредка в окне мелькал огонек и доносился одинокий лай собак. Ленц сидел впереди, рядом с Отто, и пел. Пат и я устроились сзади.

Кестер великолепно вел машину. Он брал повороты, как птица, будто забавлялся. Он не ездил резко, как большинство гонщиков. Когда он взбирался по спирали, можно было спокойно спать, настолько плавно шла машина. Скорость не ощущалась.

По шуршанию шин мы узнавали, какая под нами дорога. На гудроне они посвистывали, на брусчатке глухо громыхали. Снопы света от фар, вытянувшись далеко вперед, мчались перед нами, как пара серых гончих, вырывая из темноты дрожащую березовую аллею, вереницу тополей, опрокидывающиеся телеграфные столбы, приземистые домики и безмолвный строй лесных просек. В россыпях тысяч звезд, на немыслимой высоте, вился над нами светлый дым Млечного Пути.

Кестер гнал всё быстрее. Я укрыл Пат пальто. Она улыбнулась мне.

– Ты любишь меня? – спросил я. Она отрицательно покачала головой.

– А ты меня? – Нет. Вот счастье, правда?

– Большое счастье.

– Тогда с нами ничего не может случиться, не так ли?

– Решительно ничего, – ответила она и взяла мою руку.

Шоссе спускалось широким поворотом к железной дороге. Поблескивали рельсы. Далеко впереди показался красный огонек. «Карл» взревел и рванулся вперед. Это был скорый поезд – спальные вагоны и ярко освещенный вагон-ресторан. Вскоре мы поравнялись с ним. Пассажиры махали нам из окон. Мы не отвечали. «Карл» обогнал поезд. Я оглянулся. Паровоз извергал дым и искры. С тяжким, черным грохотом мчался он сквозь синюю ночь. Мы обогнали поезд, – но мы возвращались в город, где такси, ремонтные мастерские и меблированные комнаты. А паровоз грохотал вдоль рек, лесов и полей в какие-то дали, в мир приключений.

Покачиваясь, неслись навстречу нам улицы и дома. «Карл» немного притих, но всё еще рычал как дикий зверь.

Кестер остановился недалеко от кладбища. Он не поехал ни к Пат, ни ко мне, а просто остановился где-то поблизости. Вероятно, решил, что мы хотим остаться наедине. Мы вышли. Кестер и Ленц, не оглянувшись, сразу же помчались дальше. Я посмотрел им вслед. На минуту мне это показалось странным. Они уехали, – мои товарищи уехали, а я остался...

Я встряхнулся.

– Пойдем, – сказал я Пат. Она смотрела на меня, словно о чем-то догадываясь.

– Поезжай с ними, – сказала она.

– Нет, – ответил я.

– Ведь тебе хочется поехать с ними...

— Вот еще… — сказал я, зная, что она права. — Пойдем…

Мы пошли вдоль кладбища, еще пошатываясь от быстрой езды и ветра.

— Робби, — сказала Пат, — мне лучше пойти домой.

— Почему?

— Не хочу, чтобы ты из-за меня от чего-нибудь отказывался.

— О чем ты говоришь? От чего я отказываюсь? — От своих товарищей…

— Вовсе я от них не отказываюсь, — ведь завтра утром я их снова увижу.

— Ты знаешь, о чем я говорю, — сказала она. — Раньше ты проводил с ними гораздо больше времени.

— Потому что не было тебя, — ответил я и открыл дверь.

Она покачала головой:

— Это совсем другое.

— Конечно, другое. И слава богу!

Я поднял ее на руки и пронес по коридору в свою комнату.

— Тебе нужны товарищи, — сказала она. Ее губы почти касались моего лица.

— Ты мне тоже нужна.

— Но не так…

— Это мы еще посмотрим…

Я открыл дверь, и она соскользнула на пол, не отпуская меня.

— А я очень неважный товарищ, Робби.

— Надеюсь. Мне и не нужна женщина в роли товарища. Мне нужна возлюбленная.

— Я и не возлюбленная, — пробормотала она.

— Так кто же ты?

— Не половинка и не целое. Так… фрагмент….

— А это самое лучшее. Возбуждает фантазию. Таких женщин любят вечно. Законченные женщины быстро надоедают. Совершенные тоже, а «фрагменты» — никогда.

* * *

Было четыре часа утра. Я проводил Пат и возвращался к себе. Небо уже чуть посветлело. Пахло утром.

Я шел вдоль кладбища, мимо кафе «Интернациональ». Неожиданно открылась дверь шофёрской закусочной около дома профессиональных союзов, и передо мной возникла девушка. Маленький берет, потертое красное пальто, высокие лакированные ботинки. Я уже прошел было мимо, но вдруг узнал ее:

— Лиза…

– И тебя, оказывается, можно встретить.

– Откуда ты? – спросил я. Она показала на закусочную:

– Я там ждала, думала, пройдешь мимо. Ведь ты в это время обычно идешь домой.

– Да, правильно…

– Пойдешь со мной?

Я замялся.

– Это невозможно…

– Не надо денег, – быстро сказала она.

– Не в этом дело, – ответил я необдуманно, – деньги у меня есть.

– Ах, вот оно что… – с горечью сказала она и хотела уйти.

Я схватил ее за руку:

– Нет, Лиза…

Бледная и худая, она стояла на пустой, серой улице. Такой я встретил ее много лет назад, когда жил один, тупо, бездумно и безнадежно. Сначала она была недоверчива, как и все эти девушки, но потом, после того как мы поговорили несколько раз, привязалась ко мне. Это была странная связь. Случалось, я не видел ее неделями, а потом она стояла где-то на тротуаре и ждала меня. Тогда мы оба не имели никого, и даже те немногие крупицы тепла, которые мы давали друг другу, были для каждого значительны. Я давно уже не видел ее. С тех пор, как познакомился с Пат.

– Где ты столько пропадала, Лиза?

Она пожала плечами:

– Не всё ли равно? Просто захотелось опять увидеть тебя… Ладно, могу уйти…

– А как ты живешь?

– Оставь ты это… – сказала она. – Не утруждай себя…

Ее губы дрожали. По ее виду я решил, что она голодает.

– Я пройду с тобой немного, – сказал я.

Ее равнодушное лицо проститутки оживилось и стало детским. По пути я купил в одной из шофёрских закусочных, открытых всю ночь, какую-то еду, чтобы покормить ее. Лиза сперва не соглашалась, и лишь когда я ей сказал, что тоже хочу есть, уступила. Она следила, как бы меня не обманули, подсунув плохие куски. Она не хотела, чтобы я брал полфунта ветчины и заметила, что четвертушки довольно, если взять еще немного франкфуртских сосисок. Но я купил полфунта ветчины и две банки сосисок.

Она жила под самой крышей, в каморке, обставленной кое-как. На столе стояла керосиновая лампа, а около кровати – бутылка с вставленной в нее свечой. К стенам были приколоты кнопками картинки из журналов. На комоде лежало несколько детективных романов и конверт с порнографическими открытками. Некоторые гости, особенно женатые, любили разглядывать их. Лиза убрала открытки в ящик и достала старенькую, но чистую скатерть.

Я принялся развертывать покупки. Лиза переодевалась. Сперва она сняла платье, а не ботинки, хотя у нее всегда сильно болели ноги, я это знал. Ведь ей приходилось так много бегать. Она стояла посреди комнатки в своих высоких до колен, лакированных ботинках и в черном белье.

— Как тебе нравятся мои ноги? – спросила она.

— Классные, как всегда…

Мой ответ обрадовал ее, и она с облегчением присела на кровать, чтобы расшнуровать ботинки.

— Сто двадцать марок стоят, – сказала она, протягивая мне их. – Пока заработаешь столько, износятся в пух и прах.

Она вынула из шкафа кимоно и пару парчовых туфелек, оставшихся от лучших дней; при этом она виновато улыбнулась. Ей хотелось нравиться мне. Вдруг я почувствовал ком в горле, мне стало грустно в этой крохотной каморке, словно умер кто-то близкий.

Мы ели, и я осторожно разговаривал с ней. Но она заметила какую-то перемену во мне. В ее глазах появился испуг. Между нами никогда не было больше того, что приносил случай. Но, может быть, как раз это и привязывает и обязывает людей сильней, чем многое другое. Я встал.

— Ты уходишь? – спросила она, как будто уже давно опасалась этого.

— У меня еще одна встреча…

Она удивленно посмотрела на меня:

— Так поздно?

— Важное дело, Лиза. Надо попытаться разыскать одного человека. В это время он обычно сидит в «Астории». Нет женщин, которые понимают эти вещи так хорошо, как девушки вроде Лизы. И обмануть их труднее, чем любую женщину. Ее лицо стало каким-то пустым.

— У тебя другая…

— Видишь, Лиза… мы с тобой так мало виделись… скоро уже год… ты сама понимаешь, что…

— Нет, нет, я не об этом. У тебя женщина, которую ты любишь! Ты изменился. Я это чувствую.

— Ах, Лиза…

— Нет, нет. Скажи!

— Сам не знаю. Может быть…

Она постояла с минуту. Потом кивнула головой.

— Да… да, конечно… Я глупа… ведь между нами ничего и нет… – Она провела рукой по лбу. – Не знаю даже, с какой стати я…

Я смотрел на ее худенькую надломленную фигурку. Парчовые туфельки… кимоно… долгие пустые вечера, воспоминания…

— До свидания, Лиза…

— Ты идешь… Не посидишь еще немного? Ты идешь… уже?

Я понимал, о чем она говорит. Но этого я не мог. Было странно, но я не мог, никак не мог. Я чувствовал это всем своим существом. Раньше такого со мной не бывало. У меня не было преувеличенных представлений о верности. Но теперь это было просто невозможно. Я вдруг почувствовал, как далек от всего этого.

Она стояла в дверях.

— Ты идешь… — сказала она и тут же подбежала к комоду. — Возьми, я знаю, что ты положил мне деньги под газету… я их не хочу… вот они… вот… иди себе…

— Я должен, Лиза.

— Ты больше не придешь…

— Приду, Лиза….

— Нет, нет, ты больше не придешь, я знаю! И не приходи больше! Иди, иди же наконец… — Она плакала. Я спустился по лестнице, не оглянувшись.

* * *

Я еще долго бродил по улицам. Это была странная ночь.

Я переутомился и знал, что не усну. Прошел мимо «Интернационаля», думая о Лизе, в прошедших годах, о многом другом, давно уже позабытом. Всё отошло в далекое прошлое и как будто больше не касалось меня. Потом я прошел по улице, на которой жила Пат. Ветер усилился, все окна в ее доме были темны, утро кралось на серых лапах вдоль дверей. Наконец я пришел домой. "Боже мой, — подумал я, — кажется, я счастлив".

XIII

— Даму, которую вы всегда прячете от нас, — сказала фрау Залевски, — можете не прятать. Пусть приходит к нам совершенно открыто. Она мне нравится.

— Но вы ведь ее не видели, — возразил я.

— Не беспокойтесь, я ее видела, — многозначительно заявила фрау Залевски. — Я видела ее, и она мне нравится. Даже очень. Но эта женщина не для вас!

— Вот как?

— Нет. Я уже удивлялась, как это вы откопали ее в

своих кабаках. Хотя, конечно, такие гуляки, как вы…

– Мы уклоняемся от темы, – прервал я ее.

Она подбоченилась и сказала:

– Это женщина для человека с хорошим, прочным положением. Одним словом, для богатого человека!

"Так, – подумал я, – вот и получил! Этого еще только не хватало".

– Вы можете это сказать о любой женщине, – заметил я раздраженно.

Она тряхнула седыми кудряшками:

– Дайте срок! Будущее покажет, что я права.

– Ах, будущее! – С досадой я швырнул на стол запонки. – Кто сегодня говорит о будущем! Зачем ломать себе голову над этим!

Фрау Залевски озабоченно покачала своей величественной головой:

– До чего же теперешние молодые люди все странные. Прошлое вы ненавидите, настоящее презираете, а будущее вам безразлично. Вряд ли это приведет к хорошему концу.

– А что вы, собственно, называете хорошим концом? – спросил я. – Хороший конец бывает только тогда, когда до него всё было плохо. Уж куда лучше плохой конец. – Всё это еврейские штучки, – возразила фрау Залевски с достоинством и решительно направилась к двери. Но, уже взявшись за ручку, она замерла как вкопанная. – Смокинг? – прошептала она изумленно. – У вас?

Она вытаращила глаза на костюм Отто Кестера, висевший на дверке шкафа. Я одолжил его, чтобы вечером пойти с Пат в театр.

– Да, у меня! – ядовито сказал я. – Ваше умение делать правильные выводы вне всякого сравнения, сударыня!

Она посмотрела на меня. Буря мыслей, отразившаяся на ее толстом лице, разрядилась широкой всепонимающей усмешкой.

– Ага! – сказала она. И затем еще раз: – Ага! – И уже из коридора, совершенно преображенная той вечной радостью, которую испытывает женщина при подобных открытиях, с каким-то вызывающим наслаждением она бросила мне через плечо: – Значит, так обстоят дела!

– Да, так обстоят дела, чертова сплетница! – злобно пробормотал я ей вслед, зная, что она меня уже не слышит. В бешенстве я швырнул коробку с новыми лакированными туфлями на пол. Богатый человек ей нужен! Как будто я сам этого не знал!

* * *

Я зашел за Пат. Она стояла в своей комнате, уже одетая для выхода, и ожидала меня. У меня едва не перехватило дыхание, когда я увидел ее. Впервые со времени нашего знакомства на ней был вечерний туалет.

Платье из серебряной парчи мягко и изящно ниспадало с прямых плеч. Оно казалось узким и всё же не стесняло ее свободный широкий шаг. Спереди оно было закрыто, сзади имело глубокий треугольный вырез. В матовом синеватом свете сумерек Пат казалась мне серебряным факелом, неожиданно и ошеломляюще изменившейся, праздничной и очень далекой. Призрак фрау Залевски с предостерегающе поднятым пальцем вырос за ее спиной, как тень.

– Хорошо, что ты не была в этом платье, когда я встретил тебя впервые, – сказал я. – Ни за что не подступился бы к тебе.

– Так я тебе и поверила, Робби. – Она улыбнулась. – Оно тебе нравится? – Мне просто страшно! В нем ты совершенно новая женщина.

– Разве это страшно? На то и существуют платья.

– Может быть. Меня оно слегка пришибло. К такому платью тебе нужен другой мужчина. Мужчина с большими деньгами.

Она рассмеялась:

– Мужчины с большими деньгами в большинстве случаев отвратительны, Робби.

– Но деньги ведь не отвратительны?

– Нет. Деньги нет.

– Так я и думал.

– А разве ты этого не находишь?

– Нет, почему же? Деньги, правда, не приносят счастья, но действуют чрезвычайно успокаивающе.

– Они дают независимость, мой милый, а это еще больше. Но, если хочешь, я могу надеть другое платье.

– Ни за что. Оно роскошно. С сегодняшнего дня я ставлю портных выше философов! Портные вносят в жизнь красоту. Это во сто крат ценнее всех мыслей, даже если они глубоки, как пропасти! Берегись, как бы я в тебя не влюбился!

Пат рассмеялась. Я незаметно оглядел себя. Кестер был чуть выше меня, пришлось закрепить брюки английскими булавками, чтобы они хоть кое-как сидели на мне. К счастью, это удалось.

* * *

Мы взяли такси и поехали в театр. По дороге я был молчалив, сам не понимая почему. Расплачиваясь с шофёром, я внимательно посмотрел на него. Он был небрит и выглядел очень утомленным. Красноватые круги окаймляли глаза. Он равнодушно взял деньги.

– Хорошая выручка сегодня? – тихо спросил я. Он взглянул на меня. Решив, что перед ним праздный и любопытный пассажир, он буркнул:

– Ничего…

Видно было, что он не желает вступать в разговор. На мгновение я почувствовал, что должен сесть вместо него за руль и поехать. Потом обернулся и увидел Пат, стройную и гибкую. Поверх серебряного платья она надела короткий серебристый жакет с широкими рукавами. Она была прекрасна и полна нетерпения.

– Скорее, Робби, сейчас начнется!

У входа толпилась публика. Была большая премьера. Прожектора освещали фасад театра, одна за другой подкатывали к подъезду машины; из них выходили женщины в вечерних платьях, украшенные сверкающими драгоценностями, мужчины во фраках, с упитанными розовыми лицами, смеющиеся, радостные, самоуверенные, беззаботные; со стоном и скрипом отъехало старое такси с усталым шофёром от этого праздничного столпотворения.

– Пойдем же, Робби! – крикнула Пат, глядя на меня сияющим и возбужденным взглядом. – Ты что-нибудь забыл?

Я враждебно посмотрел на людей вокруг себя.

– Нет, – сказал я, – я ничего не забыл.

Затем я подошел к кассе и обменял билеты. Я взял два кресла в ложу, хотя они стоили целое состояние. Я не хотел, чтобы Пат сидела среди этих благополучных людей, для которых всё решено и понятно. Я не хотел, чтобы она принадлежала к их кругу, Я хотел, чтобы она была только со мной.

* * *

Давно уже я не был в театре. Я бы и не пошел туда, если бы не Пат. Театры, концерты, книги, – я почти утратил вкус ко всем этим буржуазным привычкам. Они не были в духе времени. Политика была сама по себе в достаточной мере театром, ежевечерняя стрельба заменяла концерты, а огромная книга людской нужды убеждала больше целых библиотек.

Партер и ярусы были полны. Свет погас, как только мы сели на свои места. Огни рампы слегка освещали зал. Зазвучала широкая мелодия оркестра, и всё словно тронулось с места и понеслось.

Я отодвинул свое кресло в угол ложи. В этом положении я не видел ни сцены, ни бледных лиц зрителей. Я только слушал музыку и смотрел на Пат.

Музыка к "Сказкам Гофмана" околдовала зал. Она

была как южный ветер, как теплая ночь, как вздувшийся парус под звездами, совсем не похожая на жизнь. Открывались широкие яркие дали. Казалось, что шумит глухой поток нездешней жизни; исчезала тяжесть, терялись границы, были только блеск, и мелодия, и любовь; и просто нельзя было понять, что где-то есть нужда, и страдание, и отчаянье, если звучит такая музыка.

Свет сцены таинственно озарял лицо Пат. Она полностью отдалась звукам, и я любил ее, потому что она не прислонилась ко мне и не взяла мою руку, она не только не смотрела на меня, но, казалось, даже и не думала обо мне, просто забыла. Мне всегда было противно, когда смешивали разные вещи, я ненавидел это телячье тяготение друг к другу, когда вокруг властно утверждалась красота и мощь великого произведения искусства, я ненавидел маслянистые расплывчатые взгляды влюбленных, эти туповато-блаженные прижимания, это непристойное баранье счастье, которое никогда не может выйти за собственные пределы, я ненавидел эту болтовню о слиянии воедино влюбленных душ, ибо считал, что в любви нельзя до конца слиться друг с другом и надо возможно чаще разлучаться, чтобы ценить новые встречи. Только тот, кто не раз оставался один, знает счастье встреч с любимой. Всё остальное только ослабляет напряжение и тайну любви. Что может решительней прервать магическую сферу одиночества, если не взрыв чувств, их сокрушительная сила, если не стихия, буря, ночь, музыка?.. И любовь…

* * *

Зажегся свет. Я закрыл на мгновение глаза. О чем это я думал только что? Пат обернулась. Я видел, как зрители устремились к дверям. Был большой антракт.

– Ты не хочешь выйти? – спросил я. Пат покачала головой.

– Слава богу! Ненавижу, когда ходят по фойе и глазеют друг на друга.

Я вышел, чтобы принести ей апельсиновый сок. Публика осаждала буфет. Музыка удивительным образом пробуждает у многих аппетит. Горячие сосиски расхватывались так, словно вспыхнула эпидемия голодного тифа.

Когда я пришел со стаканом в ложу, какой-то мужчина стоял за креслом Пат. Повернув голову, она оживленно разговаривала с ним.

– Роберт, это господин Бройер, – сказала она.

"Господин осел", – подумал я и с досадой посмотрел на него. Она сказала Роберт, а не Робби. Я поставил стакан на барьер ложи и стал ждать ухода ее собеседника. На нем был великолепно сшитый смокинг. Он болтал о режиссуре и исполнителях и не уходил. Пат обратилась ко мне:

— Господин Брейер спрашивает, не пойти ли нам после спектакля в «Каскад», там можно будет потанцевать.

— Если тебе хочется… — ответил я.

Он вел себя очень вежливо и в общем нравился мне. Но в нем были неприятное изящество и легкость, которыми я не обладал, и мне казалось, что это должно производить впечатление на Пат. Вдруг я услышал, что он обращается к Пат на «ты». Я не поверил своим ушам. Охотнее всего я тут же сбросил бы его в оркестр, — впрочем для этого было уже не менее сотни других причин.

Раздался звонок. Оркестранты настраивали инструменты. Скрипки наигрывали быстрые пассажи флажолет.

— Значит, договорились? Встретимся у входа, — сказал Бройер и наконец ушел.

— Что это за бродяга? — спросил я.

— Это не бродяга, а милый человек. Старый знакомый.

— У меня зуб на твоих старых знакомых, — сказал я.

— Дорогой мой, ты бы лучше слушал музыку, — ответила Пат.

""Каскад", — подумал я и мысленно подсчитал, сколько у меня денег. — Гнусная обираловка!"

Движимый мрачным любопытством, я решил пойти туда. После карканья фрау Залевски только этого Бройера мне и недоставало. Он ждал нас внизу, у входа. Я позвал такси.

— Не надо, — сказал Бройер, — в моей машине достаточно места.

— Хорошо, — сказал я. Было бы, конечно, глупо отказываться от его предложения, но я всё-таки злился.

Пат узнала машину Бройера. Это был большой паккард. Он стоял напротив, среди других машин. Пат пошла прямо к нему.

— Ты его, оказывается, перекрасил, — сказала она и остановилась перед лимузином.

— Да, в серый цвет, — ответил Бройер. — Так тебе больше нравится?

— Гораздо больше. — А вам? Нравится вам этот цвет? — спросил меня Бройер.

— Не знаю, какой был раньше.

— Черный.

— Черная машина выглядит очень красиво.

— Конечно. Но ведь иногда хочется перемен!

Ничего, к осени будет новая машина.

Мы поехали в «Каскад». Это был весьма элегантный дансинг с отличным оркестром.

– Кажется, всё занято, – обрадованно сказал я, когда мы подошли к входу.

– Жаль, – сказала Пат.

– Сейчас всё устроим, – заявил Бройер и пошёл переговорить с директором. Судя по всему, его здесь хорошо знали. Для нас внесли столик, стулья, и через несколько минут мы сидели у барьера на отличном месте, откуда была видна вся танцевальная площадка. Оркестр играл танго. Пат склонилась над барьером:

– Я так давно не танцевала.

Бройер встал:

– Потанцуем?

Пат посмотрела на меня сияющим взглядом.

– Я закажу пока что-нибудь, – сказал я.

– Хорошо.

Танго длилось долго. Танцуя, Пат иногда поглядывала на меня и улыбалась. Я кивал ей в ответ, но чувствовал себя неважно. Она прелестно выглядела и великолепно танцевала. К сожалению, Бройер тоже танцевал хорошо, и оба прекрасно подходили друг к другу, и казалось, что они уже не раз танцевали вдвоём. Я заказал большую рюмку рома. Они вернулись к столику. Бройер пошёл поздороваться с какими-то знакомыми, и на минутку я остался с Пат вдвоём.

– Давно ты знаешь этого мальчика? – спросил я.

– Давно. А почему ты спрашиваешь?

– Просто так. Ты с ним часто здесь бывала?

Она посмотрела на меня:

– Я уже не помню, Робби.

– Такие вещи помнят, – сказал я упрямо, хотя понимал, что она хотела сказать.

Она покачала головой и улыбнулась. Я очень любил её в эту минуту. Ей хотелось показать мне, что прошлое забыто. Но что-то мучило меня. Я сам находил это ощущение смешным, но не мог избавиться от него. Я поставил рюмку на стол:

– Можешь мне всё сказать. Ничего тут такого нет.

Она снова посмотрела на меня.

– Неужели ты думаешь, что мы поехали бы все сюда, если бы что-то было? – спросила она.

– Нет, – сказал я пристыженно.

Опять заиграл оркестр. Подошёл Бройер.

– Блюз, – сказал он мне. – Чудесно. Хотите потанцевать?

– Нет! – ответил я.

– Жаль.

– А ты попробуй, Робби, – сказала Пат.

– Лучше не надо.

– Но почему же нет? – спросил Бройер.

– Мне это не доставляет удовольствия, – ответил я неприветливо, – да и не учился никогда. Времени не было. Но вы, пожалуйста, танцуйте, я не буду скучать.

Пат колебалась.

– Послушай, Пат… – сказал я. – Ведь для тебя это такое удовольствие.

– Правда… но тебе не будет скучно?

– Ни капельки! – Я показал на свою рюмку. – Это тоже своего рода танец.

Они ушли. Я подозвал кельнера и допил рюмку. Потом я праздно сидел за столиком и пересчитывал соленый миндаль. Рядом витала тень фрау Залевски.

Бройер привел нескольких знакомых к нашему столику: двух хорошеньких женщин и моложавого мужчину с совершенно лысой маленькой головой. Потом к нам подсел еще один мужчина. Все они были легки, как пробки, изящны и самоуверенны. Пат знала всех четверых.

Я чувствовал себя неуклюжим, как чурбан. До сих пор я всегда был с Пат только вдвоем. Теперь я впервые увидел людей, издавна знакомых ей. Я не знал, как себя держать. Они же двигались легко и непринужденно, они пришли из другой жизни, где всё было гладко, где можно было не видеть того, что не хотелось видеть, они пришли из другого мира. Будь я здесь один, или с Ленцем, или с Кестером, я не обратил бы на них внимания и всё это было бы мне безразлично. Но здесь была Пат, она знала их, и всё сразу осложнялось, парализовало меня, заставляло сравнивать. Бройер предложил пойти в другой ресторан.

– Робби, – сказала Пат у выхода, – не пойти ли нам домой?

– Нет, – сказал я, – зачем?

– Ведь тебе скучно.

– Ничуть. Почему мне должно быть скучно? Напротив! А для тебя это удовольствие.

Она посмотрела на меня, но ничего не сказала. Я принялся пить. Не так, как раньше, а по-настоящему. Мужчина с лысым черепом обратил на это внимание. Он спросил меня, что я пью.

– Ром, – сказал я.

– Грог? – спросил он.

– Нет, ром, – сказал я.

Он пригубил ром и поперхнулся.

– Черт возьми, – сказал он, – к этому надо привыкнуть.

Обе женщины тоже заинтересовались мной. Пат и Бройер танцевали. Пат часто поглядывала на меня. Я больше не смотрел в ее сторону. Я знал, что это нехорошо, но ничего не мог с собой поделать, – что-то нашло на меня. Еще меня злило, что все смотрят, как я пью. Я не хотел импонировать им своим уменьем пить, словно какой-нибудь хвастливый гимназист. Я встал и подошел к стойке. Пат казалась мне совсем чужой. Пускай убирается к чертям со своими друзьями! Она принадлежит к их кругу. Нет, она не принадлежит к нему. И всё-таки!

Лысоголовый увязался за мной. Мы выпили с барменом по рюмке водки. Бармены всегда знают, как утешить. Во всех странах с ними можно объясняться без слов. И этот бармен был хорош. Но лысоголовый не умел пить. Ему хотелось излить душу. Некая Фифи владела его сердцем. Вскоре он, однако, исчерпал эту тему и сказал мне, что Бройер уже много лет влюблен в Пат.

– Вот как! – заметил я.

Он захихикал. Предложив ему коктейль "Прэри ойстер", я заставил его замолчать. Но его слова запомнились. Я злился, что влип в эту историю. Злился, что она задевает меня. И еще я злился оттого, что не могу грохнуть кулаком по столу; во мне закипала какая-то холодная страсть к разрушению. Но она не была обращена против других, я был недоволен собой.

Лысоголовый залепетал что-то совсем бессвязное и исчез. Вдруг я ощутил прикосновение упругой груди к моему плечу. Это была одна из женщин, которых привел Бройер. Она уселась рядом со мной. Взгляд раскосых серо-зеленых глаз медленно скользил по мне. После такого взгляда говорить уже, собственно, нечего, – надо действовать.

– Замечательно уметь так пить, – сказала она немного погода.

Я молчал. Она протянула руку к моему бокалу. Сухая и жилистая рука с поблескивающими украшениями напоминала ящерицу. Она двигалась очень медленно, словно ползла. Я понимал, в чём дело. "С тобой я справлюсь быстро, – подумал я. – Ты недооцениваешь меня, потому что видишь, как я злюсь. Но ты ошибаешься. С женщинами я справляюсь, а вот с любовью – не могу. Безнадежность – вот что нагоняет на меня тоску".

Женщина заговорила. У нее был надломленный, как бы стеклянный, голос. Я заметил, что Пат смотрит в нашу сторону. Мне это было безразлично, но мне была безразлична и женщина, сидевшая рядом. Я словно провалился в бездонный Колодец. Это не имело никакого отношения к Бройеру и ко всем этим людям, не имело отношения даже к Пат. То была мрачная тайна жизни, которая будит в нас желания, но не может их удовлетворить. Любовь зарождается в человеке, но никогда не кончается в нем. И даже если есть всё: и человек, и любовь, и счастье, и жизнь, – то по какому-то страшному закону этого всегда мало, и чем большим всё это кажется, тем меньше оно на самом деле. Я украдкой глядел на Пат. Она шла в своем серебряном платье, юная и красивая, пламенная, как сама жизнь, я любил ее, и когда я говорил ей: «Приди», она приходила, ничто не разделяло нас, мы могли быть так близки друг другу, как это вообще возможно между людьми, – и вместе с тем порою всё загадочно затенялось и становилось мучительным, я не мог вырвать ее из круга вещей, из круга бытия, который был вне нас и внутри нас и навязывал нам свои законы, свое дыхание и свою бренность, сомнительный блеск настоящего, непрерывно проваливающегося в небытие, зыбкую иллюзию чувства... Обладание само по себе уже утрата. Никогда ничего нельзя удержать, никогда! Никогда нельзя разомкнуть лязгающую цепь времени, никогда беспокойство не превращалось в покой, поиски – в тишину, никогда не прекращалось падение. Я не мог отделить ее даже от случайных вещей, от того, что было до нашего знакомства, от тысячи мыслей, воспоминаний, от всего, что формировало ее до моего появления, и даже от этих людей.

Рядом со мной сидела женщина с надломленным голосом и что-то говорила. Ей нужен был партнер на одну ночь, какой-то кусочек чужой жизни. Это подстегнуло бы ее, помогло бы забыться, забыть мучительно ясную правду о том, что никогда ничто не остается, ни «я», ни «ты», и уж меньше всего «мы». Не искала ли она в сущности того же, что и я? Спутника, чтобы забыть одиночество жизни, товарища, чтобы как-то преодолеть бессмысленность бытия?

– Пойдемте к столу, – сказал я. – То, что вы хотите... и то, чего хочу я... безнадежно.

Она взглянула на меня и вдруг, запрокинув голову, расхохоталась.

* * *

Мы были еще в нескольких ресторанах. Бройер был возбужден, говорлив и полон надежд. Пат притихла. Она ни о чем не спрашивала меня, не делала мне упреков, не пыталась ничего выяснять, она просто присутствовала. Иногда она танцевала, и тогда казалось, что она скользит сквозь рой марионеток и карикатурных фигур, как тихий, красивый, стройный кораблик; иногда она мне улыбалась.

В сонливом чаду ночных заведений стены и лица делались серо-желтыми, словно по ним прошлась грязная ладонь. Казалось, что музыка доносится из-под стеклянного катафалка. Лысоголовый пил кофе.

Женщина с руками, похожими на ящериц, неподвижно смотрела в одну точку. Бройер купил розы у какой-то измученной от усталости цветочницы и отдал их Пат и двум другим женщинам. В полураскрытых бутонах искрились маленькие, прозрачные капли воды.

— Пойдем потанцуем, — сказала мне Пат.

— Нет, — сказал я, думая о руках, которые сегодня прикасались к ней, — нет.

— Я чувствовал себя глупым и жалким.

— И всё-таки мы потанцуем, — сказала она, и глаза ее потемнели. — Нет, — ответил я, — нет, Пат.

Наконец мы вышли.

— Я отвезу вас домой, — сказал мне Бройер.

— Хорошо.

В машине был плед, которым он укрыл колени Пат. Вдруг она показалась мне очень бледной и усталой. Женщина, сидевшая со мной за стойкой, при прощании сунула мне записку. Я сделал вид, что не заметил этого, и сел в машину. По дороге я смотрел в окно. Пат сидела в углу и не шевелилась. Я не слышал даже ее дыхания. Бройер подъехал сначала к ней. Он знал ее адрес. Она вышла. Бройер поцеловал ей руку.

— Спокойной ночи, — сказал я и не посмотрел на нее.

— Где мне вас высадить? — спросил меня Бройер.

— На следующем углу, — сказал я.

— Я с удовольствием отвезу вас домой, — ответил он несколько поспешно и слишком вежливо.

Он не хотел, чтобы я вернулся к ней. Я подумал, не дать ли ему по морде. Но он был мне совершенно безразличен.

— Ладно, тогда подвезите меня к бару «Фредди», — сказал я.

— А вас впустят туда в такое позднее время? — спросил он.

— Очень мило, что это вас так тревожит, — сказал я, — но будьте уверены, меня еще впустят куда угодно.

Сказав это, я пожалел его. На протяжении всего вечера он, видимо, казался себе неотразимым и лихим кутилой. Не следовало разрушать эту иллюзию.

Я простился с ним приветливее, чем с Пат.

* * *

В баре было еще довольно людно. Ленц и Фердинанд Грау играли в покер с владельцем конфекционного магазина Больвисом и еще с какими-то партнерами.

— Присаживайся, — сказал Готтфрид, — сегодня покерная погода.

— Нет, — ответил я.

— Посмотри-ка, — сказал он и показал на целую кучу денег. — Без шулерства. Масть идет сама.

— Ладно, — сказал я, — дай попробую.

Я объявил игру при двух королях и взял четыре валета. — Вот это да! — сказал я. — Видно, сегодня и в самом деле шулерская погода.

— Такая погода бывает всегда, — заметил Фердинанд и дал мне сигарету.

Я не думал, что задержусь здесь. Но теперь почувствовал почву под ногами. Хоть мне было явно не по себе, но тут было мое старое пристанище.

— Дай-ка мне полбутылки рому! — крикнул я Фреду.

— Смешай его с портвейном, — сказал Ленд.

— Нет, — возразил я. — Нет у меня времени для экспериментов. Хочу напиться.

— Тогда закажи сладкие ликеры. Поссорился?

— Глупости!

— Не ври, детка. Не морочь голову своему старому папе Ленцу, который чувствует себя в сердечных тайниках как дома. Скажи «да» и напивайся.

— С женщиной невозможно ссориться. В худшем случае можно злиться на нее.

— Слишком тонкие нюансы в три часа ночи. Я, между прочим, ссорился с каждой. Когда нет ссор, значит всё скоро кончится.

— Ладно, — сказал я. — Кто сдает?

— Ты, — сказал Фердинанд Грау. — По-моему, у тебя мировая скорбь, Робби. Не поддавайся ничему. Жизнь пестра, но несовершенна. Между прочим, ты великолепно блефуешь в игре, несмотря на всю свою мировую скорбь. Два короля — это уже наглость.

— Я однажды играл партию, когда против двух королей сюяли семь тысяч франков, — сказал Фред из-за стойки.

— Швейцарских или французских? — спросил Ленц.

— Швейцарских.

— Твое счастье, — заметил Готтфрид. — При французских франках ты не имел бы права прервать игру.

Мы играли еще час. Я выиграл довольно много. Больвис непрерывно проигрывал. Я пил, но у меня только разболелась голова. Опьянение не приходило. Чувства обострились. В желудке бушевал пожар.

— Так, а теперь довольно, поешь чего-нибудь, — сказал Ленц. — Фред, дай ему сандвич и несколько сардин. Спрячь свои деньги, Робби.

— Давай еще по одной.

— Ладно. По последней. Пьем двойную? — Двойную! — подхватили остальные.

Я довольно безрассудно прикупил к трефовой десятке и королю три карты: валета, даму и туза. С ними я выиграл у Больвиса, имевшего на руках четыре восьмерки и взвинтившего ставку до самых звезд. Чертыхаясь, он выплатил мне кучу денег.

— Видишь? — сказал Ленц. — Вот это картежная погода!

Мы пересели к стойке. Больвис спросил о «Карле». Он не мог забыть, что Кестер обставил на гонках его спортивную машину. Он всё еще хотел купить "Карла".

— Спроси Отто, — сказал Ленц. — Но мне кажется, что он охотнее продаст правую руку.

— Не выдумывай, — сказал Больвис.

— Этого тебе не понять, коммерческий отпрыск двадцатого века, — заявил Ленц.

Фердинанд Грау рассмеялся. Фред тоже. Потом хохотали все. Если не смеяться над двадцатым веком, то надо застрелиться. Но долго смеяться над ним нельзя. Скорее взвоешь от горя.

— Готтфрид, ты танцуешь? — спросил я.

— Конечно. Ведь я был когда-то учителем танцев. Разве ты забыл?

— Забыл… пусть забывает, — сказал Фердинанд Грау. — Забвение — вот тайна вечной молодости. Мы стареем только из-за памяти. Мы слишком мало забываем.

— Нет, — сказал Ленц. — Мы забываем всегда только нехорошее.

— Ты можешь научить меня этому? — спросил я.

— Чему — танцам? В один вечер, детка. И в этом все твое горе?

— Нет у меня никакого горя, — сказал я. — Голова болит.

— Это болезнь нашего века, Робби, — сказал Фердинанд. — Лучше всего было бы родиться без головы.

Я зашел еще в кафе «Интернациональ». Алоис уже собирался опускать шторы.

— Есть там кто-нибудь? — спросил я.

— Роза.

— Пойдем выпьем еще та одной.

— Договорились.

Роза сидела у стойки и вязала маленькие шерстяные носочки для своей девочки. Она показала мне журнал с образцами и сообщила, что уже закончила вязку кофточки.

— Как сегодня дела? — спросил я.

— Плохи. Ни у кого нет денег.

— Одолжить тебе немного? Вот — выиграл в покер.

— Шальные деньги приносят счастье, — сказала

Роза, плюнула на кредитки и сунула их в карман.

Алоис принес три рюмки, а потом, когда пришла Фрицпи, еще одну.

– Шабаш, – сказал он затем. – Устал до смерти.

Он выключил свет. Мы вышли. Роза простилась с нами у дверей. Фрицпи взяла Алоиса под руку. Свежая и легкая, она пошла рядом с ним. У Алоиса было плоскостопие, и он шаркал ногами по асфальту. Я остановился и посмотрел им вслед. Я увидел, как Фрицци склонилась к неопрятному, прихрамывающему кельнеру и поцеловала его. Он равнодушно отстранил ее. И вдруг – не знаю, откуда это взялось, – когда я повернулся и посмотрел на длинную пустую улицу и дома с темными окнами, на холодное ночное небо, мною овладела такая безумная тоска по Пат, что я с трудом устоял на ногах, будто кто-то осыпал меня ударами. Я ничего больше не понимал – ни себя, ни свое поведение, ни весь этот вечер, – ничего.

Я прислонился к стене и уставился глазами в мостовую. Я не понимал, зачем я сделал всё это, запутался в. чем-то, что разрывало меня на части, делало меня неразумным и несправедливым, швыряло из стороны в сторону и разбивало вдребезги всё, что я с таким трудом привел в порядок. Я стоял у стены, чувствовал себя довольно беспомощно и не знал, что делать. Домой не хотелось – там мне было бы совсем плохо. Наконец я вспомнил, что у Альфонса еще открыто. Я направился к нему. Там я думал остаться до утра.

Когда я вошел, Альфонс не сказал ничего. Он мельком взглянул на меня и продолжал читать газету. Я присел к столику и погрузился в полудрему. В кафе больше никого не было. Я думал о Пат. Всё время только о Пат. Я думал о своем поведении, припоминал подробности. Всё оборачивалось против меня. Я был виноват во всем. Просто сошел с ума. Я тупо глядел на столик. В висках стучала кровь. Меня охватила полная растерянность… Я чувствовал бешенство и ожесточение против себя самого. Я. я один разбил всё. Вдруг раздался звон стекла. Я изо всей силы ударил по рюмке и разбил ее.

– Тоже развлечение, – сказал Альфонс и встал. Он извлек осколок из моей руки.

– Прости меня, – сказал я. – Я не соображал, что делаю.

Он принес вату и пластырь.

– Пойди выспись, – сказал он. – Так лучше будет.

– Ладно, – ответил я. – Уже прошло. Просто был припадок бешенства.

– Бешенство надо разгонять весельем, а не злобой, – заявил Альфонс.

– Верно, – сказал я, – но это надо уметь.

– Вопрос тренировки. Вы все хотите стенку башкой прошибить. Но ничего, с годами это проходит.

Он завел патефон и поставил «Мизерере» из «Трубадура». Наступило утро.

* * *

Я пошел домой. Перед уходом Альфонс налил мне большой бокал «Фернет-Бранка». Я ощущал мягкие удары каких-то топориков по лбу. Улица утратила ровность. Плечи были как свинцовые. В общем, с меня было достаточно.

Я медленно поднялся по лестнице, нащупывая в кармане ключ. Вдруг в полумраке я услышал чье-то дыхание. На верхней ступеньке вырисовывалась какая-то фигура, смутная и расплывчатая. Я сделал еще два шага.

– Пат… – сказал я, ничего не понимая. – Пат… что ты здесь делаешь?

Она пошевелилась:

– Кажется, я немного вздремнула…

– Да, но как ты попала сюда?

– Ведь у меня ключ от твоего парадного…

– Я не об этом. Я… – Опьянение исчезло, я смотрел на стертые ступеньки лестницы, облупившуюся стену, на серебряное платье и узкие, сверкающие туфельки… – Я хочу сказать, как это ты вообще здесь очутилась…

– Я сама всё время спрашиваю себя об этом…

Она встала и потянулась так, словно ничего не было естественнее, чем просидеть здесь на лестнице всю ночь. Потом она потянула носом:

– Ленц сказал бы: "Коньяк, ром, вишневая настойка, абсент…" – Даже «Фернет-Бранка», – признался я и только теперь понял всё до конца. – Черт возьми, ты потрясающая девушка, Пат, а я гнусный идиот!

Я отпер дверь, подхватил ее на руки и пронес через коридор. Она прижалась к моей груди, серебряная, усталая птица; я дышал в сторону, чтобы она не слышала винный перегар, и чувствовал, что она дрожит, хотя она улыбалась.

Я усадил ее в кресло, включил свет и достал одеяло:

– Если бы я только мог подумать, Пат… вместо того чтобы шляться по кабакам, я бы… какой я жалкий болван… я звонил тебе от Альфонса и свистел под твоими окнами… и решил, что ты не хочешь говорить со мной… никто мне не ответил…

– Почему ты не вернулся, когда проводил меня

домой?

– Вот это я бы и сам хотел понять.

– Будет лучше, если ты дашь мне еще ключ от квартиры, – сказала она. – Тогда мне не придется ждать на лестнице.

Она улыбнулась, но ее губы дрожали; и вдруг я понял, чем всё это было для нее – это возвращение, это ожидание и этот мужественный, бодрый тон, которым она разговаривала со мной теперь…

Я был в полном смятении.

– Пат, – сказал я быстро, – Пат, ты, конечно, замерзла, тебе надо что-нибудь выпить. Я видел в окне Орлова свет. Сейчас сбегаю к нему, у этих русских всегда есть чай… я сейчас же вернусь обратно… – Я чувствовал, как меня захлестывает горячая волна. – Я в жизни не забуду этого, – добавил я уже в дверях и быстро пошел по коридору.

Орлов еще не спал. Он сидел перед изображением богоматери в углу комнаты. Икону освещала лампадка. Его глаза были красны. На столе кипел небольшой самовар.

– Простите, пожалуйста, – сказал я. – Непредвиденный случай – вы не могли бы дать мне немного горячего чаю?

Русские привыкли к неожиданностям. Он дал мне два стакана чаю, сахар неполную тарелку маленьких пирожков.

– С большим удовольствием выручу вас, – сказал он. – Можно мне также предложить вам… я сам нередко бывал в подобном положении… несколько кофейных зерен… пожевать…

– Благодарю вас, – сказал я, – право, я вам очень благодарен. Охотно возьму их…

– Если вам еще что-нибудь понадобится… – сказал он, и в эту минуту я почувствовал в нем подлинное благородство, – я не сразу лягу… мне будет очень приятно…

В коридоре я разгрыз кофейные зёрна. Они устранили винный перегар. Пат сидела у лампы и пудрилась. Я остановился на минуту в дверях. Я был очень растроган тем, как она сидела, как внимательно гляделась в маленькое зеркальце и водила пушком по вискам.

– Выпей немного чаю, – сказал я, – он совсем горячий.

Она взяла стакан. Я смотрел, как она пила.

– Черт его знает, Пат, что это сегодня стряслось со мной.

– Я знаю что, – ответила она.

– Да? А я не знаю.

– Да и не к чему, Робби. Ты и без того знаешь

слишком много, чтобы быть по-настоящему счастливым.

– Может быть, – сказал я. – Но нельзя же так – с тех пор как мы знакомы, я становлюсь все более ребячливым.

– Нет, можно! Это лучше, чем если бы ты делался всё более разумным.

– Тоже довод, – сказал я. – У тебя замечательная манера помогать мне выпутываться из затруднительных положений. Впрочем, у тебя могут быть свои соображения на этот счет.

Она поставила стакан на стол. Я стоял, прислонившись к кровати. У меня было такое чувство, будто я приехал домой после долгого, трудного путешествия.

* * *

Защебетали птицы. Хлопнула входная дверь. Это была фрау Бендер, служившая сестрой в детском приюте. Через полчаса на кухне появится Фрида, и мы не сможем выйти из квартиры незамеченными. Пат еще спала. Она дышала ровно и глубоко. Мне было просто стыдно будить ее. Но иначе было нельзя. – Пат…

Она пробормотала что-то, не просыпаясь.

– Пат… – Я проклинал все меблированные комнаты мира. – Пат, пора вставать. Я помогу тебе одеться.

Она открыла глаза и по-детски улыбнулась, еще совсем теплая от сна. Меня всегда удивляла ее радость при пробуждении, и я очень любил это в ней. Я никогда не бывал весел, когда просыпался.

– Пат… фрау Залевски уже чистит свою вставную челюсть.

– Я сегодня остаюсь у тебя.

– Здесь?

– Да.

Я распрямился:

– Блестящая идея… но твои вещи… вечернее платье, туфли…

– Я и останусь до вечера.

– А как же дома?

– Позвоним и скажем, что я где-то заночевала.

– Ладно. Ты хочешь есть?

– Нет еще.

– На всякий случай я быстренько стащу пару свежих булочек. Разносчик повесил уже корзинку на входной двери. Еще не поздно.

Когда я вернулся, Пат стояла у окна. На ней были только серебряные туфельки. Мягкий утренний свет падал, точно флер, на ее плечи.

— Вчерашнее забыто. Пат, хорошо? – сказал я.

Не оборачиваясь, она кивнула головой.

— Мы просто не будем больше встречаться с другими людьми. Тогда не будет ни ссор, ни припадков ревности. Настоящая любовь не терпит посторонних. Бройер пускай идет к чертям со всем своим обществом.

— Да, – сказала она, – и эта Маркович тоже.

— Маркович? Кто это?

— Та, с которой ты сидел за стойкой в "Каскаде".

— Ага, – сказал я, внезапно обрадовавшись, – ага, пусть и она.

Я выложил содержимое своих карманов:

— Посмотри-ка. Хоть какая-то польза от этой история. Я выиграл кучу денег в покер. Сегодня вечером мы на них покутим еще разок, хорошо? Только как следует, без чужих людей. Они забыты, правда? Она кивнула.

Солнце всходило над крышей дома профессиональных союзов. Засверкали стёкла в окнах. Волосы Пат наполнились светом, плечи стали как золотые.

— Что ты мне сказала вчера об этом Бройере? То есть о его профессии?

— Он архитектор.

— Архитектор, – повторил я несколько огорченно. Мне было бы приятнее услышать, что он вообще ничто.

— Ну и пусть себе архитектор, ничего тут нет особенного, верно. Пат?

— Да, дорогой.

— Ничего особенного, правда?

— Совсем ничего, – убежденно сказала Пат, повернулась ко мне и рассмеялась.

— Совсем ничего, абсолютно нечего. Мусор это – вот что!

— И эта комнатка не так уж жалка, правда, Пат? Конечно, у других людей есть комнаты получше!..

— Она чудесна, твоя комната, – перебила меня Пат, – совершенно великолепная комната, дорогой мой, я действительно не знаю более прекрасной!

— А я, Пат... у меня, конечно, есть недостатки, и я всего лишь шофёр такси, но...

— Ты мой самый любимый, ты воруешь булочки и хлещешь ром. Ты прелесть!

Она бросилась мне на шею:

— Ах, глупый ты мой, как хорошо жить!

— Только вместе с тобой, Пат. Правда... только с тобой!

Утро поднималось, сияющее и чудесное. Внизу, над могильными плитами, вился тонкий туман. Кроны деревьев были уже залиты лучами солнца. Из труб домов, завихряясь, вырывался дым. Газетчики выкрикивали названия первых газет. Мы легли и погрузились в утренний сон, сон наяву, сон на грани видений, мы обнялись, наше дыхание смешалось, и мы парили где-то далеко… Потом в девять часов я позвонил, сперва в качестве тайного советника Буркхарда лично подполковнику Эгберту фон Гаке, а затем Ленцу, которого попросил выехать вместо меня в утренний рейс.

Он сразу же перебил меня:

– Вот видишь, дитятко, твой Готтфрид недаром считается знатоком прихотей человеческого сердца, Я рассчитывал на твою просьбу. Желаю счастья, мой золотой мальчик.

– Заткнись, – радостно сказал я и объявил на кухне, что заболел и буду до обеда лежать в постели. Трижды мне пришлось отбивать заботливые атаки фрау Залевски, предлагавшей мне ромашковый настой, аспирин и компрессы. Затем мне удалось провести Пат контрабандой в ванную комнату. Больше нас никто не беспокоил,

XIV

Неделю спустя в нашу мастерскую неожиданно приехал на своем форде булочник.

– Ну-ка, выйди к нему, Робби, – сказал Ленд, злобно посмотрев в окно. – Этот марципановый Казанова наверняка хочет предъявить рекламацию.

У булочника был довольно расстроенный вид.

– Что-нибудь с машиной? – спросил я. Он покачал головой:

– Напротив. Работает отлично. Она теперь всё равно что новая.

– Конечно, – подтвердил я и посмотрел на него с несколько большим интересом.

– Дело в том… – сказал он, – дело в том, что… в общем, я хочу другую машину, побольше… – Он оглянулся. – У вас тогда, кажется, был кадилляк?

Я сразу понял всё. Смуглая особа, с которой он жил, доняла его.

– Да, кадилляк, – сказал я мечтательно. – Вот тогда-то вам и надо было хватать его. Роскошная была машина! Мы отдали ее за семь тысяч марок. Наполовину подарили!

– Ну уж и подарили…

– Подарили! – решительно повторил я и стал прикидывать, как действовать. – Я мог бы навести справки, – сказал я, – может быть, человек, купивший ее тогда, нуждается теперь в деньгах. Нынче такие вещи бывают на каждом шагу. Одну минутку.

Я пошел в мастерскую и быстро рассказал о

случившемся. Готтфрид подскочил:

— Ребята, где бы нам экстренно раздобыть старый кадилляк? — Об этом позабочусь я, а ты последи, чтобы булочник не сбежал, — сказал я.

— Идет! — Готтфрид исчез.

Я позвонил Блюменталю. Особых надежд на успех я не питал, но попробовать не мешало. Он был в конторе.

— Хотите продать свой кадилляк? — сразу спросил я. Блюменталь рассмеялся.

— У меня есть покупатель, — продолжал я. — Заплатит наличными.

— Заплатит наличными... — повторил Блюменталь после недолгого раздумья. — В наше время эти слова звучат, как чистейшая поэзия.

— И я так думаю, — сказал я и вдруг почувствовал прилив бодрости. — Так как же, поговорим?

— Поговорить всегда можно, — ответил Блюменталь.

— Хорошо. Когда я могу вас повидать?

— У меня найдется время сегодня днем. Скажем, в два часа, в моей конторе.

— Хорошо.

Я повесил трубку.

— Отто, — обратился я в довольно сильном возбуждении к Кестеру, — я этого никак не ожидал, но мне кажется, что наш кадилляк вернется!

Кестер отложил бумаги:

— Правда? Он хочет продать машину?

Я кивнул и посмотрел в окно. Ленц оживленно беседовал с булочником.

— Он ведет себя неправильно, — забеспокоился я. — Говорит слишком много. Булочник — это целая гора недоверия; его надо убеждать молчанием. Пойду и сменю Готтфрида.

Кестер рассмеялся:

— Ни пуху ни пера, Робби.

Я подмигнул ему и вышел. Но я не поверил своим ушам, — Готтфрид и не думал петь преждевременные дифирамбы кадилляку, он с энтузиазмом рассказывал булочнику, как южноамериканские индейцы выпекают хлеб из кукурузной муки. Я бросил ему взгляд, полный признательности, и обратился к булочнику:

— К сожалению, этот человек не хочет продавать...

— Так я и знал, — мгновенно выпалил Ленц, словно мы сговорились.

Я пожал плечами: — Жаль... Но я могу его понять...

Булочник стоял в нерешительности. Я посмотрел на Ленца.

— А ты не мог бы попытаться еще раз? — тут же

спросил он.

– Да, конечно, – ответил я. – Мне всё-таки удалось договориться с ним о встрече сегодня после обеда. Как мне Найти вас потом? – спросил я булочника.

– В четыре часа я опять буду в вашем районе. Вот и наведаюсь…

– Хорошо, тогда я уже буду знать всё. Надеюсь, дело всё-таки выгорит.

Булочник кивнул. Затем он сел в свой форд и отчалил.

– Ты что, совсем обалдел? – вскипел Ленп, когда машина завернула за угол: – Я должен был задерживать этого типа чуть ли не насильно, а ты отпускаешь его ни с того ни с сего!

– Логика и психология, мой добрый Готтфрид! – возразил я и похлопал его по плечу, – Этого ты еще не понимаешь как следует…

Он стряхнул мою руку.

– Психология… – заявил он пренебрежительно. – Удачный случай – вот лучшая психология! И такой случай ты упустил! Булочник никогда больше не вернется…

– В четыре часа он будет здесь.

Готтфрид с сожалением посмотрел на меня.

– Пари? – спросил он.

– Давай, – сказал я, – но ты влипнешь. Я его знаю лучше, чем ты! Он любит залетать на огонек несколько раз: Кроме того, не могу же я ему продать вещь, которую мы сами еще не имеем.

– Господи боже мой! И это всё, что ты можешь сказать, детка! – воскликнул Готтфрид, качая головой. – Ничего из тебя в этой жизни не выйдет. Ведь у нас только начинаются настоящие дела! Пойдем, я бесплатно прочту тебе лекцию о современной экономической жизни…

* * *

Днем я пошел к Блюменталю. По пути я сравнивал себя с молодым козленком, которому надо навестить старого волка. Солнце жгло асфальт, и с каждым шагом мне всё меньше хотелось, чтобы Блюменталь зажарил меня на вертеле. Так или иначе, лучше всего было действовать быстро.

– Господин Блюменталь, – торопливо проговорил я, едва переступив порог кабинета и не дав ему опомниться, – я пришел к вам с приличным предложением. Вы заплатили за кадилляк пять тысяч пятьсот марок. Предлагаю вам шесть, но при условии, что действительно продам его. Это должно решиться сегодня вечером.

Блюменталь восседал за письменным столом и ел яблоко. Теперь он перестал жевать и внимательно посмотрел на меня.

– Ладно, – цросопел он через несколько секунд, снова принимаясь за яблоко.

Я подождал, пока он бросил огрызок в бумажную корзину.

Когда он это сделал, я спросил:

– Так, значит, вы согласны?

– Минуточку! – Он достал из ящика письменного. стола другое яблоко и с треском надкусил его. – Дать вам тоже?

– Благодарю, сейчас не надо.

– Ешьте побольше яблок, господин Локамп! Яблоки продлевают жизнь! Несколько яблок в день – и вам никогда не нужен врач!

– Даже если я сломаю руку?

Он ухмыльнулся, выбросил второй огрызок и встал:

– А вы не ломайте руки!

– Практический совет, – сказал я и подумал, что же будет дальше. Этот яблочный разговор показался мне слишком подозрительным.

Блюменталь достал ящик с сигаретами и предложил мне закурить. Это были уже знакомые мне "Коронас".

– Они тоже продлевают жизнь? – спросил я.

– Нет, они укорачивают ее. Потом это уравновешивается яблоками. – Он выпустил клуб дыма и посмотрел па меня снизу, откинув голову, словно задумчивая птица. – Надо всё уравновешивать, – вот в чем весь секрет жизни…

– Это надо уметь.

Он подмигнул мне;

– Именно уметь, в этом весь секрет. Мы слишком много знаем и слишком мало умеем… потому что знаем слишком много.

Он рассмеялся.

– Простите меня. После обеда я всегда слегка настроен на философский лад.

– Самое время для философии, – сказал я. – Значит, с кадилляком мы тоже добьемся равновесия, не так ли?

Он поднял руку:

– Секунду…

Я покорно склонил голову. Блюменталь заметил мой жест и рассмеялся.

– Нет, вы меня не поняли. Я вам только хотел сделать комплимент. Вы ошеломили меня, явившись с открытыми картами в руках! Вы точно рассчитали, как это подействует на старого Блюменталя. А знаете, чего я ждал?

– Что я предложу вам для начала четыре тысячи пятьсот.

– Верно! Но тут бы вам несдобровать. Ведь вы хотите продать за семь, не так ли?

Из предосторожности я пожал плечами:

– Почему именно за семь?

– Потому что в свое время это было вашей первой ценой.

– У вас блестящая память, – сказал я.

– На цифры. Только на цифры. К сожалению. Итак, чтобы покончить: берите машину за шесть тысяч.

Мы ударили по рукам.

– Слава богу, – сказал я, переводя дух. – Первая сделка после долгого перерыва. Кадилляк, видимо, приносит нам счастье.

– Мне тоже, – сказал Блюменталь. – Ведь и я заработал на нем пятьсот марок.

– Правильно. Но почему, собственно, вы его так скоро продаете? Он не нравится вам?

– Просто суеверие, – объяснил Блюменталь. – Я совершаю любую сделку, при которой что-то зарабатываю,

– Чудесное суеверие... – ответил я.

Он покачал своим блестящим лысым черепом:

– Вот вы не верите, но это так. Чтобы не было неудачи в других делах. Упустить в наши дни выгодную сделку – значит бросить вызов судьбе. А этого никто себе больше позволить не может.

* * *

В половине пятого Ленц, весьма выразительно посмотрев на меня, поставил на стол передо мной пустую бутылку из-под джина:

– Я желаю, чтобы ты мне ее наполнил, детка! Ты помнишь о нашем пари?

– Помню, – сказал я, – но ты пришел слишком рано. Готтфрид безмолвно поднес часы к моему носу.

– Половина пятого, – сказал я, – думаю, что это астрономически точное время. Опоздать может всякий. Впрочем, я меняю условия пари – ставлю два против одного.

– Принято, – торжественно заявил Готтфрид. – Значит, я получу бесплатно четыре бутылки джина. Ты проявляешь героизм на потерянной позиции. Весьма почетно, деточка, но глупо.

– Подождем...

Я притворялся уверенным, но меня одолевали сомнения. Я считал, что булочник скорее всего уж не придет. Надо было задержать его в первый раз. Он был слишком ненадежным человеком.

В пять часов на соседней фабрике перин завыла сирена. Готтфрид молча поставил передо мной еще три пустые бутылки. Затем он прислонился к окну и уставился на меня.

— Меня одолевает жажда, — многозначительно произнес он.

В этот момент с улицы донесся характерный шум фордовского мотора, и тут же машина булочника въехала в ворота.

— Если тебя одолевает жажда, дорогой Готтфрид, — ответил я с большим достоинством, — сбегай поскорее в магазин и купи две бутылки рома, которые я выиграл. Я позволю тебе отпить глоток бесплатно. Видишь булочника во дворе? Психология, мой мальчик! А теперь убери отсюда пустые бутылки! Потом можешь взять такси и поехать на промысел. А для более тонких дел ты еще молод. Привет, мой сын!

Я вышел к булочнику и сказал ему, что машину, вероятно, можно будет купить. Правда, наш бывший клиент требует семь тысяч пятьсот марок, но если он увидит наличные деньги, то уж как-нибудь уступит за семь. Булочник слушал меня так рассеянно, что я немного растерялся.

— В шесть часов я позвоню этому человеку еще раз, — сказал я наконец.

— В шесть? — очнулся булочник. — В шесть мне нужно… — Вдруг он повернулся ко мне: — Поедете со мной?

— Куда? — удивился я.

— К вашему другу, художнику. Портрет готов.

— Ах так, к Фердинанду Грау…

Он кивнул.

— Поедемте со мной. О машине мы сможем поговорить и потом.

По-видимому, он почему-то не хотел идти к Фердинанду без меня… Со своей стороны, я также был весьма заинтересован в том, чтобы не оставлять его одного. Поэтому я сказал:

— Хорошо, но это довольно далеко. Давайте поедем сразу.

* * *

Фердинанд выглядел очень плохо. Его лицо имело серовато-зеленый оттенок и было помятым и обрюзгшим. Он встретил нас у входа в мастерскую. Булочник едва взглянул на него. Он был явно возбужден.

— Где портрет? — сразу спросил он.

Фердинанд показал рукой в сторону окна. Там

стоял мольберт с портретом. Булочник быстро вошел в мастерскую и застыл перед ним. Немного погодя он снял шляпу. Он так торопился, что сначала и не подумал об этом.

Фердинанд остался со мной в дверях.

– Как поживаешь, Фердинанд? – спросил я.

Он сделал неопределенный жест рукой.

– Что-нибудь случилось?

– Что могло случиться?

– Ты плохо выглядишь.

– И только.

– Да, – сказал я, – больше ничего…

Он положил мне на плечо свою большую ладонь и улыбнулся, напоминая чем-то старого сенбернара.

Подождав еще немного, мы подошли к булочнику, Портрет его жены удивил меня: голова получилась отлично. По свадебной фотографии и другому снимку, на котором покойница выглядела весьма удрученной, Фердинанд написал портрет еще довольно молодой женщины. Она смотрела на нас серьезными, несколько беспомощными глазами.

– Да, – сказал булочник, не оборачиваясь, – это она. – Он сказал это скорее для себя, и я подумал, что он даже не слышал своих слов.

– Вам достаточно светло? – спросил Фердинанд.

Булочник не ответил.

Фердинанд подошел к мольберту и слегка повернул его. Потом он отошел назад и кивком головы пригласил меня в маленькую комнату рядом с мастерской.

– Вот уж чего никак не ожидал, – сказал он удивленно. – Скидка подействовала на него. Он рыдает…

– Всякого может задеть за живое, – ответил я. – Но с ним это случилось слишком поздно…

– Слишком поздно, – сказал Фердинанд, – всегда всё слишком поздно. Так уж повелось в жизни, Робби.

Он медленно расхаживал по комнате:

– Пусть булочник побудет немного один, а мы с тобой можем пока сыграть в шахматы.

– У тебя золотой характер, – сказал я. Он остановился:

– При чем тут характер? Ведь ему все равно ничем не помочь. А если вечно думать только о грустных вещах, то никто на свете не будет иметь права смеяться…

– Ты опять прав, – сказал я. – Ну, давай – сыграем быстро партию.

Мы расставили фигуры и начали. Фердинанд довольно легко выиграл. Не трогая королевы, действуя ладьей в слоном, он скоро объявил мне мат.

– Здорово! – сказал я. – Вид у тебя такой, будто ты не спал три дня, а играешь, как морской разбойник.

– Я всегда играю хорошо, когда меланхоличен, – ответил Фердинанд.

– А почему ты меланхоличен?

– Просто так. Потому что темнеет. Порядочный человек всегда становится меланхоличным, когда наступает вечер. Других особых причин не требуется. Просто так… вообще…

– Но только если он один, – сказал я.

– Конечно. Час теней. Час одиночества. Час, когда коньяк кажется особенно вкусным. Он достал бутылку и рюмки.

– Не пойти ли нам к булочнику? – спросил я.

– Сейчас. – Он налил коньяк. – За твое здоровье, Робби, за то, что мы все когда-нибудь подохнем!

– Твое здоровье, Фердинанд! За то, что мы пока еще землю топчем!

– Сколько раз наша жизнь висела на волоске, а мы всё-таки уцелели. Надо выпить и за это!

– Ладно.

Мы пошли обратно в мастерскую. Стало темнеть. Вобрав голову в плечи, булочник всё еще стоял перед портретом. Он выглядел горестным и потерянным, в этом большом голом помещении, и мне показалось, будто он стал меньше.

– Упаковать вам портрет? – спросил Фердинанд. Булочник вздрогнул:

– Нет…

– Тогда я пришлю вам его завтра.

– Он не мог бы еще побыть здесь? – неуверенно спросил булочник.

– Зачем же? – удивился Фердинанд и подошел ближе. – Он вам не нравится?

– Нравится… но я хотел бы оставить его еще здесь…

– Этого я не понимаю.

Булочник умоляюще посмотрел на меня. Я понял – он боялся повесить портрет дома, где жила эта черноволосая дрянь.

Быть может, то был страх перед покойницей.

– Послушай, Фердинанд, – сказал я, – если портрет будет оплачен, то его можно спокойно оставить здесь.

– Да, разумеется…

Булочник с облегчением извлек из кармана чековую книжку. Оба подошли к столу.

– Я вам должен еще четыреста марок? – спросил булочник.

– Четыреста двадцать, – сказал Фердинанд, – с учетом скидки. Хотите расписку?

– Да, – сказал булочник, – для порядка. Фердинанд молча написал расписку и тут же получил чек. Я стоял у окна и разглядывал комнату. В сумеречном полусвете мерцали лица на невостребованных и неоплаченных портретах в золоченых рамах. Какое-то сборище потусторонних призраков, и казалось, что все эти неподвижные глаза устремлены на портрет у окна, который сейчас присоединится к ним. Вечер тускло озарял ею последним отблеском жизни. Всё было необычным – две человеческие фигуры, согнувшиеся над столом, тени и множество безмолвных портретов.

Булочник вернулся к окну. Его глаза в красных прожилках казались стеклянными шарами, рот был полуоткрыт, и нижняя губа обвисла, обнажая желтые зубы. Было смешно и грустно смотреть на него. Этажом выше кто-то сел за пианино и принялся играть упражнения. Звуки повторялись непрерывно, высокие, назойливые. Фердинанд остался у стола. Он закурил сигару. Пламя спички осветило его лицо. Мастерская, тонувшая в синем полумраке, показалась вдруг огромной от красноватого огонька.

– Можно еще изменить кое-что в портрете? – спросил булочник.

– Что именно?

Фердинанд подошел поближе. Булочник указал на драгоценности:

– Можно это снова убрать?

Он говорил о крупной золотой броши, которую просил подрисовать, сдавая заказ.

– Конечно, – сказал Фердинанд, – она мешает восприятию лица. Портрет только выиграет, если ее убрать.

– И я так думаю. – Булочник замялся на минуту. – Сколько это будет стоить?

Мы с Фердинандом переглянулись.

– Это ничего не стоит, – добродушно сказал Фердинанд. – Напротив, мне следовало бы вернуть вам часть денег: ведь на портрете будет меньше нарисовано.

Булочник удивленно поднял голову. На мгновение мне показалось, что он готов согласиться с этим. Но затем он решительно заявил:

– Нет, оставьте… ведь вы должны были ее нарисовать.

– И это опять-таки правда…

Мы пошли. На лестнице я смотрел на сгорбленную спину булочника, и мне стало его жалко; я был слегка растроган тем, что в нем заговорила совесть, когда Фердинанд разыграл его с брошью на портрете. Я понимал его настроение, и мне не очень хотелось наседать на него с кадилляком. Но потом я решил: его искренняя скорбь по умершей супруге объясняется только тем, что дома у него живет черноволосая дрянь. Эта мысль придала мне бодрости.

* * *

— Мы можем переговорить о нашем деле у меня, — сказал булочник, когда мы вышли на улицу.

Я кивнул. Меня это вполне устраивало. Булочнику, правда, казалось, что в своих четырех стенах он намного сильнее, я же рассчитывал на поддержку его любовницы.

Она поджидала нас у двери.

— Примите сердечные поздравления, — сказал я, не дав булочнику раскрыть рта.

— С чем? — спросила она быстро, окинув меня озорным взглядом.

— С вашим кадилляком, — невозмутимо ответил я.

— Сокровище ты мое! — Она подпрыгнула и повисла на шее у булочника.

— Но ведь мы еще... — Он пытался высвободиться из ее объятий и объяснить ей положение дел. Но она не отпускала его. Дрыгая ногами, она кружилась с ним, не давая ему говорить. Передо мной мелькала то ее хитрая, подмигивающая рожица, то его голова мучного червя. Он тщетно пытался протестовать.

Наконец ему удалось высвободиться.

— Ведь мы еще не договорились, — сказал он, отдуваясь.

— Договорились, — сказал я с большой сердечностью. — Договорились! Беру на себя выторговать у него последние пятьсот марок. Вы заплатите за кадилляк семь тысяч марок и ни пфеннига больше! Согласны?

— Конечно! — поспешно сказала брюнетка. — Ведь это действительно дешево, пупсик...

— Помолчи! — Булочник поднял руку.

— Ну, что еще случилось? — набросилась она на него. — Сначала ты говорил, что возьмешь машину, а теперь вдруг не хочешь!

— Он хочет, — вмешался я, — мы обо всем переговорили...

— Вот видишь, пупсик? Зачем отрицать?.. — Она обняла его. Он опять попытался высвободиться, но она решительно прижалась пышной грудью к его плечу. Он сделал недовольное лицо, но его сопротивление явно слабело. — Форд... — начал он.

— Будет, разумеется, принят в счет оплаты...

— Четыре тысячи марок...

— Стоил он когда-то, не так ли? — спросил я дружелюбно.

— Он должен быть принят в оплату с оценкой в четыре тысячи марок, — твердо заявил булочник. Овладев собой, он теперь нашел позицию для контратаки. — Ведь машина почти новая…

— Новая… — сказал я. — После такого колоссального ремонта?

— Сегодня утром вы это сами признали.

— Сегодня утром я имел в виду нечто иное. Новое новому рознь, и слово «новая» звучит по-разному, в зависимости от того, покупаете ли вы или продаете. При цене в четыре тысячи марок ваш форд должен был бы иметь бамперы из чистого золота.

— Четыре тысячи марок — или ничего не выйдет, — упрямо сказал он. Теперь это был прежний непоколебимый булочник; казалось, он хотел взять реванш за порыв сентиментальности, охвативший его у Фердинанда.

— Тогда до свидания! — ответил я и обратился к его подруге: — Весьма сожалею, сударыня, но совершать убыточные сделки я не могу. Мы ничего не зарабатываем на кадилляке и не можем поэтому принять в счет оплаты старый форд с такой высокой ценой. Прощайте…

Она удержала меня. Ее глаза сверкали, и теперь она так яростно обрушилась на булочника, что у него потемнело в глазах.

— Сам ведь говорил сотни раз, что форд больше ничего не стоит, — прошипела она в заключение со слезами на глазах.

— Две тысячи марок, — сказал я. — Две тысячи марок, хотя и это для нас самоубийство. Булочник молчал.

— Да скажи что-нибудь наконец! Что же ты молчишь, словно воды в рот набрал? — кипятилась брюнетка.

— Господа, — сказал я, — пойду и пригоню вам кадилляк. А вы между тем обсудите этот вопрос между собой.

Я почувствовал, что мне лучше всего исчезнуть. Брюнетке предстояло продолжить мое дело.

* * *

Через час я вернулся на кадилляке. Я сразу заметил, что спор разрешился простейшим образом. У булочника был весьма растерзанный вид, к его костюму пристал пух от перины. Брюнетка, напротив, сияла, ее грудь колыхалась, а на лице играла сытая предательская улыбка. Она переоделась в тонкое шелковое платье, плотно облегавшее ее фигуру. Улучив момент, она выразительно подмигнула мне и кивнула головой. Я понял, что всё улажено. Мы совершили пробную поездку. Удобно развалясь на широком заднем сиденье, брюнетка непрерывно болтала. Я бы с удовольствием вышвырнул ее в окно, но она мне еще была нужна. Булочник с меланхоличным видом сидел рядом со мной. Он заранее скорбел о своих деньгах, – а эта скорбь самая подлинная из всех.

Мы приехали обратно и снова поднялись в квартиру. Булочник вышел из комнаты, чтобы принести деньги. Теперь он казался старым, и я заметил, что у него крашеные волосы. Брюнетка кокетливо оправила платье:

– Это мы здорово обделали, правда?

– Да, – нехотя ответил я.

– Сто марок в мою пользу…

– Ах, вот как… – сказал я.

– Старый скряга, – доверительно прошептала она и подошла ближе. – Денег у него уйма! Но попробуйте заставить его раскошелиться! Даже завещания написать не хочет! Потом всё получат, конечно, дети, а я останусь па бобах! Думаете, много мне радости с этим старым брюзгой?..

Она подошла ближе. Ее грудь колыхалась.

– Так, значит, завтра я зайду насчет ста марок. Когда вас можно застать? Или, может быть, вы бы сами заглянули сюда? – Она захихикала. – Завтра после обеда я буду здесь одна…

– Я вам пришлю их сюда, – сказал я.

Она продолжала хихикать.

– Лучше занесите сами. Или вы боитесь?

Видимо, я казался ей робким, и она сделала поощряющий жест.

– Не боюсь, – сказал я. – Просто времени нет. Как раз завтра надо идти к врачу. Застарелый сифилис, знаете ли! Это страшно отравляет жизнь!..

Она так поспешно отступила назад, что чуть не упала в плюшевое кресло, в эту минуту вошел булочник. Он недоверчиво покосился на свою подругу. Затем отсчитал деньги и положил их на стол. Считал он медленно и неуверенно. Его тень маячила на розовых обоях и как бы считала вместе с ним. Вручая ему расписку, я подумал:

"Сегодня это уже вторая, первую ему вручил Фердинанд Грау". И хотя в этом совпадении ничего особенного не было, оно почему-то показалось мне странным.

Оказавшись на улице, я вздохнул свободно. Воздух был по-летнему мягок. У тротуара поблескивал кадилляк.

– Ну, старик, спасибо, – сказал я и похлопал его по капоту. – Вернись поскорее – для новых подвигов!

XV

Над лугами стояло яркое сверкающее утро. Пат и я сидели на лесной прогалине и завтракали. Я взял двухнедельный отпуск и отправился с Пат к морю. Мы были в пути.

Перед нами на шоссе стоял маленький старый ситроэн. Мы получили эту машину в счет оплаты за старый форд булочника, и Кестер дал мне ее на время отпуска. Нагруженный чемоданами, наш ситроэн походил на терпеливого навьюченного ослика.

– Надеюсь, он не развалится по дороге, – сказал я.

– Не развалится, – ответила Пат.

– Откуда ты знаешь?

– Разве непонятно? Потому что сейчас наш отпуск, Робби.

– Может быть, – сказал я. – Но, между прочим, я знаю его заднюю ось. У нее довольно грустный вид. А тут еще такая нагрузка.

– Он брат «Карла» и должен вынести всё.

– Очень рахитичный братец.

– Не богохульствуй, Робби. В данный момент это самый прекрасный автомобиль из всех, какие я знаю.

Мы лежали рядом на полянке. Из леса дул мягкий, теплый ветерок. Пахло смолой и травами.

– Скажи, Робби, – спросила Пат немного погодя, – что это за цветы, там, у ручья?

– Анемоны, – ответил я, не посмотрев.

– Ну, что ты говоришь, дорогой! Совсем это не анемоны. Анемоны гораздо меньше; кроме того, они цветут только весной.

– Правильно, – сказал я. – Это кардамины.

Она покачала головой.

– Я знаю кардамины. У них совсем другой вид.

– Тогда это цикута.

– Что ты, Робби! Цикута белая, а не красная.

– Тогда не знаю. До сих пор я обходился этими тремя названиями, когда меня спрашивали. Одному из них всегда верили.

Она рассмеялась.

– Жаль. Если бы я это знала, я удовлетворилась бы анемонами.

– Цикута! – сказал я. – С цикутой я добился большинства побед.

Она привстала:

– Вот это весело! И часто тебя расспрашивали?

– Не слишком часто. И при совершенно других обстоятельствах.

Она уперлась ладонями в землю:

– А ведь, собственно говоря, очень стыдно ходить

по земле и почти ничего не знать о ней. Даже нескольких названий цветов и тех не знаешь.

— Не расстраивайся, — сказал я, — гораздо более позорно, что мы вообще не знаем, зачем околачиваемся па земле. И тут несколько лишних названий ничего не изменят.

— Это только слова! Мне кажется, ты просто ленив.

Я повернулся:

— Конечно. Но насчет лени еще далеко не всё ясно. Она — начало всякого счастья и конец всяческой философии. Полежим еще немного рядом Человек слишком мало лежит. Он вечно стоит или сидит Это вредно для нормального биологического самочувствия. Только когда лежишь, полностью примиряешься с самим собой.

Послышался звук мотора, и вскоре мимо нас промчалась машина.

— Маленький мерседес, — заметил я, не оборачиваясь. — Четырехцилиндровый.

— Вот еще один, — сказала Пат.

— Да, слышу. Рено. У него радиатор как свиное рыло?

— Да.

— Значит, рено. А теперь слушай: вот идет настоящая машина! Лянчия! Она наверняка догонит и мерседес и рено, как волк пару ягнят. Ты только послушай, как работает мотор! Как орган!

Машина пронеслась мимо.

— Тут ты, видно, знаешь больше трех названий! — сказала Пат.

— Конечно. Здесь уж я не ошибусь.

Она рассмеялась:

— Так это как же — грустно или нет?

— Совсем не грустно. Вполне естественно. Хорошая машина иной раз приятней, чем двадцать цветущих лугов.

— Черствое дитя двадцатого века! Ты, вероятно, совсем не сентиментален…

— Отчего же? Как видишь, насчет машин я сентиментален.

Она посмотрела на меня.

— И я тоже, — сказала она.

* * *

В ельнике закуковала кукушка. Пат начала считать.

— Зачем ты это делаешь? — спросил я.

— А разве ты не знаешь? Сколько раз она прокукует — столько лет еще проживешь.

– Ах да, помню. Но тут есть еще одна примета. Когда слышишь кукушку, надо встряхнуть свои деньги. Тогда их станет больше.

Я достал из кармана мелочь и подкинул ее на ладони.

– Вот это ты! – сказала Пат и засмеялась. – Я хочу жить, а ты хочешь денег.

– Чтобы жить! – возразил я. – Настоящий идеалист стремится к деньгам. Деньги – это свобода. А свобода – жизнь.

– Четырнадцать, – считала Пат. – Было время, когда ты говорил об этом иначе.

– В мрачный период. Нельзя говорить о деньгах с презренном. Многие женщины даже влюбляются из-за денег. А любовь делает многих мужчин корыстолюбивыми. Таким образом, деньги стимулируют идеалы, – любовь же, напротив, материализм.

– Сегодня тебе везет, – сказала Пат. – Тридцать пять. – Мужчина, – продолжал я, – становится корыстолюбивым только из-за капризов женщин. Не будь женщин, не было бы и денег, и мужчины были бы племенем героев. В окопах мы жили без женщин, и не было так уж важно, у кого и где имелась какая-то собственность. Важно было одно: какой ты солдат. Я не ратую за прелести окопной жизни, – просто хочу осветить проблему любви с правильных позиций. Она пробуждает в мужчине самые худшие инстинкты – страсть к обладанию, к общественному положению, к заработкам, к покою. Недаром диктаторы любят, чтобы их соратники были женаты, – так они менее опасны. И недаром католические священники не имеют жен, – иначе они не были бы такими отважными миссионерами.

– Сегодня тебе просто очень везет, – сказала Пат. – Пятьдесят два!

Я опустил мелочь в карман и закурил сигарету.

– Скоро ли ты кончишь считать? – спросил я. – Ведь уже перевалило за семьдесят.

– Сто, Робби! Сто – хорошее число. Вот сколько лег я хотела бы прожить.

– Свидетельствую тебе свое уважение, ты храбрая женщина! Но как же можно столько жить? Она скользнула по мне быстрым взглядом:

– А это видно будет. Ведь я отношусь к жизни иначе, чем ты.

– Это так. Впрочем, говорят, что труднее всего прожить первые семьдесят лет. А там дело пойдет проще.

– Сто! – провозгласила Пат, и мы тронулись в путь.

Море надвигалось на нас, как огромный серебряный парус. Еще издали мы услышали его соленое дыхание. Горизонт ширился и светлел, и вот оно простерлось перед нами, беспокойное, могучее и бескрайнее.

Шоссе, сворачивая, подходило к самой воде. Потом появился лесок, а за ним деревня. Мы справились, как проехать к дому, где собирались поселиться. Оставался еще порядочный кусок пути. Адрес нам дал Кестер. После войны он прожил здесь целый год.

Маленькая вилла стояла на отлете. Я лихо подкатил свой ситроэн к калитке и дал сигнал. В окне на мгновение показалось широкое бледное лицо и тут же исчезло, – Надеюсь, это не фройляйн Мюллер, – сказал я.

– Не всё ли равно, как она выглядит, – ответила Пат. Открылась дверь. К счастью, это была не фройляйн Мюллер, а служанка. Через минуту к нам вышла фройляйн Мюллер, владелица виллы, – миловидная седая дама, похожая на старую деву. На ней было закрытое черное платье с брошью в виде золотого крестика.

– Пат, на всякий случай подними свои чулки, – шепнул я, поглядев на крестик, и вышел из машины.

– Кажется, господин Кестер уже предупредил вас о нашем приезде, – сказал я.

– Да, я получила телеграмму. – Она внимательно разглядывала меня. – Как поживает господин Кестер?

– Довольно хорошо… если можно так выразиться в наше время.

Она кивнула, продолжая разглядывать меня.

– Вы с ним давно знакомы?

"Начинается форменный экзамен", – подумал я и доложил, как давно я знаком с Отто. Мой ответ как будто удовлетворил ее. Подошла Пат. Она успела поднягь чулки. Взгляд фройляйн Мюллер смягчился. К Пат она отнеслась, видимо, более милостиво, чем ко мне.

– У вас найдутся комнаты для нас? – спросил я.

– Уж если господин Кестер известил меня, то комната для вас всегда найдется, – заявила фройляйн Мюллер, покосившись на меня. – Вам я предоставлю самую лучшую, – обратилась она к Пат.

Пат улыбнулась. Фройляйн Мюллер ответила ей улыбкой.

– Я покажу вам ее, – сказала она.

Обе пошли рядом по узкой дорожке маленького

сада. Я брел сзади, чувствуя себя лишним, – фройляйн Мюллер обращалась только к Пат.

Комната, которую она нам показала, находилась в нижнем этаже. Она была довольно просторной, светлой и уютной и имела отдельный выход в сад, что мне очень понравилось. На одной стороне было подобие ниши. Здесь стояли две кровати.

– Ну как? – спросила фройляйн Мюллер.

– Очень красиво, – сказала Пат.

– Даже роскошно, – добавил я, стараясь польстить хозяйке. – А где другая?

Фройляйн Мюллер медленно повернулась ко мне: 64?

– Другая? Какая другая? Разве вам нужна другая? Эта вам не нравится?

– Она просто великолепна, – сказал я, – но...

– Но? – чуть насмешливо заметила фройляйн Мюллер. – К сожалению, у меня нет лучшей.

Я хотел объяснить ей, что нам нужны две отдельные комнаты, но она тут же добавила:

– И ведь вашей жене она очень нравится.

"Вашей жене"... Мне почудилось, будто я отступил па шаг назад, хотя не сдвинулся с места. Я незаметно взглянул на Пат. Прислонившись к окну, она смотрела па меня, давясь от смеха.

– Моя жена, разумеется... – сказал я, глазея на золотой крестик фройляйн Мюллер. Делать было нечего, и я решил не открывать ей правды. Она бы еще, чего доброго, вскрикнула и упала в обморок. – Просто мы привыкли спать в двух комнатах, – сказал я. – Я хочу сказать – каждый в своей.

Фройляйн Мюллер неодобрительно покачала головой:

– Две спальни, когда люди женаты?.. Какая-то новая мода...

– Не в этом дело, – заметил я, стараясь предупредить возможное недоверие. – У моей жены очень легкий сон. Я же, к сожалению, довольно громко храплю.

– Ах, вот что, вы храпите! – сказала фройляйн Мюллер таким тоном, словно уже давно догадывалась об этом.

Я испугался, решив, что теперь она предложит мне комнату наверху, на втором этаже. Но брак был для нее, очевидно, священным делом. Она отворила дверь в маленькую смежную комнатку, где, кроме кровати, не было почти ничего.

– Великолепно, – сказал я, – этого вполне достаточно. Но но помешаю ли я кому-нибудь? – Я хотел узнать, будем ли мы одни на нижнем этаже.

– Вы никому не помешаете, – успокоила меня

фройляйн Мюллер, с которой внезапно слетела вся важность. – Кроме вас, здесь никто не живет. Все остальные комнаты пустуют. – Она с минуту постояла с отсутствующим видом, но затем собралась с мыслями: – Вы желаете питаться здесь или в столовой?

– Здесь, – сказал я.

Она кивнула и вышла. – Итак, фрау Локамп, – обратился я к Пат, – вот мы и влипли. Но я не решился сказать правду – в этой старой чертовке есть что-то церковное. Я ей как будто тоже не очень понравился. Странно, а ведь обычно я пользуюсь успехом у старых дам.

– Это не старая дама, Робби, а очень милая старая фройляйн.

– Милая? – Я пожал плечами. – Во всяком случае не без осанки. Ни души в доме, и вдруг такие величественные манеры!

– Не так уж она величественна…

– С тобой нет.

Пат рассмеялась:

– Мне она понравилась. Но давай притащим чемоданы и достанем купальные принадлежности.

* * *

Я плавал целый час и теперь загорал на пляже. Пат была еще в воде. Ее белая купальная шапочка то появлялась, то исчезала в синем перекате волн. Над морем кружились и кричали чайки. На горизонте медленно плыл пароход, волоча за собой длинный султан дыма.

Сильно припекало солнце. В его лучах таяло всякое желание сопротивляться сонливой бездумной лени. Я закрыл глаза и вытянулся во весь рост. Подо мной шуршал горячий песок. В ушах отдавался шум слабого прибоя. Я начал что-то вспоминать, какой-то день, когда лежал точно так же…

Это было летом 1917 года. Наша рота находилась тогда во Фландрии, и нас неожиданно отвели на несколько дней в Остенде на отдых. Майер, Хольтхофф, Брейер, Лютгенс, я и еще кое-кто. Большинство из нас никогда еще не было у моря, и эти немногие дни, этот почти непостижимый перерыв между смертью и смертью превратились в какое-то дикое, яростное наслаждение солнцем, песком и морем. Целыми днями мы валялись на пляже, подставляя голые тела солнцу. Быть голыми, без выкладки, без оружия, без формы, – это само по себе уже равносильно миру. Мы буйно резвились на пляже, снова и снова штурмом врывались в море, мы ощущали свои тела, свое дыхание, свои движения со всей силой, которая связывала нас с жизнью. В эти часы мы забывались, мы хотели забыть обо всем. Но вечером, в сумерках, когда серые тени набегали из-за горизонта на бледнеющее море. к рокоту прибоя медленно примешивался другой звук; он усиливался и наконец, словно глухая угроза, перекрывал морской шум. То был грохот фронтовой канонады. И тогда внезапно обрывались разговоры, наступало напряженное молчание, люди поднимали головы и вслушивались, и на радостных лицах мальчишек, наигравшихся до полного изнеможения, неожиданно и резко проступал суровый облик солдата; и еще на какое-то мгновение по лицам солдат пробегало глубокое и тягостное изумление, тоска, в которой было всё, что так и осталось невысказанным: мужество, и горечь, и жажда жизни, воля выполнить свой долг, отчаяние, надежда и загадочная скорбь тех, кто смолоду обречен на смерть. Через несколько дней началось большое наступление, и уже третьего июля в роте осталось только тридцать два человека. Майер, Хольтхофф и Лютгенс были убиты.

– Робби! – крикнула Пат.

Я открыл глаза. С минуту я соображал, где нахожусь. Всякий раз, когда меня одолевали воспоминания о войне, я куда-то уносился. При других воспоминаниях этого не бывало.

Я привстал. Пат выходила из воды. За ней убегала вдаль красновато-золотистая солнечная дорожка. С ее плеч стекал мокрый блеск, она была так сильно залита солнцем, что выделялась на фоне озаренного неба темным силуэтом. Она шла ко мне и с каждым шагом всё выше врастала в слепящее сияние, пока позднее предвечернее солнце не встало нимбом вокруг ее головы.

Я вскочил на ноги, таким неправдоподобным, будто из другого мира, казалось мне это видение, – просторное синее небо, белые ряды пенистых гребней моря, и на этом фоне – красивая, стройная фигура. И мне почудилось, что я один на всей земле, а из воды выходит первая женщина. На минуту я был покорен огромным, спокойным могуществом красоты и чувствовал, что она сильнее всякого кровавого прошлого, что она должна быть сильнее его, ибо иначе весь мир рухнет и задохнется в страшном смятении. И еще сильнее я чувствовал, что я есть, что я просто существую на земле и есть Пат, что я живу, что я спасся от ужаса войны, что у меня глаза, и руки, и мысли, и горячее биение крови, а что всё это – непостижимое чудо.

– Робби! – снова позвала Пат и помахала мне рукой. Я поднял ее купальный халат и быстро пошел ей навстречу.

— Ты слишком долго пробыла в воде, — сказал я.

— А мне совсем тепло, — ответила она, задыхаясь.

Я поцеловал ее влажное плечо:

— На первых порах тебе надо быть более благоразумной.

Она покачала головой и посмотрела на меня лучистыми глазами:

— Я достаточно долго была благоразумной.

— Разве?

— Конечно! Более чем достаточно! Хочу, наконец, быть неблагоразумной! — Она засмеялась и прижалась щекой к моему лицу. — Будем неблагоразумны, Робби! Ни о чем не будем думать, совсем ни о чем, только о нас, и о солнце, и об отпуске, и о море!

— Хорошо, — сказал я и взял махровое полотенце, — Дай-ка я тебя сперва вытру досуха. Когда ты успела так загореть?

Она надела купальный халат.

— Это результат моего «благоразумного» года. Каждый день я должна была проводить целый час на балконе и принимать солнечную ванну. В восемь часов вечера я ложилась. А сегодня в восемь часов вечера пойду опять купаться.

— Это мы еще посмотрим, — сказал я. — Человек всегда велик в намерениях. Но не в их выполнении. В этом и состоит его очарование.

* * *

Вечером никто из нас не купался. Мы прошлись в деревню, а когда наступили сумерки, покатались на ситроэне. Вдруг Пат почувствовала сильную усталость и попросила меня вернуться. Уже не раз я замечал, как буйная жизнерадостность мгновенно и резко сменялась в ней глубокой усталостью. У нее не было никакого запаса сил, хотя с виду она не казалась слабой. Она всегда расточительно расходовала свои силы и казалась неисчерпаемой в своей свежей юности. Но внезапно наставал момент, когда лицо ее бледнело, а глаза глубоко западали. Тогда всё кончалось. Она утомлялась не постепенно, а сразу, в одну секунду.

— Поедем домой, Робби, — попросила она, и ее низкий голос прозвучал глуше обычного.

— Домой? К фройляйн Мюллер с золотым крестиком на груди? Интересно, что еще могло прийти в голову старой чертовке в наше отсутствие…

— Домой, Робби, — сказала Пат и в изнеможении прислонилась к моему плечу. — Там теперь наш дом.

Я отнял одну руку от руля и обнял ее за плечи. Мы медленно ехали сквозь синие, мглистые сумерки, и, когда, наконец, увидели освещенные окна маленькой виллы, примостившейся, как темное животное, в пологой ложбинке, мы и впрямь почувствовали, что возвращаемся в родной дом.

Фройляйн Мюллер ожидала нас. Она переоделась, и вместо черного шерстяного на ней было черное шелковое платье такого же пуританского покроя, а вместо крестика к нему была приколота другая эмблема – сердце, якорь и крест, – церковный символ веры, надежды и любви.

Она была гораздо приветливее, чем перед нашим уходом, и спросила, устроит ли нас приготовленный ею ужин: яйца, холодное мясо и копченая рыба.

– Ну конечно, – сказал я.

– Вам не нравится? Совсем свежая копченая камбала. – Она робко посмотрела на меня.

– Разумеется, – сказал я холодно.

– Свежекопченая камбала – это должно быть очень вкусно, – заявила Пат и с упреком взглянула на меня. – Фройляйн Мюллер, первый день у моря и такой ужин! Чего еще желать? Если бы еще вдобавок крепкого горячего чаю.

– Ну как же! Очень горячий чай! С удовольствием! Сейчас вам всё подадут.

Фройляйн Мюллер облегченно вздохнула и торопливо удалилась, шурша своим шелковым платьем.

– Тебе в самом деле не хочется рыбы? – спросила Пат.

– Еще как хочется! Камбала! Все эти дни только и мечтал о ней.

– А зачем же ты пыжишься? Вот уж действительно…

– Я должен был расквитаться за прием, оказанный мне сегодня. – Боже мой! – рассмеялась Пат. – Ты ничего не прощаешь! Я уже давно забыла об этом.

– А я нет, – сказал я. – Я не забываю так легко.

– А надо бы…

Вошла служанка с подносом. У камбалы была кожица цвета золотого топаза, и она чудесно пахла морем и дымом. Нам принесли еще свежих креветок.

– Начинаю забывать, – сказал я мечтательно. – Кроме того, я замечаю, что страшно проголодался.

– И я тоже. Но дай мне поскорее горячего чаю. Странно, но меня почему-то знобит. А ведь на дворе совсем тепло.

Я посмотрел на нее. Она была бледна, но всё же улыбалась.

– Теперь ты и не заикайся насчет долгих купаний, – сказал я и спросил горничную: – У вас найдется немного рому?

– Чего?

– Рому. Такой напиток в бутылках.

– Ром?

– Да.

– Нет.

Лицо у нее было круглое как луна. Она смотрела на меня ничего не выражающим взглядом.

– Нет, – сказала она еще раз.

– Хорошо, – ответил я. – Это неважно. Спокойной ночи. Да хранит вас бог.

Она ушла.

– Какое счастье, Пат, что у нас есть дальновидные друзья, – сказал я. – Сегодня утром перед отъездом Ленц погрузил в нашу машину довольно тяжелый пакет. Посмотрим, что в нем.

Я принес из машины пакет. В небольшом ящике лежали две бутылки рома, бутылка коньяка и бутылка портвейна. Я поднес ром к лампе и посмотрел на этикетку:

– Ром "Сэйнт Джемс", подумать только! На наших ребят можно положиться.

Откупорив бутылку, я налил Пат добрую толику рома в чай. При этом я заметил, что ее рука слегка дрожит.

– Тебя сильно знобит? – спросил я.

– Чуть-чуть. Теперь уже лучше. Ром хорош… Но я скоро лягу. – Ложись сейчас же, Пат, – сказал я. – Пододвинем стол к постели и будем есть.

Она кивнула. Я принес ей еще одно одеяло с моей кровати и пододвинул столик:

– Может быть, дать тебе настоящего грогу, Пат? Это еще лучше. Могу быстро приготовить его.

Пат отказалась:

– Нет, мне уже опять хорошо.

Я взглянул на нее. Она действительно выглядела лучше. Глаза снова заблестели, губы стали пунцовыми, матовая кожа дышала свежестью.

– Быстро ты пришла в себя, просто замечательно, – сказал я. – Всё это, конечно, ром.

Она улыбнулась:

– И постель тоже, Робби. Я отдыхаю лучше всего в постели. Она мое прибежище.

– Странно. А я бы сошел с ума, если бы мне пришлось лечь так рано. Я хочу сказать, лечь одному.

Она рассмеялась:

– Для женщины это другое дело.

– Не говори так. Ты не женщина.

– А кто же?

– Не знаю. Только не женщина. Если бы ты была настоящей нормальной женщиной, я не мог бы тебя любить. Она посмотрела на меня:

– А ты вообще можешь любить?

– Ну, знаешь ли! – сказал я. – Слишком много

спрашиваешь за ужином. Больше вопросов нет?

– Может быть, и есть. Но ты ответь мне на этот. Я налил себе рому:

– За твое здоровье, Пат. Возможно, что ты и права. Может быть, никто из нас не умеет любить. То есть так, как любили прежде. Но от этого нам не хуже. У нас с тобой всё по-другому, как-то проще.

Раздался стук в дверь. Вошла фройляйн Мюллер. В руке она держала крохотную стеклянную кружечку, на дне которой болталась какая-то жидкость.

– Вот я принесла вам ром.

– Благодарю вас, – сказал я, растроганно глядя на стеклянный наперсток. – Это очень мило с вашей стороны, но мы уже вышли из положения.

– О господи! – Она в ужасе осмотрела четыре бутылки на столе. – Вы так много пьете? – Только в лечебных целях, – мягко ответил я, избегая смотреть на Пат. – Прописано врачом. – У меня слишком сухая печень, фройляйн Мюллер. Но не окажете ли вы нам честь?..

Я открыл портвейн:

– За ваше благополучие! Пусть ваш дом поскорее заполнится гостями.

– Очень благодарна! – Она вздохнула, поклонилась и отпила, как птичка. – За ваш отдых! – Потом она лукаво улыбнулась мне. – До чего же крепкий. И вкусный.

Я так изумился этой перемене, что чуть не выронил стакан. Щечки фройляйн порозовели, глаза заблестели, и она принялась болтать о различных, совершенно неинтересных для нас вещах. Пат слушала ее с ангельским терпением. Наконец хозяйка обратилась ко мне:

– Значит, господину Кестеру живется неплохо?

Я кивнул.

– В то время он был так молчалив, – сказала она. – Бывало, за весь день словечка не вымолвит. Он и теперь такой?

– Нет, теперь он уже иногда разговаривает.

– Он прожил здесь почти год. Всегда один…

– Да, – сказал я. – В этом случае люди всегда говорят меньше.

Она серьезно кивнула головой и посмотрела на Пат.

– Вы, конечно, очень устали.

– Немного, – сказала Пат.

– Очень, – добавил я.

– Тогда я пойду, – испуганно сказала она. – Спокойной ночи! Спите хорошо!

Помешкав еще немного, она вышла.

– Мне кажется, она бы еще с удовольствием

осталась здесь, – сказал я. – Странно… ни с того ни с сего…

– Несчастное существо, – ответила Пат. – Сидит себе, наверное, вечером в своей комнате и печалится.

– Да, конечно… Но мне думается, что я, в общем, вел себя с ней довольно мило.

– Да, Робби, – она погладила мою руку. – Открой немного дверь.

Я подошел к двери и отворил ее. Небо прояснилось, полоса лунного света, падавшая на шоссе, протянулась в нашу комнату. Казалось, сад только того и ждал, чтобы распахнулась дверь, – с такой силой ворвался в комнату и мгновенно разлился по ней ночной аромат цветов, сладкий запах левкоя, резеды и роз.

– Ты только посмотри, – сказал я.

Луна светила всё ярче, и мы видели садовую дорожку во всю ее длину. Цветы с наклоненными стеблями стояли по ее краям, листья отливали темным серебром, а бутоны, так пестро расцвеченные днем, теперь мерцали пастельными тонами, призрачно и нежно. Лунный свет и ночь отняли у красок всю их силу, но зато аромат был острее и слаще, чем днем.

Я посмотрел на Пат. Ее маленькая темноволосая головка лежала на белоснежной подушке. Пат казалась совсем обессиленной, но в ней была тайна хрупкости, таинство цветов, распускающихся в полумраке, в парящем свете луны.

Она слегка привстала:

– Робби, я действительно очень утомлена. Это плохо? Я подошел к ее постели:

– Ничего страшного. Ты будешь отлично спать.

– А ты? Ты, вероятно, не ляжешь так рано?

– Пойду еще прогуляюсь по пляжу.

Она кивнула и откинулась на подушку. Я посидел еще немного с ней.

– Оставь дверь открытой на ночь, – сказала она, засыпая. – Тогда кажется, что спишь в саду…

Она стала дышать глубже. Я встал, тихо вышел в сад, остановился у деревянного забора и закурил сигарету. Отсюда я мог видеть комнату. На стуле висел ее купальный халат, сверху было наброшено платье и белье; на полу у стула стояли туфли. Одна из них опрокинулась. Я смотрел на эти вещи, и меня охватило странное ощущение чего-то родного, и я думал, что вот теперь она есть и будет у меня и что стоит мне сделать несколько шагов, как я увижу ее и буду рядом с ней сегодня, завтра, а может быть, долго-долго…

Может быть, думал я, может быть, – вечно эти два слова, без которых уже никак нельзя было обойтись! Уверенности – вот чего мне недоставало. Именно уверенности, – ее недоставало всем.

Я спустился к пляжу, к морю и ветру, к глухому рокоту, нараставшему, как отдаленная артиллерийская канонада.

XVI

Я сидел на пляже и смотрел на заходящее солнце. Пат не пошла со мной. Весь день она себя плохо чувствовала. Когда стемнело, я встал и хотел пойти домой. Вдруг я увидел, что из-за рощи выбежала горничная. Она махала мне рукой и что-то кричала. Я ничего не понимал, – ветер и море заглушали слова. Я сделал ей знак, чтобы она остановилась. Но она продолжала бежать и подняла рупором руки к губам.

– Фрау Пат… – послышалось мне. – Скорее…

– Что случилось? – крикнул я.

Она не могла перевести дух:

– Скорее. Фрау Пат… несчастье.

Я побежал по песчаной лесной дорожке к дому. Деревянная калитка не поддавалась. Я перемахнул через нее и ворвался в комнату. Пат лежала в постели с окровавленной грудью и судорожно сжатыми пальцами. Изо рта у нее еще шла кровь. Возле стояла фройляйн Мюллер с полотенцем и тазом с водой.

– Что случилось? – крикнул я и оттолкнул ее в сторону.

Она что-то сказала.

– Принесите бинт и вату! – попросил я. – Где рана? Она посмотрела на меня, ее губы дрожали.

– Это не рана…

Я резко повернулся к ней.

– Кровотечение, – сказала она.

Меня точно обухом по голове ударили:

– Кровотечение?

Я взял у нее из рук таз:

– Принесите лед, достаньте поскорее немного льда. Я смочил кончик полотенца и положил его Пат на грудь.

– У нас в доме нет льда, – сказала фройляйн Мюллер.

Я повернулся. Она отошла на шаг.

– Ради бога, достаньте лед, пошлите в ближайший трактир и немедленно позвоните врачу.

– Но ведь у нас нет телефона…

– Проклятье! Где ближайший телефон?

– У Массмана.

– Бегите туда. Быстро. Сейчас же позвоните ближайшему врачу. Как его зовут? Где он живет? Не успела она назвать фамилию, как я вытолкнул ее за дверь:

– Скорее, скорее бегите! Это далеко?

– В трех минутах отсюда, – ответила фройляйн Мюллер и торопливо засеменила.

– Принесите с собой лед! – крикнул я ей вдогонку.

Я принес свежей воды, снова смочил полотенце, но не решался прикоснуться к Пат. Я не знал, правильно ли она лежит, и был в отчаянии оттого, что не знал главного, не знал единственного, что должен был знать: подложить ли ей подушку под голову или оставить ее лежать плашмя.

Ее дыхание стало хриплым, потом она резко привстала, и кровь хлынула струёй. Она дышала часто, в глазах было нечеловеческое страдание, она задыхалась и кашляла, истекая кровью; я поддерживал ее за плечи, то прижимая к себе, то отпуская, и ощущал содрогания всего ее измученного тела. Казалось, конца этому не будет. Потом, совершенно обессиленная, она откинулась на подушку.

Вошла фройляйн Мюллер. Она посмотрела на меня, как на привидение.

– Что же нам делать? – спросил я.

– Врач сейчас будет, – прошептала она. – Лед… на грудь, и, если сможет… пусть пососет кусочек…

– Как ее положить?.. Низко или высоко?… Да говорите же, черт возьми!

– Пусть лежит так… Он сейчас придет. Я стал класть ей на грудь лед, почувствовав облегчение от возможности что-то делать; я дробил лед для компрессов, менял их и непрерывно смотрел на прелестные, любимые, искривленные губы, эти единственные, эти окровавленные губы…

Зашуршали шины велосипеда. Я вскочил. Врач.

– Могу ли я помочь вам? – спросил я. Он отрицательно покачал головой и открыл свою сумку. Я стоял рядом с ним, судорожно вцепившись в спинку кровати. Он посмотрел на меня. Я отошел немного назад, не спуская с него глаз. Он рассматривал рёбра Пат. Она застонала.

– Разве это так опасно? – спросил я.

– Кто лечил вашу жену?

– Как, то есть, лечил?.. – пробормотал я. – Какой врач? – нетерпеливо переспросил он.

– Не знаю… – ответил я. – Нет, я не знаю… я не думаю…

Он посмотрел на меня:

– Но ведь вы должны знать…

– Но я не знаю. Она мне никогда об этом не говорила.

Он склонился к Пат и спросил ее о чем-то. Она хотела ответить. Но опять начался кровавый кашель. Врач приподнял ее. Она хватала губами воздух и дышала с присвистом.

— Жаффе, — произнесла она наконец, с трудом вытолкнув это слово из горла.

— Феликс Жаффе? Профессор Феликс Жаффе? — спросил врач. Чуть сомкнув веки, она подтвердила это. Доктор повернулся ко мне: — Вы можете ему позвонить? Лучше спросить у него.

— Да, да, — ответил я, — я это сделаю сейчас же, А потом приду за вами! Жаффе?

— Феликс Жаффе, — сказал врач. — Узнайте номер телефона.

— Она выживет? — спросил я.

— Кровотечение должно прекратиться, — сказал врач. Я позвал горничную, и мы побежали по дороге. Она показала мне дом, где был телефон. Я позвонил у парадного. В доме сидело небольшое общество за кофе и пивом. Я обвел всех невидящим взглядом, не понимая, как могут люди пить пиво, когда Пат истекает кровью. Заказав срочный разговор, я ждал у аппарата. Вслушиваясь в гудящий мрак, я видел сквозь портьеры часть смежной комнаты, где сидели люди. Всё казалось мне туманным и вместе с тем предельно четким. Я видел покачивающуюся лысину, в которой отражался желтый свет лампы, видел брошь на черной тафте платья со шнуровкой, и двойной подбородок, и пенсне, и высокую вздыбленную прическу; костлявую старую руку с вздувшимися венами, барабанившую по столу… Я не хотел ничего видеть, но был словно обезоружен — всё само проникало в глаза, как слепящий свет.

Наконец мне ответили. Я попросил профессора.

— К сожалению, профессор Жаффе уже ушел, — сообщила мне сестра.

Мое сердце замерло и тут же бешено заколотилось. — Где же он? Мне нужно переговорить с ним немедленно.

— Не знаю. Может быть, он вернулся в клинику.

— Пожалуйста, позвоните в клинику. Я подожду. У вас, наверно, есть второй аппарат.

— Минутку. — Опять гудение, бездонный мрак, над которым повис тонкий металлический провод. Я вздрогнул. Рядом со мной в клетке, закрытой занавеской, щебетала канарейка. Снова послышался голос сестры: — Профессор Жаффе уже ушел из клиники.

— Куда?

— Я этого точно не знаю, сударь.

Это был конец. Я прислонился к стене.

— Алло! — сказала сестра, — вы не повесили трубку?

— Нет еще. Послушайте, сестра, вы не знаете, когда он вернется?

– Это очень неопределенно.

– Разве он ничего не сказал? Ведь он обязан. А если что-нибудь случится, где же его тогда искать?

– В клинике есть дежурный врач.

– А вы могли бы спросить его?

– Нет, это не имеет смысла, он ведь тоже ничего не знает.

– Хорошо, сестра, – сказал я, чувствуя смертельную усталость, – если профессор Жаффе придет, попросите его немедленно позвонить сюда. – Я сообщил ей номер. – Но немедленно! Прошу вас, сестра.

– Можете положиться на меня, сударь. – Она повторила номер и повесила трубку.

Я остался на месте. Качающиеся головы, лысина, брошь, соседняя комната – всё куда-то ушло, откатилось, как блестящий резиновый мяч. Я осмотрелся. Здесь я больше ничего не мог сделать. Надо было только попросить хозяев позвать меня, если будет звонок. Но я не решался отойти от телефона, он был для меня как спасательный круг. И вдруг я сообразил, как поступить. Я снял трубку и назвал номер Кестера. Его-то я уж застану на месте. Иначе быть не может.

И вот из хаоса ночи выплыл спокойный голос Кестера. Я сразу же успокоился и рассказал ему всё. Я чувствовал, что он слушает и записывает.

– Хорошо, – сказал он, – сейчас же еду искать его. Позволю. Не беспокойся. Найду. Вот всё и кончилось. Весь мир успокоился. Кошмар прошел. Я побежал обратно.

– Ну как? – спросил врач. – Дозвонились?

– Нет, – сказал я, – но я разговаривал с Кестером.

– Кестер? Не слыхал. Что он сказал? Как он ее лечил?

– Лечил? Не лечил он ее. Кестер ищет его.

– Кого?

– Жаффе.

– Господи боже мой! Кто же этот Кестер?

– Ах да… простите, пожалуйста. Кестер мой друг. Он ищет профессора Жаффе. Мне не удалось созвониться с ним.

– Жаль, – сказал врач и снова наклонился к Пат.

– Он разыщет его, – сказал я. – Если профессор не умер, он его разыщет.

Врач посмотрел на меня, как на сумасшедшего, и пожал плечами.

В комнате горела тусклая лампочка. Я спросил, могу ли я чем-нибудь помочь. Врач не нуждался в моей помощи. Я уставился в окно. Пат прерывисто дышала. Закрыв окно, я подошел к двери и стал смотреть на дорогу.

Вдруг кто-то крикнул:

– Телефон!

Я повернулся:

– Телефон? Мне пойти?

Врач вскочил на ноги:

– Нет, я пойду. Я расспрошу его лучше. Останьтесь здесь. Ничего не делайте. Я сейчас же вернусь. Я присел к кровати Пат.

– Пат, – сказал я тихо. – Мы все на своих местах. Все следим за тобой. Ничего с тобой не случится. Ничто не должно с тобой случиться. Профессор уже дает указания по телефону. Он скажет нам всё. Завтра он наверняка приедет. Он поможет тебе. Ты выздоровеешь. Почему ты никогда не говорила мне, что еще больна? Потеря крови невелика, это нестрашно, Пат. Мы восстановим твою кровь. Кестер нашел профессора. Теперь всё хорошо, Пат.

Врач пришел обратно:

– Это был не профессор…

Я встал.

– Звонил ваш друг Ленц. – Кестер не нашел его?

– Нашел. Профессор сказал ему, что надо делать. Ваш друг Ленц передал мне эти указания по телефону. Всё очень толково и правильно. Ваш приятель Ленц – врач?

– Нет. Хотел быть врачом… но где же Кестер? – спросил я.

Врач посмотрел на меня:

– Ленц сказал, что Кестер выехал несколько минут тому назад. С профессором.

Я прислонился к стене.

– Отто! – проговорил я.

– Да, – продолжал врач, – и, по мнению вашего друга Ленца, они будут здесь через два часа – это единственное, что он сказал неправильно. Я знаю дорогу. При самой быстрой езде им потребуется свыше трех часов, не меньше.

– Доктор, – ответил я. – Можете не сомневаться. Если он сказал – два часа, значит ровно через два часа они будут здесь.

– Невозможно. Очень много поворотов, а сейчас ночь.

– Увидите… – сказал я.

– Гак или иначе… конечно, лучше, чтобы он приехал.

Я не мог больше оставаться в доме и вышел. Стало туманно. Вдали шумело море. С деревьев падали капли. Я осмотрелся. Я уже не был один. Теперь где-то там на юге, за горизонтом, ревел мотор. За туманом по бледносерым дорогам летела помощь, фары разбрызгивали яркий свет, свистели покрышки, и две руки сжимали рулевое колесо, два глаза холодным уверенным взглядом сверлили темноту: глаза моего друга…

* * *

Потом Жаффе рассказал мне, как всё произошло. Сразу после разговора со мной Кестер позвонил Ленцу и попросил его быть наготове. Затем он вывел «Карла» из гаража и помчался с Ленцем в клинику Жаффе. Дежурная сестра сказала, что профессор, возможно, поехал ужинать, и назвала Кестеру несколько ресторанов, где он мог быть. Кестер отправился на поиски. Он ехал на красный свет, не обращая внимания на полицейских. Он посылал «Карла» вперед, как норовистого коня, протискиваясь сквозь поток машин. Профессор оказался в четвертом по счету ресторане. Оставив ужин, он вышел с Кестером. Они поехали на квартиру Жаффе, чтобы взять всё необходимое. Это был единственный участок пути, на котором Кестер ехал хотя в быстро, но всё же не в темпе автомобильной гонки. Он не хотел пугать профессора преждевременно. По дороге Жаффе спросил, где находится Паг. Кестер назвал какой-то пункт в сорока километрах от города. Только бы не выпустить профессора из машины. Остальное должно было получиться само собой. Собирая свой чемоданчик, Жаффе объяснил Ленцу, что надо сказать по телефону. Затем он сел с Кестером в машину.

– Это опасно? – спросил Кестер.

– Да, – сказал Жаффе.

В ту же секунду «Карл» превратился в белое привидение. Он рванулся с места и понесся. Он обгонял всех, наезжал колесами на тротуары, мчался в запрещенном направлении по улицам с односторонним движением. Машина рвалась из города, пробивая себе кратчайший путь.

– Вы сошли с ума! – воскликнул профессор. (Кестер пулей метнулся наперерез огромному автобусу, едва не задев высокий передний бампер, затем сбавил на мгновение газ и снова дал двигателю полные обороты).

– Не гоните так машину, – кричал врач, – ведь всё будет впустую, если мы попадем в аварию!

– Мы не попадем в аварию.

– Если не кончится эта бешеная гонка – катастрофа неминуема!

Кестер рванул машину и, вопреки правилам, обогнал слева трамвай.

– Мы не попадем в аварию.

Впереди была прямая длинная улица. Он посмотрел на врача:

— Я знаю, что должен доставить вас целым и невредимым. Положитесь на меня!

— Какая польза в этой сумасшедшей гонке! Выиграете несколько минут.

— Нет, — сказал Кестер, уклоняясь от столкновения с машиной, нагруженной камнем, — нам еще предстоит покрыть двести сорок километров.

— Что? — Да... — «Карл» прошмыгнул между почтовой машиной и автобусом. — Я не хотел говорить вам этого раньше.

— Это всё равно! — недовольно заметил Жаффе. — Я помогаю людям независимо от километража. Поезжайте на вокзал. Поездом мы доберемся скорее.

— Нет. — Кестер мчался уже по предместью. Ветер срывал слова с его губ. — Я справлялся... Поезд уходит слишком поздно...

Он снова посмотрел на Жаффе, а доктор, очевидно, увидел в его лице что-то новое.

— Помоги вам бог! — пробормотал он. — Ваша приятельница?

Кестер отрицательно покачал головой. Больше он не отвечал.

Огороды с беседками остались позади. Кестер выехал на шоссе. Теперь мотор работал на полную мощность. Врач съежился за узким ветровым стеклом. Кестер сунул ему свой кожаный шлем. Непрерывно работал сигнал. Леса отбрасывали назад его рев. Только в деревнях, когда это было абсолютно необходимо, Кестер сбавлял скорость. На машине не было глушителя. Громовым эхом отдавался гул мотора в смыкавшихся за ними стенах домов, которые хлопали, как полотнища на ветру; «Карл» проносился между ними, обдавая их на мгновение ярким мертвенным светом фар, и продолжал вгрызаться в ночь, сверля ее лучами.

Покрышки скрипели, шипели, завывали, свистели, — мотор отдавал теперь всю свою мощь. Кестер пригнулся к рулю, его тело превратилось в огромное ухо, в фильтр, просеивающий гром и свист мотора и шасси, чутко улавливающий малейший звук, любой подозрительный скрип и скрежет, в которых могли таиться авария и смерть.

Глинистое полотно дороги стало влажным. Машина начала юлить и шататься в стороны. Кестеру пришлось сбавить скорость. Зато он с еще большим напором брал повороты. Он уже не подчинялся разуму, им управлял только инстинкт. Фары высвечивали повороты наполовину. Когда машина брала поворот, он не просматривался. Прожектор-искатель почти не помогал, – он давал слишком узкий сноп света. Врач молчал. Внезапно воздух перед фарами взвихрился и окрасился в бледно-серебристый цвет. Замелькали прозрачные клочья, похожие на облака. Это был единственный раз, когда, по словам Жаффе, Кестер выругался. Через минуту они неслись в густом тумане.

Кестер переключил фары на малый свет. Машина плыла в вате, проносились тени, деревья, смутные призраки в молочном море, не было больше шоссе, осталась случайность и приблизительность, тени, разраставшиеся и исчезавшие в реве мотора.

Когда через десять минут они вынырнули из тумана, лицо Кестера было землистым. Он взглянул на Жаффе и что-то пробормотал. Потом он дал полный газ и продолжал путь, прижавшись к рулю, холодный и снова овладевший собой…

* * *

Липкая теплынь разлилась по комнате, как свинец.

– Еще не прекратилось? – спросил я.

– Нет, – сказал врач.

Пат посмотрела на меня. Вместо улыбки у меня получилась гримаса.

– Еще полчаса, – сказал я.

Врач поднял глаза:

– Еще полтора часа, если не все два. Идет дождь. С тихим напевным шумом падали капли на листья и кусты в саду. Ослепленными глазами я вглядывался в тьму. Давно ли мы вставали по ночам, забирались в резеду и левкои и Пат распевала смешные детские песенки? Давно ли садовая дорожка сверкала белизной в лунном свете и Пат бегала среди кустов, как гибкое животное?..

В сотый раз я вышел на крыльцо. Я знал, что это бесцельно, но всё-таки ожидание как-то сокращалось. В воздухе висел туман. Я проклинал его; я понимал, каково было Кестеру. Сквозь теплую пелену донесся крик птицы.

– Заткнись! – проворчал я. Мне пришли на память рассказы о вещих птицах. – Ерунда! – громко сказал я.

Меня знобило. Где-то гудел жук, но он не приближался… он не приближался. Он гудел ровно и тихо: потом гудение исчезло; вот оно послышалось снова… вот опять… Я вдруг задрожал… это был не жук, а машина; где-то далеко она брала повороты на огромной скорости. Я словно окостенел и затаил дыхание, чтобы лучше слышать: снова… снова тихий, высокий звук, словно жужжание разгневанной осы. А теперь громче… я отчетливо различал высокий тон компрессора! И тогда натянутый до предела горизонт рухнул и провалился в мягкую бесконечность, погребая под собой ночь, боязнь, ужас, – я подскочил к двери и, держась за косяк, сказал:

– Они едут! Доктор, Пат, они едут. Я их уже слышу! В течение всего вечера врач считал меня сумасшедшим. Он встал и тоже прислушался.

– Это, вероятно, другая машина, – сказал он наконец.

– Нет, я узнаю мотор.

Он раздраженно посмотрел на меня. Видно, он считал себя специалистом по автомобилям. С Пат он обращался терпеливо и бережно, как мать; но стоило мне заговорить об автомобилях, как он начинал метать сквозь очки гневные искры и ни в чем не соглашался со мной.

– Невозможно, – коротко отрезал он и вернулся в комнату.

Я остался на месте, дрожа от волнения.

– "Карл", "Карл"! – повторял я. Теперь чередовались приглушенные удары и взрывы. Машина, очевидно, уже была в деревне и мчалась с бешеной скоростью вдоль домов. Вот рев мотора стал тише; он слышался за лесом, а теперь он снова нарастал, неистовый и ликующий. Яркая полоса прорезала туман… Фары… Гром… Ошеломленный врач стоял около меня. Слепящий свет стремительно надвигался на нас. Заскрежетали тормоза, а машина остановилась у калитки. Я побежал к ней. Профессор сошел с подножки. Он не обратил на меня внимания и направился прямо к врачу. За ним шел Кестер.

– Как Пат? – спросил он.

– Кровь еще идет.

– Так бывает, – сказал он. – Пока не надо беспокоиться.

Я молчал и смотрел на него.

– У тебя есть сигарета? – спросил он.

Я дал ему закурить.

– Хорошо, что ты приехал, Отто.

Он глубоко затянулся:

– Решил, так будет лучше.

– Ты очень быстро ехал.

– Да, довольно быстро. Туман немного помешал.

Мы сидели рядом и ждали.

– Думаешь, она выживет? – спросил я.

– Конечно. Такое кровотечение не опасно. – Она никогда ничего не говорила мне об этом.

Кестер кивнул.

– Она должна выжить, Отто! – сказал я.

Он не смотрел на меня.

– Дай мне еще сигарету, – сказал он. – Забыл свои

дома.

— Она должна выжить, — сказал я, — иначе всё полетит к чертям.

Вышел профессор. Я встал.

— Будь я проклят, если когда-нибудь еще поеду с вами, — сказал он Кестеру.

— Простите меня, — сказал Кестер, — это жена моего друга.

— Вот как! — сказал Жаффе.

— Она выживет? — спросил я.

Он внимательно посмотрел на меня. Я отвел глаза и сторону.

— Думаете, я бы стоял тут с вами так долго, если бы она была безнадежна? — сказал он.

Я стиснул зубы и сжал кулаки. Я плакал.

— Извините, пожалуйста, — сказал я, — но всё это произошло слишком быстро.

— Такие вещи только так и происходят, — сказал Жаффе и улыбнулся.

— Не сердись на меня, Отто, что я захныкал, — сказал я.

Он повернул меня за плечи и подтолкнул в сторону двери:

— Войди в комнату. Если профессор позволит.

— Я больше не плачу, — сказал я. — Можно мне войти туда?

— Да, но не разговаривайте, — ответил Жаффе, — и только на минутку. Ей нельзя волноваться.

От слез я не видел ничего, кроме зыбкого светового пятна, мои веки дрожали, но я не решался вытереть глаза. Увидев этот жест, Пат подумала бы, что дело обстоит совсем плохо. Не переступая порога, я попробовал улыбнуться. Затем быстро повернулся к Жаффе и Кестеру.

— Хорошо, что вы приехали сюда? — спросил Кестер.

— Да, — сказал Жаффе, — так лучше.

— Завтра утром могу вас увезти обратно.

— Лучше не надо, — сказал Жаффе.

— Я поеду осторожно. — Нет, останусь еще на денек, понаблюдаю за ней. Ваша постель свободна? — обратился Жаффе ко мне. Я кивнул.

— Хорошо, тогда я сплю здесь. Вы сможете устроиться в деревне?

— Да. Приготовить вам зубную щетку и пижаму?

— Не надо. Имею всё при себе. Всегда готов к таким делам, хотя и не к подобным гонкам.

— Извините меня, — сказал Кестер, — охотно верю, что вы злитесь на меня.

— Нет, не злюсь, — сказал Жаффе.

— Тогда мне жаль, что я сразу не сказал вам

правду. Жаффе рассмеялся:

— Вы плохо думаете о врачах. А теперь можете идти и не беспокоиться. Я остаюсь здесь.

Я быстро собрал постельные принадлежности. Мы с Кестером отправились в деревню.

— Ты устал? — спросил я.

— Нет, — сказал он, — давай посидим еще где-нибудь. Через час я опять забеспокоился.

— Если он остается, значит это опасно, Отто, — сказал я. — Иначе он бы этого не сделал…

— Думаю, он остался из предосторожности, — ответил Кестер. — Он очень любит Пат. Когда мы ехали сюда, он говорил мне об этом. Он лечил еще ее мать…

— Разве и она болела этим?..

— Не знаю, — поспешно ответил Кестер, — может быть, чем-то другим. Пойдем спать?

— Пойди, Отто. Я еще взгляну на нее разок… так… издалека.

— Ладно. Пойдем вместе.

— Знаешь, Отто, в такую теплую погоду я очень люблю спать на воздухе. Ты не беспокойся. В последнее время я это делал часто.

— Ведь сыро.

— Неважно. Я подниму верх и посижу немного в машине.

— Хорошо. И я с удовольствием посплю на воздухе. Я понял, что мне от него не избавиться. Мы взяли несколько одеял и подушек и пошли обратно к «Карлу». Отстегнув привязанные ремни, мы откинули спинки передних сидений. Так можно было довольно прилично устроиться. — Лучше, чем иной раз на фронте, — сказал Кестлер. Яркое пятно окна светило сквозь мглистый воздух. Несколько раз за стеклом мелькнул силуэт Жаффе. Мы выкурили целую пачку сигарет. Потом увидели, что большой свет в комнате выключили и зажгли маленькую ночную лампочку.

— Слава богу, — сказал я.

На брезентовый верх падали капли. Дул слабый ветерок. Стало свежо.

— Возьми у меня еще одно одеяло, — сказал я,

— Нет, не надо, мне тепло.

— Замечательный парень этот Жаффе, правда?

— Замечательный и, кажется, очень дельный.

— Безусловно.

* * *

Я очнулся от беспокойного полусна. Брезжил серый, холодный рассвет. Кестер уже проснулся.

— Ты не спал, Отто?

— Спал.

Я выбрался из машины и прошел по дорожке к окну. Маленький ночник всё еще горел. Пат лежала в постели с закрытыми глазами. Кровотечение прекратилось, но она была очень бледна. На мгновение я испугался: мне показалось, что она умерла. Но потом я заметил слабое движение ее правой руки. В ту же минуту Жаффе, лежавший на второй кровати, открыл глаза. Успокоенный, я быстро отошел от окна, – он следил за Пат.

– Нам лучше исчезнуть, – сказал я Кестеру, – а то он подумает, что мы его проверяем.

– Там всё в порядке? – спросил Отто.

– Да, насколько я могу судить. У профессора сон правильный: такой человек может дрыхнуть при ураганном огне, но стоит мышонку зашуршать у его вещевого мешка – и он сразу просыпается.

– Можно пойти выкупаться, – сказал Кестер. – Какой тут чудесный воздух! – Он потянулся.

– Пойди.

– Пойдем со мной.

Серое небо прояснялось. В разрывы облаков хлынули оранжево-красные полосы. Облачная завеса у горизонта приподнялась, и за ней показалась светлая бирюза воды. Мы прыгнули в воду и поплыли. Вода светилась серыми и красными переливами.

Потом мы пошли обратно. Фройляйн Мюллер уже была на ногах. Она срезала на огороде петрушку. Услышав мой голос, она вздрогнула. Я смущенно извинился за вчерашнюю грубость. Она разрыдалась:

– Бедная дама. Она так хороша и еще так молода.

– Пат доживет до ста лет, – сказал я, досадуя на то, что хозяина плачет, словно Пат умирает. Нет, она не может умереть. Прохладное утро, ветер, и столько светлой, вспененной морем жизни во мне, – нет, Пат не может умереть… Разве только если я потеряю мужество. Рядом был Кестер, мой товарищ; был я – верный товарищ Пат. Сначала должны умереть мы. А пока мы живы, мы ее вытянем. Так было всегда. Пока жив Кестер, я не мог умереть. А пока живы мы оба, Пат не умрет.

– Надо покоряться судьбе, – сказала старая фройляйн, обратив ко мне свое коричневое лицо, сморщенное, как печеное яблоко. В ее словах звучал упрек. Вероятно, ей вспомнились мои проклятья.

– Покоряться? – спросил я. – Зачем же покоряться? Пользы от этого нет. В жизни мы платим за всё двойной и тройной ценой. Зачем же еще покорность?

– Нет, нет… так лучше.

"Покорность, – подумал я. – Что она изменяет? Бороться, бороться – вот единственное, что оставалось в этой свалке, в которой в конечном счете так или иначе будешь побежден. Бороться за то немногое, что тебе дорого. А покориться можно и в семьдесят лет".

Кестер сказал ей несколько слов. Она улыбнулась и спросила, чего бы ему хотелось на обед.

– Вот видишь, – сказал Отто, – что значит возраст: то слёзы, то смех, – как всё это быстро сменяется. Без заминок. Вероятно, и с нами так будет, – задумчиво произнес он.

Мы бродили вокруг дома.

– Я радуюсь каждой лишней минуте ее сна, – сказал я.

Мы снова пошли в сад. Фройляйн Мюллер приготовила нам завтрак. Мы выпили горячего черного кофе. Взошло солнце. Сразу стало тепло. Листья на деревьях искрились от света и влаги. С моря доносились крики чаек. Фройляйн Мюллер поставила на стол букет роз. – Мы дадим их ей потом, – сказала она. Аромат роз напоминал детство, садовую ограду…

– Знаешь, Отто, – сказал я, – у меня такое чувство, будто я сам болел. Всё-таки мы уже не те, что прежде. Надо было вести себя спокойнее, разумнее. Чем спокойнее держишься, тем лучше можешь помогать другим.

– Это не всегда получается, Робби. Бывало такое и со мной. Чем дольше живешь, тем больше портятся нервы. Как у банкира, который терпит всё новые убытки.

В эту минуту открылась дверь. Вышел Жаффе в пижаме.

– Хорошо, хорошо! – сказал он, увидев, что я чуть не опрокинул стол. – Хорошо, насколько это возможно.

– Можно мне войти?

– Нет еще. Теперь там горничная. Уборка и всё такое.

Я налил ему кофе. Он прищурился на солнце и обратился к Кестеру:

– Собственно, я должен благодарить вас. По крайней мере выбрался на денек к морю.

– Вы могли бы это делать чаще, – сказал Кестер. – Выезжать с вечера и возвращаться к следующему вечеру,

– Мог бы, мог бы… – ответил Жаффе. – Вы не успели заметить, что мы живем в эпоху полного саморастерзания? Многое, что можно было бы сделать, мы не делаем, сами не зная почему. Работа стала делом чудовищной важности: так много людей в наши дни лишены ее, что мысли о ней заслоняют всё остальное. Как здесь хорошо! Я не видел этого уже несколько лет. У меня две машины, квартира в десять комнат и достаточно денег. А толку что? Разве всё это сравнятся с таким летним утром! Работа – мрачная одержимость. Мы предаемся труду с вечной иллюзией, будто со временем всё станет иным. Никогда ничто не изменится. И что только люди делают из своей жизни, – просто смешно!

– По-моему, врач – один из тех немногих людей, которые знают, зачем они живут, – сказал я. – Что же тогда говорить какому-нибудь бухгалтеру?

– Дорогой друг, – возразил мне Жаффе, – ошибочно предполагать, будто все люди обладают одинаковой способностью чувствовать.

– Верно, – сказал Кестер, – но ведь люди обрели свои профессии независимо от способности чувствовать. – Правильно, – ответил Жаффе. – Это сложный вопрос. – Он кивнул мне: – Теперь можно. Только тихонько, не трогайте ее, не заставляйте разговаривать…

Она лежала на подушках, обессиленная, словно ее ударом сбили с ног. Ее лицо изменилось: глубокие синие тени залегли под глазами, губы побелели. Но глаза были по-прежнему большие и блестящие. Слишком большие и слишком блестящие.

Я взял ее руку, прохладную и бледную.

– Пат, дружище, – растерянно сказал я и хотел подсесть к пей. Но тут я заметил у окна горничную. Она с любопытством смотрела на меня. – Выйдите отсюда, – с досадой сказал я.

– Я еще должна затянуть гардины, – ответила она.

– Ладно, кончайте и уходите.

Она затянула окно желтыми гардинами, но не вышла, а принялась медленно скреплять их булавками.

– Послушайте, – сказал я, – здесь вам не театр. Немедленно исчезайте!

Она неуклюже повернулась:

– То прикалывай их, то не надо.

– Ты просила ее об этом? – спросил я Пат.

Она кивнула.

– Больно смотреть на свет?

Она покачала головой.

– Сегодня не стоит смотреть на меня при ярком свете…

– Пат, – сказал я испуганно, – тебе пока нельзя разговаривать! Но если дело в этом…

Я открыл дверь, и горничная наконец вышла. Я вернулся к постели. Моя растерянность прошла. Я даже был благодарен горничной. Она помогла мне преодолеть первую минуту. Было всё-таки ужасно видеть Пат в таком состоянии.

Я сел на стул.

– Пат, – сказал я, – скоро ты снова будешь здорова…

Ее губы дрогнули:

– Уже завтра…

– Завтра нет, но через несколько дней. Тогда ты сможешь встать, и мы поедем домой. Не следовало ехать сюда, здешний климат слишком суров для тебя. – Ничего, – прошептала она. – Ведь я не больна. Просто несчастный случай…

Я посмотрел на нее. Неужели она и вправду не знала, что больна? Или не хотела знать? Ее глаза беспокойно бегали.

– Ты не должен бояться… – сказала она шепотом. Я не сразу понял, что она имеет в виду и почему так важно, чтобы именно я не боялся. Я видел только, что она взволнована. В ее глазах была мука и какая-то странная настойчивость. Вдруг меня осенило. Я понял, о чем она думала. Ей казалось, что я боюсь заразиться.

– Боже мой, Пат, – сказал я, – уж не поэтому ли ты никогда не говорила мне ничего?

Она не ответила, но я видел, что это так.

– Чёрт возьми, – сказал я, – кем же ты меня, собственно, считаешь?

Я наклонился над ней.

– Полежи-ка минутку совсем спокойно… не шевелись… – Я поцеловал ее в губы. Они были сухи и горячи. Выпрямившись, я увидел, что она плачет. Она плакала беззвучно. Лицо ее было неподвижно, из широко раскрытых глаз непрерывно лились слёзы.

– Ради бога, Пат…

– Я так счастлива, – сказала она.

Я стоял и смотрел на нее. Она сказала только три слова. Но никогда еще я не слыхал, чтобы их так произносили. Я знал женщин, но встречи с ними всегда были мимолетными, – какие-то приключения, иногда яркие часы, одинокий вечер, бегство от самого себя, от отчаяния, от пустоты. Да я и не искал ничего другого; ведь я знал, что нельзя полагаться ни на что, только на самого себя и в лучшем случае на товарища. И вдруг я увидел, что значу что-то для другого человека и что он счастлив только оттого, что я рядом с ним. Такие слова сами но себе звучат очень просто, но когда вдумаешься в них, начинаешь понимать, как всё это бесконечно важно. Это может поднять бурю в душе человека и совершенно преобразить его. Это любовь и всё-таки нечто другое. Что-то такое, ради чего стоит жить. Мужчина не может жить для любви. Но жить для другого человека может.

Мне хотелось сказать ей что-нибудь, но я не мог. Трудно найти слова, когда действительно есть что сказать. И даже если нужные слова приходят, то стыдишься их произнести. Все эти слова принадлежат прошлым столетиям. Наше время не нашло еще слов для выражения своих чувств. Оно умеет быть только развязным, всё остальное – искусственно.

– Пат, – сказал я, – дружище мой отважный… В эту минуту вошел Жаффе. Он сразу оценил ситуацию.

– Добился своего! Великолепно! – заворчал он. – Этого я и ожидал.

Я хотел ему что-то ответить, но он решительно выставил меня.

XVII

Прошли две недели. Пат поправилась настолько, что мы могли пуститься в обратный путь. Мы упаковали чемоданы и ждали прибытия Ленца. Ему предстояло увезти машину. Пат и я собирались поехать поездом.

Был теплый пасмурный день. В небе недвижно повисли ватные облака, горячий воздух дрожал над дюнами, свинцовое море распласталось в светлой мерцающей дымке.

Готтфрид явился после обеда. Еще издалека я увидел его соломенную шевелюру, выделявшуюся над изгородями. И только когда он свернул к вилле фройляйн Мюллер, я заметил, что он был не один, – рядом с ним двигалось какое-то подобие автогонщика в миниатюре: огромная клетчатая кепка, надетая козырьком назад, крупные защитные очки, белый комбинезон и громадные уши, красные и сверкающие, как рубины.

– Бог мой, да ведь это Юпп! – удивился я.

– Собственной персоной, господин Локамп, – ответил Юпп.

– Как ты вырядился! Что это с тобой случилось?

– Сам видишь, – весело сказал Ленц, пожимая мне руку. – Он намерен стать гонщиком. Уже восемь дней я обучаю его вождению. Вот он и увязался за мной. Подходящий случай для первой междугородной поездки.

– Справлюсь как следует, господин Локамп! – с горячностью заверил меня Юпп.

– Еще как справится! – усмехнулся Готтфрид. – Я никогда еще не видел такой мании преследования! В первый же день он попытался обогнать на нашем добром старом такси мерседес с компрессором. Настоящий маленький сатана.

Юпп вспотел от счастья и с обожанием взирал на Ленца:

– Думаю, что сумел бы обставить этого задаваку, господин Ленц! Я хотел прижать его на повороте. Как господин Кестер.

Я расхохотался:

– Неплохо ты начинаешь, Юпп.

Готтфрид смотрел на своего питомца с отеческой гордостью:

– Сначала возьми-ка чемоданы и доставь их на вокзал.

– Один? – Юпп чуть не взорвался от волнения. – Господин Ленц, вы разрешаете мне поехать одному на вокзал?

Готтфрид кивнул, и Юпп опрометью побежал к дому.

* * *

Мы сдали багаж. Затем мы вернулись за Пат и снова поехали на вокзал. До отправления оставалось четверть часа. На пустой платформе стояло несколько бидонов с молоком.

– Вы поезжайте, – сказал я, – а то доберетесь очень поздно.

Юпп, сидевший за рулем, обиженно посмотрел на меня.

– Такие замечания тебе не нравятся, не так ли? – спросил его Ленц.

Юпп выпрямился.

– Господин Локамп, – сказал он с упреком, – я произвел тщательный расчет маршрута. Мы преспокойно доедем до мастерской к восьми часам.

– Совершенно верно! – Ленц похлопал его по плечу. – Заключи с ним пари, Юпп. На бутылку сельтерской воды.

– Только не сельтерской воды, – возразил Юпп. – Я не задумываясь готов рискнуть пачкой сигарет. Он вызывающе посмотрел на меня.

– А ты знаешь, что дорога довольно неважная? – спросил я.

– Всё учтено, господин Локамп! – А о поворотах ты тоже подумал?

– Повороты для меня ничто. У меня нет нервов.

– Ладно, Юпп, – сказал я серьезно. – Тогда заключим пари. Но господин Ленц не должен садиться за руль на протяжении всего пути.

Юпп прижал руку к сердцу:

– Даю честное слово!

– Ладно, ладно. Но скажи, что это ты так судорожно сжимаешь в руке?

– Секундомер. Буду в дороге засекать время. Хочу посмотреть, на что способен ваш драндулет. Ленц улыбнулся:

– Да, да, ребятки. Юпп оснащен первоклассно. Думаю, наш старый бравый ситроэн дрожит перед ним от страха, все поршни в нем трясутся.

Юпп пропустил иронию мимо ушей. Он взволнованно теребил кепку:

– Что же, двинемся, господин Ленц? Пари есть пари!

– Ну конечно, мой маленький компрессор! До свиданья, Пат! Пока, Робби! – Готтфрид сел в машину. – Вот как, Юпп! А теперь покажи-ка этой даме, как стартует кавалер и будущий чемпион мира!

Юпп надвинул очки на глаза, подмигнул нам и, как заправский гонщик, включив первую скорость, лихо поехал по булыжнику.

* * *

Мы посидели еще немного на скамье перед вокзалом. Жаркое белое солнце пригревало деревянную ограду платформы. Пахло смолой и солью. Пат запрокинула голову и закрыла глаза. Она сидела не шевелясь, подставив лицо солнцу.

– Ты устала? – спросил я. Она покачала головой:

– Нет, Робби.

– Бот идет поезд, – сказал я.

Маленький черный паровоз, затерявшийся в бескрайнем дрожащем мареве, пыхтя подошел к вокзалу. Мы сели в вагон. Было почти пусто. Вскоре поезд тронулся. Густой дым от паровоза неподвижно повис в воздухе. Медленно проплывал знакомый ландшафт, деревня с коричневыми соломенными крышами, луга с коровами и лошадьми, лес и потом домик фройляйн Мюллер в лощине за дюнами, уютный, мирный и словно заспанный.

Пат стояла рядом со мной у окна и смотрела в сторону домика. На повороте мы приблизились к нему. Мы отчетливо увидели окна нашей комнаты. Они были открыты, и с подоконников свисало постельное белье, ярко освещенное солнцем.

– Вот и фройляйн Мюллер, – сказала Пат.

– Правда!

Она стояла у входа и махала рукой. Пат достала носовой платок, и он затрепетал на ветру.

– Она не видит, – сказал я, – платочек слишком мал и тонок. Вот, возьми мой.

Она взяла мой платок и замахала им. Фройляйн Мюллер энергично ответила.

Постепенно поезд втянулся в открытое поле. Домик скрылся, и дюны остались позади. Некоторое время за черной полосой леса мелькало сверкающее море. Оно мигало, как усталый, бодрствующий глаз. Потом пошли нежные золотисто-зеленые поля, мягкое колыхание колосьев, тянувшихся до горизонта.

Пат отдала мне платок и села в угол купе. Я

поднял окно. "Кончилось! – подумал я. – Слава богу, кончилось! Всё это было только сном! Проклятым злым сном!"

* * *

К шести мы прибыли в город. Я взял такси и погрузил в него чемоданы. Мы поехали к Пат.

– Ты поднимешься со мной? – спросила она.

– Конечно.

Я проводил ее в квартиру, потом спустился вниз, чтобы вместе с шофёром принести чемоданы. Когда я вернулся, Пат всё еще стояла в передней. Она разговаривала с подполковником фон Гаке и его женой.

Мы вошли в ее комнату. Был светлый ранний вечер. Па столе стояла ваза с красными розами. Пат подошла к окну и выглянула на улицу. Потом она обернулась ко мне:

– Сколько мы были в отъезде, Робби?

– Ровно восемнадцать дней.

– Восемнадцать дней? А мне кажется, гораздо дольше.

– И мне. Но так бывает всегда, когда выберешься куда-нибудь из города. Она покачала головой:

– Нет, я не об этом…

Она отворила дверь на балкон и вышла. Там стоял белый шезлонг. Притянув его к себе, она молча посмотрела на него.

В комнату она вернулась с изменившимся лицом и потемневшими глазами.

– Посмотри, какие розы, – сказал я. – Их прислал Кестер. Вот его визитная карточка.

Пат взяла карточку и положила на стол. Она смотрела на розы, и я понял, что она их почти не замечает и всё еще думает о шезлонге. Ей казалось, что она уже избавилась от него, а теперь он, возможно, должен был снова стать частью ее жизни.

Я не стал ей мешать и больше ничего не сказал. Не стоило отвлекать ее. Она сама должна была справиться со своим настроением, и мне казалось, что ей это легче именно теперь, когда я рядом. Слова были бесполезны. В лучшем случае она бы успокоилась ненадолго, но потом все эти мысли прорвались бы снова и, быть может, гораздо мучительнее.

Она постояла около стола, опираясь на него и опустив голову. Потом посмотрела на меня. Я молчал. Она медленно обошла вокруг стола и положила мне руки па плечи.

– Дружище мой, – сказал я.

Она прислонилась ко мне. Я обнял ее;

– А теперь возьмемся за дело.

Она кивнула и откинула волосы назад:

– Просто что-то нашло на меня… на минутку…

– Конечно.

Постучали в дверь. Горничная вкатила чайный столик.

– Вот это хорошо, – сказала Пат.

– Хочешь чаю? – спросил я.

– Нет, кофе, хорошего, крепкого кофе. Я побыл с ней еще полчаса. Потом ее охватила усталость. Ото было видно по глазам.

– Тебе надо немного поспать, – предложил я. – А ты?

– Я пойду домой и тоже вздремну. Через два часа зайду за тобой, пойдем ужинать.

– Ты устал? – спросила она с сомнением. – Немного. В поезде было жарко. Мне еще надо будет заглянуть в мастерскую.

Больше она ни о чем не спрашивала. Она изнемогала от усталости. Я уложил ее в постель и укрыл. Она мгновенно уснула. Я поставил около нее розы и визитную карточку Кестера, чтобы ей было о чем думать, когда проснется. Потом я ушел.

* * *

По пути я остановился у телефона-автомата. Я решил сразу же переговорить с Жаффе. Звонить из дому было трудно: в пансионе любили подслушивать.

Я снял трубку и назвал номер клиники. К аппарату подошел Жаффе.

– Говорит Локамп, – сказал я, откашливаясь. – Мы сегодня вернулись. Вот уже час, как мы в городе.

– Вы приехали на машине? – спросил Жаффе.

– Нет, поездом.

– Так… Ну, как дела?

– Хороши, – сказал я.

Он помолчал немного.

– Завтра я зайду к фройляйн Хольман. В одиннадцать часов утра. Вы сможете ей передать?

– Нет, – сказал я. – Я не хотел бы, чтобы она знала о моем разговоре с вами. Она, вероятно, сама позвонит завтра. Может быть, вы ей тогда и скажете.

– Хорошо. Сделаем так. Я скажу ей.

Я механически отодвинул в сторону толстую захватанную телефонную книгу. Она лежала на небольшой деревянной полочке. Стенка над ней была испещрена телефонными номерами, записанными карандашом.

– Можно мне зайти к вам завтра днем? – спросил я. Жаффе не ответил.

– Я хотел бы узнать, как она.

— Завтра я вам еще ничего не смогу ответить, — сказал Жаффе. — Надо понаблюдать за ней по крайней мере в течение недели. Я сам извещу вас.

— Спасибо. — Я никак не мог оторвать глаз от полочки. Кто-то нарисовал на ней толстую девочку в большой соломенной шляпе. Тут же было написано: "Элла дура!»

— Нужны ли ей теперь какие-нибудь специальные процедуры? — спросил я.

— Это я увижу завтра. Но мне кажется, что дома ей обеспечен неплохой уход.

— Не знаю. Я слышал, что ее соседи собираются на той неделе уехать. Тогда она останется вдвоем с горничной.

— Вот как? Ладно, завтра поговорю с ней и об этом. Я снова закрыл рисунок на полочке телефонной книгой:

— Вы думаете, что она… что может повториться такой припадок?

Жаффе чуть помедлил с ответом.

— Конечно, это возможно, — сказал он, — но маловероятно. Скажу вам точнее, когда подробно осмотрю ее. Я вам позвоню.

— Да, спасибо.

Я повесил трубку. Выйдя из будки, я постоял еще немного на улице. Было пыльно и душно. Потом я пошел домой.

* * *

В дверях я столкнулся с фрау Залевски. Она вылетела из комнаты фрау Бендер, как пушечное ядро. Увидев меня, она остановилась:

— Что, уже приехали?

— Как видите. Ничего нового?

— Ничего. Почты никакой… А фрау Бендер выехала.

— Бог как? Почему же?

Фрау Залевски уперлась руками в бёдра:

— Потому что везде есть негодяи. Она отправилась в христианский дом презрения, прихватив с собой кошку и капитал в целых двадцать шесть марок.

Она рассказала, что приют, в котором фрау Бендер ухаживала за младенцами, обанкротился. Священник, возглавлявший его, занялся биржевыми спекуляциями и прогорел на них. Фрау Бендер уволили, не выплатив ей жалованья за два месяца.

— Она нашла себе другую работу? — спросил я, не подумав.

Фрау Залевски только посмотрела на меня.

— Ну да, конечно не нашла, — сказал я.

– Я ей говорю: оставайтесь здесь, с платой за квартиру успеется. Но она не захотела.

– Бедные люди в большинстве случаев честны, – сказал я. – Кто поселится в ее комнате?

– Хассе. Она им обойдется дешевле. – А с их прежней комнатой что будет?

Она пожала плечами:

– Посмотрим. Больших надежд на новых квартирантов у меня нет.

– Когда она освободится?

– Завтра. Хассе уже переезжают.

Мне вдруг пришла в голову мысль.

– А сколько стоит эта комната? – спросил я.

– Семьдесят марок.

– Слишком дорого.

– По утрам кофе, две булочки и большая порция масла.

– Тогда это тем более дорого. От кофе, который готовит Фрида, я отказываюсь. Вычтите стоимость завтраков. Пятьдесят марок, и ни пфеннига больше.

– А вы разве хотите ее снять? – спросила фрау Залевски.

– Может быть.

Я пошел в свою комнату и внимательно осмотрел дверь, соединявшую ее с комнатой Хассе. Пат в пансионе фрау Залевски! Нет, это плохо придумано. И всё же я постучался к Хассе.

В полупустой комнате перед зеркалом сидела фрау Хассе и пудрилась. На ней была шляпа.

Я поздоровался с ней, разглядывая комнату. Оказалось, что она больше, чем я думал. Теперь, когда часть мебели вынесли, это было особенно заметно. Одноцветные светлые обои почти новые, двери и окна свежевыкрашены; к тому же, очень большой и приятный балкон.

– Вероятно, вы уже знаете о его новой выдумке, – сказала фрау Хассе. – Я должна переселиться в комнату напротив, где жила эта знаменитая особа! Какой позор.

– Позор? – спросил я.

– Да, позор, – продолжала она взволнованно. – Вы ведь знаете, что мы не переваривали друг друга, а теперь Хассе заставляет меня жить в ее комнате без балкона и с одним окном. И всё только потому, что это дешевле! Представляете себе, как она торжествует в своем доме презрения!

– Не думаю, чтобы она торжествовала!

– Нет, торжествует, эта так называемая нянечка, ухаживающая за младенцами, смиренная голубица, прошедшая сквозь все огни и воды! А тут еще рядом эта кокотка, эта Эрна Бениг! И кошачий запах!

Я изумленно взглянул на нее. Голубица,

прошедшая сквозь огни и воды! Как это странно: люди находят подлинно свежие и образные выражения только когда ругаются. Вечными и неизменными остаются слова любви, но как пестра и разнообразна шкала ругательств!

— А ведь кошки очень чистоплотные и красивые животные, — сказал я. — Кстати, я только что заходил в эту комнату. Там не пахнет кошками.

— Да? — враждебно воскликнула фрау Хассе и поправила шляпку. — Это, вероятно, зависит от обоняния. Но я и но подумаю заниматься этим переездом, пальцем не шевельну! Пускай себе сам перетаскивает мебель! Пойду погуляю! Хоть это хочу себе позволить при такой собачьей жизни!

Она встала. Ее расплывшееся лицо дрожало от бешенства, и с него осыпалась пудра. Я заметил, что она очень ярко накрасила губы и вообще расфуфырилась вовсю. Когда она прошла мимо меня, шурша платьем, от нее пахло, как от целого парфюмерного магазина.

Я озадаченно поглядел ей вслед. Потом опять подробно осмотрел комнату, прикидывая, как бы получше расставить мебель Пат. Но сразу же отбросил эти мысли. Пат здесь, всегда здесь, всегда со мной, — этого я не мог себе представить! Будь она здорова, мне такая мысль вообще бы в голову не пришла. Ну, а если всё-таки… Я отворил дверь на балкон и измерил его, но одумался, покачал головой и вернулся к себе.

* * *

Когда я вошел к Пат, она еще спала. Я тихонько опустился в кресло у кровати, но она тут же проснулась.

— Жаль, я тебя разбудил, — сказал я.

— Ты всё время был здесь? — спросила она.

— Нет. Только сейчас вернулся.

Она потянулась и прижалась лицом к моей руке:

— Это хорошо. Не люблю, чтобы на меня смотрели, когда я сплю!

— Это я понимаю. И я не люблю. Я и не собирался подглядывать за тобой. Просто не хотел будить. Не поспать ли тебе еще немного? — Нет, я хорошо выспалась. Сейчас встану. Пока она одевалась, я вышел в соседнюю комнату. На улице становилось темно. Из полуоткрытого окна напротив доносились квакающие звуки военного марша. У патефона хлопотал лысый мужчина в подтяжках. Окончив крутить ручку, он принялся ходить взад и вперед по комнате, выполняя в такт музыке вольные движения. Его лысина сияла в полумраке, как взволнованная луна. Я равнодушно наблюдал за ним. Меня охватило чувство пустоты и печали.

Вошла Пат. Она была прекрасна и свежа. От утомления и следа не осталось.

– Ты блестяще выглядишь, – удивленно сказал я.

– Я и чувствую себя хорошо, Робби. Как будто проспала целую ночь. У меня всё быстро меняется.

– Да, видит бог. Иногда так быстро, что и не уследить.

Она прислонилась к моему плечу и посмотрела на меня:

– Слишком быстро, Робби?

– Нет. Просто я очень медлительный человек. Правда, я часто бываю не в меру медлительным, Пат?

Она улыбнулась:

– Что медленно – то прочно. А что прочно – хорошо.

– Я прочен, как пробка на воде.

Она покачала головой:

– Ты гораздо прочнее, чем тебе кажется. Ты вообще не знаешь, какой ты. Я редко встречала людей, которые бы так сильно заблуждались относительно себя, как ты.

Я отпустил ее.

– Да, любимый, – сказала она и кивнула головой, – это действительно так. А теперь пойдем ужинать.

– Куда же мы пойдем? – спросил я.

– К Альфонсу. Я должна увидеть всё это опять. Мне кажется, будто я уезжала на целую вечность.

– Хорошо! – сказал я. – А аппетит у тебя соответствующий! К Альфонсу надо приходить очень голодными.

Она рассмеялась:

– У меня зверский аппетит.

– Тогда пошли!

Я вдруг очень обрадовался.

* * *

Наше появление у Альфонса оказалось сплошным триумфом. Он поздоровался с нами, тут же исчез и вскоре вернулся в белом воротничке и зеленом в крапинку галстуке. Даже ради германского кайзера он бы так не вырядился. Он и сам немного растерялся от этих неслыханных признаков декаданса.

– Итак, Альфонс, что у вас сегодня хорошего? – спросила Пат и положила руки на стол.

Альфонс осклабился, чуть открыл рот и прищурил глаза:

– Вам повезло! Сегодня есть раки!

Он отступил на шаг, чтобы посмотреть, какую это

вызвало реакцию. Мы, разумеется, были потрясены.

— И, вдобавок, найдется молодое мозельское вино, — восхищенно прошептал он и отошел еще на шаг. В ответ раздались бурные аплодисменты, они послышались и в дверях. Там стоял последний романтик с всклокоченной желтой копной волос, с опаленным носом и, широко улыбаясь, тоже хлопал в ладоши.

— Готтфрид! — вскричал Альфонс. — Ты? Лично? Какой день! Дай прижать тебя к груди!

— Сейчас ты получишь удовольствие, — сказал я Пат. Они бросились друг другу в объятия. Альфонс хлопал Ленца по спине так, что звенело, как в кузне.

— Ганс, — крикнул он затем кельнеру, — принеси нам "Наполеон"!

Он потащил Готтфрида к стойке. Кельнер принес большую запыленную бутылку. Альфонс налил две рюмки:

— Будь здоров, Готтфрид, свинья ты жареная, черт бы тебя побрал!

— Будь здоров, Альфонс, старый каторжник!

Оба выпили залпом свои рюмки.

— Первоклассно! — сказал Готтфрид. — Коньяк для мадонн!

— Просто стыдно пить его так! — подтвердил Альфонс.

— А как же пить его медленно, когда так радуешься! Давай выпьем еще по одной! — Ленц налил снова и поднял рюмку. — Ну ты, проклятая, неверная тыква! — захохотал он. — Мой любимый старый Альфонс!

У Альфонса навернулись слёзы на глаза. — Еще по одной, Готтфрид! — сказал он, сильно волнуясь.

— Всегда готов! — Ленц подал ему рюмку. — От такого коньяка я откажусь не раньше, чем буду валяться на полу и не смогу поднять головы!

— Хорошо сказано! — Альфонс налил по третьей. Чуть задыхаясь, Ленц вернулся к столику. Он вынул часы:

— Без десяти восемь ситроэн подкатил к мастерской. Что вы на это скажете?

— Рекорд, — ответила Пат. — Да здравствует Юпп! Я ему тоже подарю коробку сигарет.

— А ты за это получишь лишнюю порцию раков! — заявил Альфонс, не отступавший ни на шаг от Готтфрида. Потом он раздал нам какие-то скатёрки. — Снижайте пиджаки и повяжите эти штуки вокруг шеи. Дама не будет возражать, не так ли?

— Считаю это даже необходимым, — сказала Пат. Альфонс обрадованно кивнул головой:

— Вы разумная женщина, я знаю. Раки нужно есть

с вдохновением, не боясь испачкаться. – Он широко улыбнулся. – Вам я, конечно, дам нечто поэлегантнее.

Кельнер Ганс принес белоснежный кухонный халат. Альфонс развернул его и помог Пат облачиться.

– Очень вам идет, – сказал он одобрительно.

– Крепко, крепко! – ответила она смеясь.

– Мне приятно, что вы это запомнили, – сказал Альфонс, тая от удовольствия.

– Душу мне согреваете.

– Альфонс! – Готтфрид завязал скатёрку на затылке так, что кончики торчали далеко в стороны. – Пока что всё здесь напоминает салон для бритья.

– Сейчас всё изменится. Но сперва немного искусства.

Альфонс подошел к патефону. Вскоре загремел хор пилигримов из «Тангейзера». Мы слушали и молчали.

Едва умолк последний звук, как отворилась дверь из кухни и вошел кельнер Ганс, неся миску величиной с детскую ванну. Она была полна дымящихся раков. Кряхтя от натуги, он поставил ее на стол.

– Принеси салфетку и для меня, – сказал Альфонс.

– Ты будешь есть с нами? Золотко ты мое! – воскликнул Ленц. – Какая честь!

– Если дама не возражает. – Напротив, Альфонс!

Пат подвинулась, и он сел возле нее.

– Хорошо, что я сижу рядом с вами, – сказал он чуть растерянно. – Дело в том, что я расправляюсь с ними довольно быстро, а для дамы это весьма скучное занятие.

Он выхватил из миски рака и с чудовищной быстротой стал разделывать его для Пат. Он действовал своими огромными ручищами так ловко и изящно, что Паг оставалось только брать аппетитные куски, протягиваемые ей на вилке, и съедать их.

– Вкусно? – спросил он.

– Роскошно! – Она подняла бокал. – За вас, Альфонс.

Альфонс торжественно чокнулся с ней и медленно выпил свой бокал. Я посмотрел на нее. Мне не хотелось, чтобы она пила спиртное. Она почувствовала мой взгляд.

– За тебя, Робби, – сказала она.

Она сияла очарованием и радостью.

– За тебя, Пат, – сказал я и выпил.

– Ну, не чудесно ли здесь? – спросила она, всё еще глядя на меня.

– Изумительно! – Я снова налил себе. – Салют, Пат! Ее лицо просветлело:

– Салют, Робби! Салют, Готтфрид!

Мы выпили.

– Доброе вино! – сказал Ленц.

– Прошлогодний "Граахский Абтсберг", – объяснил Альфонс. – Рад; что ты оценил его!

Он взял другого рака и протянул Пат раскрытую клешню.

Она отказалась:

– Съешьте его сами, Альфонс, а то вам ничего не достанется.

– Потом. Я ем быстрее всех вас. Наверстаю.

– Ну, хорошо. – Она взяла клешню. Альфонс таял от удовольствия и продолжал угощать ее. Казалось, что старая огромная сова кормит птенчика в гнезде.

* * *

Перед уходом мы выпили еще по рюмке «Наполеона». Потом стали прощаться с Альфонсом. Пат была счастлива. – Было чудесно! – сказала она, протягивая Альфонсу руку. – Я вам очень благодарна, Альфонс. Правда, всё было чудесно!

Альфонс что-то пробормотал и поцеловал ей руку. Ленц так удивился, что глаза у него полезли на лоб.

– Приходите поскорее опять, – сказал Альфонс. – И ты тоже, Готтфрид.

На улице под фонарем стоял наш маленький, всеми покинутый ситроэн.

– О! – воскликнула Пат. – Ее лицо исказила судорога.

– После сегодняшнего пробега я окрестил его Геркулесом! – Готтфрид распахнул дверцу. – Отвезти вас домой?

– Нет, – сказала Пат.

– Я так и думал. Куда же нам поехать?

– В бар. Или не стоит, Робби? – Она повернулась ко мне.

– Конечно, – сказал я. – Конечно, мы еще поедем в бар.

Мы не спеша поехали по улицам. Был теплый и ясный вечер. На тротуарах перед кафе сидели люди. Доносилась музыка. Пат сидела возле меня. Вдруг я подумал – не может она быть больна. От этой мысли меня обдало жаром. Какую-то минуту я считал ее совсем здоровой.

В баре мы застали Фердинанда и Валентина. Фердинанд был в отличном настроении. Он встал и пошел навстречу Пат:

– Диана, вернувшаяся из лесов под родную сень…

Она улыбнулась. Он обнял ее за плечи:

– Смуглая отважная охотница с серебряным луком! Что будем пить?

Готтфрид отстранил руку Фердинанда.

– Патетические люди всегда бестактны, – сказал он. – Даму сопровождают двое мужчин. Ты, кажется, не заметил этого, старый зубр!

– Романтики – всего лишь свита. Они могут следовать, но не сопровождать, – невозмутимо возразил Грау.

Ленц усмехнулся и обратился к Пат:

– Сейчас я вам приготовлю особую смесь. Коктейль «колибри», бразильский рецепт.

Он подошел к стойке, долго смешивал разные напитки и наконец принес коктейль. – Правится? – спросил он Пат.

– Для Бразилии слабовато, – ответила Пат.

Готтфрид рассмеялся:

– Между тем очень крепкая штука. Замешано на роме и водке.

Я сразу увидел, что там нет ни рома, ни водки.

Готтфрид смешал фруктовый, лимонный и томатный соки и, может быть, добавил каплю «Ангостура». Безалкогольный коктейль. Но Пат, к счастью, ничего не поняла.

Ей подали три больших коктейля «колибри», и она радовалась, что с ней не обращаются, как с больной. Через час мы вышли. В баре остался только Валентин. Об этом позаботился Ленц. Он посадил Фердинанда в ситроэн и уехал. Таким образом, Пат не могла подумать, что мы уходим раньше других. Всё это было очень трогательно, во мне стало на минуту страшно тяжело.

Пат взяла меня под руку. Она шла рядом своей грациозной, гибкой походкой, я ощущал тепло ее руки, видел, как по ее оживленному лицу скользили отсветы фонарей, – нет, я не мог понять, что она больна, я понимал это только днем, но не вечером, когда жизнь становилась нежнее и теплее и так много обещала…

– Зайдем еще ненадолго ко мне? – спросил я.

Она кивнула.

* * *

В коридоре нашего пансиона горел яркий свет.

– Проклятье! – сказал я. – Что там случилось? Подожди минутку.

Я открыл дверь и посмотрел. Пустынный голый коридор напоминал маленький переулок в предместье. Дверь комнаты фрау Бендер была широко распахнута. По коридору протопал Хассе, согнувшись под тяжестью большого торшера с абажуром из розового шелка. Маленький черный муравей. Он переезжал.

– Добрый вечер, – сказал я. – Так поздно, а вы всё переезжаете?

Он поднял бледное лицо с шелковистыми темными усиками.

– Я только час назад вернулся из конторы. Для переселения у меня остается только вечернее время.

– А вашей жены разве нет? Он покачал головой

– Она у подруги. Слава богу, у нее теперь есть подруга, с которой она проводит много времени.

Он улыбнулся, беззлобно и удовлетворенно, и снова затопал. Я быстро провел Пат через коридор.

– Я думаю, нам лучше не зажигать свет, правда? – спросил я.

– Нет, зажги, дорогой. Совсем ненадолго, а потом можешь его спять выключить.

– Ты ненасытный человек, – сказал я, озаряя на мгновение ярким светом красное плюшевое великолепие моей комнаты, и тут же повернул выключатель.

От деревьев, как из леса, в открытые окна лился свежий ночной аромат.

– Как хорошо! – сказала Пат, забираясь на подоконник.

– Тебе здесь в самом деле нравится?

– Да, Робби. Здесь как в большом парке летом. Чудесно.

– Когда мы шли по коридору, ты не заглянула в соседнюю комнату слева? – спросил я.

– Нет. А зачем?

– Из нее можно выйти на этот роскошный большой балкон. Он полностью перекрыт, и напротив нет дома. Если бы ты сейчас жила здесь, ты могла бы принимать солнечные ванны даже без купального костюма.

– Да, если бы я жила здесь…

– А это можно устроить, – сказал я небрежно. – Ты ведь заметила, что оттуда выезжают. Комната освободится через день-другой.

Она посмотрела на меня и улыбнулась:

– А ты считаешь, что это будет правильно для нас? Быть всё время вместе?

– И вовсе мы не будем всё время вместе, – возразил я. – Днем меня здесь вообще нет. Вечерами тоже часто отсутствую. Но уж если мы вместе, то нам незачем будет ходить по ресторанам и вечно спешить расставаться, словно мы в гостях друг у друга.

Пат уселась поудобнее:

– Мой дорогой, ты говоришь так, словно уже обдумал все подробности.

– И обдумал, – сказал я. – Целый вечер об этой думаю. Она выпрямилась:

– Ты действительно говоришь об этом серьезно, Робби?

– Да, черт возьми, – сказал я. – А ты разве до сих пор не заметила этого?

Она немного помолчала.

– Робби, – сказала она затем чуть более низким голосом. – Почему ты именно сейчас заговорил об этом?

– А вот заговорил, – сказал я резче, чем хотел. Внезапно я почувствовал, что теперь должно решиться многое более важное, чем комната. – Заговорил потому, что в последние недели понял, как чудесно быть всё время неразлучными. Я больше не могу выносить эти встречи на час! Я хочу от тебя большего! Я хочу, чтобы ты всегда была со мной, не желаю продолжать умную любовную игру в прятки, она мне противна и не нужна, я просто хочу тебя и только тебя, и никогда мне этого не будет достаточно, и ни одной минуты я потерять не хочу.

Я слышал ее дыхание. Она сидела на подоконнике, обняв колени руками, и молчала. Красные огни рекламы напротив, за деревьями, медленно поднимались вверх и бросали матовый отблеск на ее светлые туфли, освещали юбку и руки.

– Пожалуйста, можешь смеяться надо мной, – сказал я.

– Смеяться? – удивилась она.

– Ну да, потому что я всё время говорю: я хочу. Ведь в конце концов и ты должна хотеть.

Она подняла глаза:

– Тебе известно, что ты изменился, Робби?

– Нет.

– Правда, изменился. Это видно из твоих же слов. Ты хочешь. Ты уже не спрашиваешь. Ты просто хочешь.

– Ну, это еще не такая большая перемена. Как бы сильно я ни желал чего-то, ты всегда можешь сказать "нет".

Она вдруг наклонилась ко мне.

– Почему же я должна сказать «нет», Робби? – приговорила она очень теплым и нежным голосом. – Ведь и я хочу того же…

Растерявшись, я обнял ее за плечи. Ее волосы коснулись моего лица.

– Это правда, Пат? – Ну конечно, дорогой.

– Проклятие, – сказал я, – а я представлял себе всё это гораздо сложнее.

Она покачала головой.

– Ведь всё зависит только от тебя, Робби…

– Я и сам почти так думаю, – удивленно сказал я.

Она обняла мою голову:

– Иногда бывает очень приятно, когда можно ни о чем не думать. Не делать всё самой. Когда можно опереться. Ах, дорогой мой, всё, собственно, довольно легко, – не надо только самим усложнять себе жизнь!

На мгновение я стиснул зубы. Услышать от нее такое! Потом я сказал:

– Правильно, Пат. Правильно!

И совсем это не было правильно.

Мы постояли еще немного у окна.

– Все твои вещи перевезем сюда, – сказал я. – Чтобы у тебя здесь было всё. Даже заведем чайный столик на колесах. Фрида научится обращаться с ним.

– Есть у нас такой столик, милый. Он мой.

– Тем лучше. Тогда я завтра начну тренировать Фриду.

Она прислонила голову к моему плечу. Я почувствовал, что она устала.

– Проводить тебя домой? – спросил я.

– Погоди. Полежу еще минутку.

Она лежала спокойно на кровати, не разговаривая, будто спала. Но ее глаза были открыты, и иногда я улавливал в них отблеск огней рекламы, бесшумно скользивших по стенам и потолку, как северное сияние. На улице всё замерло. За стеной время от времени слышался шорох, – Хассе бродил по комнате среди остатков своих надежд, своего брака и, вероятно, всей своей жизни.

– Ты бы осталась здесь, – сказал я. Она привстала:

– Сегодня нет, милый…

– Мне бы очень хотелось, чтобы ты осталась…

– Завтра…

Она встала и тихо прошлась по темной комнате. Я вспомнил день, когда она впервые осталась у меня, когда в сером свете занимающегося дня она точно так же прошлась по комнате, чтобы одеться. Не знаю почему, но в этом было что-то поразительно естественное и трогательное, – какой-то отзвук далекого прошлого, погребенного под обломками времени, молчаливое подчинение закону, которого уже никто не помнит. Она вернулась из темноты и прикоснулась ладонями к моему лицу:

– Хорошо мне было у тебя, милый. Очень хорошо. Я так рада, что ты есть.

Я ничего не ответил. Я не мог ничего ответить.

* * *

Я проводил ее домой и снова пошел в бар. Там я застал Кестера.

– Садись, – сказал он. – Как поживаешь?

– Не особенно, Отто.

– Выпьешь чего-нибудь?

– Если мне начать пить, придется выпить много.

Этого я не хочу. Обойдется. Но я мог бы заняться чем нибудь другим. Готтфрид сейчас работает на такси?

– Нет.

– Ладно. Тогда я поезжу несколько часов.

– Я пойду с тобой в гараж, – сказал Кестер.

Простившись с Отто, я сел в машину и направился к стоянке. Впереди меня уже были две машины. Потом подъехали Густав и актер Томми. Оба передних такси ушли, вскоре нашелся пассажир и для меня. Молодая девушка просила отвезти ее в «Винету», модную танцульку с телефонами на столиках, с пневматической почтой и тому подобными атрибутами, рассчитанными на провинциалов. «Винета» находилась в стороне от других ночных кафе, в темном переулке.

Мы остановились. Девушка порылась в сумочке и протянула мне бумажку в пятьдесят марок. Я пожал плечами:

– К сожалению, не могу разменять.

Подошел швейцар.

– Сколько я вам должна? – спросила девушка.

– Одну марку семьдесят пфеннигов.

Она обратилась к швейцару:

– Вы не можете заплатить за меня? Я рассчитаюсь с вами у кассы.

Швейцар распахнул дверцу машины и проводил девушку к кассе. Потом он вернулся:

– Вот… Я пересчитал деньги:

– Здесь марка пятьдесят…

– Не болтай попусту… зелен еще… Двадцать пфеннигов полагается швейцару за то, что вернулся. Такая такса! Сматывайся!

Были рестораны, где швейцару давали чаевые, но только если он приводил пассажира, а не когда ты сам привозил ему гостя.

– Я еще недостаточно зелен для этого, – сказал я, – мне причитается марка семьдесят.

– А в морду не хочешь?.. Ну-ка, парень, сматывайся отсюда. Здешние порядки я знаю лучше тебя.

Мне было наплевать на двадцать пфеннигов. Но я не хотел, чтобы он обдурил меня.

– Брось трепаться и отдавай остаток, – сказал я. Швейцар нанес удар мгновенно, – уклониться, сидя за рулем, было невозможно, я даже не успел прикрыться рукой и стукнулся головой о рулевое колесо. Потом в оцепенении выпрямился. Голова гудела, как барабан, из носа текла кровь. Швейцар стоял передо мной:

– Хочешь еще раз, жалкий труп утопленника? Я сразу оценил свои шансы. Ничего нельзя было сделать. Этот тип был сильнее меня. Чтобы ответить ему, я должен был действовать неожиданно. Бить из машины я не мог – удар не имел бы силы. А пока я выбрался бы на тротуар, он трижды успел бы повалить меня. Я посмотрел на него. Он дышал мне в лицо пивным перегаром:

– Еще удар, и твоя жена – вдова.

Я смотрел на него, не шевелясь, уставившись в это широкое, здоровое лицо. Я пожирал его глазами, видел, куда надо бить, бешенство сковало меня, словно лед. Я сидел неподвижно, видел его лицо слишком близко, слишком отчетливо, как сквозь увеличительное стекло, каждый волосок щетины, красную, обветренную, пористую кожу...

Сверкнула каска полицейского.

– Что здесь случилось?

Швейцар услужливо вытянулся:

– Ничего, господин полицейский.

Он посмотрел на меня.

– Ничего, – сказал я.

Он переводил взгляд с швейцара на меня:

– Но ведь вы в крови.

– Ударился. Швейцар отступил на шаг назад. В его глазах была подленькая усмешка. Он думал, что я боюсь донести на него.

– Проезжайте. – сказал полицейский.

Я дал газ и поехал обратно на стоянку.

* * *

– Ну и вид у тебя, – сказал Густав.

– Только нос, – ответил я и рассказал о случившемся.

– Ну-ка, пойдем со мной в трактир, – сказал Густав. – Недаром я когда-то был санитарным ефрейтором. Какое свинство бить сидячего! – Он повел меня на кухню, попросил лед и обрабатывал меня с полчаса. – И следа не останется, – заявил он.

Наконец он кончил.

– Ну, а с черепком как дело? Всё в порядке? Тогда не будем терять времени.

Вошел Томми.

– Большой швейцар из дансинга «Винета»? Вечно дерется, тем и известен. К сожалению, ему еще никто не надавал.

– Сейчас получит, – сказал Густав.

– Да, но от меня, – добавил я.

Густав недовольно посмотрел на меня:

– Пока ты вылезешь из машины...

– Я уже придумал прием. Если у меня не выйдет, так ты ведь не опоздаешь.

– Ладно.

Я надел фуражку Густава, и мы сели в его

машину, чтобы швейцар не понял сразу, в чем дело. Так или иначе, много он бы не увидел – в переулке было довольно темно.

Мы подъехали. Около «Винеты» не было ни души. Густав выскочил, держа в руке бумажку в двадцать марок:

– Черт возьми, нет мелочи! Швейцар, вы не можете разменять? Марка семьдесят по счетчику? Уплатите, пожалуйста.

Он притворился, что направляется в кассу. Швейцар подошел ко мне, кашляя, и сунул мне марку пятьдесят. Я продолжал держать вытянутую руку,

– Отчаливай! – буркнул он. – Отдай остаток, грязная собака! – рявкнул я.

На секунду он окаменел.

– Послушай, – тихо сказал он, облизывая губы, – ты еще много месяцев будешь жалеть об этом! – Он размахнулся. Этот удар мог бы лишить меня сознания. Но я был начеку. Повернувшись, я пригнулся, и кулак налетел со всего маху на острую стальную цапфу пусковой ручки, которую я незаметно держал в левой руке. Вскрикнув, швейцар отскочил назад и затряс рукой. Он шипел от боли, как паровая машина, и стоял во весь рост, без всякого прикрытия.

Я вылетел из машины.

– Узнаёшь? – глухо прорычал я и ударил его в живот.

Он свалился. Густав стоял у входа. Подражая судье на ринге, он начал считать:

– Раз, два... три...

При счете «пять» швейцар поднялся, точно стеклянный. Как и раньше, я видел перед собой его лицо, опять это здоровое, широкое, глупое, подлое лицо; я видел его всего, здорового, сильного парня, свинью, у которой никогда не будут больные легкие; и вдруг я почувствовал, как красноватый дым застилает мне мозг и глаза, я кинулся на него и принялся его избивать. Всё, что накопилось во мне за эти дни и недели, я вбивал в это здоровое, широкое, мычащее лицо, пока меня не оттащили...

– С ума сошел, забьешь насмерть!.. – крикнул Густав.

Я оглянулся. Швейцар прислонился к стене. Он истекал кровью. Потом он согнулся, упал и, точно огромное блестящее насекомое, пополз в своей роскошной ливрее на четвереньках к входу.

– Теперь он не скоро будет драться, – сказал Густав. – А сейчас давай ходу отсюда, пока никого нет! Это уже называется тяжелым телесным повреждением.

Мы бросили деньги на мостовую, сели в машину и поехали.

– У меня тоже идет кровь? – спросил я. – Или это я об него замарался?

– Из носу опять капает, – сказал Густав. – Он красиво навесил тебе слева.

– А я и не заметил.

Густав рассмеялся.

– Знаешь, – сказал я, – мне сейчас гораздо лучше.

XVIII

Наше такси стояло перед баром. Я вошел туда, чтобы сменить Ленца, взять у него документы и ключи. Готтфрид вышел со мной.

– Какие сегодня доходы? – спросил я.

– Посредственные, – ответил он. – То ли слишком много развелось такси, то ли слишком мало пассажиров… А у тебя как?

– Плохо. Всю ночь за рулем, и даже двадцати марок не набрал.

– Мрачные времена! – Готтфрид поднял брови. – Сегодня ты, наверно, не очень торопишься?

– Нет; а почему ты спрашиваешь?

– Не подвезешь ли?.. Мне недалеко.

– Ладно.

Мы сели.

– А куда тебе? – спросил я.

– К собору.

– Что? – переспросил я. – Не ослышался ли я? Мне показалось, ты сказал, к собору.

– Нет, сын мой, ты не ослышался. Именно к собору!

Я удивленно посмотрел на него.

– Не удивляйся, а поезжай! – сказал Готтфрид.

– Что ж, давай.

Мы поехали.

Собор находился в старой части города, на открытой площади, вокруг которой стояли дома священнослужителей. Я остановился у главного портала.

– Дальше, – сказал Готтфрид. – Объезжай кругом. Он попросил меня остановиться у входа с обратной стороны и вышел.

– Ну, дай тебе бог! – сказал я. – Ты, кажется, хочешь исповедоваться.

– Пойдем-ка со мной, – ответил он.

Я рассмеялся:

– Только не сегодня. Утром я уже помолился. Мне этого хватит на весь день.

– Не болтай чушь, детка! Пойдем! Я буду великодушен и покажу тебе кое-что.

С любопытством я последовал за ним. Мы вошли

через маленькую дверь и очутились в крытой монастырской галерее. Длинные ряды арок, покоившихся на серых гранитных колоннах, окаймляли садик, образуя большой прямоугольник. В середине возвышался выветрившийся крест с распятым Христом. По сторонам были каменные барельефы, изображавшие муки крестного пути. Перед каждым барельефом стояла старая скамья для молящихся. Запущенный сад разросся буйным цветением.

Готтфрид показал мне несколько огромных кустов белых и красных роз:

– Вот, смотри! Узнаёшь?

Я остановился в изумлении.

– Конечно, узнаю, – сказал я. – Значит, здесь ты снимал свой урожай, старый церковный ворюга!

За неделю до того Пат переехала к фрау Залевски, и однажды вечером Ленц прислал ей с Юппом огромный букет роз. Цветов было так много, что Юппу пришлось внести их в два приема. Я ломал себе голову, гадая, где Готтфрид мог их раздобыть. Я знал его принцип – никогда не покупать цветы. В городском парке я таких роз не видел.

– Это идея! – сказал я одобрительно. – До этою нужно было додуматься!

Готтфрид ухмыльнулся:

– Не сад, а настоящая золотая жила!

Он торжественно положил мне руку на плечо:

– Беру тебя в долю! Думаю, теперь тебе это пригодится!

– Почему именно теперь? – спросил я.

– Потому что городской парк довольно сильно опустел. А ведь он был твоим единственным источником, не так ли?

Я кивнул.

– Кроме того, – продолжал Готтфрид, – ты теперь вступаешь в период, когда проявляется разница между буржуа и кавалером. Чем дольше буржуа живет с женщиной, тем он менее внимателен к ней. Кавалер, напротив, всё более внимателен. – Он сделал широкий жест рукой. – Ас таким садом ты можешь быть совершенно потрясающим кавалером.

Я рассмеялся.

– Всё это хорошо, Готтфрид, – сказал я. – Ну, а если я попадусь? Отсюда очень плохо удирать, а набожные люди скажут, что я оскверняю священное месте.

– Мой дорогой мальчик, – ответил Ленц. – Ты здесь видишь кого-нибудь? После войны люди стали ходить на политические собрания, а не в церковь. Это было верно.

– А как быть с пасторами? – спросил я.

— Им до цветов дела нет, иначе сад был бы возделан лучше. А господь бог будет только рад, что ты доставляешь кому-то удовольствие. Ведь он свой парень.

— Ты прав! — Я смотрел на огромные, старые кусты. — На ближайшие недели я обеспечен!

— Дольше. Тебе повезло. Это очень устойчивый, долгоцветущий сорт роз. Дотянешь минимум до сентября. А тогда пойдут астры и хризантемы. Пойдем, покажу, где.

Мы пошли по саду. Розы пахли одуряюще. Как гудящее облако, с цветка на цветок перелетали рои пчел.

— Посмотри на пчел, — сказал я и остановился. — Откуда они взялись в центре города? Ведь поблизости нет ульев. Может быть, пасторы разводят их на крышах своих домов?

— Нет, братец мой, — ответил Ленц. — Голову даю наотрез, что они прилетают с какого-нибудь крестьянского двора. Просто они хорошо знают свой путь... — он прищурил глаза, — а мы вот не знаем...

Я повел плечами:

— А может быть, знаем? Хоть маленький отрезок пути, но знаем. Насколько возможно. А ты разве нет?

— Нет. Да и знать не хочу. Когда есть цель, жизнь становится мещанской, ограниченной.

Я посмотрел на башню собора. Шелковисто-зеленым силуэтом высилась она на фоне голубого неба, бесконечно старая и спокойная. Вокруг нее вились ласточки.

— Как здесь тихо, — сказал я.

Ленц кивнул:

— Да, старик, тут, собственно, и начинаешь понимать, что тебе не хватало только одного, чтобы стать хорошим человеком, — времени. Верно я говорю?

— Времени и покоя, — ответил я. — Покоя тоже не хватало.

Он рассмеялся:

— Слишком поздно! Теперь дело дошло уже до того, что покой стал бы невыносим. А поэтому пошли! Опять окунемся в грохот,

* * *

Я отвез Готтфрида и возвращался на стоянку. По пути я проехал мимо кладбища. Я знал, что Пат лежит в своем шезлонге на балконе, и дал несколько гудков. Но она не показалась, и я поехал дальше. Зато вскоре я увидел фрау Хассе. В развевающейся пелерине из шелковой тафты она проплыла вдоль улицы и скрылась за углом. Я поехал за ней, чтобы спросить, не могу ли я подвезти ее куда-нибудь. Но у перекрестка заметил, как она села в стоявший за поворотом лимузин, довольно потрепанный мерседес выпуска двадцать третьего года. Машина тут же тронулась. За рулем сидел мужчина с носом, похожим на утиный клюв. На нем был пестрый клетчатый костюм. Довольно долго я смотрел вслед удаляющемуся лимузину. Так вот что получается, когда женщина непрерывно сидит дома в одиночестве. Размышляя об этом, я приехал на стоянку и пристроился в хвост других такси.

Солнце накалило крышу. Машины очень медленно подвигались вперед. Меня охватила дремота, и я старался уснуть. Но образ фрау Хассе не переставал меня тревожить. Правда, у нас всё было по-другому, но ведь в конце концов Пат тоже сидела весь день дома одна.

Я сошел на тротуар и направился вперед, к машине Густава.

– На, выпей, – предложил он мне, протягивая термос. – Великолепный холодный напиток! Собственное изобретение – кофе со льдом. Держится в таком виде часами, при любой жаре. Знай, что Густав – практичный человек!

Я выпил стаканчик холодного кофе.

– Уж если ты такой практичный, – сказал я, – расскажи мне, чем можно занять женщину, когда она подолгу сидит одна.

– Да ведь это так просто! – Густав посмотрел на меня с видом превосходства.

– Ты, право, чудак, Роберт! Нужен ребенок или собака! Нашел проблему! Задал бы мне вопрос потруднее.

– Собака! – повторил я удивленно. – Конечно же, чёрт возьми, нужна собака! Верно говоришь! С собакой никогда не будешь одинок!

Я предложил ему сигарету.

– Послушай, а ты случайно не знаешь, где бы ее раздобыть? Ведь в ваша дни за пса дорого не возьмут.

Густав с упреком покачал головой: – Эх, Роберт, ты действительно еще не знаешь, какой я клад для тебя! Мой будущий тесть – второй секретарь союза владельцев доберман-пинчеров! Конечно, достанем тебе молодого кобелька, и даже бесплатно. Лучших кровей. Есть у нас шесть щенят. Их бабушка медалистка, Герта фон дер Тоггенбург.

Густав был везучим человеком. Отец его невесты не только разводил доберманов, но был еще и трактирщиком владельцем "Новой кельи"; сама невеста держала плиссировочную мастерскую. Густав жил припеваючи. Он бесплатно ел и пил у тестя, а невеста стирала и гладила его рубашки. Он не торопился с женитьбой, – ведь тогда ему самому пришлось бы заботиться обо всем.

Я объяснил Густаву, что доберман мне не нужен. Он слишком велик, да и характер у него ненадежный. Густав подумал с минутку и сказал:

– Пойдем со мной. Выясним положение. Есть у меня кое-что на примете. Только ты помалкивай и не мешай.

– Хорошо.

Он привел меня к маленькому магазину. В витрине стояли аквариумы, затянутые водорослями. Две понурые морские свинки сидели в ящике. В клетках, висевших но бокам, неутомимо метались во все стороны чижики, снегири и канарейки.

К нам вышел маленький кривоногий человек в коричневом вязаном жилете. Водянистые глаза, выцветшее лицо и какой-то светильник вместо носа. Словом, большой любитель пива и шнапса.

– Скажи-ка, Антон, как поживает Аста? – спросил Густав.

– Второй приз и почетный приз в Кельне, – ответил Антон.

– Какая подлость! – возмутился Густав. – Почему не первый?

– Первый они дали Удо Бланкенфельсу, – пробурчал Антон.

– Вот хамство! Жульё!..

Сзади под стойкой скулили и тявкали щенки. Густав прошел за стойку, взял за шиворот двух маленьких терьеров и принес их. В его левой руке болтался бело-черный щенок, в правой – красновато-коричневый. Незаметно он встряхнул щенка в правой руке. Я посмотрел на него: да, этот подойдет. Щенок был очарователен, настоящая игрушка. Прямые ножки, квадратное тельце, прямоугольная головка, умные наглые глазки. Густав опустил собачонок на пол.

– Смешная помесь, – сказал он, показывая на красновато-коричневого. – Где ты его взял?

Антон якобы получил его от какой-то дамы, уехавшей и Южную Америку. Густав разразился издевательским хохотом. Антон обиделся и достал родословную, восходившую к самому Ноеву ковчегу. Густав недоверчиво махнул рукой и начал разглядывать черно-белого щенка. Антон потребовал сто марок за коричневого. Густав предложил пять. Он заявил, что ему не нравится прадед, и раскритиковал хвост и уши. Другое дело черно-белый, – этот, мол, безупречен.

Я стоял в углу и слушал. Вдруг кто-то дернул мою шляпу. Я удивленно обернулся. Маленькая желтая обезьянка с печальным личиком сидела, сгорбившись, в углу на штанге. У нее были черные круглые глаза и озабоченный старушечий рот. Кожаный ремень, прикрепленный к цепи, опоясывал брюшко. Маленькие черные ручки пугали своим человеческим видом.

Я стоял неподвижно. Обезьянка медленно подвигалась ко мне по штанге. Она неотрывно смотрела на меня, без недоверия, но каким-то странным, сдержанным взглядом. Наконец осторожно протянула вперед ручонку. Я сунул ей палец. Она слегка отпрянула назад, но потом взяла его. Ощущение прохладной детской ручки, стиснувшей мне палец, было странным. Казалось, что в этом скрюченном тельце заключен несчастный, немой человечек, который хочет спастись. Я не мог долго смотреть в эти глаза, полные смертельной тоски.

Отдуваясь, Густав вынырнул из чащи родословных деревьев:

– Значит, договорились, Антон! Ты получишь за него щенка-добермана, потомка Герты. Лучшая сделка в твоей жизни! – Потом он обратился ко мне: – Возьмешь его сразу с собой?

– А сколько он стоит?

– Нисколько. Он обменен на добермана, которого я подарил тебе раньше. Предоставь Густаву обделывать такие дела! Густав – мужчина высшей пробы! Золото!

Мы договорились, что я зайду за собачкой потом, после работы. – Ты в состоянии понять, что именно ты сейчас приобрел? – спросил меня Густав на улице. – Это же редчайший экземпляр! Ирландский терьер! Ни одного изъяна. Да еще родословная в придачу. Ты не смеешь даже смотреть на него, раб божий! Прежде чем заговорить с этой скотинкой, ты должен ей низко поклониться.

– Густав, – сказал я, – ты оказал мне очень большую услугу. Пойдем и выпьем самого старого коньяку, какой только найдется.

– Сегодня не могу! – заявил Густав. – Сегодня у меня должна быть верная рука. Вечером иду в спортивный союз играть в кегли. Обещай, что пойдешь туда со мной как-нибудь. Очень приличные люди, есть даже обер-постсекретарь.

– Я приду, – сказал я. – Даже если там не будет обер-постсекретаря.

* * *

Около шести я вернулся в мастерскую. Кестер ждал меня:

– Жаффе звонил после обеда. Просил, чтобы ты позвонил ему.

У меня на мгновенье остановилось дыхание.

– Он сказал что-нибудь, Отто?

– Нет, ничего особенного. Сказал только, что принимает у себя до пяти, а потом поедет в больницу Святой Доротеи. Значит, именно туда тебе и надо позвонить.

– Хорошо.

Я пошел в контору. Было тепло, даже душно, но меня знобило, и телефонная трубка дрожала в моей руке.

– Глупости всё, – сказал я и покрепче ухватился за край стола.

Прошло немало времени, пока я услышал голос Жаффе.

– Вы свободны? – спросил он.

– Да.

– Тогда приезжайте сразу. Я еще побуду здесь с часок.

Я хотел спросить его, не случилось ли что-нибудь с Пат, по у меня язык не повернулся.

– Хорошо, – сказал я. – Через десять минут буду. Я повесил трубку, снова снял ее и позвонил домой. К телефону подошла горничная. Я попросил позвать Пат. – Не знаю, дома ли она, – угрюмо сказала Фрида. – Сейчас посмотрю.

Я ждал. Моя голова отяжелела, лицо горело. Ожидание казалось бесконечным. Потом в трубке послышался шорох и голос Пат:

– Робби?

На секунду я закрыл глаза.

– Как поживаешь, Пат?

– Хорошо. Я до сих пор сидела на балконе и читала книгу. Очень волнующая.

– Вот как, волнующая книга... – сказал я. – Это хорошо. Я хотел тебе сказать, что сегодня приду домой чуть попозже. Ты уже прочитала свою книгу?

– Нет, я на самой середине. Еще хватит на несколько часов.

– Ну, тогда я вполне успею. А ты читай пока.

Я еще немного посидел в конторе. Потом встал.

– Отто, – сказал я, – можно взять "Карла"?

– Конечно. Если хочешь, я поеду с тобой. Мне здесь нечего делать.

– Не стоит. Ничего не случилось. Я уже звонил домой.

"Какой свет, – подумал я, когда «Карл» вырвался на улицу, – какой чудесный вечерний свет над крышами! Как полна и чудесна жизнь!"

* * *

Мне пришлось подождать Жаффе несколько минут. Сестра провела меня в маленькую комнату, где были разложены старые журналы. На подоконнике стояло несколько цветочных горшков с вьющимися растениями. Вечно повторяющаяся картина: всё те же журналы в коричневых обложках, всё те же печальные вьющиеся растения; их можно увидеть только в приемных врачей и в больницах.

Вошел Жаффе. На нем был свежий белоснежный халат. Но, когда он подсел ко мне, я заметил на внутренней стороне правого рукава маленькое ярко-красное пятнышко. В своей жизни я видел много крови, но это крохотное пятнышко потрясло меня сильнее, чем все виденные прежде, насквозь пропитанные кровью повязки. Мое бодрое настроение исчезло.

— Я обещал вам рассказать о здоровье фройляйн Хольман, — сказал Жаффе. Я кивнул и уставился на пеструю плюшевую скатерть. Я разглядывал переплетение шестиугольников, по-дурацки решив про себя, что всё будет хорошо, если я не оторву глаз от узора и не моргну ни разу, пока Жаффе не заговорит снова.

— Два года тому назад она провела шесть месяцев в санатории. Об этом вы знаете?

— Нет, — сказал я, продолжая смотреть на скатерть.

— Тогда ей стало лучше. Теперь я очень внимательно осмотрел ее. Этой зимой она обязательно должна снова поехать туда. Она не может оставаться здесь, в городе.

Я всё еще смотрел на шестиугольники. Они начали расплываться и заплясали.

— Когда? — спросил я.

— Осенью. Не позднее конца октября.

— Значит, это не было случайным кровотечением?

— Нет.

Я поднял глаза.

— Мне едва ли надо вам говорить, — продолжал Жаффе, — что при этой болезни ничего нельзя предвидеть. Год назад мне казалось, будто процесс остановился, наступила инкапсуляция, и можно было предположить, что очаг закрылся. И так же, как недавно процесс неожиданно возобновился, он может столь же неожиданно приостановиться. Я это говорю неспроста, — болезнь действительно такова. Я сам был свидетелем удивительных исцелений.

— И ухудшений?

Он посмотрел на меня:

— Бывало, конечно, и так.

Он начал объяснять мне подробности. Оба легких были поражены, правое меньше, левое сильнее. Потом он нажал кнопку звонка. Вошла сестра.

— Принесите мой портфель, — сказал он.

Сестра принесла портфель. Жаффе извлек из шуршащих конвертов два больших рентгеновских снимка и поднес на свет к окну:

– Так вам будет лучше видно.

На прозрачной серой пластинке я увидел позвоночник, лопатки, ключицы, плечевые суставы и пологие дуги ребер. Но я видел больше – я видел скелет. Темный и призрачный, он выделялся среди бледных теней, сливавшихся на фотопленке. Я видел скелет Пат. Скелет Пат. Жаффе указал мне пинцетом на отдельные линии и затемнения и объяснил их значение. Он не заметил, что я больше не слушаю его. Теперь это был только ученый, любивший основательность и точность. Наконец он повернулся ко мне:

– Вы меня поняли?

– Да, – сказал я.

– Что с вами? – спросил он.

– Ничего, – ответил я. – Я что-то плохо вижу.

– Ах, вот что. – Он поправил очки. Потом он вложил снимки обратно в конверты и испытующе посмотрел на меня. – Не предавайтесь бесполезным размышлениям.

– Я этого и не делаю. Но что за проклятый ужас! Миллионы людей здоровы! Почему же она больна?

Жаффе помолчал немного.

– На это никто вам не даст ответа, – сказал он затем.

– Да, – воскликнул я, охваченный внезапно горьким, бессильным бешенством, – на это никто не даст ответа! Конечно, нет! Никто не может ответить за муку и смерть! Проклятье! И хоть бы что-нибудь можно было сделать!

Жаффе долго смотрел на меня.

– Простите меня, – сказал я, – но я не могу себя обманывать. Вот в чем весь ужас.

Он всё еще смотрел на меня.

– Есть у вас немного времени? – спросил он.

– Да, – сказал я. – Времени у меня достаточно. Он встал:

– Мне нужно теперь сделать вечерний обход. Я хотел бы, чтобы вы пошли со мной. Сестра даст вам халат. Для пациентов вы будете моим ассистентом.

Я не понимал, чего он хотел; но я взял халат, поданный мне сестрой.

* * *

Мы шли по длинным коридорам. Широкие окна светились розоватым вечерним сиянием. Это был мягкий, приглушенный, совершенно неправдоподобно парящий свет. В раскрытые окна лился аромат цветущих лип.

Жаффе открыл одну из дверей. В нос ударил удушливый, гнилостный запах. Женщина с чудесными волосами цвета старинного золота, на которых ярко переливались отсветы сумерек, бессильно подняла руку. Благородный лоб суживался у висков. Под глазами начиналась повязка, доходившая до рта. Жаффе осторожно удалил ее. Я увидел, что у женщины нет носа. Вместо него зияла кровавая рана, покрытая струпьями, багровокрасная, с двумя отверстиями посередине. Жаффе вновь наложил повязку.

– Хорошо, – сказал он приветливо и повернулся к выходу.

Он закрыл за собой дверь. В коридоре я остановился на минуту и стал смотреть на вечернее небо.

– Пойдемте! – сказал Жаффе, направляясь к следующей комнате.

Мы услышали горячее прерывистое дыхание больного, метавшегося в жару. На свинцовом лице мужчины ярко проступали странные красные пятна. Рот был широко открыт, глаза выкатились, а руки беспокойно двигались по одеялу. Он был без сознания. У кровати сидела сестра и читала. Когда Жаффе вошел, она отложила книгу и поднялась. Он посмотрел на температурный лист, показывавший сплошь сорок градусов, и покачал головой:

– Двустороннее воспаление легких плюс плеврит. Вот уже неделю борется со смертью, как бык. Рецидив. Был почти здоров. Слишком рано вышел на работу. Жена и четверо детей. Безнадежно.

Он выслушал сердце и проверил пульс. Сестра, помогая ему, уронила книгу на пол. Я поднял ее, – это была поваренная книга. Руки больного непрерывно, как пауки, сновали по одеялу. Это был единственный звук, нарушавший тишину.

– Останьтесь здесь на ночь, сестра, – сказал Жаффе.

Мы вышли. Розовый закат стал ярче. Теперь его свет заполнял весь коридор, как облако.

– Проклятый свет, – сказал я.

– Почему? – спросил Жаффе.

– Несовместимые явления. Такой закат – и весь этот страх.

– Но они существуют, – сказал Жаффе.

В следующей комнате лежала женщина, которую доставили днем. У нее было тяжелое отравление вероналом. Она хрипела. Накануне произошел несчастный случай с ее мужем – перелом позвоночника. Его привезли домой в полном сознании, и он надсадно кричал. Ночью он умер.

– Она выживет? – спросил я. – Вероятно.

– Зачем?

– За последние годы у меня было пять подобных случаев, – сказал Жаффе. – Только одна пациентка вторично пыталась отравиться. Из остальных две снова вышли замуж.

В комнате рядом лежал мужчина с параличом двенадцатилетней давности. У него была восковая кожа, жиденькая черная бородка и очень большие, спокойные глаза.

– Как себя чувствуете? – спросил Жаффе.

Больной сделал неопределенный жест. Потом он показал на окно:

– Видите, какое небо! Будет дождь, я это чувствую. – Он улыбнулся. – Когда идет дождь, лучше спится.

Перед ним на одеяле была кожаная шахматная доска с фигурками на штифтах. Тут же лежала кипа газет и несколько книг.

Мы пошли дальше. Я видел молодую женщину с синими губами и дикими от ужаса глазами, совершенно истерзанную тяжелыми родами; ребенка-калеку с тонкими скрюченными ножками и рахитичной головой; мужчину без желудка; дряхлую старушку с совиным лицом, плакавшую оттого, что родные не заботились о ней, – они считали, что она слишком медленно умирает; слепую, которая верила, что вновь прозреет; сифилитического ребенка с кровавой сыпью и его отца, сидевшего у постели; женщину, которой утром ампутировали вторую грудь; еще одну женщину с телом, искривленным от суставною ревматизма; третью, у которой вырезали яичники; рабочего с раздавленными почками.

Так мы шли из комнаты в комнату, и всюду было одно и то же – стонущие, скованные судорогой тела, неподвижные, почти угасшие тени, какой-то клубок мучений, нескончаемая цепь страданий, страха, покорности, боли, отчаяния, надежды, нужды; и всякий раз, когда за нами затворялась дверь, в коридоре нас снова встречал розоватый свет этого неземного вечера; сразу после ужаса больничных палат это нежное серовато-золотистое облако. И я не мог понять, чудовищная ли это насмешка или непостижимое сверхчеловеческое утешение. Жаффе остановился у входа в операционный зал. Через матовое стекло двери лился резкий свет. Две сестры катили низкую тележку. На ней лежала женщина. Я уловил ее взгляд. Она даже не посмотрела на меня. Но эти глаза заставили меня вздрогнуть, – столько было в них мужества, собранности и спокойствия.

Лицо Жаффе показалось мне вдруг очень

усталым.

– Не знаю, правильно ли я поступил, – сказал он, – но было бы бессмысленно успокаивать вас словами. Вы бы мне просто не поверили. Теперь вы увидели, что многие из этих людей страдают сильнее, чем Пат Хольман. У иных не осталось ничего, кроме надежды. Но большинство выживает. Люди становятся опять совершенно здоровыми. Вот что я хотел вам показать.

Я кивнул.

– Вы поступили правильно, – сказал я.

– Девять лет назад умерла моя жена. Ей было двадцать пять лет. Никогда не болела. От гриппа. – Он немного помолчал. – Вы понимаете, зачем я вам это говорю?

Я снова кивнул.

– Ничего нельзя знать наперед. Смертельно больной человек может пережить здорового. Жизнь – очень странная штука. – На его лице резко обозначились морщины. Вошла сестра и шепнула что-то ему на ухо. Он выпрямился и кивком головы указал на операционный зал. – Мне нужно туда. Не показывайте Пат своего беспокойства. Это важнее всего. Сможете?

– Да, – сказал я.

Он пожал мне руку и в сопровождении сестры быстро прошел через стеклянную дверь в ярко освещенный известково-белый зал.

Я медленно пошел вниз по лестнице. Чем ниже я спускался, тем становилось темнее, а на втором этаже уже горел электрический свет. Выйдя на улицу, я увидел, как на горизонте снова вспыхнули розоватые сумерки, словно небо глубоко вздохнуло. И сразу же розовый свет исчез, и горизонт стал серым.

* * *

Какое-то время я сидел за рулем неподвижно, уставившись в одну точку. Потом собрался с мыслями и поехал обратно в мастерскую. Кестер ожидал меня у ворот, Я поставил машину во двор и вышел. – Ты уже знал об этом? – спросил я.

– Да. Но Жаффе сам хотел тебе сказать.

Кестер взглянул мне в лицо.

– Отто, я не ребенок и понимаю, что еще не всё потеряно. Но сегодня вечером мне, вероятно, будет трудно не выдать себя, если я останусь с Пат наедине. Завтра будет легче. Переборю себя. Не пойти ли нам сегодня куда-нибудь всем вместе?

– Конечно, Робби. Я уже подумал об этом и предупредил Готтфрида.

– Тогда дай мне еще раз «Карла». Поеду домой,

заберу Пат, а потом, через часок, заеду за вами.

– Хорошо.

Я уехал. На Николайштрассе вспомнил о собаке. Развернулся и поехал за ней.

Лавка не была освещена, но дверь была открыта. Антон сидел в глубине помещения на походной койке. Он держал в руке бутылку. От него несло, как от водочного завода.

– Околпачил меня Густав! – сказал он.

Терьер запрыгал мне навстречу, обнюхал и лизнул руку. Его зеленые глаза мерцали в косом свете, падавшем с улицы. Антон встал. Он с трудом держался на ногах и вдруг расплакался:

– Собачонка моя, теперь и ты уходишь... всё уходит... Тильда умерла... Минна ушла... скажите-ка, и чего это ради мы живем на земле?

Только этого мне не хватало! Он включил маленькую лампочку, загоревшуюся тусклым, безрадостным светом. Шорох черепах и птиц, низенький одутловатый человек в лавчонке.

– Толстяки – те знают, зачем... но скажите мне, для чего, собственно, существует наш брат? Зачем жить нам, горемыкам?.. Скажите, сударь...

Обезьянка жалобно взвизгнула и исступленно заметалась по штанге. Ее огромная тень прыгала по стене.

– Коко, – всхлипнул одинокий, наклюкавшийся в темноте человек, – иди сюда, мой единственный! – Он протянул ей бутылку. Обезьянка ухватилась за горлышко.

– Вы погубите животное, если будете его поить, – сказал я. – Ну и пусть, – пробормотал он. – Годом больше па цепи... годом меньше... не всё ли равно... один черт... сударь...

Собачка тепло прижималась ко мне. Я пошел. Мягко перебирая лапками, гибкая и подвижная, она побежала рядом со мной к машине.

Я приехал домой и осторожно поднялся наверх, ведя собаку на поводке. В коридоре остановился и посмотрел в зеркало. Мое лицо было таким, как всегда. Я постучал в дверь к Пат, приоткрыл ее слегка и впустил собаку. Сам же остался в коридоре, крепко держа поводок, в ждал. Но вместо голоса Пат вдруг раздался бас фрау Залевски:

– О боже мой!

Облегченно вздохнув, я заглянул в комнату. Я боялся только первой минуты наедине с Пат. Теперь мне стало легко. Фрау Залевски была надежным амортизатором. Она величественно восседала у стола за чашкой кофе. Перед ней в каком-то мистическом порядке были разбросаны карты. Пат сидела рядом. Ее глаза блестели, и она жадно слушала предсказания.

– Добрый вечер, – сказал я, внезапно повеселев.

– Вот он и пришел, – с достоинством сказала фрау Залевски. – По короткой дорожке в вечерний час... а рядом черный король.

Собака рванулась, прошмыгнула между моих ног и с громким лаем выбежала на середину комнаты.

– Господи! – закричала Пат. – Да ведь это ирландский терьер!

– Восхищен твоими познаниями! – сказал я. – Несколько часов тому назад я этого еще не знал.

Она нагнулась, и терьер бурно кинулся к ней.

– Как его зовут, Робби?

– Понятия не имею. Судя по прежнему владельцу, Коньяк, или Виски, или что-нибудь в этом роде.

– Он принадлежит нам?

– Да, насколько одно живое существо может принадлежать другому.

Пат задыхалась от радости.

– Мы назовем его Билли, ладно, Робби? Когда мама была девочкой, у нее была собака Билли. Она мне часто о ней рассказывала.

– Значит, я хорошо сделал, что привел его? – спросил я. – А он чистоплотен? – забеспокоилась фрау Залевски.

– У него родословная как у князя, – ответил я. – А князья чистоплотны.

– Пока они маленькие... А сколько ему?..

– Восемь месяцев. Всё равно что шестнадцать лет для человека.

– А по-моему, он не чистоплотен, – заявила фрау Залевски.

– Его просто надо вымыть, вот и всё.

Пат встала и обняла фрау Залевски за плечи. Я обмер от удивления.

– Я давно уже мечтала о собаке, – сказала она. – Мы можем его оставить здесь, правда? Ведь вы ничего не имеете против?

Матушка Залевски смутилась в первый раз с тех пор, как я ее знал.

– Ну что ж... пусть остается... – ответила она. – Да и карты были такие. Король приносит в дом сюрприз.

– А в картах было, что мы уходим сегодня вечером? – спросил я.

Пат рассмеялась:

– Этого мы еще не успели узнать, Робби. Пока мы только о тебе гадали.

Фрау Залевски поднялась и собрала карты:

– Можно им верить, можно и не верить. А можно верить, но наоборот, как покойный Залевски. У него всегда над так называемым жидким элементом была пиковая девятка... а ведь это дурное предзнаменование. И вот он думал, что должен остерегаться воды. А всё дело было в шнапсе и пильзенском пиве.

* * *

Когда хозяйка вышла, я крепко обнял Пат:

— Как чудесно приходить домой и заставать тебя. Каждый раз это для меня сюрприз. Когда я поднимаюсь по последним ступенькам и открываю дверь, у меня всегда бьется сердце: а вдруг это неправда.

Она посмотрела на меня улыбаясь. Она почти никогда не отвечала, когда я говорил что-нибудь в таком роде. Впрочем, я и не рассчитывал на ответное признание. Мне бы это было даже неприятно. Мне казалось, что женщина не должна говорить мужчине, что любит его. Об этом пусть говорят ее сияющие, счастливые глаза. Они красноречивее всяких слов.

Я долго не отпускал ее, ощущая теплоту ее кожи и легкий аромат волос. Я не отпускал ее, и не было на свете ничего, кроме нее, мрак отступил, она была здесь, она жила, она дышала, и ничто не было потеряно.

— Мы, правда, уходим, Робби? — спросила она, не отводя лица.

— И даже все вместе, — ответил я. — Кестер и Ленц тоже. «Карл» уже стоит у парадного.

— А Билли?

— Билли, конечно, возьмем с собой. Иначе куда же мы денем остатки ужина? Или, может быть, ты уже поужинала?

— Нет еще. Я ждала тебя.

— Но ты не должна меня ждать. Никогда. Очень страшно ждать чего-то.

Она покачала головой:

— Этого ты не понимаешь, Робби. Страшно, когда нечего ждать.

Она включила свет перед зеркалом:

— А теперь я должна одеться, а то не успею. Ты тоже переоденешься?

— Потом, — сказал я. — Мне ведь недолго. Дай мне еще побыть немного здесь.

* * *

Я подозвал собаку и уселся в кресло у окна. Я любил смотреть, как Пат одевается. Никогда еще я не чувствовал с такой силой вечную, непостижимую тайну женщины, как в минуты, когда она тихо двигалась перед зеркалом, задумчиво гляделась в него, полностью растворялась в себе, уходя в подсознательное, необъяснимое самоощущение своего пола. Я не представлял себе, чтобы женщина могла одеваться болтая и смеясь; а если она это делала, значит, ей недоставало таинственности и неизъяснимого очарования вечно ускользающей прелести. Я любил мягкие и плавные движения Пат, когда она стояла у зеркала; какое это было чудесное зрелище, когда она убирала свои волосы или бережно и осторожно, как стрелу, подносила к бровям карандаш. В такие минуты в ней было что-то от лани, и от гибкой пантеры, и даже от амазонки перед боем. Она переставала замечать все вокруг себя, глаза на собранном и серьезном лице спокойно и внимательно разглядывали отражение в зеркале, а когда она вплотную приближала к нему лицо, то казалось, что нет никакого отражения в зеркале, а есть две женщины, которые смело и испытующе смотрят друг другу в глаза извечным всепонимающим взглядом, идущим из тумана действительности в далекие тысячелетия прошлого.

Через открытое окно с кладбища доносилось свежее дыхание вечера. Я сидел, не шевелясь. Я не забыл ничего из моей встречи с Жаффе, я помнил всё точно, – но, глядя на Пат, я чувствовал, как глухая печаль, плотно заполнившая меня, снова и снова захлестывалась какой-то дикой надеждой, преображалась и смешивалась с ней, и одно превращалось в другое – печаль, надежда, ветер, вечер и красивая девушка среди сверкающих зеркал и бра; и внезапно меня охватило странное ощущение, будто именно это и есть жизнь, жизнь в самом глубоком смысле, а может быть, даже и счастье: любовь, к которой примешалось столько тоски, страха и молчаливого понимания.

XIX

Я стоял около своего такси на стоянке. Подъехал Густав и пристроился за мной.

– Как поживает твой пес, Роберт? – спросил он.

– Живет великолепно, – сказал я.

– А ты?

Я недовольно махнул рукой:

– И я бы жил великолепно, если бы зарабатывал побольше. За весь день две ездки по пятьдесят пфеннигов. Представляешь?

Он кивнул:

– С каждым днем всё хуже. Всё становится хуже. Что же дальше будет?

– А мне так нужно зарабатывать деньги! – сказал я. – Особенно теперь! Много денег!

Густав почесал подбородок.

– Много денег!.. – Потом он посмотрел на меня. – Много теперь не заколотишь, Роберт. И думать об этом нечего. Разве что заняться спекуляцией. Не попробовать ли счастья на тотализаторе? Сегодня скачки. Как-то недавно я поставил на Аиду и выиграл двадцать восемь против одного.

– Мне не важно, как заработать. Лишь бы были шансы.

– А ты когда-нибудь играл?

– Нет.

– Тогда с твоей легкой руки дело пойдет. – Он посмотрел на часы. – Поедем? Как раз успеем.

– Ладно! – После истории с собакой я проникся к Густаву большим доверием.

Бюро по заключению пари находилось в довольно большом помещении. Справа был табачный киоск, слева тотализатор. Витрина пестрела зелеными и розовыми спортивными газетами и объявлениями о скачках, отпечатанными на машинке. Вдоль одной стены тянулась стойка с двумя письменными приборами. За стойкой орудовали трое мужчин. Они были необыкновенно деятельны. Один орал что-то в телефон, другой метался взад и вперед с какими-то бумажками, третий, в ярко-фиолетовой рубашке с закатанными рукавами и в котелке, сдвинутом далеко на затылок, стоял за стойкой и записывал ставки. В зубах он перекатывал толстую, черную, изжеванную сигару "Бразиль".

К моему удивлению, всё здесь шло ходуном. Кругом суетились "маленькие люди" – ремесленники, рабочие, мелкие чиновники, было несколько проституток и сутенеров. Едва мы переступили порог, как нас остановил кто-то в грязных серых гамашах, сером котелке и обтрепанном сюртуке:

– Фон Билинг. Могу посоветовать господам, на кого ставить. Полная гарантия!

– На том свете будешь нам советовать, – ответил Густав. Очутившись здесь, он совершенно преобразился.

– Только пятьдесят пфеннигов, – настаивал Билинг. – Лично знаком с тренерами. Еще с прежних времен, – добавил он, уловив мой взгляд.

Густав погрузился в изучение списков лошадей.

– Когда выйдет бюллетень о бегах в Отейле? – крикнул он мужчинам за стойкой.

– В пять часов, – проквакал клерк.

– Филомена – классная кобыла, – бормотал Густав. – Особенно на полном карьере. – Он вспотел от волнения. – Где следующие скачки? – спросил он.

– В Хоппегартене, – ответил кто-то рядом.

Густав продолжал листать списки:

– Для начала поставим по две монеты на Тристана. Он придет первым!

– А ты что-нибудь смыслишь в этом? – спросил я.

– Что-нибудь? – удивился Густав. – Я знаю каждое конское копыто.

– И ставите на Тристана? – удивился кто-то около нас. – Единственный шанс – это Прилежная Лизхен! Я лично знаком с Джонни Бернсом.

– А я, – ответил Густав, – владелец конюшни, в которой находится Прилежная Лизхен. Мне лучше знать.

Он сообщил наши ставки человеку за стойкой. Мы получили квитанции и прошли дальше, где стояло несколько столиков и стулья. Вокруг нас назывались всевозможные клички. Несколько рабочих спорили о скаковых лошадях в Ницце, два почтовых чиновника изучала сообщение о погоде в Париже, какой-то кучер хвастливо рассказывал о временах, когда он был наездником. За одним из столиков сидел толстый человек с волосами ежиком и уплетал одну булочку за другой. Он был безучастен ко всему. Двое других, прислонившись к стене, жадно смотрели на него. Каждый из них держал в руке по квитанции, но, глядя на их осунувшиеся лица, можно было подумать, что они не ели несколько дней.

Резко зазвонил телефон. Все навострили уши. Клерк выкрикивал клички лошадей. Тристана он не назвал.

– Соломон пришел первым, – сказал Густав, наливаясь краской. – Проклятье! И кто бы подумал? Уж не вы ли? – обратился он злобно к "Прилежной Лизхен", – Ведь это вы советовали ставить на всякую дрянь...

К нам подошел фон Билинг.

– Послушались бы меня, господа... Я посоветовал бы вам поставить на Соломона! Только на Соломона! Хотите на следующий забег?..

Густав не слушал его. Он успокоился и завел с "Прилежной Лизхен" профессиональный разговор.

– Вы понимаете что-нибудь в лошадях? – спросил меня Билинг.

– Ничего, – сказал я. – Тогда ставьте! Ставьте! Но только сегодня, – добавил он шепотом, – и больше никогда. Послушайте меня! Ставьте! Неважно, на кого – на Короля Лира, на Серебряную Моль, может быть на Синий Час. Я ничего не хочу заработать. Выиграете – дадите мне что-нибудь... – Он вошел в азарт, его подбородок дрожал. По игре в покер я знал, что новички, как правило, выигрывают.

– Ладно, – сказал я. – На кого?

– На кого хотите... На кого хотите...

– Синий Час звучит недурно, – сказал я. – Значит, десять марок на Синий Час.

– Ты что, спятил? – спросил Густав.

– Нет, – сказал я.

– Десяток марок на эту клячу, которую давно уже надо пустить на колбасу?

"Прилежная Лизхен", только что назвавший Густава живодером, на сей раз энергично поддержал его:

– Вот еще выдумал! Ставить. на Синий Час! Ведь это корова, не лошадь, уважаемый! Майский Сон обскачет ее на двух ногах! Без всяких! Вы ставите на первое место?

Билинг заклинающе посмотрел на меня и сделал мне знак.

– На первое, – сказал я.

– Ложись в гроб, – презрительно буркнул "Прилежная Лизхен".

– Чудак! – Густав тоже посмотрел на меня, словно я превратился в готтентота. – Ставить надо на Джипси II, это ясно и младенцу.

– Остаюсь при своем. Ставлю на Синий Час, – сказал я. Теперь я уже не мог менять решение. Это было бы против всех тайных законов счастливчиков-новичков.

Человек в фиолетовой рубашке протянул мне квитанцию. Густав и "Прилежная Лизхен" смотрели на меня так, будто я заболел бубонной чумой. Они демонстративно отошли от меня и протиснулись к стойке, где, осыпая друг друга насмешками, в которых всё же чувствовалось взаимное уважение специалистов, они поставили на Джипси II и Майский Сон.

Вдруг кто-то упал. Это был один из двух тощих мужчин, стоявших у столиков. Он соскользнул вдоль стены и тяжело рухнул. Почтовые чиновники подняли его и усадили па стул. Его лицо стало серо-белым. Рот был открыт.

– Господи боже мой! – сказала одна из проституток, полная брюнетка с гладко зачесанными волосами и низким лбом, – пусть кто-нибудь принесет стакан воды.

Человек потерял сознание, и я удивился, что это почти никого не встревожило. Большинство присутствующих; едва посмотрев на него, тут же повернулись к тотализатору.

– Такое случается каждую минуту, – сказал Густав. – Безработные. Просаживают последние пфенниги. Поставят десять, хотят выиграть тысячу. Шальные деньги им подавай!

Кучер принес из табачного киоска стакан воды. Черноволосая проститутка смочила платочек и провела им по лбу и вискам мужчины. Он вздохнул и неожиданно открыл глаза. В этом было что-то жуткое: совершенно безжизненное лицо и эти широко открытые глаза, — казалось, сквозь прорези застывшей черно-белой маски с холодным любопытством смотрит какое-то другое, неведомое существо.

Девушка взяла стакан и дала ему напиться. Она поддерживала его рукой, как ребенка. Потом взяла булочку со стола флегматичного обжоры с волосами ежиком:

— На, поешь… только не спеши… не спеши… палец мне откусишь… вот так, а теперь попей еще…

Человек за столом покосился вслед своей булочке, но ничего не сказал. Мужчина постепенно пришел в себя. Лицо его порозовело. Пожевав еще немного, он с трудом поднялся. Девушка помогла ему дойти до дверей. Затем она быстро оглянулась и открыла сумочку:

— На, возьми… а теперь проваливай… тебе надо жрать, а не играть на скачках…

Один из сутенеров, стоявший к ней спиной, повернулся. У него было хищное птичье лицо и торчащие уши. Бросались в глаза лакированные туфли и спортивное кепи.

— Сколько ты ему дала? – спросил он.

— Десять пфеннигов.

Он ударил ее локтем в грудь:

— Наверно, больше! В другой раз спросишь у меня.

— Полегче, Эде, – сказал другой. Проститутка достала помаду и. принялась красить губы.

— Но ведь я прав, – сказал Эде.

Проститутка промолчала.

Опять зазвонил телефон. Я наблюдал за Эде и не следил за сообщениями.

— Вот это называется повезло! – раздался внезапно громовой голос Густава. – Господа, это больше, чем везение, это какая-то сверхфантастика! – Он ударил меня по плечу. – Ты заграбастал сто восемьдесят марок! Понимаешь, чудак ты этакий. Твоя клячонка с этакой смешной кличкой всех обставила!

— Нет, правда? – спросил я.

Человек в фиолетовой рубашке, с изжеванной бразильской сигарой в зубах, скорчил кислую мину и взял мою квитанцию:

— Кто вам посоветовал?

— Я, – поспешно сказал Бидинг с ужасно униженной выжидающей улыбкой и, отвесив поклон, протиснулся ко мне. – Я, если позволите… мои связи…

— Ну, знаешь ли… – Шеф даже не посмотрел на него и выплатил мне деньги. На минуту в помещении тотализатора воцарилась полная тишина. Все смотрели на меня. Даже невозмутимый обжора и тот поднял голову.

Я спрятал деньги.

– Больше не ставьте! – шептал Билинг. – Больше не ставьте! – Его лицо пошло красными пятнами. Я сунул ему десять марок. Густав ухмыльнулся и шутливо ударил меня кулаком в грудь:

– Вот видишь, что я тебе сказал! Слушайся Густава, и будешь грести деньги лопатой!

Что же касается кобылы Джипси II, то я старался не напоминать о ней бывшему ефрейтору санитарной службы. Видимо, она и без того не выходила у него из головы.

– Давай пойдем, – сказал он, – для настоящих знатоков день сегодня неподходящий.

У входа кто-то потянул меня за рукав. Это был "Прилежная Лизхен".

– А на кого вы рекомендуете ставить на следующих скачках? – спросил он, почтительно и алчно.

– Только на Танненбаум, – сказал я в пошел с Густавом в ближайший трактир, чтобы выпить за здоровье Синего Часа. Через час у меня было на тридцать марок меньше. Не смог удержаться. Но я всё-таки вовремя остановился. Прощаясь, Билинг сунул мне какой-то листок:

– Если вам что-нибудь понадобится! Или вашим знакомым. Я представитель прокатной конторы. – Это была реклама порнографических фильмов, демонстрируемых на дому. – Посредничаю также при продаже поношенной одежды! – крикнул он мне вслед. – За наличный расчет.

* * *

В семь часов я поехал обратно в мастерскую. «Карл» с ревущим мотором стоял во дворе.

– Хорошо, что ты пришел, Робби! – крикнул Кестер. – Мы как раз собираемся испытать его! Садись!

Вся наша фирма была в полной готовности. Отто повозился с «Карлом» и внес в него кое-какие улучшения и изменения, – через две недели предстояли горные гонки. Теперь Кестер хотел совершить первый испытательный пробег.

Мы сели. Юпп в своих огромных спортивных очках устроился рядом с Кестером. У него был бы разрыв сердца, если бы мы не взяли его с собой. Ленц и я сели сзади.

"Карл" рванулся с места и помчался. Мы выехали из города и шли со скоростью сто сорок километров.

Ленц и я крепко ухватились за спинки передних сидений. Ветер дул с такой силой, что, казалось, оторвет нам головы.

По обе стороны шоссе мелькали тополя, баллоны свистели, и чудесный рев мотора пронизывал нас насквозь, как дикий крик свободы. Через четверть часа мы увидели впереди черную точку. Она быстро увеличивалась. Это была довольно тяжелая машина, шедшая со скоростью восемьдесят – сто километров. Не обладая хорошей устойчивостью, она вихляла из стороны в сторону. Шоссе было довольно узким, и Кестеру пришлось сбавить скорость. Когда мы подошли на сто метров и уже собрались сигналить, мы вдруг заметили на боковой дороге справа мотоциклиста, тут же скрывшегося за изгородью у перекрестка.

– Проклятье! – крикнул Ленц. – Сейчас будет дело!

В ту же секунду на шоссе впереди черной машины появился мотоциклист. Он был метрах в двадцати от нее и, видимо, неверно оценив ее скорость, попытался прямо с поворота проскочить вперед. Машина взяла резко влево; но и мотоцикл подался влево. Тогда машина круто метнулась вправо, задев мотоцикл крылом. Мотоциклист перелетел через руль и плюхнулся на шоссе. Машину стало заносить, водитель не мог овладеть ею. Сорвав дорожный знак и потеряв при этом фару, она с грохотом врезалась в дерево.

Всё произошло в несколько секунд. В следующее мгновенье, на большой еще скорости, подъехали мы. Заскрежетали баллоны. Кестер пустил «Карла», как коня, между помятым мотоциклом и стоявшей боком, дымящейся машиной; он едва не задел левым колесом руку лежавшего мотоциклиста, а правым – задний бампер черной машины. Затем взревел мотор, и «Карл» снова вышел на прямую; взвизгнули тормоза, и всё стихло.

– Чистая работа, Отто! – сказал Ленц.

Мы побежали назад и распахнули дверцы машины. Мотор еще работал. Кестер резко выдернул ключ зажигания. Пыхтение двигателя замерло, и мы услышали стоны.

Все стекла тяжелого лимузина разлетелись вдребезги. В полумраке кузова мы увидели окровавленное лицо женщины. Рядом с нею находился мужчина, зажатый между рулем и сидением. Сперва мы осторожно вытащили женщину и положили ее у обочины шоссе. Ее лицо было сплошь в порезах. В нем торчало несколько осколков. Кровь лилась беспрерывно. В еще худшем состоянии была правая рука. Рукав белого жакета стал ярко-красным от крови. Ленц разрезал его. Кровь хлынула струёй потом, сильно пульсируя, продолжала идти толчками. Вена была перерезана. Ленц скрутил жгутом носовой платок.

— Вытащите мужчину, с ней я сам справлюсь, — сказал он. — Надо поскорее добраться до ближайшей больницы.

Чтобы освободить мужчину, нужно было отвинтить спинку сидения. К счастью, мы имели при себе необходимый инструмент, и дело пошло довольно быстро. Мужчина истекал кровью. Казалось, что у него сломано несколько ребер. Колено у него тоже было повреждено. Когда мы стали его вытаскивать, он со стоном упал нам на руки, но оказать ему помощь на месте мы не могли. Кестер подал «Карла» задним ходом к месту аварии. Женщина, видя его приближение, судорожно закричала от страха, хотя «Карл» двигался со скоростью пешехода. Мы откинули спинку одного из передних сидений я уложили мужчину. Женщину мы усадили сзади. Я стал возле нее на подножку. Ленц пристроился на другой подножке и придерживал раненого.

— Юпп, останься здесь и следи за машиной, — сказал Ленц.

— А куда девался мотоциклист? – спросил я.

— Смылся, пока мы работали, — сказал Юпп.

Мы медленно двинулись вперед. Неподалеку от следующей деревни находился небольшой дом. Проезжая мимо, мы часто видели это низкое белое здание на холме. Насколько мы знали, это была какая-то частная психиатрическая клиника для богатых пациентов. Здесь не было тяжелобольных. Мы полагали, что там, конечно, есть врач и перевязочная.

Мы въехали на холм и позвонили. Нам открыла очень хорошенькая сестра. Увидев кровь, она побледнела и побежала обратно. Вскоре появилась другая, намного старше первой.

— Сожалею, — сказала она сразу, — но мы не имеем возможности оказывать первую помощь при несчастных случаях. Вам придется поехать в больницу имени Вирхова. Это недалеко.

— Почти час езды отсюда, — заметил Кестер.

Сестра недружелюбно посмотрела на него:

— Мы не приспособлены для оказания такой помощи. К тому же, здесь нет врача…

— Тогда вы нарушаете закон, — заявил Ленц. — Частные лечебные учреждения вроде вашего обязаны иметь постоянного врача. Не позволите ли вы мне воспользоваться телефоном? Я хотел бы созвониться с полицией и редакцией газеты.

Сестра заколебалась.

— Думаю, вам незачем волноваться, — холодно заметил Кестер. — Ваш труд будет, безусловно, хорошо оплачен. Прежде всего нам нужны носилки. А врача вы, вероятно, сумеете разыскать.

Она всё еще стояла в нерешительности.

– Согласно закону, – пояснил Ленц, – у вас должны быть носилки, а также достаточное количество перевязочных материалов…

– Да, да, – ответила она поспешно, явно подавленная таким детальным знанием законов. – Сейчас я пошлю кого-нибудь…

Она исчезла.

– Ну, знаете ли! – возмутился я.

– То же самое может произойти и в городской больнице, – спокойно ответил Готтфрид. – Сначала деньги, затем всяческий бюрократизм, и уже потом помощь.

Мы вернулись к машине и помогли женщине выйти. Она ничего не говорила и только смотрела на свои руки. Мы доставили ее в небольшое помещение на первом этаже. Потомкам дали носилки для мужчины. Мы принесли его к зданию клиники. Он стонал.

– Одну минутку… – произнес он с трудом. Мы посмотрели на него. Он закрыл глаза. – Я хотел бы, чтобы никто не узнал об этом.

– Вы ни в чем не виноваты, – ответил Кестер. – Мы всё видели и охотно будем вашими свидетелями.

– Не в этом дело, – сказал мужчина. – Я по другим причинам не хочу, чтобы это стало известно. Вы понимаете?.. – Он посмотрел на дверь, через которую прошла женщина.

– Тогда вы в надежном месте, – заявил Ленц. – Это частная клиника. Остается только убрать вашу машину, пока полиция не обнаружила ее.

Мужчина привстал:

– Не смогли ли бы вы сделать и это для меня? Позвоните в ремонтную мастерскую и дайте мне, пожалуйста, ваш адрес! Я хотел бы… я вам так обязан…

Кестер сделал рукой отрицательный жест.

– Нет, – сказал мужчина, – я всё-таки хочу знать ваш адрес.

– Всё очень просто, – ответил ему Ленц. – Мы сами имеем мастерскую и ремонтируем такие машины, как ваша. Если вы согласны, мы можем ее немедленно отбуксировать и привести в порядок. Этим мы поможем вам, а в известной мере и себе.

– Охотно соглашаюсь, – сказал мужчина. – Вот вам мой адрес… я сам приеду за машиной, когда она будет готова, или пришлю кого-нибудь.

Кестер спрятал в карман визитную карточку, и мы внесли пострадавшего в дом. Между тем появился врач, еще совсем молодой человек. Он смыл кровь с лица женщины. Мы увидели глубокие порезы. Женщина привстала, опираясь на здоровую руку, и уставилась на сверкающую никелевую чашу, стоявшую на перевязочном столе.

— О! – тихо произнесла она и с глазами, полными ужаса, откинулась назад.

* * *

Мы поехали в деревню, разыскали местного кузнеца и попросили у него стальной трос и приспособление для буксировки.

Мы предложили ему двадцать марок. Но кузнец был полон недоверия и хотел увидеть машину лично. Мы повезли его к месту аварии.

Юпп стоял посредине шоссе и махал рукой. Но и без него мы поняли, что случилось. У обочины мы увидели старый мерседес с высоким кузовом. Четверо мужчин собирались увезти разбитую машину.

— Мы поспели как раз вовремя, – сказал Кестер.

— Это братья Фогт, – пояснил нам кузнец. – Опасная банда. Живут вон там, напротив. Уж если на что наложили руку, – не отдадут.

— Посмотрим, – сказал Кестер.

— Я им уже всё объяснил, господин Кестер, – прошептал Юпп. – Грязная конкуренция. Хотят ремонтировать машину в своей мастерской.

— Ладно, Юпп. Оставайся пока здесь.

Кестер подошел к самому высокому из четырех и заговорил с ним. Он сказал ему, что машину должны забрать мы.

— Есть у тебя что-нибудь твердое при себе? – спросил я Ленца.

— Только связка ключей, она мне понадобится самому. Возьми маленький гаечный ключ.

— Не стоит, – сказал я, – будут тяжелые повреждения. Жаль, что на мне такие легкие туфли. Самое лучшее – бить ногами.

— Поможете нам? – спросил Ленц у кузнеца. – Тогда нас будет четверо против четверых.

— Что вы! Они завтра же разнесут мою кузню в щепы. Я сохраняю строгий нейтралитет.

— Тоже верно, – сказал Готтфрид. – Я буду драться, – заявил Юпп.

— Посмей только! – сказал я. – Следи, не появится ли кто. Больше ничего.

Кузнец отошел от нас на некоторое расстояние, чтобы еще нагляднее продемонстрировать свой строгий нейтралитет.

— Голову не морочь! – услышали мы голос самого большого из братьев. – Кто первый пришел, тот и дело делает! – орал он на Кестера. – Всё! А теперь сматывайтесь!

Кестер снова объяснил ему, что машина наша. Он предложил Фогту съездить в санаторий и справиться. Тот презрительно ухмыльнулся. Ленц и я подошли поближе.

– Вы что – тоже захотели попасть в больницу? – спросил Фогт.

Кестер ничего не ответил и подошел к автомобилю. Три остальных Фогта насторожились. Теперь они стояли вплотную друг к другу.

– Дайте-ка сюда буксирный трос, – сказал Кестер.

– Полегче, парень! – угрожающе произнес старший Фогт. Он был на голову выше Кестера.

– Очень сожалею, – сказал Кестер, – но машину мы увезем с собой.

Заложив руки в карманы, Ленц и я подошли еще ближе. Кестер нагнулся к машине. В ту же секунду Фогт ударом ноги оттолкнул его в сторону. Отто, ожидавший этого, мгновенно схватил Фогта за ноги и свалил на землю. Тотчас вскочив, Отто ударил в живот второго Фогта, замахнувшегося было ручкой домкрата. Тот покачнулся и тоже упал. В следующую секунду Ленц и я бросились на двух остальных. Меня сразу ударили в лицо. Удар был не страшен, но из носу пошла кровь, и мой ответный выпад оказался неудачным – кулак соскользнул с жирного подбородка противника; тут же меня стукнули в глаз, да так, что я повалился на Фогта, которого Отто сбил ударом в живот. Сбросив меня, Фогт вцепился мне в горло и прижал к асфальту. Я напряг шею, чтобы он не мог меня душить, и пытался вывернуться, оторваться от него, – тогда я мог бы оттолкнуть или ударить его ногами в живот. Но Ленц и его Фогт лежали на моих ногах, и я был скован. Хоть я и напрягал шею, дышать мне было трудно, – воздух плохо проходил через окровавленный нос. Постепенно всё вокруг начало расплываться, лицо Фогта дрожало перед моими глазами, как желе, в голове замелькали черные тени. Я терял сознание. И вдруг я заметил рядом Юппа; он стоял на коленях в кювете, спокойно и внимательно наблюдая за моими судорогами. Воспользовавшись какой-то секундой, когда я и мой противник замерли, он ударил Фогта молотком по запястью. При втором ударе Фогт отпустил меня и, охваченный бешенством, не вставая, попробовал достать Юппа рукой, но тот отскочил на полметра и с тем же невозмутимым видом нанес ему третий, увесистый удар по пальцам, а потом еще один по голове. Я приподнялся, навалился на Фогта и в свою очередь стал душить его. В эту минуту раздался звериный вопль и затем жалобный стон: "Пусти!

Пусти!" Это был старший Фогт. Кестер оттянул ему руку за спину, скрутил и резко рванул ее вверх. Фогт опрокинулся лицом на землю. Кестер, придавив спину врага коленом, продолжал выкручивать ему руку. Одновременно он придвигал колено ближе к затылку. Фогт орал благим матом, но Кестер знал, что его надо разделать под орех, иначе он не утихомирится! Одним рывком он вывихнул ему руку и только тогда отпустил его. Я осмотрелся. Один из братьев еще держался на ногах, но крики старшего буквально парализовали его.

— Убирайтесь, а то всё начнется сначала, – сказал ему Кестер.

На прощанье я еще разок стукнул своего Фогта головой о мостовую и отошел. Ленц уже стоял около Кестера. Его пиджак был разорван. Из уголка рта текла кровь. Исход боя был еще неясен, потому что противник Ленца хотя и был избит в кровь, но готов был снова ринуться в драку. Решающим всё же оказалось поражение старшего брата. Убедившись в этом, трое остальных словно оцепенели. Они помогли старшему подняться и пошли к своей машине. Уцелевший Фогт подошел к нам и взял свой домкрат. Он покосился на Кестера, словно тот был дьяволом во плоти. Затем мерседес затрещал и уехал.

Откуда-то опять появился кузнец.

— Это они запомнят, – сказал он. – Давно с ними такого не случалось. Старший однажды уже сидел за убийство.

Никто ему не ответил. Кестер вдруг весь передернулся. – Какое свинство, – сказал он. Потом повернулся: – Ну, давайте.

— Я здесь, – откликнулся Юпп, подтаскивая буксирный трос.

— Подойди сюда, – сказал я. – С сегодняшнего дня ты унтер-офицер. Можешь начать курить сигары.

* * *

Мы подняли переднюю ось машины и укрепили ее тросами сзади, на кузове "Карла".

— Думаешь, это ему не повредит? – спросил я Кестера. – Наш «Карл» в конце конце скакун чистых кровей, а не вьючный осёл.

Он покачал головой:

— Тут недалеко, да и дорога ровная.

Ленц сел в поврежденную машину, и мы медленно поехали. Я прижимал платок к носу и смотрел на солнце, садившееся за вечереющими полями. В них был огромный, ничем не колеблемый покой, и чувствовалось, что равнодушной природе безразлично, как ведет себя на этой земле злобный муравьиный рой, именуемый человечеством. Было гораздо важнее, что тучи теперь постепенно преобразились в золотые горы, что бесшумно надвигались с горизонта фиолетовые тени сумерек, что жаворонки прилетели из бескрайнего небесного простора на поля, в свои борозды, и что постепенно опускалась ночь.

Мы въехали во двор мастерской. Ленц выбрался из разбитой машины и торжественно снял перед ней шляпу:

– Привет тебе, благословенная! Печальный случай привел тебя сюда, но я гляжу на тебя влюбленными глазами и полагаю, что даже по самым скромным подсчетам ты принесешь нам примерно три, а то и три с половиной тысячи марок. А теперь дайте мне большой стакан вишневой настойки и кусок мыла – я должен избавиться от следов, оставленных на мне семейством Фогт!

Мы выпили по стакану вишневки и сразу же приступили к основательной разборке поломанной машины. Не всегда бывало достаточно получить заказ на ремонт от владельца машины: представители страховых компаний нередко требовали передать заказ в одну из мастерских, с которыми у них были контракты. Поэтому мы всегда старались быстрее браться за ремонт. Чем больше мы успевали сделать до прихода страхового агента, тем лучше было для нас: наши расходы по ремонту оказывались настолько большими, что компания уже считала невыгодным для себя передавать машину в другую мастерскую. Мы бросили работу, когда стемнело.

– Ты еще выедешь сегодня на такси? – спросил я Ленца.

– Исключается, – ответил Готтфрид. – Ни в коем случае нельзя стремиться к чрезмерным заработкам. Хватит с меня сегодня и этого.

– А с меня не хватит, – сказал я. – Если ты не едешь, то поеду я. Поработаю с одиннадцати до двух около ночных ресторанов.

– Брось ты это, – улыбнулся Готтфрид. – Лучше поглядись в зеркало. Что-то не везет тебе в последнее время с носом. Ни один пассажир не сядет к шофёру с этакой свеклой на роже. Пойди домой и приложи компресс.

Он был прав. С таким носом действительно нельзя было ехать. Поэтому я вскоре простился и направился домой. По дороге я встретил Хассе и прошел с ним остаток пути вдвоем. Он как-то потускнел и выглядел несчастным.

– Вы похудели, – сказал я.

Он кивнул и сказал, что теперь часто не ужинает. Его жена почти ежедневно бывает у каких-то старых знакомых и очень поздно возвращается домой. Он рад, что она нашла себе развлечение, но после работы ему не хочется самому готовить еду. Он, собственно, и не бывает особенно голодным – слишком устает. Я покосился на его опущенные плечи. Может быть, он в самом деле верил в то, о чем рассказывал, но слушать его было очень тяжело. Его брак, вся эта хрупкая, скромная жизнь рухнула: не было мало-мальской уверенности в завтрашнем дне, недоставало каких-то жалких грошей. Я подумал, что есть миллионы таких людей, и вечно им недостает немного уверенности и денег. Жизнь чудовищно измельчала. Она свелась к одной только мучительной борьбе за убогое, голое существование. Я вспомнил о драке, которая произошла сегодня, думал о том, что видел в последние недели, обо всем, что уже сделал... А потом я подумал о Пат и вдруг почувствовал, что из всего этого ничего не выйдет. Я чересчур размахнулся, а жизнь стала слишком пакостной для счастья, оно не могло длиться, в него больше не верилось... Это была только передышка, но не приход в надежную гавань.

Мы поднялись по лестнице и открыли дверь. В передней Хассе остановился:

– Значит, до свидания...

– Поешьте что-нибудь, – сказал я.

Покачав головой, он виновато улыбнулся и пошел в свою пустую, темную комнату. Я посмотрел ему вслед. Затем зашагал по длинной кишке коридора. Вдруг я услышал тихое пение, остановился и прислушался. Это не был патефон Эрны Бениг, как мне показалось сначала, это был голос Пат. Она была одна в своей комнате и пела. Я посмотрел на дверь, за которой скрылся Хассе, затем снова подался вперед и продолжал слушать. Вдруг я сжал кулаки. Проклятье! Пусть всё это тысячу раз только передышка, а не гавань, пусть это тысячу раз невероятно. Но именно поэтому счастье было снова и снова таким ошеломляющим, непостижимым, бьющим через край...

* * *

Пат не слышала, как я вошел. Она сидела на полу перед зеркалом и примеряла шляпку – маленький черный ток. На ковре стояла лампа. Комната была полна теплым, коричневато-золотистым сумеречным светом, и только лицо Пат было ярко освещено. Она придвинула к себе стул, с которого свисал шелковый лоскуток. На сидении стула поблескивали ножницы.

Я замер в дверях и смотрел, как серьезно она мастерила свой ток. Она любила располагаться на полу, и несколько раз, приходя вечером домой, я заставал ее заснувшей с книгой в руках где-нибудь в уголке, рядом с собакой.

И теперь собака лежала около нее и тихонько заворчала. Пат подняла глаза и увидела меня в зеркале. Она улыбнулась, и мне показалось, что весь мир стал светлее. Я прошел в комнату, опустился за ее спиной на колени и – после всей грязи этого дня – прижался губами к ее теплому, мягкому затылку.

Она подняла ток:

– Я переделала его, милый. Нравится тебе так?

– Совершенно изумительная шляпка, – сказал я. – Но ведь ты даже не смотришь! Сзади я срезала поля, а спереди загнула их кверху.

– Я прекрасно всё вижу, – сказал я, зарывшись лицом в ее волосы. – Шляпка такая, что парижские модельеры побледнели бы от зависти, увидев ее.

– Робби! – Смеясь, она оттолкнула меня. – Ты в этом ничего но смыслишь. Ты вообще когда-нибудь замечаешь, как я одета?

– Я замечаю каждую мелочь, – заявил я и подсел к ней совсем близко, – правда, стараясь прятать свой разбитый нос в тени.

– Вот как? А какое платье было на мне вчера вечером?

– Вчера? – Я попытался вспомнить, но не мог.

– Я так и думала, дорогой мой! Ты ведь вообще почти ничего обо мне не знаешь.

– Верно, – сказал я, – но в этом и состоит вся прелесть. Чем больше люди знают друг о друге, тем больше у них получается недоразумений. И чем ближе они сходятся, тем более чужими становятся. Вот возьми Хассе и его жену: они знают друг о друге всё, а отвращения между ними больше, чем между врагами.

Она надела маленький черный ток, примеряя его перед зеркалом.

– Робби, то, что ты говоришь, верно только наполовину.

– Так обстоит дело со всеми истинами, – возразил я. – Дальше полуправды нам идти не дано. На то мы и люди. Зная одни только полуправды, мы и то творим немало глупостей. А уж если бы знали всю правду целиком, то вообще не могли бы жить.

Она сняла ток и отложила его в сторону. Потом повернулась и увидела мой нос.

– Что такое? – испуганно спросила она.

– Ничего страшного. Он только выглядит так. Работал под машиной, и что-то свалилось мне прямо на нос.

Она недоверчиво посмотрела на меня:

– Кто тебя знает, где ты опять был! Ты ведь мне никогда ни о чем не рассказываешь. Я знаю о тебе так же мало, как и ты обо мне.

– Это к лучшему, – сказал я.

Она принесла тазик с водой и полотенце и сделала мне компресс. Потом она еще раз осмотрела мое лицо.

– Похоже на удар. И шея исцарапана. Милый, с тобою, конечно, случилось какое-то приключение.

– Сегодня самое большое приключение для меня еще впереди, – сказал я.

Она изумленно посмотрела на меня:

– Так поздно, Робби? Что ты еще надумал?

– Остаюсь здесь! – сказал я, сбросил компресс и обнял ее. – Я остаюсь на весь вечер здесь, вдвоем с тобой.

XX

Август был теплым и ясным, и в сентябре погода оставалась почти летней. Но в конце месяца начались дожди, над городом непрерывно висели низкие тучи, с крыш капало, задули резкие осенние ветры, и однажды ранним воскресным утром, когда я проснулся и подошел к окну, я увидел, что листва на кладбищенских деревьях пожелтела и появились первые обнаженные ветви.

Я немного постоял у окна. В последние месяцы, с тех пор как мы возвратились из поездки к морю, я находился в довольно странном состоянии: всё время, в любую минуту я думал о том, что осенью Пат должна уехать, но я думал об этом так, как мы думаем о многих вещах, – о том, что годы уходят, что мы стареем и что нельзя жить вечно. Повседневные дела оказывались сильнее, они вытесняли все мысли, и, пока Пат была рядом, пока деревья еще были покрыты густой зеленой листвой, такие слова, как осень, отъезд и разлука, тревожили не больше, чем бледные тени на горизонте, и заставляли меня еще острее чувствовать счастье близости, счастье всё еще продолжающейся жизни вдвоем.

Я смотрел на кладбище, мокнущее под дождем, на могильные плиты, покрытые грязноватыми коричневыми листьями. Туман, это бледное животное, высосал за ночь зеленый сок из листьев. Теперь они свисали с ветвей поблекшие и обессиленные, каждый порыв ветра срывал всё новые и новые, гоня их перед собой, – И как острую, режущую боль я вдруг впервые почувствовал, что разлука близка, что вскоре она Станет реальной, такой же реальной, как осень, прокравшаяся сквозь кроны деревьев и оставившая на них свои желтые следы.

* * *

В смежной комнате всё еще спала Пат. Я подошел к двери и прислушался. Она спала спокойно, не кашляла. На минуту меня охватила радостная надежда, – я представил себе: сегодня или завтра позвонит Жаффе и скажет, что ей не надо уезжать, – но потом вспомнились ночи, когда я слышал ее тихое свистящее дыхание, приглушенный хрип, то мерно возникавший, то исчезавший, как звук далекой тонкой пилы, – и надежда погасла так же быстро, как и вспыхнула.

Я вернулся к окну и снова стал смотреть на дождь. Потом присел к письменному столу и принялся считать деньги. Я прикидывал, насколько их хватит для Пат, окончательно расстроился и спрятал кредитки.

Я посмотрел на часы. Было около семи. До пробуждения Пат оставалось еще по крайней мере два часа. Я быстро оделся, чтобы успеть еще немного поездить. Это было лучше, чем торчать в комнате наедине со своими мыслями.

Я пошел в мастерскую, сел в такси и медленно поехал по улицам. Прохожих было немного. В рабочих районах тянулись длинные ряды доходных домов-казарм. Неприютные и заброшенные, они стояли под дождем, как старые скорбные проститутки. Штукатурка на грязных фасадах обвалилась, в сером утреннем свете безрадостно поблескивали мутные стёкла окон, а стены зияли множеством желтовато-серых дыр, словно изъеденные язвами.

Я пересек старую часть города и подъехал к собору. Остановив машину у заднего входа, я вышел. Сквозь тяжелую дубовую дверь приглушенно доносились звуки органа. Служили утреннюю мессу, и по мелодии я понял, что началось освящение святых даров, – до конца богослужения оставалось не менее двадцати минут.

Я вошел в сад. Он тонул в сероватом свете. Розы еще цвели, с кустов стекали капли дождя. Мой дождевик был довольно просторен, и я мог удобно прятать под ним срезанные ветки. Несмотря на воскресный день, в саду было безлюдно, и я беспрепятственно отнес в машину охапку роз, затем вернулся за второй. Когда она уже была под плащом, я услышал чьи-то шаги. Крепко прижимая к себе букет, я остановился перед одним из барельефов крестного пути и сделал вид, что молюсь.

Человек приблизился, но не прошел мимо, а остановился. Почувствовав легкую испарину, я углубился в созерцание барельефа, перекрестился и медленно перешел к другому изображению, чуть поодаль от галереи. Шаги последовали за мной и вновь замерли. Я не знал, что делать. Сразу идти дальше я не мог. Надо было остаться на месте хотя бы столько, сколько нужно, чтобы повторить десять раз "Богородице Дево, радуйся!" и один раз "Отче наш", иначе я бы выдал себя. Поэтому я не двигался, но, желая понять в чем дело, осторожно посмотрел в сторону с выражением достойного недоумения, словно было оскорблено мое религиозное чувство.

Я увидел приветливое круглое лицо священника и облегченно вздохнул. Зная, что он не помешает мне молиться, я уже считал себя спасенным, но тут я заметил, что стою перед последним этапом крестного пути. Как бы медленно я ни молился, через несколько минут всё должно было кончиться. Этого он, видимо, и ждал. Затягивать дело было бесцельно. Поэтому, напустив на себя безучастный вид, я медленно направился к выходу.

— Доброе утро, — сказал священник. — Хвала Иисусу Христу.

— Во веки веков аминь! — ответил я. Таково было церковное приветствие католиков.

— Редко кого увидишь здесь так рано, — сказал он приветливо, посмотрев на меня детскими голубыми глазами.

Я что-то пробормотал.

— К сожалению, это стало редкостью, — продолжал он озабоченно. — А мужчин, молящихся у крестного пути, вообще почти никогда не видно. Вот почему я так обрадовался и заговорил с вами. У вас, конечно, какая-нибудь особая просьба к богу, если вы пришли так рано да еще в такую погоду…

"Да, чтобы ты поскорее шел отсюда", — подумал я и с облегчением кивнул головой. Он, видимо, не заметил, что у меня под плащом цветы. Теперь нужно было поскорее избавиться от него, не возбуждая подозрений. Он снова улыбнулся мне:

— Я собираюсь служить мессу и включу в свою молитву и вашу просьбу.

— Благодарю вас, — сказал я изумленно и растерянно.

— За упокой души усопшей? — спросил он.

На мгновение я пристально уставился на него и почувствовал, что букет выскользает у меня. — Нет, — поспешно сказал я, крепче прижимая руку к плащу.

Беззлобно и внимательно смотрел он на меня ясными глазами.

По-видимому, он ждал, что я объясню ему суть моей просьбы к богу. Но в эту минуту ничего путного не пришло мне в голову, да к тому же мне и не хотелось врать ему больше, чем это было необходимо. Поэтому я молчал.

– Значит, я буду молиться о помощи неизвестному, попавшему в беду, – сказал он наконец.

– Да. Я очень вам благодарен.

Он улыбнулся и махнул рукой:

– Не надо благодарить. Всё в руках божьих. – Он смотрел на меня еще с минуту, чуть вытянув шею и наклонив голову вперед, и мне показалось, будто его лицо дрогнуло. – Главное, верьте, – сказал он. – Небесный отец помогает. Он помогает всегда, даже если иной раз мы и не понимаем этого. – Потом он кивнул мне и пошел.

Я смотрел ему вслед, пока за ним не захлопнулась дверь. "Да, – подумал я, – если бы всё это было так просто! Он помогает, он всегда помогает! Но помог ли он Бернарду Визе, когда тот лежал в Гоутхолстерском лесу с простреленным животом и кричал, помог ли Катчинскому, павшему под Гандзееме, оставив больную жену и ребенка, которого он так и не увидел, помог ли Мюллеру, и Лееру, и Кеммериху, помог ли маленькому Фридману, и Юргенсу, и Бергеру, и миллионам других? Проклятье! Слишком много крови было пролито на этой земле, чтобы можно было сохранить веру в небесного отца!"

* * *

Я привез цветы домой, потом пригнал машину в мастерскую и пошел обратно. Из кухни доносился аромат только что заваренного кофе и слышалась возня Фриды. Как ни странно, но от запаха кофе я повеселел. Еще со времен войны я знал: важное, значительное не может успокоить нас… Утешает всегда мелочь, пустяк…

Едва за мной щелкнул замок входной двери, как в коридор выскочил Хассе с желтым опухшим лицом и красными утомленными глазами. Мне показалось, что он спал не раздеваясь. Когда он увидел, что это я, на его лице появилось выражение беспредельного разочарования. – Ах, это вы… – пробормотал он.

Я удивленно посмотрел на него:

– Разве вы ждали так рано кого-нибудь?

– Да, – сказал он тихо. – Мою жену. Она еще не пришла. Вы не видели ее?

Я покачал головой.

– Я ушел час назад.

Он кивнул:

– Нет, я только подумал… ведь могло случиться, что вы ее видели.

Я пожал плечами:

– Вероятно, она придет позднее. Вы ей не звонили?

Он посмотрел на меня с какой-то робостью:

— Вчера вечером она ушла к своим знакомым. Не знаю точно, где они живут,

— А вы знаете их фамилию? Тогда можно справиться по телефону.

— Я уже пробовал. В справочном бюро такой фамилии не знают.

Он посмотрел на меня, как побитая собака.

— Она говорила о них всегда так таинственно, а стоило мне спросить, как она начинала злиться. Я и перестал. Я был рад, что ей есть куда пойти. Она всегда говорила, что я хочу лишить ее даже такой маленькой радости.

— Может быть, она еще придет, — сказал я. — Я даже уверен, что она скоро придет. А вы не позвонили на всякий случай в скорую помощь и в полицию?

— Всюду звонил. Там ничего не известно.

— Ну что ж, — сказал я, — тогда тем более не надо волноваться. Может быть, вчера вечером она плохо себя почувствовала и осталась ночевать. Ведь такие вещи часто случаются. Через час-другой она, вероятно, будет здесь.

— Вы думаете?

Отворилась дверь кухни, и оттуда вышла Фрида с подносом в руках.

— Для кого это? — спросил я.

— Для фройляйн Хольман, — ответила она, раздражаясь от одного моего вида.

— Разве она уже встала?

— Надо думать, что встала, — ответила Фрида, готовая сцепиться со мной, — иначе она, наверно, не позвонила бы мне.

— Благослови вас господь, Фрида, — сказал я. — По утрам вы иной раз просто обаятельны! Не могли ли бы вы заставить себя приготовить кофе и для меня?

Она что-то промычала и пошла по коридору, презрительно вертя задом. Это она умела. Никогда еще я не видел женщину, которая делала бы это так выразительно.

Хассе стоял и ждал. Мне вдруг стало стыдно, когда, обернувшись, я увидел его рядом, такого тихого и покорного.

— Через час или два вы успокоитесь, — сказал я и протянул ему руку, но он не подал мне руки, а только странно посмотрел на меня.

— Мы не могли бы ее поискать? — спросил он тихо.

— Но вы же не знаете, где она.

— А может быть, всё-таки стоит ее поискать, — повторил он. — Вот если бы взять вашу машину... Я, конечно, заплачу, — быстро добавил он.

— Не в этом дело, — ответил я. — Просто это

совершенно бесцельно. Куда мы, собственно, поедем? К тому же, в такое время едва ли она будет на улице.

— Не знаю, — сказал он всё так же тихо. — Я только думаю, что стоило бы ее поискать.

Прошла Фрида с пустым подносом.

— Мне нужно идти, — сказал я, — и мне кажется, что вы зря волнуетесь. Я, конечно, охотно оказал бы вам такую услугу, но фройляйн Хольман должна скоро уехать, и мне хотелось бы побыть с ней сегодня. Возможно, это ее последнее воскресенье здесь. Вы меня, конечно, понимаете.

Он кивнул.

Я жалел его, но мне не терпелось пойти к Пат.

— Если вам всё-таки хочется немедленно поехать, возьмите любое такси, — продолжал я, — но не советую. Лучше подождите еще немного, — тогда я позвоню моему другу Ленцу, и он поедет с вами на поиски.

Мне казалось, что он совсем не слушает меня.

— Вы не видели ее сегодня утром? — вдруг спросил он.

— Нет, — ответил я удивленно. — Иначе я бы уже давно сказал вам об этом. Он снова кивнул и с совершенно отсутствующим видом, не проронив больше ни слова, ушел в свою комнату.

* * *

Пат успела зайти ко мне и нашла розы. Когда я вошел а ее комнату, она рассмеялась.

— Робби, — сказала она, — я всё-таки довольно наивна. Только от Фриды я узнала, что свежие розы в воскресенье, да еще в этакую рань, несомненно пахнут воровством. Вдобавок она мне сказала, что этот сорт не найти ни в одном из ближайших цветочных магазинов.

— Думай, что хочешь, — ответил я. — Главное, что они доставляют тебе радость.

— Теперь еще большую, чем когда-либо, милый. Ведь ты добыл их, подвергая себя опасности!

— Да еще какой опасности! — Я вспомнил священника. — Но почему ты так рано поднялась?

— Не могла больше спать. Кроме того, я видела сон. Ничего хорошего.

Я внимательно посмотрел на нее. Она выглядела утомленной, йод глазами были синие крути.

— С каких пор ты видишь плохие сны? — спросил я. — До сих пор я считал это своей специальностью.

Она покачала головой:

— Ты заметил, что на дворе уже осень?

— У нас это называется бабьим летом, — возразил я. — Ведь еще цветут розы. Просто идет дождь, — вот всё, что я вижу.

— Идет дождь. Слишком долго он идет, любимый. Иногда по ночам, когда я просыпаюсь, мне кажется, что я похоронена под этим нескончаемым дождем.

— По ночам ты должна приходить ко мне, — заявил я. — Тогда у тебя не будет таких мыслей. Наоборот, так хорошо быть вместе, когда темно и за окном дождь.

— Может быть, — тихо сказала она и прижалась ко мне.

— Я, например, очень люблю, когда в воскресенье идет дождь, — сказал я. — Как-то больше чувствуешь уют. Мы вместе, у нас теплая, красивая комната, и впереди свободный день, — по-моему, это очень много.

Ее лицо просветлело:

— Да, нам хорошо, правда? — По-моему, нам чудесно. Вспоминаю о том, что было раньше. Господи! Никогда бы не подумал, что мне еще будет так хорошо.

— Как приятно, когда ты так говоришь. Я сразу всему верю. Говори так почаще.

— Разве я не часто говорю с тобой так?

— Нет.

— Может быть, — сказал я. — Мне кажется, что я недостаточно нежен. Не знаю, почему, но я просто не умею быть нежным. А мне бы очень хотелось…

— Тебе это не нужно, милый, я и так понимаю тебя. Но иногда всё-таки хочется слышать такие слова.

— С сегодняшнего дня я их стану говорить всегда. Даже если самому себе буду казаться глупым.

— Ну уж и глупым! — ответила она. — В любви не бывает глупостей.

— Слава богу, нет, — сказал я. — А то просто страшно подумать, во что можно было бы превратиться.

Мы позавтракали вместе, потом Пат снова легла в постель. Так предписал Жаффе.

— Ты останешься? — спросила она, уже укрывшись одеялом.

— Если хочешь, — сказал я.

— Я бы хотела, но это необязательно…

Я подсел к ее кровати:

— Ты меня не поняла. Я просто вспомнил: раньше ты не любила, чтобы на тебя смотрели, когда ты спишь.

— Раньше да… но теперь я иногда боюсь… оставаться одна…

— И со мной это бывало, — сказал я. — В госпитале, после операции. Тогда я всё боялся уснуть ночью. Всё время бодрствовал и читал или думал о чем-нибудь и только на рассвете засыпал… Это пройдет.

Она прижалась щекой к моей руке:

— И всё-таки страшно, Робби, боишься, что уже не вернешься…

— Да, — сказал я. — А потом возвращаешься, и всё

проходит. Ты это видишь по мне. Всегда возвращаешься, хотя необязательно на то же место.

— В том-то и дело, — ответила она, закрывая глаза. — Этого я тоже боюсь. Но ведь ты следишь за мной, правда? — Слежу, — сказал я и провел рукой по ее лбу и волосам, которые тоже казались мне усталыми.

Она стала дышать глубже и слегка повернулась на бок. Через, минуту она крепко спала.

Я опять уселся у окна и смотрел на дождь. Это был сплошной серый ливень, и наш дом казался островком в его мутной бесконечности. Я был встревожен. Редко случалось, чтобы с утра Пат была печальна. Еще на днях она была оживленной и радостной, и, когда проснется, может быть, всё будет по-другому. Я знал — она много думает о своей болезни, ее состояние еще не улучшилось, — это мне сказал Жаффе; но на своем веку я видел столько мертвых, что любая болезнь была для меня всё-таки жизнью и надеждой; я знал — можно умереть от ранения, этого я навидался, но мне всегда трудно было поверить, что болезнь, при которой человек с виду невредим, может оказаться опасной. Вот почему, глядя на Пат, я всегда быстро преодолевал тревогу и растерянность.

* * *

В дверь постучали. У порога стоял Хассе. Приложив палец к губам, я тихонько вышел в коридор.

— Простите меня, — с трудом вымолвил он.

— Зайдемте ко мне, — предложил я и отворил дверь своей комнаты.

Хассе остался в коридоре. Казалось, что его лицо стало меньше. Оно было бело как мел.

— Я только хотел вам сказать, что нам уже незачем ехать, — проговорил он, почти не шевеля губами.

— Вы можете войти ко мне — фройляйн Хольман спит, у меня есть время, — снова предложил я.

В руке у него было письмо. Он выглядел как человек, в которого только что выстрелили, но он еще не верит этому и не чувствует боли, он ощутил пока только толчок.

— Лучше прочитайте сами, — сказал он и дал мне письмо.

— Вы уже пили кофе? — спросил я.

Он покачал головой.

— Читайте письмо…

— Да, а вы пока попейте кофе…

Я вышел и попросил Фриду принести кофе. Потом я прочитал письмо. Оно было от фрау Хассе — всего несколько строк. Она сообщала, что хочет получить еще кое-что от жизни, и поэтому решила не возвращаться к нему. Есть человек, понимающий ее лучше, чем Хассе. Предпринимать что-либо бесцельно, – она ни в коем случае не вернется. Так будет, вероятно, лучше и для него. Ему больше не придется тревожиться, хватит или не хватит жалованья. Часть своих вещей она уже взяла; за остальными пришлет кого-нибудь при случае.

Это было деловое и ясное письмо. Я сложил его и вернул Хассе. Он смотрел на меня так, словно всё зависело от меня.

– Что же делать? – спросил он.

– Сперва выпейте эту чашку кофе и съешьте что нибудь, – сказал я. – Не стоит суетиться без толку и терять голову. А потом подумаем. Вам надо постараться успокоиться, и тогда вы примете лучшее решение.

Он послушно выпил кофе. Его рука дрожала, и он не мог есть.

– Что же делать? – опять спросил он.

– Ничего, – сказал я. – Ждать.

Он сделал неопределенное движение.

– А что бы вы хотели сделать? – спросил я.

– Не знаю. Не могу этого понять.

Я молчал. Было трудно сказать ему что-нибудь. Его можно было только успокоить, остальное он должен был решить сам.

Мне думалось, что он больше не любит эту женщину; на он привык к ней, а для бухгалтера привычка могла быть сильнее любви.

Через некоторое время он заговорил, сбивчиво и путано; чувствовалось, что он окончательно потерял всякую опору. Потом он стал осыпать себя упреками. Он не сказал ни слова против своей жены и только пытался внушить себе, что сам виноват во всем.

– Хассе, – сказал я, – всё, что вы говорите, – чушь. В этих делах никогда не бывает виновных. Жена ушла от вас, а не вы от нее. Вам не в чем упрекать себя.

– Нет, я виноват, – ответил он и посмотрел на свои руки. – Я ничего не добился в жизни!

– Чего вы не добились?

– Ничего. А раз не добился, значит виноват.

Я удивленно посмотрел на маленькую жалкую фигурку в красном плюшевом кресле. – Господин Хассе, – сказал я спокойно, – это может быть в крайнем случае причиной, но не виной. Кроме того, вы всё-таки кое-чего добились.

Он резко покачал головой:

– Нет, нет, это я довел ее до безумия своей вечной боязнью увольнения. Ничего я не добился! Что я мог ей предложить? Ничего…

Он впал в тупое раздумье. Я поднялся и достал

коньяк.

– Выпьем немного, – сказал я. – Ведь еще ничто не потеряно.

Он поднял голову.

– Еще ничто не потеряно, – повторил я. – Человека теряешь только когда он умирает.

Он торопливо кивнул, взял рюмку, но поставил ее обратно, не отпив ни глотка.

– Вчера меня назначили начальником канцелярии, – тихо сказал он. – Теперь я главный бухгалтер и начальник канцелярии. Управляющий сказал мне об этом вечером. Я получил повышение, потому что в последние месяцы постоянно работал сверхурочно. Они слили две канцелярии в одну. Другого начальника уволили. Мое жалование повышено на пятьдесят марок. – Вдруг он с отчаянием взглянул на меня. – А как вы думаете, она бы осталась, если бы знала об этом?

– Нет, – сказал я.

– На пятьдесят марок больше. Я бы отдавал их ей. Она могла бы каждый месяц покупать себе что-нибудь новое. И ведь на книжке у меня лежит тысяча двести марок! Зачем же я их откладывал? Думал, пусть будет для нее, если наши дела пошатнутся. И вот она ушла… потому что я был слишком бережлив.

Он опять уставился в одну точку.

– Хассе, – сказал я, – мне думается, что всё это не так уж связано одно с другим, как вам кажется. Не стоит копаться в этом. Надо перебороть себя. Пройдет несколько дней, и вам станет яснее, что делать. Может быть ваша жена вернется сегодня вечером или завтра утром. Ведь она думает об этом так же, как и вы.

– Она больше не придет, – ответил он.

– Этого вы не знаете.

– Если бы ей можно было сказать, что у меня теперь большее жалованье и что мы можем взять отпуск и совершить путешествие на сэкономленные деньги…

– Всё это вы ей скажете. Так просто люди не расстаются.

Меня удивило, что он совершенно не думал о другом мужчине. Видимо, еще не понимал этого; он думал только о том, что его жена ушла. Всё остальное было пока туманным, неосознанным. Мне хотелось сказать ему, что через несколько недель он, возможно, будет рад ее уходу, но при его состоянии это было бы излишней грубостью с моей стороны. Для оскорбленного чувства правда всегда груба и почти невыносима.

Я посидел с ним еще немного – только чтобы дать ему выговориться. Но я ничего не добился. Он продолжал вертеться в заколдованном кругу, хотя мне показалось, что он немного успокоился. Он выпил рюмку коньяку. Потом меня позвала Пат.

– Одну минутку, – сказал я и встал.

– Да, – ответил он, как послушный ребенок, и тоже поднялся.

– Побудьте здесь, я сейчас…

– Простите…

– Я сейчас же вернусь, – сказал я и пошел к Пат. Она сидела в кровати, свежая и отдохнувшая:

– Я чудесно спала, Робби! Вероятно, уже полдень.

– Ты спала только час, – сказал я и показал ей часы.

Она посмотрела на циферблат:

– Тем лучше, значит у нас масса времени впереди. Сейчас я встану.

– Хорошо. Через десять минут я приду к тебе.

– У тебя гости?

– Хассе, – сказал я. – Но это ненадолго.

Я пошел обратно, но Хассе уже не было. Я открыл дверь в коридор. И там было пусто. Прошел по коридору и постучал к нему. Он не ответил. Открыв дверь, я увидел его перед шкафом. Ящики были выдвинуты.

– Хассе, – сказал я, – примите снотворное, ложитесь в постель и прежде всего выспитесь. Вы слишком возбуждены.

Он медленно повернулся ко мне:

– Быть всегда одному, каждый вечер! Всегда торчать здесь, как вчера! Подумайте только… Я сказал ему, что всё изменится и что есть много людей, которые по вечерам одиноки. Он проговорил что-то неопределенное. Я еще раз сказал ему, чтобы он ложился спать, – может быть, ничего особенного не произошло и вечером его жена еще вернется. Он кивнул и протянул мне руку.

– Вечером загляну к вам еще раз, – сказал я и с чувством облегчения ушел.

Перед Пат лежала газета.

– Робби, можно пойти сегодня утром в музей, – предложила она.

– В музей? – спросил я.

– Да. На выставку персидских ковров. Ты, наверно, не часто бывал в музеях?

– Никогда! – ответил я. – Да и что мне там делать?

– Вот тут ты прав, – сказала она смеясь.

– Пойдем. Ничего страшного в этом нет. – Я встал. – В дождливую погоду не грех сделать что-нибудь для своего образования.

Мы оделись и вышли. Воздух на улице был великолепен. Пахло лесом и сыростью. Когда мы проходили мимо «Интернационаля», я увидел сквозь открытую дверь Розу, сидевшую у стойки. По случаю воскресенья она пила шоколад. На столике лежал небольшой пакет. Видимо, она собиралась после завтрака, как обычно, навестить свою девочку. Я давно не заходил в «Интернациональ», и мне было странно видеть Розу, невозмутимую, как всегда. В моей жизни так много переменилось, что мне казалось, будто везде всё должно было стать иным.

Мы пришли в музей. Я думал, что там будет совсем безлюдно, но, к своему удивлению, увидел очень много посетителей. Я спросил у сторожа, в чем дело.

– Ни в чем, – ответил он, – так бывает всегда в дни, когда вход бесплатный.

– Вот видишь, – сказала Пат. – Есть еще масса людей, которым это интересно.

Сторож сдвинул фуражку на затылок:

– Ну, это, положим, не так, сударыня. Здесь почти всё безработные. Они приходят не ради искусства, а потому, что им нечего делать. А тут можно хотя бы посмотреть на что-нибудь.

– Вот такое объяснение мне более понятно, – сказал я.

– Это еще ничего, – добавил сторож. – Вот зайдите как-нибудь зимой! Битком набито. Потому что здесь топят.

Мы вошли в тихий, несколько отдаленный от других зал, где были развешаны ковры. За высокими окнами раскинулся сад с огромным платаном. Вся листва была желтой, и поэтому неяркий свет в зале казался желтоватым. Экспонаты поражали роскошью. Здесь были два ковра шестнадцатого века с изображениями зверей, несколько исфаханских ковров, польские шелковые ковры цвета лососины с изумрудно-зеленой каймой. Время и солнце умерили яркость красок, и ковры казались огромными сказочными пастелями. Они сообщали залу особую гармонию, которую никогда не могли бы создать картины. Жемчужно-серое небо, осенняя листва платана за окном – все это тоже походило на старинный ковер и как бы входило в экспозицию.

Побродив здесь немного, мы пошли в другие залы музея. Народу прибавилось, и теперь было совершенно ясно, что многие здесь случайно. С бледными лицами, в поношенных костюмах, заложив руки за спину, они несмело проходили по залам, и их глаза видели не картины эпохи Ренессанса и спокойно-величавые скульптуры античности, а нечто совсем другое. Многие присаживались на диваны, обитые красным бархатом. Сидели усталые, но по их позам было видно, что они готовы встать и уйти по первому знаку служителя.

Они не совсем понимали, как это можно бесплатно отдыхать на мягких диванах. Они не привыкли получать что бы то ни было даром.

Во всех залах было очень тихо. Несмотря на обилие посетителей, почти не слышно было разговоров. И всё же мне казалось, что я присутствую при какой-то титанической борьбе, неслышной борьбе людей, которые повержены, но еще не желают сдаться. Их вышвырнули за борт, лишили работы, оторвали от профессии, отняли всё, к чему они стремились, и вот они пришли в эту тихую обитель искусства, чтобы не впасть в оцепенение, спастись от отчаяния. Они думали о хлебе, всегда только о хлебе и о работе; но они приходили сюда, чтобы хоть на несколько часов уйти от своих мыслей. Волоча ноги, опустив плечи, они бесцельно бродили среди чеканных бюстов римлян, среди вечно прекрасных белых изваяний эллинок, – какой потрясающий, страшный контраст! Именно здесь можно было понять, что смогло и чего не смогло достичь человечество в течение тысячелетий: оно создало бессмертные произведения искусства, но не сумело дать каждому из своих собратьев хотя бы вдоволь хлеба.

* * *

После обеда мы пошли в кино. Когда мы возвращались домой, небо уже прояснилось. Оно было яблочнозеленым и очень прозрачным. Улицы и магазины были освещены. Мы медленно шли и по дороге разглядывали витрины.

Я остановился перед ярко освещенными стеклами крупного мехового магазина. Вечера стали прохладными. В витринах красовались пышные связки серебристых чернобурок и теплые зимние шубки. Я посмотрел на Пат; она всё еще носила свой легкий меховой жакет. Это было явно не по сезону.

– Будь я героем фильма, я вошел бы сюда и подобрал бы тебе шубку, – сказал я.

Она улыбнулась:

– Какую же?

– Вот! – Я выбрал шубку, показавшуюся мне самой теплой.

Она рассмеялась:

– У тебя хороший вкус, Робби. Это очень красивая канадская норка.

– Хочешь ее?

Она взглянула на меня:

– А ты знаешь, милый, сколько она стоит?

– Нет, – сказал я, – я и не хочу этого знать. Я

лучше буду думать о том, как стану дарить тебе всё, что только захочу. Почему другие могут делать подарки любимой, а я нет?

Пат внимательно посмотрела на меня:

– Робби, но я вовсе не хочу такой шубы.

– Нет, – заявил я, – ты ее получишь! Ни слова больше об этом. Завтра мы за ней пошлем.

– Спасибо, дорогой, – сказала она с улыбкой и поцеловала меня тут же на улице. – А теперь твоя очередь. – Мы остановились перед магазином мужских мод.

– Вот этот фрак! Он подойдет и моей норке. И вот этот цилиндр тоже. Интересно, как бы ты выглядел в цилиндре?

– Как трубочист. – Я смотрел на фрак. Он был выставлен в витрине, декорированной серым бархатом. Я внимательнее оглядел витрину. Именно в этом магазине я купил себе весной галстук, в тот день, когда впервые был вдвоем с Пат и напился. Что-то вдруг подступило к горлу, я и сам не знал, почему. Весной… Тогда я еще ничего не знал обо всем…

Я взял узкую ладонь Пат и прижал к своей щеке. Потом я сказал:

– К шубке надо еще что-нибудь. Одна только норка – всё равно что автомобиль без мотора. Два или три вечерних платья…

– Вечерние платья… – подхватила она, останавливаясь перед большой витриной. – Вечерние платья, правда… от них мне труднее отказаться…

Мы подыскали три чудесных платья. Пат явно оживилась от этой игры. Она отнеслась к ней совершенно серьезно, – вечерние платья были ее слабостью. Мы подобрали заодно всё, что было необходимо к ним, и она всё больше загоралась. Ее глаза блестели. Я стоял рядом с ней, слушал ее, смеялся и думал, до чего же страшно любить женщину и быть бедным.

– Пойдем, – сказал я наконец в порыве какого-то отчаянного веселья, – уж если делать что-нибудь, так до конца! – Перед нами была витрина ювелирного магазина. – Вот этот изумрудный браслет! И еще вот эти два кольца и серьги! Не будем спорить! Изумруды – самые подходящие камни для тебя.

– За это ты получишь эти платиновые часы и жемчужины для манишки.

– А ты – весь магазин. На меньшее я не согласен…

Она засмеялась и, шумно дыша, прислонилась ко мне:

– Хватит, дорогой, хватит! Теперь купим себе еще несколько чемоданов, пойдем в бюро путешествий, а потом уложим вещи и уедем прочь из этого города, от этой осени, от этого дождя...

"Да, – подумал я. – Господи, конечно да, и тогда она скоро выздоровеет!" – А куда? – спросил я. – В Египет? Или еще дальше? В Индию и Китай?

– К солнцу, милый, куда-нибудь к солнцу, на юг, к теплу. Где пальмовые аллеи, и скалы, и белые домики у моря, и агавы. Но, может быть, и там дождь. Может быть, дождь везде.

– Тогда мы просто поедем дальше, – сказал я. – Туда, где нет дождей. Прямо в тропики, в южные моря.

Мы стояли перед яркой витриной бюро путешествий "Гамбург – Америка" и смотрели на модель парохода. Он плыл по синим картонным волнам, а за ним мощно поднималась фотографическая панорама небоскребов Манхэттана. В других витринах были развешаны большие пестрые карты с красными линиями пароходных маршрутов.

– Ив Америку тоже поедем, – сказала Пат. – В Кентукки, и в Техас, и в Нью-Йорк, и в Сан-Франциско, и на Гавайские острова. А потом дальше, в Южную Америку. Через Мексику и Панамский канал в Буэнос Айрес и затем через Рио-де-Жанейро обратно.

– Да...

Она смотрела на меня сияющим взглядом.

– Никогда я там не был, – сказал я. – В тот раз я тебе всё наврал.

– Это я знаю, – ответила она.

– Ты это знаешь?

– Ну конечно, Робби! Конечно, знаю! Сразу поняла!

– Тогда я был довольно-таки сумасшедшим. Неуверенным, глупым и сумасшедшим. Поэтому я тебе врал.

– А сегодня?

– А сегодня еще больше, – сказал я. – Разве ты сама не видишь? – Я показал на пароход в витрине. – Нам с тобой нельзя на нем поехать. Вот проклятье!

Она улыбнулась и взяла меня под руку:

– Ах, дорогой мой, почему мы не богаты? Уж мы бы сумели отлично воспользоваться деньгами! Как много есть богатых людей, которые не знают ничего лучшего, чем вечно торчать в своих конторах и банках.

– Потому-то они и богаты, – сказал я. – А если бы мы разбогатели, то уж, конечно, ненадолго.

– И я так думаю. Мы бы так или иначе быстро потеряли свое богатство.

– И может быть, стремясь поскорее растранжирить деньги, мы так и не сумели бы толком насладиться ими. В наши дни быть богатым – это прямо-таки профессия. И совсем не простая.

– Бедные богачи! – сказала Пат. – Тогда, пожалуй, лучше представим себе, что мы уже были богаты и успели всё потерять. Просто ты обанкротился на прошлой неделе, и пришлось продать всё – наш дом, и мои драгоценности, и твои автомобили. Как ты думаешь?

– Что ж, это вполне современно, – ответил я.

Она рассмеялась:

– Тогда идем! Оба мы банкроты. Пойдем теперь в нашу меблированную комнатушку и будем вспоминать свое славное прошлое.

– Хорошая идея.

Мы медленно пошли дальше по вечерним улицам. Вспыхивали всё новые огни. Подойдя к кладбищу, мы увидели в зеленом небе самолет с ярко освещенной кабиной. Одинокий и прекрасный, он летел в прозрачном, высоком и тоже одиноком небе, как чудесная птица мечты из старинной сказки. Мы остановились и смотрели ему вслед, пока он не исчез.

* * *

Не прошло и получаса после нашего возвращения, как кто-то постучал в мою дверь. Я подумал, что это опять Хассе, и встал, чтобы открыть. Но это была фрау Залевски. Она выглядела очень расстроенной.

– Идемте скорее, – прошептала она.

– Что случилось?

– Хассе.

Я посмотрел на нее. Она пожала плечами:

– Заперся и не отвечает.

– Минутку.

Я вошел к Пат и попросил ее отдохнуть, пока я переговорю с Хассе.

– Хорошо, Робби. Я и в самом деле опять устала.

Я последовал за фрау Залевски по коридору. У дверей Хассе собрался почти весь пансион: рыжеволосая Эрна Бениг в пестром кимоно с драконами, – еще две недели назад она была золотистой блондинкой; филателист-казначей в домашней куртке военного покроя; бледный и спокойный Орлов, только что вернувшийся из кафе, где он танцевал с дамами; Джорджи, нервно стучавший в дверь и сдавленным голосом звавший Хассе, и наконец Фрида, с глазами, перекошенными от волнения, страха и любопытства.

– Ты давно уже стучишься, Джорджи? – спросил я.

– Больше четверти часа, – мгновенно выпалила Фрида, красная как рак. – Он, конечно, дома и вообще никуда не выходил, с обеда не выходил, только всё носился взад и вперед, а потом стало тихо…

— Ключ торчит изнутри, — сказал Джорджи. — Дверь заперта.

Я посмотрел на фрау Залевски:

— Надо вытолкнуть ключ и открыть дверь. Есть у вас второй ключ?

— Сейчас сбегаю за связкой с ключами, — заявила Фрида с необычной услужливостью. — Может, какой-нибудь подойдет.

Мне дали кусок проволоки. Я повернул ключ и вытолкнул его из замочной скважины. Звякнув, он упал с другой стороны двери. Фрида вскрикнула и закрыла лицо руками.

— Убирайтесь-ка отсюда подальше, — сказал я ей и стал пробовать ключи. Один из них подошел. Я повернул его и открыл дверь. Комната была погружена в полумрак, в первую минуту я никого не увидел. Серо-белыми пятнами выделялись кровати, стулья были пусты, дверцы шкафа заперты.

— Вот он стоит! — прошептала Фрида, снова протиснувшаяся вперед. Меня обдало горячим дыханием и запахом лука. — Вон там сзади, у окна.

— Нет, — сказал Орлов, который быстро вошел в комнату и тут же вернулся. Он оттолкнул меня, взялся за дверную ручку, прикрыл дверь, затем обратился к остальным: — Вам лучше уйти. Не стоит смотреть на это, — медленно проговорил он своим твердым русским акцентом и остался стоять перед дверью.

— О боже! — пролепетала фрау Залевски и отошла назад. Эрна Бениг тоже отступила на несколько шагов. Только Фрида пыталась протиснуться вперед и ухватиться за дверную ручку. Орлов отстранил ее.

— Будет действительно лучше… — снова сказал он.

— Сударь! — зарычал внезапно казначей, распрямляя грудь. — Как вы смеете! Будучи иностранцем!.. Орлов спокойно посмотрел на него.

— Иностранец… — сказал он. — Иностранец… здесь это безразлично. Не в этом дело…

— Мертвый, да? — не унималась Фрида.

— Фрау Залевски, — сказал я, — и я думаю, что остаться здесь надо только вам и, может быть, Орлову и мне.

— Немедленно позвоните врачу, — сказал Орлов.

Джорджи уже снял трубку. Всё это длилось несколько секунд.

— Я остаюсь! — заявил казначей, побагровев. — Как немецкий мужчина, я имею право Орлов пожал плечами и отворил дверь. Затем он включил свет. Женщины с криком отпрянули назад. В окне висел Хассе о иссиня-черным лицом и вывалившимся языком.

— Отрезать шнур! — крикнул я.

— Нет смысла, — сказал Орлов медленно, жестко и

печально. – Мне это знакомо… такое лицо… он уже несколько часов мертв…

– Попробуем всё-таки…

– Лучше не надо… Пусть сначала придет полиция.

В ту же секунду раздался звонок. Явился врач, живший по соседству. Он едва взглянул на тощее надломленное тело.

– Тут уже ничего не сделаешь, – сказал он, – но всё-таки попробуем искусственное дыхание. Немедленно позвоните в полицию и дайте мне нож.

Хассе повесился на витом шелковом шнурке. Это был поясок от розового халата его жены, и он очень искусно прикрепил его к крючку над окном. Шнур был натерт мылом. Видимо, Хассе встал на подоконник и потом соскользнул с него. Судорога свела руки, на лицо было страшно смотреть. Странно, но в эту минуту мне бросилось в глаза, что он успел переодеться. Теперь на нем был его лучший костюм из синей камвольной шерсти, он был побрит и в свежей рубашке. На столе с педантичностью были разложены паспорт, сберегательная книжка, четыре бумажки по десять марок, немного серебра и два письма – одно жене, другое в полицию. Около письма к жене лежал серебряный портсигар и обручальное кольцо.

Видимо, он долго и подробно обдумывал каждую мелочь и наводил порядок. Комната была безукоризненно прибрана. Осмотревшись внимательней, мы обнаружили на комоде еще какие-то деньги и листок, на котором было написано: "Остаток квартирной платы за текущий месяц". Эти деньги он положил отдельно, словно желая показать, что они не имеют никакого отношения к его смерти.

Пришли два чиновника в штатском. Врач, успевший тем временем снять труп, встал.

– Мертв, – сказал он. – Самоубийство. Вне всяких сомнений.

Чиновники ничего не ответили. Закрыв дверь, они внимательно осмотрели комнату, затем извлекли из ящика шкафа несколько писем, взяли оба письма со стола и сличили почерк. Чиновник помоложе понимающе кивнул головой:

– Кто-нибудь знает причину?

Я рассказал ему, что знал. Он снова кивнул и записал мой адрес.

– Можно его увезти? – спросил врач.

– Я заказал санитарную машину в больнице Шаритэ, – ответил молодой чиновник. – Сейчас она приедет.

Мы остались ждать. В комнате было тихо. Врач опустился на колени возле Хассе. Расстегнув его одежду, он стал растирать ему грудь полотенцем, поднимая и опуская его руки. Воздух проникал в мертвые легкие и со свистом вырывался наружу.

— Двенадцатый за неделю, — сказал молодой чиновник.

— Всё по той же причине? — спросил я.

— Нет. Почти вей из-за безработицы. Два семейства. В одном было трое детей. Газом, разумеется. Семьи почти всегда отравляются газом.

Пришли санитары с носилками. Вместе с ними в комнату впорхнула Фрида и с какой-то непонятной жадностью уставилась на жалкое тело Хассе. Ее потное лицо покрылось красными пятнами.

— Что вам здесь нужно? — грубо спросил старший чиновник.

Она вздрогнула.

— Ведь я должна дать показания, — проговорила она, заикаясь.

— Убирайся отсюда! — сказал чиновник. Санитары накрыли Хаосе одеялом и унесли его. Затем стали собираться и оба чиновника. Они взяли с собой документы.

— Он оставил деньги на погребение, — сказал молодой чиновник. — Мы передадим их по назначению. Когда появится жена, скажите ей, пожалуйста, чтобы зашла в полицию. Он завещал ей свои деньги. Могут ли остальные вещи оставаться пока здесь?

Фрау Залевски кивнула:

— Эту комнату мне уже всё равно не сдать.

— Хорошо.

Чиновник откланялся и вышел. Мы тоже вышли.

Орлов запер дверь и передал ключ фрау Залевски.

— Надо поменьше болтать обо всем этом, — сказал я.

— И я так считаю, — сказала фрау Залевски.

— Я имею в виду прежде всего вас, Фрида, — добавил я.

Фрида точно очнулась. Ее глаза заблестели. Она не ответила мне.

— Если вы скажете хоть слово фройляйн Хольман, — сказал я, — тогда просите милости у бога, от меня ее не ждите!

— Сама знаю, — ответила она задиристо. — Бедная дама слишком больна для этого!

Ее глаза сверкали. Мне пришлось сдержаться, чтобы не дать ей пощечину.

— Бедный Хассе! — сказала фрау Залевски.

В коридоре было совсем темно.

— Вы были довольно грубы с графом Орловым, — сказал я казначею. — Не хотите ли извиниться перед ним?

Старик вытаращил на меня глаза. Затем он

воскликнул:

– Немецкий мужчина не извиняется! И уж меньше всего перед азиатом! – Он с треском захлопнул за собой дверь своей комнаты.

– Что творится с нашим ретивым собирателем почтовых марок? – спросил я удивленно. – Ведь он всегда был кроток как агнец.

– Он уже несколько месяцев ходит на вое предвыборные собрания, – донесся голос Джорджи из темноты.

– Ах, вот оно что! Орлов и Эрна Бениг уже ушли. Фрау Залевски вдруг разрыдалась.

– Не принимайте это так близко к сердцу, – сказал я. – Всё равно уже ничего не изменишь.

– Это слишком ужасно, – всхлипывала она. – Мне надо выехать отсюда, я не переживу этого!

– Переживете, – сказал я. – Однажды я видел несколько сот англичан, отравленных газом. И пережил это...

Я пожал руку Джорджи и пошел к себе. Было темно. Прежде чем включить свет, я невольно посмотрел в окно. Потом прислушался. Пат спала. Я подошел к шкафу, достал коньяк и налил себе рюмку. Это был добрый коньяк, и хорошо, что он оказался у меня. Я поставил бутылку на стол. В последний раз из нее угощался Хаосе. Я подумал, что, пожалуй, не следовало оставлять его одного. Я был подавлен, но не мог упрекнуть себя ни в чем. Чего я только не видел в жизни, чего только не пережил! И я знал: можно упрекать себя за всё, что делаешь, или вообще не упрекать себя ни в чем. К несчастью для Хассе, всё стряслось в воскресенье. Случись это в будний день, он пошел бы на службу, и может быть всё бы обошлось.

Я выпил еще коньяку. Не имело смысла думать об этом. Да и какой человек знает, что ему предстоит? Разве хоть кто-нибудь может знать, не покажется ли ему со временем счастливым тот, кого он сегодня жалеет.

Я услышал, как Пат зашевелилась, и пошел к ней. Она лежала с открытыми глазами.

– Что со мной творится, Робби, с ума можно сойти! – сказала она. – Опять я спала как убитая.

– Так это ведь хорошо, – ответил я.

– Нет, – она облокотилась на подушку. – Я не хочу, столько спать.

– Почему же нет? Иногда мне хочется уснуть и проспать ровно пятьдесят лет.

– И состариться на столько же?

– Не знаю. Это можно сказать только потом.

– Ты огорчен чем-нибудь?

– Нет, – сказал я. – Напротив. Я как раз решил, что

мы оденемся, пойдем куда-нибудь и роскошно поужинаем. Будем есть всё, что ты любишь. И немножко выпьем. – Очень хорошо, – ответила она. – Это тоже пойдет в счет нашего великого банкротства?

– Да, – сказал я. – Конечно.

XXI

В середине октября Жаффе вызвал меня к себе. Было десять часов утра, но небо хмурилось и в клинике еще горел электрический свет. Смешиваясь с тусклым отблеском утра, он казался болезненно ярким, Жаффе сидел один в своем большом кабинете. Когда я вошел, он поднял поблескивающую лысиной голову и угрюмо кивнул в сторону большого окна, по которому хлестал дождь:

– Как вам нравится эта чертова погода?

Я пожал плечами:

– Будем надеяться, что она скоро кончится.

– Она не кончится.

Он посмотрел на меня и ничего не сказал. Потом взял карандаш, постучал им по письменному столу и положил на место.

– Я догадываюсь, зачем вы меня позвали, – сказал я.

Жаффе буркнул что-то невнятное.

Я подождал немного. Потом сказал:

– Пат, видимо, уже должна уехать…

– Да…

Жаффе мрачно смотрел на стол.

– Я рассчитывал на конец октября. Но при такой погоде… – Он опять взял серебряный карандаш.

Порыв ветра с треском швырнул дождевые струи в окно. Звук напоминал отдаленную пулеметную стрельбу.

– Когда же, по-вашему, она должна поехать? – спросил я.

Он взглянул на меня вдруг снизу вверх ясным открытым взглядом.

– Завтра, – сказал он.

На секунду мне показалось, что почва уходит у меня из-под ног. Воздух был как вата и липнул к легким. Потом это ощущение прошло, и я спросил, насколько мог спокойно, каким-то далеким голосом, словно спрашивал кто-то другой: – Разве ее состояние так резко ухудшилось?

Жаффе решительно покачал головой и встал.

– Если бы оно резко ухудшилось, она вообще не смогла бы поехать, – заявил он хмуро. – Просто ей лучше уехать. В такую погоду она всё время в опасности. Всякие простуды и тому подобное…

Он взял несколько писем со стола.

— Я уже всё подготовил. Вам остается только выехать. Главного врача санатория я знал еще в бытность мою студентом. Очень дельный человек. Я подробно сообщил ему обо всем.

Жаффе дал мне письма. Я взял их, но не спрятал в карман. Он посмотрел на меня, встал и положил мне руку на плечо. Его рука была легка, как крыло птицы, я почти не ощущал ее.

— Тяжело, — сказал он тихим, изменившимся голосом. — Знаю… Поэтому я и оттягивал отъезд, пока было возможно.

— Не тяжело… — возразил я.

Он махнул рукой:

— Оставьте, пожалуйста…

— Нет, — сказал я, — не в этом смысле… Я хотел бы знать только одно: она вернется?

Жаффе ответил не сразу. Его темные узкие глаза блестели в мутном желтоватом свете.

— Зачем вам это знать сейчас? — спросил он наконец.

— Потому что если не вернется, так лучше пусть не едет, — сказал я.

Он быстро взглянул на меня:

— Что это вы такое говорите?

— Тогда будет лучше, чтобы она осталась.

Он посмотрел на меня.

— А понимаете ли вы, к чему это неминуемо приведет? — спросил он тихо и резко.

— Да, — сказал я. — Это приведет к тому, что она умрет, но не в одиночестве. А что это значит, я тоже знаю.

Жаффе поднял плечи, словно его знобило. Потом он медленно подошел к окну и постоял возле него, глядя на дождь. Когда он повернулся ко мне, лицо его было как маска.

— Сколько вам лет? — спросил он. — Тридцать, — ответил я, не понимая, чего он хочет.

— Тридцать, — повторил он странным тоном, будто разговаривал сам с собой и не понимал меня. — Тридцать, боже мой! — Он подошел к письменному столу и остановился. Рядом с огромным и блестящим столом он казался маленьким и как бы отсутствующим. — Мне скоро шестьдесят, — сказал он, не глядя на меня, — но я бы так не мог. Я испробовал бы всё снова и снова, даже если бы знал точно, что это бесцельно.

Я молчал. Жаффе застыл на месте. Казалось, он забыл обо всем, что происходит вокруг. Потом он словно очнулся и маска сошла с его лица. Он улыбнулся:

– Я определенно считаю, что в горах она хорошо перенесет зиму.

– Только зиму? – спросил я.

– Надеюсь, весной она сможет снова спуститься вниз.

– Надеяться… – сказал я. – Что значит надеяться?

– Всё вам скажи! – ответил Жаффе. – Всегда и всё. Я не могу сказать теперь больше. Мало ли что может быть. Посмотрим, как она будет себя чувствовать наверху. Но я твердо надеюсь, что весной она сможет вернуться.

– Твердо?

– Да. – Он обошел стол и так сильно ударил нотой по выдвинутому ящику, что зазвенели стаканы. – Черт возьми, поймите же, дорогой, мне и самому тяжело, что она должна уехать! – пробормотал он.

Вошла сестра. Знаком Жаффе предложил ей удалиться. Но она осталась на месте, коренастая, неуклюжая, с лицом бульдога под копной седых волос.

– Потом! – буркнул Жаффе. – Зайдите потом!

Сестра раздраженно повернулась и направилась к двери. Выходя, она нажала на кнопку выключателя. Комната наполнилась вдруг серовато-молочным светом. Лицо Жаффе стало землистым.

– Старая ведьма! – сказал он. – Вот уж двадцать лет, как я собираюсь ее выставить. Но очень хорошо работает. – Затем он повернулся ко мне. – Итак?

– Мы уедем сегодня вечером, – сказал я.

– Сегодня?

– Да. Уж если надо, то лучше сегодня, чем завтра. Я отвезу ее. Смогу отлучиться на несколько дней.

Он кивнул и пожал мне руку. Я ушел. Путь до двери показался мне очень долгим.

На улице я остановился и заметил, что всё еще держу письма в руке. Дождь барабанил по конвертам. Я вытер их и сунул в боковой карман. Потом посмотрел вокруг. К дому подкатил автобус. Он был переполнен, и из него высыпала толпа пассажиров. Несколько девушек в черных блестящих дождевиках шутили с кондуктором. Он был молод, белые зубы ярко выделялись на смуглом лице. "Ведь так нельзя, – подумал я, – это невозможно! Столько жизни вокруг, а Пат должна умереть!"

Кондуктор дал звонок, и автобус тронулся. Из-под колес взметнулись снопы брызг и обрушились на тротуар. Я пошел дальше. Надо было предупредить Кестера и достать билеты.

* * *

К двенадцати часам дня я пришел домой и успел

сделать всё, отправил даже телеграмму в санаторий.

— Пат, — сказал я, еще стоя в дверях, — ты успеешь уложить вещи до вечера?

— Я должна уехать?

— Да, — сказал я, — да, Пат.

— Одна?

— Нет. Мы поедем вместе. Я отвезу тебя.

Ее лицо слегка порозовело.

— Когда же я должна быть готова? — спросила она.

— Поезд уходит в десять вечера.

— А теперь ты опять уйдешь?

— Нет. Останусь с тобой до отъезда.

Она глубоко вздохнула.

— Тогда всё просто, Робби, — сказала она. — Начнем сразу?

— У нас еще есть время.

— Я хочу начать сейчас. Тогда всё скоро будет готово.

— Хорошо.

За полчаса я упаковал несколько вещей, которые хотел взять с собой. Потом я зашел к фрау Залевски и сообщил ей о нашем отъезде. Я договорился, что с первого ноября или даже раньше она может сдать комнату Пат. Хозяйка собралась было завести долгий разговор, но я тут же вышел из комнаты.

Пат стояла на коленях перед чемоданом-гардеробом, вокруг висели ее платья, на кровати лежало белье. Она укладывала обувь. Я вспомнил, что точно так же она стояла на коленях, когда въехала в эту комнату и распаковывала свои вещи, и мне казалось, что это было бесконечно давно и будто только вчера.

Она взглянула на меня.

— Возьмешь с собой серебряное платье? — спросил я.

Она кивнула.

— Робби, а что делать с остальными вещами? С мебелью?

— Я уже говорил с фрау Залевски. Возьму к себе в комнату сколько смогу. Остальное сдадим на хранение. Когда вернешься, — заберем всё.

— Когда я вернусь... — сказала она.

— Ну да, весной, когда ты приедешь вся коричневая от солнца.

Я помог ей уложить чемоданы, и к вечеру, когда стемнело, всё было готово. Было очень странно: мебель стояла на прежних местах, только шкафы и ящики опустели, и всё-таки комната показалась мне вдруг голой и печальной. Пат уселась на кровать. Она выглядела усталой.

— Зажечь свет? — спросил я.

Она покачала головой:

– Подожди еще немного.

Я сел возле нее:

– Хочешь сигарету?

– Нет, Робби. Просто посидим так немного.

Я встал и подошел к окну. Фонари беспокойно горели под дождем. В деревьях буйно гулял ветер. Внизу медленно прошла Роза. Ее высокие сапожки сверкали. Она держала под мышкой пакет и направлялась в «Интернациональ». Вероятно, это были нитки и спицы, – она постоянно вязала для своей малышки шерстяные вещи. За ней проследовали Фрицци и Марион, обе в новых белых, плотно облегающих фигуру дождевиках, а немного спустя за ними прошлепала старенькая Мими, обтрепанная и усталая.

Я обернулся. Было уже так темно, что я не мог разглядеть Пат. Я только слышал ее дыхание. За деревьями кладбища медленно и тускло начали карабкаться вверх огни световых реклам. Светящееся название знаменитых сигарет протянулось над крышами, как пестрая орденская лента, запенились синие и зеленые круги фирмы вин и ликеров, вспыхнули яркие контуры рекламы бельевого магазина. Огни отбрасывали матовое рассеянное сияние, ложившееся на стены и потолок, и скользили во всех направлениях, и комната показалась мне вдруг маленьким водолазным колоколом, затерянным на дне моря. Дождевые волны шумели вокруг него; а сверху, сквозь толщу воды, едва проникал слабый отблеск далекого мира.

* * *

Было восемь часов вечера. На улице загудел клаксон.

– Готтфрид приехал на такси, – сказал я. – Он отвезет нас поужинать.

Я встал, подошел к окну и крикнул Готтфриду, что мы идем. Затем я включил маленькую настольную лампу и пошел в свою комнату. Она показалась мне до неузнаваемости чужой. Я достал бутылку рома и наспех выпил рюмку. Потом сел в кресло и уставился на обои. Вскоре я снова встал, подошел к умывальнику, чтобы пригладить щеткой волосы. Но, увидев свое лицо в зеркале, я забыл об этом. Разглядывая себя с холодным любопытством, я сжал губы и усмехнулся. Напряженное и бледное лицо в зеркале усмехнулось мне в ответ.

– Эй, ты! – беззвучно сказал я. Затем я пошел обратно к Пат.

— Пойдем, дружище? – спросил я.

— Да, – ответила Пат, – но я хочу еще раз зайти в твою комнату.

— К чему? В эту старую халупу…

— Останься здесь, – сказала она. – Я сейчас приду.

Я немного подождал, а потом пошел за ней" Заметив меня, Пат вздрогнула. Никогда еще я не видел ее такой. Словно угасшая, стояла она посреди комнаты. Но это длилось только секунду, и улыбка снова появилась на ее лице.

— Пойдем, – сказала она. – Уже пора.

У кухни нас ждала фрау Залевски. Ее седые букли дрожали. На черном шелковом платье у нее была брошь с портретом покойного Залевски.

— Держись! – шепнул я Пат. – Сейчас она тебя обнимет.

В следующее мгновение Пат утонула в грандиозном бюсте. Огромное заплаканное лицо фрау Залевски судорожно подергивалось. Еще несколько секунд – и поток слез залил бы Пат с головы до ног, – когда матушка Залевски плакала, ее глаза работали под давлением, как сифоны.

— Извините, – сказал я, – но мы очень торопимся! Надо немедленно отправляться!

— Немедленно отправляться? – Фрау Залевски смерила меня уничтожающим взглядом. – Поезд уходит только через два часа! А в промежутке вы хотите, наверно, напоить бедную девочку!

Пат не выдержала и рассмеялась:

— Нет, фрау Залевски. Надо проститься с друзьями.

Матушка Залевски недоверчиво покачала головой.

— Фройляйн Хольман, вам кажется, что этот молодой человек – сосуд из чистого золота, а на самом деле он, в лучшем случае, позолоченная водочная бутылка.

— Как образно, – сказал я.

— Дитя мое!.. – снова заволновалась фрау Залевски. – Приезжайте поскорее обратно! Ваша комната всегда будет ждать вас. И даже если в ней поселится сам кайзер, ему придется выехать, когда вы вернетесь!

— Спасибо, фрау Залевски! – сказала Пат. – Спасибо за всё. И за гадание на картах. Я ничего не забуду.

— Это хорошо. Как следует поправляйтесь и выздоравливайте окончательно!

— Да, – ответила Пат, – попробую. До свидания, фрау Залевски. До свидания, Фрида.

Мы пошли. Входная дверь захлопнулась за нами. На лестнице был полумрак, – несколько лампочек перегорело. Тихими мягкими шагами спускалась Пат по ступенькам. Она ничего не говорила. А у меня было такое чувство, будто окончилась побывка, и теперь, серым утром, мы идем на вокзал, чтобы снова уехать на фронт.

* * *

Ленц распахнул дверцу такси.

– Осторожно! – предупредил он. Машина была завалена розами. Два огромных букета белых и красных бутонов лежали на заднем сидении. Я сразу увидел, что они из церковного сада. – Последние, – самодовольно заявил Ленц. – Стоило известных усилий. Пришлось довольно долго объясняться по этому поводу со священником.

– С голубыми детскими глазами? – спросил я.

– Ах, значит, это был ты, брат мой! – воскликнул Готтфрид. – Так, значит, он мне о тебе рассказывал. Бедняга страшно разочаровался, когда после твоего ухода увидел, в каком состоянии кусты роз у галереи. А уж он было подумал, что набожность среди мужского населения снова начала расти.

– А тебя он прямо так и отпустил с цветами? – спросил я.

– С ним можно столковаться. Напоследок он мне даже сам помогал срезать бутоны.

Пат рассмеялась:

– Неужели правда?

Готтфрид хитро улыбнулся:

– А как же! Всё это выглядело очень здорово: духовный отец подпрыгивает в полумраке, стараясь достать самые высокие ветки. Настоящий спортсмен. Он сообщил мне, что в гимназические годы слыл хорошим футболистом. Кажется, играл правым полусредним.

– Ты побудил пастора совершить кражу, – сказал я. – За это ты проведешь несколько столетий в аду. Но где Отто?

– Уже у Альфонса. Ведь мы ужинаем у Альфонса?

– Да, конечно, – сказала Пат.

– Тогда поехали!

* * *

Нам подали нашпигованного зайца с красной капустой и печеными яблоками. В заключение ужина Альфонс завел патефон. Мы услышали хор донских казаков. Это была очень тихая песня. Над хором, звучавшим приглушенно, как далекий орган, витал одинокий ясный голос. Мне показалось, будто бесшумно отворилась дверь, вошел старый усталый человек, молча присел к столику и стал слушать песню своей молодости.

— Дети, — сказал Альфонс, когда пение, постепенно затихая, растаяло наконец, как вздох. — Дети, знаете, о чем я всегда думаю, когда слушаю это? Я вспоминаю Ипр в тысяча девятьсот семнадцатом году. Помнишь, Готтфрид, мартовский вечер и Бертельсмана?.. — Да, — сказал Ленц, — помню, Альфонс. Помню этот вечер и вишневые деревья…

Альфонс кивнул.

Кестер встал.

— Думаю, пора ехать. — Он посмотрел на часы. — Да, надо собираться.

— Еще по рюмке коньяку, — сказал Альфонс. — Настоящего «Наполеона». Я его принес специально для вас.

Мы выпили коньяк и встали.

— До свидания, Альфонс! — сказала Пат. — Я всегда с удовольствием приходила сюда. — Она подала ему руку.

Альфонс покраснел. Он крепко сжал ее ладонь в своих лапах.

— В общем, если что понадобится… просто дайте знать. — Он смотрел на нее в крайнем замешательстве. — Ведь вы теперь наша. Никогда бы не подумал, что женщина может стать своей в такой компании.

— Спасибо, — сказала Пат. — Спасибо, Альфонс. Это самое приятное из всего, что вы могли мне сказать. До свидания и всего хорошего.

— До свидания! До скорого свидания!

Кестер и Ленц проводили нас на вокзал. Мы остановились на минуту у нашего дома, и я сбегал за собакой. Юпп уже увез чемоданы.

Мы прибыли в последнюю минуту. Едва мы вошли в вагон, как поезд тронулся. Тут Готтфрид вынул из кармана завернутую бутылку и протянул ее мне:

— Вот, Робби, прихвати с собой. В дороге всегда может пригодиться.

— Спасибо, — сказал я, — распейте ее сегодня вечером сами, ребята, У меня кое-что припасено.

— Возьми, — настаивал Ленц. — Этого всегда не хватает! — Он шел по перрону рядом с движущимся поездом и кинул мне бутылку.

— До свидания, Пат! — крикнул он. — Если мы здесь обанкротимся, приедем все к вам. Отто в качестве тренера по лыжному спорту, а я как учитель танцев. Робби будет играть на рояле. Сколотим бродячую труппу и будем кочевать из отеля в отель.

Поезд пошел быстрее, и Готтфрид отстал. Пат высунулась из окна и махала платочком, пока вокзал не скрылся за поворотом. Потом она обернулась, лицо ее было очень бледно, глаза влажно блестели. Я взял ее за руку.

— Пойдем, — сказал я, — давай выпьем чего-нибудь. Ты прекрасно держалась.

— Но на душе у меня совсем не прекрасно, — ответила она, пытаясь изобразить улыбку.

— Ну меня тоже, — сказал я. — Поэтому мы и выпьем немного.

Я откупорил бутылку и налил ей стаканчик коньяку.

— Хорошо? — спросил я.

Она кивнула и положила мне голову на плечо.

— Любимый мой, чем же всё это кончится?

— Ты не должна плакать, — сказал я. — Я так горжусь, что ты не плакала весь день.

— Да я и не плачу, — проговорила она, покачав головой, я слёзы текли по ее тонкому лицу.

— Выпей еще немного, — сказал я и прижал ее к себе. — Так бывает в первую минуту, а потом дело пойдет на лад.

Она кивнула:

— Да, Робби. Не обращай на меня внимания. Сейчас всё пройдет; лучше, чтобы ты этого совсем не видел. Дай мне побыть одной несколько минут, я как-нибудь справлюсь с собой.

— Зачем же? Весь день ты была такой храброй, что теперь спокойно можешь плакать сколько хочешь.

— И совсем я не была храброй. Ты этого просто не заметил.

— Может быть, — сказал я, — но ведь в том-то и состоит храбрость.

Она попыталась улыбнуться.

— А в чем же тут храбрость, Робби?

— В том, что ты не сдаешься. — Я провел рукой по ее волосам. — Пока человек не сдается, он сильнее своей судьбы.

— У меня нет мужества, дорогой, — пробормотала она. — У меня только жалкий страх перед последним и самым большим страхом.

— Это и есть настоящее мужество, Пат.

Она прислонилась ко мне.

— Ах, Робби, ты даже не знаешь, что такое страх.

— Знаю, — сказал я.

* * *

Отворилась дверь. Проводник попросил предъявить билеты. Я дал их ему.

— Спальное место для дамы? — спросил он.

Я кивнул.

– Тогда вам придется пройти в спальный вагон, – сказал он Пат. – В других вагонах ваш билет недействителен.

– Хорошо.

– А собаку надо сдать в багажный вагон, – заявил он. – Там есть купе для собак.

– Ладно, – сказал я. – А где спальный вагон?

– Третий справа. Багажный вагон в голове поезда.

Он ушел. На его груди болтался маленький фонарик. Казалось, он идет по забою шахты.

– Будем переселяться, Пат, – сказал я. – Билли я как-нибудь протащу к тебе. Нечего ему делать в багажном вагоне.

Для себя я не взял спального места. Мне ничего не стоило просидеть ночь в углу купе. Кроме того, это было дешевле.

Юпп поставил чемоданы Пат в спальный вагон. Маленькое, изящное купе сверкало красным деревом. У Пат было нижнее место. Я спросил проводника, занято ли также и верхнее.

– Да, – сказал он, – пассажир сядет во Франкфурте.

– Когда мы прибудем туда?

– В половине третьего.

Я дал ему на чай, и он ушел в свой уголок.

– Через полчаса я приду к тебе с собакой, – сказал я Пат.

– Но ведь с собакой нельзя: проводник остается в вагоне.

– Можно. Ты только не запирай дверь.

Я пошел обратно мимо проводника, он внимательно посмотрел на меня. На следующей станции я вышел с собакой на перрон, прошел вдоль спального вагона, остановился и стал ждать. Проводник сошел с лесенки и завел разговор с главным кондуктором. Тогда я юркнул в вагон, прошмыгнул к спальным купе и вошел к Пат, никем не замеченный. На ней был пушистый белый халат, и она чудесно выглядела. Ее глаза блестели. – Теперь я опять в полном порядке, Робби, – сказала она.

– Это хорошо. Но не хочешь ли ты прилечь? Очень уж здесь тесно. А я посижу возле тебя.

– Да, но... – она нерешительно показала на верхнее место. – А что если вдруг откроется дверь и перед нами окажется представительница союза спасения падших девушек?..

– До Франкфурта еще далеко, – сказал я. – Я буду начеку. Не усну.

Когда мы подъезжали к Франкфурту, я перешел в свой вагон, сел в углу у окна и попытался вздремнуть. Но во Франкфурте в купе вошел мужчина с усами, как у тюленя, немедленно открыл чемодан и принялся есть. Он ел так интенсивно, что я никак не мог уснуть. Трапеза продолжалась почти час. Потом тюлень вытер усы, улегся и задал концерт, какого я никогда еще не слышал. Это был не обычный храп, а какие-то воющие вздохи, прерываемые отрывистыми стонами и протяжным бульканьем. Я не мог уловить в этом никакой системы, так всё было разнообразно. К счастью, в половине шестого он вышел.

Когда я проснулся, за окном всё было бело. Снег падал крупными хлопьями. Странный, неправдоподобный полусвет озарял купе. Поезд уже шел по горной местности. Было около девяти часов. Я потянулся и пошел умыться. Когда я вернулся, в купе стояла Пат, посвежевшая после сна.

– Ты хорошо спала? – спросил я.

Она кивнула.

– А кем оказалась старая ведьма на верхней полке?

– Она молода и хороша собой. Ее зовут Хельга Гутман, она едет в тот же санаторий.

– Правда?

– Да, Робби. Но ты спал плохо, это заметно. Тебе надо позавтракать как следует.

– Кофе, – сказал я, – кофе и немного вишневой настойки.

Мы пошли в вагон-ресторан. Вдруг на душе у меня стало легко. Всё выглядело не так страшно, как накануне вечером.

Хельга Гутман уже сидела за столиком. Это была стройная живая девушка южного типа. – Какое странное совпадение, – сказал я. – Вы едете в один и тот же санаторий.

– Совсем не странное, – возразила она.

Я посмотрел на нее. Она рассмеялась.

– В это время туда слетаются все перелетные птицы. Вот, видите стол напротив?.. – Она показала в угол вагона. – Все они тоже едут туда.

– Откуда вы знаете? – спросил я.

– Я их знаю всех по прошлому году. Там, наверху, все знают друг друга.

Кельнер принес кофе. Я заказал еще большую стопку вишневки. Мне нужно было выпить чего-нибудь. И вдруг всё стало как-то сразу очень простым. Рядом сидели люди и ехали в санатории, некоторые даже во второй раз, и эта поездка была для них, по-видимому, всего лишь прогулкой. Было просто глупо тревожиться так сильно. Пат вернется так же, как возвращались все эти люди. Я не думал о том, что они едут туда вторично… Мне было достаточно знать, что оттуда можно вернуться и прожить еще целый год. А за год может случиться многое. Наше прошлое научило нас не заглядывать далеко вперед.

* * *

Мы приехали перед вечером. Солнце заливало золотистым светом заснеженные поля, а прояснившееся небо было таким голубым, каким мы его уже давно не. видели. На вокзале собралось множество людей. Встречающие и прибывшие обменивались приветствиями. Хельгу Гутман встретила хохочущая блондинка и двое мужчин в светлых брюках гольф. Хельга была очень возбуждена, словно вернулась в родной дом после долгого отсутствия.

– До свидания, наверху увидимся! – крикнула она нам и села со своими друзьями в сани.

Все быстро разошлись, и через несколько минут мы остались на перроне одни. К нам подошел носильщик.

– Какой отель? – спросил он.

– Санаторий "Лесной покой", – ответил я.

Он кивнул и подозвал кучера. Оба уложили багаж в голубые пароконные сани. Головы белых лошадей были украшены султанами из пестрых перьев, пар из ноздрей окутывал их морды перламутровым облаком.

Мы уселись. – Поедете наверх по канатной дороге или на санях? – спросил кучер.

– А долго ехать на санях?

– Полчаса.

– Тогда на санях.

Кучер щелкнул языком, и мы тронулись. За деревней дорога спиралью поднималась вверх. Санаторий находился на возвышенности над деревней. Это было длинное белое здание с высокими окнами, выходившими на балконы. Флаг на крыше корпуса колыхался на слабом ветру. Я полагал, что увижу нечто вроде больницы. Но санаторий походил скорее на отель, по крайней мере в нижнем этаже. В холле пылал камин. На нескольких столиках стояла чайная посуда.

Мы зашли в контору. Служитель внес наш багаж, и какая-то пожилая дама сказала нам, что для Пат приготовлена комната 79. Я спросил, можно ли будет и мне получить комнату на несколько дней. Она покачала головой:

– Не в санатории. Но вы сможете поселиться во флигеле.

– Где он?

– Тут же, рядом.

– Хорошо, – сказал я, – тогда отведите мне там комнату и скажите, чтобы туда отнесли мой багаж.

Бесшумный лифт поднял нас на третий этаж.

Здесь всё гораздо больше напоминало больницу. Правда, очень комфортабельную, но всё же больницу. Белые коридоры, белые двери, блеск чистоты, стекла и никеля. Нас встретила старшая сестра.

– Фройляйн Хольман?

– Да, – оказала Пат, – комната 79, не так ли?

Старшая сестра кивнула, прошла вперед и открыла дверь.

– Вот ваша комната.

Это была светлая, средних размеров комната. В широком окне сияло заходящее солнце. На столе стояла ваза с желтыми и красными астрами, а за окном лежал искристый снег, в который деревня укуталась, как в большое мягкое одеяло.

– Нравится тебе? – спросил я Пат.

Она посмотрела на меня и ответила не сразу.

– Да, – сказала она затем. Коридорный внес чемоданы.

– Когда мне надо показаться врачу? – спросила Пат сестру.

– Завтра утром. А сегодня вам лучше лечь пораньше, чтобы хорошенько отдохнуть.

Пат сняла пальто и положила его на белую кровать, над которой висел чистый температурный лист.

– В этой комнате есть телефон? – спросил я.

– Есть розетка, – сказала сестра. – Можно поставить аппарат.

– Я должна еще что-нибудь сделать? – спросила Пат.

Сестра покачала головой:

– Сегодня нет. Режим вам будет назначен только завтра. К врачу пойдете в десять утра. Я зайду за вами.

– Благодарю вас, сестра, – сказала Пат.

Сестра ушла. Коридорный всё еще ждал в дверях. В комнате вдруг стало очень тихо. Пат смотрела в окно на закат. Ее темный силуэт вырисовывался на фоне сверкающего неба.

– Ты устала? – спросил я.

Она обернулась:

– Нет.

– У тебя утомленный вид, – сказал я.

– Я по-другому устала, Робби. Впрочем, для этого у меня еще есть время.

– Хочешь переодеться? – спросил я. – А то, может, спустимся на часок? Думаю, нам лучше сперва сойти вниз.

– Да, – сказала она, – так будет лучше.

Мы спустились в бесшумном лифте и сели за один из столиков в холле. Вскоре подошла Хельга Гутман со своими друзьями. Они подсели к нам. Хельга была возбуждена и не в меру весела, но я был доволен, что она с нами и что у Пат уже есть несколько новых знакомых. Труднее всего здесь было прожить первый день.

XXII

Через неделю я поехал обратно и прямо с вокзала отправился в мастерскую. Был вечер. Всё еще лил дождь, и мне казалось, что со времени нашего отъезда прошел целый год. В конторе я застал Кестера и Ленца.

— Ты пришел как раз вовремя, — сказал Готтфрид.

— А что случилось? — спросил я.

— Пусть сперва присядет, — сказал Кестер.

Я сел.

— Как здоровье Пат? — спросил Отто.

— Хорошо. Насколько это вообще возможно. Но скажите мне, что тут произошло?

Речь шла о машине, которую мы увезли после аварии на шоссе. Мы ее отремонтировали и сдали две недели тому назад. Вчера Кестер пошел за деньгами. Выяснилось, что человек, которому принадлежала машина, только что обанкротился и автомобиль пущен с молотка вместе с остальным имуществом.

— Так это ведь не страшно, — сказал я. — Будем иметь дело со страховой компанией.

— И мы так думали, — сухо заметил Ленц. — Но машина не застрахована.

— Черт возьми! Это правда, Отто?

Кестер кивнул:

— Только сегодня выяснил.

— А мы-то нянчились с этим типом, как сестры милосердия, да еще ввязались в драку из-за его колымаги, — проворчал Ленц. — А четыре тысячи марок улыбнулись!

— Кто же мог знать! — сказал я.

Ленц расхохотался:

— Очень уж всё это глупо!

— Что же теперь делать, Отто? — спросил я.

— Я заявил претензию распорядителю аукциона. Но боюсь, что из этого ничего не выйдет.

— Придется нам прикрыть лавочку. Вот что из этого выйдет, — сказал Ленц. — Финансовое управление и без того имеет на нас зуб из-за налогов.

— Возможно, — согласился Кестер.

Ленц встал:

— Спокойствие и выдержка в трудных ситуациях — вот что украшает солдата. — Он подошел к шкафу и достал коньяк.

— С таким коньяком можно вести себя даже геройски, — сказал я. — Если не ошибаюсь, это у нас последняя хорошая бутылка.

– Героизм, мой мальчик, нужен для тяжелых времен, – поучительно заметил Ленц. – Но мы живем в эпоху отчаяния. Тут приличествует только чувство юмора.

– Он выпил свою рюмку. – Вот, а теперь я сяду на нашего старого Росинанта и попробую наездить немного мелочи.

Он прошел по темному двору, сел в такси и уехал. Кестер и я посидели еще немного вдвоем.

– Неудача, Отто, – сказал я. – Что-то в последнее время у нас чертовски много неудач.

– Я приучил себя думать не больше, чем это строго необходимо, – ответил Кестер. – Этого вполне достаточно. Как там в горах?

– Если бы не туберкулез, там был бы сущий рай. Снег и солнце.

Он поднял голову:
– Снег и солнце. Звучит довольно неправдоподобно, верно?

– Да. Очень даже неправдоподобно. Там, наверху, всё неправдоподобно.

Он посмотрел на меня:
– Что ты делаешь сегодня вечером?

Я пожал плечами:
– Надо сперва отнести домой чемодан.

– Мне надо уйти на час. Придешь потом в бар?

– Приду, конечно, – сказал я. – А что мне еще делать?

* * *

Я съездил на вокзал за чемоданом и привез его домой. Я постарался проникнуть в квартиру без всякого шума – не хотелось ни с кем разговаривать. Мне удалось пробраться к себе, не попавшись на глаза фрау Залевски. Немного посидел в комнате. На столе лежали письма и газеты. В конвертах были одни только проспекты. Да и от кого мне было ждать писем? "А вот теперь Пат будет мне писать", – подумал я.

Вскоре я встал, умылся и переоделся. Чемодан я не распаковал, – хотелось, чтобы было чем заняться, когда вернусь. Я не зашел в комнату Пат, хотя знал, что там никто не живет. Тихо, прошмыгнув по коридору, я очутился на улице и только тогда вздохнул свободно.

Я пошел в кафе «Интернациональ», чтобы поесть. У входа меня встретил кельнер Алоис. Он поклонился мне: – Что, опять вспомнили нас?

– Да, – ответил я. – В конце концов люди всегда возвращаются обратно.

Роза и остальные девицы сидели вокруг большого

стола. Собрались почти все: был перерыв между первым и вторым патрульным обходом.

— Мой бог, Роберт! – сказала Роза. – Вот редкий гость!

— Только не расспрашивай меня, – ответил я. – Главное, что я опять здесь.

— То есть как? Ты собираешься приходить сюда часто?

— Вероятно.

— Не расстраивайся, – сказала она и посмотрела на меня. – Всё проходит.

— Правильно, – подтвердил я. – Это самая верная истина на свете.

— Ясно, – подтвердила Роза. – Лилли тоже могла бы порассказать кое-что на этот счет.

— Лилли? – Я только теперь заметил, что она сидит рядом с Розой. – Ты что здесь делаешь? Ведь ты замужем и должна сидеть дома в своем магазине водопроводной арматуры.

Лилли не ответила.

— Магазин! – насмешливо сказала Роза. – Пока у нее еще были деньги, всё шло как по маслу. Лилли была прекрасна. Лилли была мила, и ее прошлое не имело значения. Всё это счастье продолжалось ровно полгода! Когда же муж выудил у нее всё до последнего пфеннига и стал благородным господином на ее деньги, он вдруг решил, что проститутка не может быть его женой. – Роза задыхалась от негодования. – Вдруг, видите ли, выясняется: он ничего не подозревал и был потрясен, узнав о ее прошлом. Так потрясен, что потребовал развода. Но денежки, конечно, пропали.

— Сколько? – спросил я.

— Четыре тысячи марок! Не пустяк! Как ты думаешь, со сколькими свиньями ей пришлось переспать, чтобы их заработать?

— Четыре тысячи марок, – сказал я. – Опять четыре тысячи марок. Сегодня они словно висят в воздухе.

Роза посмотрела на меня непонимающим взглядом. – Сыграй лучше что-нибудь,

— сказала она, – это поднимет настроение.

— Ладно, уж коль скоро мы все снова встретились.

Я сел за пианино и сыграл несколько модных танцев. Я играл и думал, что денег на санаторий у Пат хватит только до конца января и что мне нужно зарабатывать больше, чем до сих пор. Пальцы механически ударяли по клавишам, у пианино на диване сидела Роза и с восторгом слушала. Я смотрел на нее и на окаменевшую от страшного разочарования Лилли. Ее лицо было более холодным и безжизненным, чем у мертвеца.

* * *

Раздался крик, и я очнулся от своих раздумий. Роза вскочила. От ее мечтательного настроения не осталось и следа. Она стояла у столика, вытаращив глаза, шляпка съехала набок, в раскрытую сумочку со стола стекал кофе, вылившийся из опрокинутой чашки, но она этого не замечала.

– Артур! – с трудом вымолвила она. – Артур, неужели это ты?

Я перестал играть. В кафе вошел тощий вертлявый тип в котелке, сдвинутом на затылок. У него был желтый, нездоровый цвет лица, крупный нос и очень маленькая яйцевидная голова.

– Артур, – снова пролепетала Роза. – Ты?

– Ну да, а кто же еще? – буркнул Артур.

– Боже мой, откуда ты взялся?

– Откуда мне взяться? Пришел с улицы через дверь.

Хотя Артур вернулся после долгой разлуки, он был не особенно любезен. Я с любопытством разглядывал его. Вот, значит, каков легендарный кумир Розы, отец ее ребенка. Он выглядел так, будто только что вышел из тюрьмы. Я не мог обнаружить в нем. ничего, что объясняло бы дикую обезьянью страсть Розы. А может быть, именно в этом и был секрет. Удивительно, на что только могут польститься эти женщины, твердые как алмаз, знающие мужчин вдоль и поперек.

Не спрашивая разрешения, Артур взял полный стакан пива, стоявший возле Розы, и выпил его. Кадык на его тонкой, жилистой шее скользил вверх и вниз, как лифт. Роза смотрела на него и сияла. – Хочешь еще? – спросила она.

– Конечно, – бросил он. – Но побольше.

– Алоис! – Роза радостно обратилась к кельнеру. – Он хочет еще пива!

– Вижу, – равнодушно сказал Алоис и наполнил стакан.

– А малышка! Артур, ты еще не видел маленькую Эльвиру!

– Послушай, ты! – Артур впервые оживился. Он поднял руку к груди, словно обороняясь. – Насчет этого ты мне голову не морочь! Это меня не касается! Ведь я же хотел, чтобы ты избавилась от этого ублюдка. Так бы оно и случилось, если бы меня не… – Он помрачнел. – А теперь, конечно, нужны деньги и деньги.

– Не так уж много, Артур. К тому же, это девочка.

– Тоже стоит денег, – сказал Артур и выпил второй стакан пива. – Может быть, нам удастся найти какую-нибудь сумасшедшую богатую бабу, которая ее удочерит. Конечно, за приличное вознаграждение. Другого выхода не вижу.

Потом он прервал свои размышления:

– Есть у тебя при себе наличные?

Роза услужливо достала сумочку, залитую кофе:

– Только пять марок, Артур, ведь я не знала, что ты придешь, но дома есть больше.

Жестом паши Артур небрежно опустил серебро в жилетный карман.

– Ничего и не заработаешь, если будешь тут продавливать диван задницей, – пробурчал он недовольно.

– Сейчас пойду, Артур. Но теперь какая же работа? Время ужина.

– Мелкий скот тоже дает навоз, – заявил Артур.

– Иду, иду.

– Что ж… – Артур прикоснулся к котелку. – Часов в двенадцать загляну снова.

Развинченной походкой он направился к выходу. Роза блаженно смотрела ему вслед. Он вышел, не закрыв за собою дверь.

– Вот верблюд! – выругался Алоис.

Роза с гордостью посмотрела на нас:

– Разве он не великолепен? Его ничем не проймешь. И где это он проторчал столько времени? – Разве ты не заметила по цвету лица? – сказала Валли. – В надежном местечке. Тоже мне! Герой!

– Ты не знаешь его…

– Я его достаточно знаю, – сказала Валли.

– Тебе этого не понять. – Роза встала. – Настоящий мужчина, вот он кто! Не какая-нибудь слезливая размазня. Ну, я пошла. Привет, детки!

Помолодевшая и окрыленная, она вышла, покачивая бедрами. Снова появился кто-то, кому она сможет отдавать свои деньги, чтобы он их пропивал, а потом еще и бил ее в придачу. Роза была счастлива.

* * *

Через полчаса ушли и остальные. Только Лилли не трогалась с места. Ее лицо было по-прежнему каменным.

Я еще побренчал немного на пианино, затем съел бутерброд и тоже ушел. Было невозможно оставаться долго наедине с Лилли.

Я брел по мокрым темным улицам. У кладбища выстроился отряд Армии спасения. В сопровождении тромбонов и труб они пели о небесном Иерусалиме. Я остановился. Вдруг я почувствовал, что мне не выдержать одному, без Пат. Уставившись на бледные могильные плиты, я говорил себе, что год назад я был гораздо более одинок, что тогда я еще не был знаком с Пат, что теперь она есть у меня, пусть не рядом… Но всё это не помогало, – я вдруг совсем расстроился и не знал, что делать. Наконец я решил заглянуть домой, – узнать, нет ли от нее письма. Это было совершенно бессмысленно: письма еще не было, да и не могло быть, но всё-таки я поднялся к себе.

Уходя, я столкнулся с Орловым. Под его распахнутым пальто был виден смокинг. Он шел в отель, где служил наемным танцором. Я спросил Орлова, не слыхал ли он что-нибудь о фрау Хассе.

– Нет, – сказал он. – Здесь она не была. И в полиции не показывалась. Да так оно и лучше. Пусть не приходит больше…

Мы пошли вместе по улице. На углу стоял грузовик с углем. Подняв капот, шофёр копался в моторе. Потом он сел в кабину. Когда мы поравнялись с машиной, он запустил мотор и дал сильный газ на холостых оборотах. Орлов вздрогнул. Я посмотрел на него. Он побледнел как снег.

– Вы больны? – спросил я.

Он улыбнулся побелевшими губами и покачал головой:

– Нет, но я иногда пугаюсь, если неожиданно слышу такой шум. Когда в России расстреливали моего отца, на улице тоже запустили мотор грузовика, чтобы выстрелы не были так слышны. Но мы их всё равно слышали. – Он опять улыбнулся, точно извиняясь. – С моей матерью меньше церемонились. Ее расстреляли рано утром в подвале. Брату и мне удалось ночью бежать. У нас еще были бриллианты. Но брат замерз по дороге.

– За что расстреляли ваших родителей? – спросил я.

– Отец был до войны командиром казачьего полка, принимавшего участие в подавлении восстания. Он знал, что всё так и будет, и считал это, как говорится, в порядке вещей. Мать придерживалась другого мнения.

– А вы?

Он устало и неопределенно махнул рукой:

– С тех пор столько произошло…

– Да, – сказал я, – в этом всё дело. Больше, чем может переварить человеческий мозг.

Мы подошли к гостинице, в которой он работал. К подъезду подкатил бюик. Из него вышла дама и, заметив Орлова, с радостным возгласом устремилась к нему. Это была довольно полная, элегантная блондинка лет сорока. По ее слегка расплывшемуся, бездумному лицу было видно, что она никогда не знала ни забот, ни горя.

— Извините, — сказал Орлов, бросив на меня быстрый выразительный взгляд, — дела…

Он поклонился блондинке и поцеловал ей руку.

* * *

В баре были Валентин, Кестер, Ленц и Фердинанд Грау. Я подсел к ним и заказал себе полбутылки рома. Я всё еще чувствовал себя отвратительно.

На диване в углу сидел Фердинанд, широкий, массивный, с изнуренным лицом и ясными голубыми глазами. Он уже успел выпить всего понемногу.

— Ну, мой маленький Робби, — сказал он и хлопнул меня по плечу, — что с тобой творится? — Ничего, Фердинанд, — ответил я, — в том-то и вся беда.

— Ничего? — Он внимательно посмотрел на меня, потом снова спросил: — Ничего? Ты хочешь сказать, ничто! Но ничто — это уже много! Ничто — это зеркало, в котором отражается мир.

— Браво! — крикнул Ленц. — Необычайно оригинально, Фердинанд!

— Сиди спокойно, Готтфрид! — Фердинанд повернул к нему свою огромную голову. — Романтики вроде тебя — всего лишь патетические попрыгунчики, скачущие по краю жизни. Они понимают ее всегда ложно, и всё для них сенсация. Да что ты можешь знать про Ничто, легковесное ты существо!

— Знаю достаточно, чтобы желать и впредь быть легковесным, — заявил Ленц. — Порядочные люди уважают это самое Ничто, Фердинанд. Они не роются в нем, как кроты.

Грау уставился на него.

— За твое здоровье! — сказал Готтфрид.

— За твое здоровье! — сказал Фердинанд. — За твое здоровье, пробка ты этакая!

Они выпили свои рюмки до дна.

— С удовольствием был бы и я пробкой, — сказал я и тоже выпил свой бокал. — Пробкой, которая делает всё правильно и добивается успеха. Хоть бы недолго побыть в таком состоянии!

— Вероотступник! — Фердинанд откинулся в своем кресле так, что оно затрещало. — Хочешь стать дезертиром? Предать наше братство?

— Нет, — сказал я, — никого я не хочу предавать. Но мне бы хотелось, чтобы не всегда и не всё шло у нас прахом.

Фердинанд подался вперед. Его крупное лицо, в котором в эту минуту было что-то дикое, дрогнуло.

— Потому, брат, ты и причастен к одному ордену, — к ордену неудачников и неумельцев, с их бесцельными желаниями, с их тоской, не приводящей ни к чему, с их любовью без будущего, с их бессмысленным отчаянием. – Он улыбнулся. – Ты принадлежишь к тайному братству, члены которого скорее погибнут, чем сделают карьеру, скорее проиграют, распылят, потеряют свою жизнь, но не посмеют, предавшись суете, исказить или позабыть недосягаемый образ, – тот образ, брат мой, который они носят в своих сердцах, который был навечно утвержден в часы, и дни, и ночи, когда не было ничего, кроме голой жизни и голой смерти. – Он поднял свою рюмку и сделал знак Фреду, стоявшему у стойки:

– Дай мне выпить.

Фред принес бутылку.

– Пусть еще поиграет патефон? – спросил он.

– Нет, – сказал Ленц. – Выбрось свой патефон ко всем чертям и принеси бокалы побольше. Убавь свет, поставь сюда несколько бутылок и убирайся к себе в конторку.

Фред кивнул и выключил верхний свет. Горели только лампочки под пергаментными абажурами из старых географических карт. Ленц наполнил бокалы:

– Выпьем, ребята! За то, что мы живем! За то, что мы дышим! Ведь мы так сильно чувствуем жизнь! Даже не знаем, что нам с ней делать!

– Это так, – сказал Фердинанд. – Только несчастный знает, что такое счастье. Счастливец ощущает радость жизни не более, чем манекен: он только демонстрирует эту радость, но она ему не дана. Свет не светит, когда светло. Он светит во тьме. Выпьем за тьму! Кто хоть раз попал в грозу, тому нечего объяснять, что та кое электричество. Будь проклята гроза! Да будет благословенна та малая толика жизни, что мы имеем! И так как мы любим ее, не будем же закладывать ее под проценты! Живи напропалую! Пейте, ребята! Есть звёзды, которые распались десять тысяч световых лет тому назад, но они светят и поныне! Пейте, пока есть время! Да здравствует несчастье! Да здравствует тьма!

Он налил себе полный стакан коньяку и выпил залпом.

* * *

Ром шумел в моей голове. Я тихо встал и пошел в конторку Фреда. Он спал. Разбудив его, я попросил заказать телефонный разговор с санаторием.

– Подождите немного, – сказал он. – В это время соединяют быстро.

Через пять минут телефон зазвонил. Санаторий был на проводе.

– Я хотел бы поговорить с фройляйн Хольман, – сказал я. – Минутку, соединяю вас с дежурной.

Мне ответила старшая сестра:

– Фройляйн Хольман уже спит.

– А в ее комнате нет телефона?

– Нет.

– Вы не можете ее разбудить?

Сестра ответила не сразу:

– Нет. Сегодня она больше не должна вставать.

– Что-нибудь случилось?

– Нет. Но в ближайшие дни она должна оставаться в постели.

– Я могу быть уверен, что ничего не случилось?

– Ничего, ничего, так всегда бывает вначале. Она должна оставаться в постели и постепенно привыкнуть к обстановке.

Я повесил трубку.

– Слишком поздно, да? – спросил Фред.

– Как, то есть, поздно?

Он показал мне свои часы:

– Двенадцатый час.

– Да, – сказал я. – Не стоило звонить.

Я пошел обратно и выпил еще.

В два часа мы ушли. Ленц поехал с Валентином и Фердинандом на такси.

– Садись, – сказал мне Кестер и завел мотор "Карла".

– Мне отсюда рукой подать, Отто. Могу пройтись пешком.

Он посмотрел на меня:

– Поедем еще немного за город.

– Ладно. – Я сел в машину.

– Берись за руль, – сказал Кестер.

– Глупости, Отто. Я не сяду за руль, я пьян.

– Поезжай! Под мою ответственность.

– Вот увидишь… – сказал я и сел за руль.

Мотор ревел. Рулевое колесо дрожало в моих руках. Качаясь, проплывали мимо улицы, дома наклонялись, фонари стояли косо под дождем.

– Отто, ничего не выходит, – сказал я. – Еще врежусь во что-нибудь.

– Врезайся, – ответил он.

Я посмотрел на него. Его лицо было ясно, напряженно и спокойно. Он смотрел вперед на мостовую. Я прижался к спинке сиденья и крепче ухватился за руль. Я сжал зубы и сощурил глаза. Постепенно улица стала более отчетливой.

– Куда, Отто? – спросил я.

– Дальше. За город.

Мы проехали окраину и вскоре выбрались на шоссе.

— Включи большой свет, — сказал Кестер.

Ярко заблестел впереди серый бетон. Дождь почти перестал, но капли били мне в лицо, как град. Ветер налетал тяжелыми порывами. Низко над лесом нависали рванью облака, и сквозь них сочилось серебро. Хмельной туман, круживший мне голову, улетучился. Рев мотора отдавался в руках, во всем теле. Я чувствовал всю мощь машины. Взрывы в цилиндрах сотрясали тупой, оцепеневший мозг. Поршни молотками стучали в моей крови. Я прибавил газу. Машина пулей неслась по шоссе.

— Быстрее, — сказал Кестер.

Засвистели покрышки. Гудя, пролетали мимо деревья и телеграфные столбы. Прогрохотала какая-то деревня. Теперь я был совсем трезв.

— Больше газу, — сказал Кестер.

— Как же я его тогда удержу? Дорога мокрая.

— Сам сообразишь. Перед поворотами переключай на третью скорость и не сбавляй газ.

Мотор загремел еще сильней. Воздух бил мне в лицо. Я пригнулся за ветровым щитком. И будто провалился в грохот двигателя, машина и тело слились в одном напряжении, в одной высокой вибрации, я ощутил под ногами колеса, я ощущал бетон шоссе, скорость… И вдруг, словно от толчка, всё во мне стало на место. Ночь завывала и свистела, вышибая из меня всё постороннее, мои губы плотно сомкнулись, руки сжались, как тиски, и я весь превратился в движение, в бешеную скорость, я был в беспамятстве и в то же время предельно внимателен.

На каком-то повороте задние колёса машины занесло. Я несколько раз резко рванул руль в противоположную сторону и снова дал газ. На мгновение устойчивость исчезла, словно мы повисли в корзине воздушного шара, но потом колёса опять прочно сцепились с полотном дороги.

— Хорошо, — сказал Кестер.

— Мокрые листья, — объяснил я. По телу пробежала теплая волна, и я почувствовал облегчение, как это бывает всегда, когда проходит опасность.

Кестер кивнул:

— Осенью на лесных поворотах всегда такая чертовщина. Хочешь закурить?

— Да, — сказал я.

Мы остановились и закурили.

— Теперь можно повернуть обратно, — сказал Кестер.

Мы приехали в город, и я вышел из машины.

— Хорошо, что прокатились, Отто. Теперь я в норме.

— В следующий раз покажу тебе другую технику

езды на поворотах, – сказал он. – Резкий поворот руля при одновременном торможении. Но это когда дорога посуше.

– Ладно, Отто. Доброй ночи.

– Доброй ночи, Робби.

"Карл" умчался. Я вошел в дом. Я был совершенно измотан, но спокоен. Моя печаль рассеялась.

XXIII

В начале ноября мы продали ситроэн. На вырученные деньги можно было еще некоторое время содержать мастерскую, но наше положение ухудшалось с каждой неделей. На зиму владельцы автомобилей ставили свои машины в гаражи, чтобы экономить на бензине и налогах. Ремонтных работ становилось все меньше. Правда, мы кое-как перебивались выручкой от такси, но скудного заработка не хватало на троих, и поэтому я очень обрадовался, когда хозяин «Интернационала» предложил мне, начиная с декабря, снова играть у него каждый вечер на пианино. В последнее время ему повезло: союз скотопромышленников проводил свои еженедельные встречи в одной из задних комнат «Интернационала»: примеру скотопромышленников последовал союз торговцев лошадьми и наконец "Общество борьбы за кремацию во имя общественной пользы". Таким образом, я мог предоставить такси Ленцу и Кестеру. Меня это вполне устраивало еще и потому, что по вечерам я часто не знал, куда деваться.

Пат писала регулярно. Я ждал ее писем, но я не мог себе представить, как она живет, и иногда, в мрачные и слякотные декабрьские дни, когда даже в полдень не бывало по-настоящему светло, я думал, что она давным-давно ускользнула от меня, что всё прошло. Мне казалось, что со времени нашей разлуки прошла целая вечность, и тогда я не верил, что Пат вернется. Потом наступали вечера, полные тягостной, дикой тоски, и тут уж ничего не оставалось – я просиживал ночи напролет в обществе проституток и скотопромышленников и пил с ними.

Владелец «Интернационала» получил разрешение не закрывать свое кафе в сочельник. Холостяки всех союзов устраивали большой вечер. Председатель союза скотопромышленников, свиноторговец Стефан Григоляйт, пожертвовал для праздника двух молочных поросят и много свиных ножек. Григоляйт был уже два года вдовцом. Он отличался мягким и общительным характером; вот ему и захотелось встретить рождество в приятном обществе.

Хозяин кафе раздобыл четырехметровую ель, которую водрузили около стойки. Роза, признанный авторитет по части уюта и задушевной атмосферы, взялась украсить дерево. Ей помогали Марион и Кики, – в силу своих наклонностей он тоже обладал чувством прекрасного. Они приступили к работе в полдень и навесили на дерево огромное количество пестрых стеклянных шаров, свечей и золотых пластинок. В конце концов елка получилась на славу. В знак особого внимания к Григоляйту на ветках было развешано множество розовых свинок из марципана.

* * *

После обеда я прилег и проспал несколько часов. Проснулся я уже затемно и не сразу сообразил, вечер ли теперь или утро. Мне что-то снилось, но я не мог вспомнить, что. Сон унес меня куда-то далеко, и мне казалось, что я еще слышу, как за мной захлопывается черная дверь. Потом я услышал стук.

– Кто там? – откликнулся я.

– Я, господин Локамп.

Я узнал голос фрау Залевски.

– Войдите, – сказал я. – Дверь открыта.

Скрипнула дверь, и я увидел фигуру фрау Залевски, освещенную желтым светом, лившимся из коридора. – Пришла фрау Хассе, – прошептала она. – Пойдемте скорее. Я не могу ей сказать это.

Я не пошевелился. Нужно было сперва прийти в себя.

– Пошлите ее в полицию, – сказал я, подумав.

– Господин Локамп! – фрау Залевски заломила руки. – Никого нет, кроме вас. Вы должны мне помочь. Ведь вы же христианин!

В светлом прямоугольнике двери она казалась черной, пляшущей тенью.

– Перестаньте, – сказал я с досадой. – Сейчас приду.

Я оделся и вышел. Фрау Залевски ожидала меня в коридоре.

– Она уже знает? – спросил я Она покачала головой и прижала носовой платок к губам.

– Где она?

– В своей прежней комнате.

У входа в кухню стояла Фрида, потная от волнения.

– На ней шляпа со страусовыми перьями и брильянтовая брошь, – прошептала она.

– Смотрите, чтобы эта идиотка не подслушивала, – сказал я фрау Залевски и вошел в комнату.

Фрау Хассе стояла у окна. Услышав шаги, она быстро обернулась. Видимо, она ждала кого-то другого, Как это ни было глупо, я прежде всего невольно обратил внимание на ее шляпу с перьями и брошь. Фрида оказалась права: шляпа была шикарна. Брошь — скромнее. Дамочка расфуфырилась, явно желая показать, до чего хорошо ей живется. Выглядела она в общем неплохо; во всяком случае куда лучше, чем прежде

— Хассе, значит, работает и в сочельник? — едко спросила она.

— Нет, — сказал я.

— Где же он? В отпуске?

Она подошла ко мне, покачивая бедрами. Меня обдал резкий запах ее духов.

— Что вам еще нужно от него? — спросил я.

— Взять свои вещи. Рассчитаться. В конце концов кое-что здесь принадлежит и мне.

— Не надо рассчитываться, — сказал я. — Теперь всё это принадлежит только вам.

Она недоуменно посмотрела на меня. — Он умер, — оказал я.

Я охотно сообщил бы ей это иначе. Не сразу, с подготовкой. Но я не знал, с чего начать. Кроме того, моя голова еще гудела от сна — такого сна, когда, пробудившись, человек близок к самоубийству.

Фрау Хассе стояла посредине комнаты, и в момент, когда я ей сказал это, я почему-то совершенно отчетливо представил себе, что она ничего не заденет, если рухнет на пол. Странно, но я действительно ничего другого не видел и ни о чем другом не думал.

Но она не упала. Продолжая стоять, она смотрела на меня. Только перья на ее роскошной шляпе затрепетали.

— Вот как… — сказала она, — вот как…

И вдруг — я даже не сразу понял, что происходит, — эта расфранченная, надушенная женщина начала стареть на моих глазах, словно время ураганным ливнем обрушилось на нее и каждая секунда была годом. Напряженность исчезла, торжество угасло, лицо стало дряхлым. Морщины наползли на него, как черви, и когда неуверенным, нащупывающим движением руки она дотянулась до спинки стула и села, словно боясь разбить что-то, передо мной была другая женщина, — усталая, надломленная, старая.

— От чего он умер? — спросила она, не шевеля губами.

— Это случилось внезапно, — сказал я.

Она не слушала и смотрела на свои руки.

— Что мне теперь делать? — бормотала она. — Что мне теперь делать?

Я подождал немного. Чувствовал я себя ужасно.

— Ведь есть, вероятно, кто-нибудь, к кому вы можете пойти, — сказал я наконец. — Лучше вам уйти отсюда. Вы ведь и не хотели оставаться здесь…

— Теперь всё обернулось по-другому, — ответила она, не поднимая глаз. — Что же мне теперь делать?..

— Ведь кто-нибудь, наверно, ждет вас. Пойдите к нему и обсудите с ним всё. А после рождества зайдите в полицейский участок. Там все документы и банковые чеки. Вы должны явиться туда. Тогда вы сможете получить деньги.

— Деньги, деньги, — тупо бормотала она. — Что за деньги?

— Довольно много. Около тысячи двухсот марок. Она подняла голову. В ее глазах вдруг появилось выражение безумия.

— Нет! — взвизгнула она. — Это неправда!

Я не ответил.

— Скажите, что это неправда, — прошептала она. — Это неправда, но, может быть, он откладывал их тайком на черный день?

Она поднялась. Внезапно она совершенно преобразилась. Ее движения стали автоматическими. Она подошла вплотную ко мне.

— Да, это правда, — прошипела она, — я чувствую, это правда! Какой подлец! О, какой подлец! Заставить меня проделать всё это, а потом вдруг такое! Но я возьму их и выброшу, выброшу все в один вечер, вышвырну на улицу, чтобы от них не осталось ничего! Ничего! Ничего!

Я молчал. С меня было довольно. Ее первое потрясение прошло, она знала, что Хассе умер, во всем остальном ей нужно было разобраться самой. Ее ждал еще один удар — ведь ей предстояло узнать, что он повесился. Но это было уже ее дело. Воскресить Хассе ради нее было невозможно.

Теперь она рыдала. Она исходила слезами, плача тонко и жалобно, как ребенок. Это продолжалось довольно долго. Я дорого дал бы за сигарету. Я не мог видеть слез.

Наконец она умолкла, вытерла лицо, вытащила серебряную пудреницу и стала пудриться, не глядя в зеркало. Потом спрятала пудреницу, забыв защелкнуть сумочку.

— Я ничего больше не знаю, — сказала она надломленным голосом, — я ничего больше не знаю. Наверно, он был хорошим человеком.

— Да, это так.

Я сообщил ей адрес полицейского участка и сказал, что сегодня он уже закрыт. Мне казалось, что ей лучше не идти туда сразу. На сегодня с нее было достаточно.

* * *

Когда она ушла, из гостиной вышла фрау Залевски.

— Неужели, кроме меня, здесь нет никого? — спросил я, злясь на самого себя.

— Только господин Джорджи. Что она сказала?

— Ничего. — Тем лучше.

— Как сказать. Иногда это бывает и не лучше.

— Нет у меня к ней жалости, — энергично заявила фрау Залевски. — Ни малейшей.

— Жалость самый бесполезный предмет на свете, — сказал я раздраженно. — Она — обратная сторона злорадства, да будет вам известно. Который час?

— Без четверти семь.

— В семь я хочу позвонить фройляйн Хольман. Но так, чтобы никто не подслушивал. Это возможно?

— Никого нет, кроме господина Джорджи. Фриду я отправила. Если хотите, можете говорить из кухни. Длина шнура как раз позволяет дотянуть туда аппарат.

— Хорошо.

Я постучал к Джорджи. Мы с ним давно не виделись. Он сидел за письменным столом и выглядел ужасно. Кругом валялась разорванная бумага.

— Здравствуй, Джорджи, — сказал я, — что ты делаешь?

— Занимаюсь инвентаризацией, — ответил он, стараясь улыбнуться. — Хорошее занятие в сочельник.

Я поднял клочок бумаги. Это были конспекты лекций с химическими формулами.

— Зачем ты их рвешь? — спросил я.

— Нет больше смысла, Робби.

Его кожа казалась прозрачной. Уши были как восковые.

— Что ты сегодня ел? — спросил я.

Он махнул рукой:

— Неважно. Дело не в этом. Не в еде. Но я просто больше не могу. Надо бросать.

— Разве так трудно?

— Да.

— Джорджи, — спокойно сказал я. — Посмотри-ка на меня. Неужели ты сомневаешься, что и я в свое время хотел стать человеком, а не пианистом в этом б…ском кафе "Интернациональ"?

Он теребил пальцы:

— Знаю, Робби. Но от этого мне не легче. Для меня учёба была всем. А теперь я понял, что нет смысла. Что ни в чем нет смысла. Зачем же, собственно, жить?

Он был очень жалок, страшно подавлен, но я

всё-таки расхохотался. – Маленький осёл! – сказал я. – Открытие сделал! Думаешь, у тебя одного столько грандиозной мудрости? Конечно, нет смысла. Мы и не живем ради какого-то смысла. Не так это просто. Давай одевайся. Пойдешь со мной в «Интернациональ». Отпразднуем твое превращение в мужчину. До сих пор ты был школьником. Я зайду за тобой через полчаса.

– Нет, – сказал он.

Он совсем скис.

– Нет, пойдем, – сказал я. – Сделай мне одолжение. Я не хотел бы быть сегодня один.

Он недоверчиво посмотрел на меня.

– Ну, как хочешь, – ответил он безвольно. – В конце концов, не всё ли равно.

– Ну, вот видишь, – сказал я. – Для начала это совсем неплохой девиз.

* * *

В семь часов я заказал телефонный разговор с Пат. После семи действовал половинный тариф, и я мог говорить вдвое дольше. Я сел на стол в передней и стал ждать. Идти на кухню не хотелось. Там пахло зелеными бобами, и я не хотел, чтобы это хоть как-то связывалось с Пат даже при телефонном разговоре. Через четверть часа мне дали санаторий. Пат сразу подошла к аппарату. Услышав так близко ее теплый, низкий, чуть неуверенный голос, я до того разволновался, что почти не мог говорить. Я был как в лихорадке, кровь стучала в висках, я никак не мог овладеть собой.

– Боже мой, Пат, – сказал я, – это действительно ты?

Она рассмеялась.

– Где ты, Робби? В конторе?

– Нет, я сижу на столе у фрау Залевски. Как ты поживаешь?

– Хорошо, милый.

– Ты встала?

– Да. Сижу в белом купальном халате на подоконнике в своей комнате. За окном идет снег.

Вдруг я ясно увидел ее. Я видел кружение снежных хлопьев, темную точеную головку, прямые, чуть согнутые плечи, бронзовую кожу.

– Господи, Пат! – сказал я. – Проклятые деньги! Я бы тут же сел в самолет и вечером был бы у тебя. – О дорогой мой…

Она замолчала. Я слышал тихие шорохи и гудение провода.

– Ты еще слушаешь, Пат?

– Да, Робби. Но не надо говорить таких вещей. У меня совсем закружилась голова.

– И у меня здорово кружится голова, – сказал я. – Расскажи, что ты там делаешь наверху.

Она заговорила, но скоро я перестал вникать в смысл слов и слушал только ее голос. Я сидел в темной передней под кабаньей головой, из кухни доносился запах бобов. Вдруг мне почудилось, будто распахнулась дверь и меня обдала волна тепла и блеска, нежная, переливчатая, полная грез, тоски и молодости. Я уперся ногами в перекладину стола, прижал ладонь к щеке, смотрел на кабанью голову, на открытую дверь кухни и не замечал всего этого, – вокруг было лето, ветер, вечер над пшеничным полем и зеленый свет лесных дорожек. Голос умолк. Я глубоко дышал.

– Как хорошо говорить с тобой, Пат. А что ты делаешь сегодня вечером?

– Сегодня у нас маленький праздник. Он начинается в восемь. Я как раз одеваюсь, чтобы пойти.

– Что ты наденешь? Серебряное платье?

– Да, Робби. Серебряное платье, в котором ты нес меня по коридору.

– А с кем ты идешь?

– Ни с кем. Вечер будет в санатории. Внизу, в холле. Тут все знают друг друга.

– Тебе, должно быть, трудно сохранять мне верность, – сказал я. – Особенно в серебряном платье.

Она рассмеялась:

– Только не в этом платье. У меня с ним связаны кое-какие воспоминания.

– У меня тоже. Я видел, какое оно производит впечатление. Впрочем, я не так уж любопытен. Ты можешь мне изменить, только я не хочу об этом знать. Потом, когда вернешься, будем считать, что это тебе приснилось, позабыто и прошло.

– Ах, Робби, – проговорила она медленно и глухо. – Не могу я тебе изменить. Я слишком много думаю о тебе. Ты не знаешь, какая здесь жизнь. Сверкающая, прекрасная тюрьма. Стараюсь отвлечься как могу, вот и всё. Вспоминая твою комнату, я просто не знаю, что делать. Тогда я иду на вокзал и смотрю на поезда, прибывающие снизу, вхожу в вагоны или делаю вид, будто встречаю кого-то. Так мне кажется, что я ближе к тебе.

Я крепко сжал губы. Никогда еще она не говорила со мной так. Она всегда была застенчива, и ее привязанность проявлялась скорее в жестах или взглядах, чем в словах.

– Я постараюсь приехать к тебе, Пат, – сказал я.

– Правда, Робби?

– Да, может быть в конце января.

Я знал, что это вряд ли будет возможно: в конце февраля надо было снова платить за санаторий. Но я сказал это, чтобы подбодрить ее. Потом я мог бы без особого труда оттягивать свой приезд до того времени, когда она поправится и сама сможет уехать из санатория.

– До свидания, Пат, – сказал я. – Желаю тебе всего хорошего! Будь весела, тогда и мне будет радостно. Будь веселой сегодня.

– Да, Робби, сегодня я счастлива.

* * *

Я зашел за Джорджи, и мы отправились в «Интернациональ». Старый, прокопченный зал был почти неузнаваем. Огни па елке ярко горели, и их теплый свет отражался во всех бутылках, бокалах, в блестящих никелевых и медных частях стойки. Проститутки в вечерних туалетах, с фальшивыми драгоценностями, полные ожидания, сидели вокруг одного из столов.

Ровно в восемь часов в зале появился хор объединенных скотопромышленников. Они выстроились перед дверью по голосам, справа – первый тенор, слева – второй бас. Стефан Григоляйт, вдовец и свиноторговец, достал камертон, дал первую ноту, и пение началось:

> Небесный мир, святая
> ночь,
> Пролей над сей душой
> Паломнику терпеть
> невмочь –
> Подай ему покой
> Луна сияет там вдали,
> И звезды огоньки
> зажгли,
> Они едва не увлекли
> Меня вслед за собой
> (Перевод Б. Слуцкого)

– Как трогательно, – сказала Роза, вытирая глаза.

Отзвучала вторая строфа. Раздались громовые аплодисменты. Хор благодарно кланялся. Стефан Григоляйт вытер пот со лба.

– Бетховен есть Бетховен, – заявил он. Никто не возразил ему. Стефан спрятал носовой платок. – А теперь – в ружье!

Стол был накрыт в большой комнате, где обычно собирались члены союза. Посредине на серебряных блюдах, поставленных на маленькие спиртовки, красовались оба молочных поросенка, румяные и поджаристые. В зубах у них были ломтики лимона, на спинках маленькие зажженные елочки. Они уже ничему не удивлялись.

Появился Алоис в свежевыкрашенном фраке, подаренном хозяином. Он принес полдюжины больших глиняных кувшинов с вином и наполнил бокалы. Пришел Поттер из общества содействия кремации.

— Мир на земле! — сказал он с большим достоинством, пожал руку Розе и сел возле нее.

Стефан Григоляйт, сразу же пригласивший Джорджи к столу, встал и произнес самую короткую и самую лучшую речь в своей жизни. Он поднял бокал с искристым «Ваххольдером», обвел всех лучезарным взглядом и воскликнул:

— Будем здоровы!

Затем он снова сел, и Алоис притащил свиные ножки, квашеную капусту и жареный картофель. Вошел хозяин с подносом, уставленным кружками с золотистым пильзенским пивом.

— Ешь медленнее, Джорджи, — сказал я. — Твой желудок должен сперва привыкнуть к жирному мясу.

— Я вообще должен сперва привыкнуть ко всему, — ответил он и посмотрел на меня.

— Это делается быстро, — сказал я. — Только не надо сравнивать. Тогда дело пойдет.

Он кивнул и снова наклонился над тарелкой.

Вдруг на другом конце стола вспыхнула ссора. Мы услышали каркающий голос Поттера. Он хотел чокнуться с Бушем, торговцем сигарами, но тот отказался, заявив, что не желает пить, а предпочитает побольше есть.

— Глупости всё, — раздраженно заворчал Поттер. — Когда ешь, надо пить! Кто пьет, тот может съесть даже еще больше. — Ерунда! — буркнул Буш, тощий высокий человек с плоским носом и в роговых очках.

Поттер вскочил с места:

— Ерунда?! И это говоришь ты, табачная сова?

— Тихо! — крикнул Стефан Григоляйт. — Никаких скандалов в сочельник!

Ему объяснили, в чем дело, и он принял соломоново решение — проверить дело практически. Перед спорщиками поставили несколько мисок с мясом, картофелем и капустой. Порции были огромны. Поттеру разрешалось пить что угодно, Буш должен был есть всухомятку. Чтобы придать состязанию особую остроту, Григоляйт организовал тотализатор, и гости стали заключать пари.

Поттер соорудил перед собой полукруг из стаканов с пивом и поставил между ними маленькие рюмки с водкой, сверкавшие как брильянты. Пари были заключены в соотношении 3:1 в пользу Поттера.

Буш жрал с ожесточением, низко пригнувшись к

тарелке. Поттер сражался с открытым забралом и сидел выпрямившись. Перед каждым глотком он злорадно желал Бушу здоровья, на что последний отвечал ему взглядами, полными ненависти.

– Мне становится дурно, – сказал мне Джорджи.

– Давай выйдем.

Я прошел с ним к туалету и присел в передней, чтобы подождать его. Сладковатый запах свечей смешивался с ароматом хвои, сгоравшей с легким треском. И вдруг мне померещилось, будто я слышу любимые легкие шаги, ощущаю теплое дыхание и близко вижу пару темных глаз…

– Черт возьми! – сказал я и встал. – Что это со мной?

В тот же миг раздался оглушительный шум:

– Поттер!

– Браво, Алоизиус!

Кремация победила.

* * *

В задней комнате клубился сигарный дым. Разносили коньяк. Я всё еще сидел около стойки. Появились девицы. Они сгрудились недалеко от меня и начали деловито шушукаться. – Что у вас там? – спросил я.

– Для нас приготовлены подарки, – ответила Марион.

– Ах вот оно что.

Я прислонил голову к стойке и попытался представить себе, что теперь делает Пат. Я видел холл санатория, пылающий камин и Пат, стоящую у подоконника с Хельгой Гутман и еще какими-то людьми. Всё это было так давно… Иногда я думал: проснусь в одно прекрасное утро, и вдруг окажется, что всё прошло, позабыто, исчезло. Не было ничего прочного – даже воспоминаний.

Зазвенел колокольчик. Девицы всполошились, как вспугнутая стайка кур, и побежали в биллиардную. Там стояла Роза с колокольчиком в руке. Она кивнула мне, чтобы я подошел. Под небольшой елкой на биллиардном столе были расставлены тарелки, прикрытые шелковой бумагой. На каждой лежал пакетик с подарком и карточка с именем. Девицы одаривали друг друга. Всё подготовила Роза. Подарки были вручены ей в упакованном виде, а она разложила их по тарелкам.

Возбужденные девицы тараторили, перебивая друг друга; они суетились, как дети, желая поскорее увидеть, что для них приготовлено.

– Что же ты не возьмешь свою тарелку? –

спросила меня Роза.

— Какую тарелку?

— Твою. И для тебя есть подарки.

На бумажке изящным рондо и даже в два цвета – красным и черным – было выведено мое имя. Яблоки, орехи, апельсины, от Розы свитер, который она сама связала, от хозяйки – травянисто-зеленый галстук, от Кики – розовые носки из искусственного шелка, от красавицы Валли – кожаный ремень, от кельнера Алоиса – полбутылки рома, от Марион, Лины и Мими общий подарок – полдюжины носовых платков, и от хозяина – две бутылки коньяка.

— Дети, – сказал я, – дети, но это совершенно неожиданно.

— Ты изумлен? – воскликнула Роза.

— Очень.

Я стоял среди них, смущенный и тронутый до глубины души.

— Дети, – сказал я, – знаете, когда я получал в последний раз подарки? Я и сам не помню. Наверно, еще до войны. Но ведь у меня-то для вас ничего нет.

Все были страшно рады, что подарки так ошеломили меня.

— За то, что ты нам всегда играл на пианино, – сказала Лина и покраснела.

— Да сыграй нам сейчас, – это будет твоим подарком, – заявила Роза.

— Всё, что захотите, – сказал я. – Всё, что захотите.

— Сыграй "Мою молодость", – попросила Марион.

— Нет, что-нибудь веселое, – запротестовал Кики.

Его голос потонул в общем шуме. Он вообще не котировался всерьез как мужчина. Я сел за пианино и начал играть. Все запели: ˅ Мне песня старая одна

> Мила с начала дней,
> Она из юности слышна,
> Из юности моей.
> (Перевод Б. Слуцкого)

Хозяйка выключила электричество. Теперь горели только свечи на елке, разливая мягкий свет. Тихо булькал пивной кран, напоминая плеск далекого лесного ручья, и плоскостопый Алоис сновал по залу неуклюжим черным привидением, словно колченогий Пан. Я заиграл второй куплет. С блестящими глазами, с добрыми лицами мещаночек, сгрудились девушки вокруг пианино. И – о чудо! – кто-то заплакал навзрыд. Это был Кики, вспомнивший свой родной Люкенвальд.

Тихо отворилась дверь. С мелодичным напевом гуськом в зал вошел хор во главе с Григоляйтом, курившим черную бразильскую сигару. Певцы выстроились позади девиц. v О, как был полон этот мир.

Когда я уезжал!
Теперь вернулся я
назад –
Каким пустым он стал.
(Перевод Б. Слуцкого)

Тихо отзвучал смешанный хор.

– Красиво, – сказала Лина.

Роза зажгла бенгальские огни. Они шипели и разбрызгивали искры. – Вот, а теперь что-нибудь веселое! – крикнула она. – Надо развеселить Кики.

– Меня тоже, – заявил Стефан Григоляйт.

В одиннадцать часов пришли Кестер и Ленц. Мы сели с бледным Джорджи за столик у стойки. Джорджи дали закусить, он едва держался на ногах. Ленц вскоре исчез в шумной компании скотопромышленников. Через четверть часа мы увидели его у стойки рядом с Григоляйтом. Они обнимались и пили на брудершафт.

– Стефан! – воскликнул Григоляйт.

– Готтфрид! – ответил Ленц, и оба опрокинули по рюмке коньяку.

– Готтфрид, завтра я пришлю тебе пакет с кровяной и ливерной колбасой. Договорились?

– Договорились! Всё в порядке! – Ленц хлопнул его по плечу. – Мой старый добрый Стефан!

Стефан сиял.

– Ты так хорошо смеешься, – восхищенно сказал он, – люблю, когда хорошо смеются. А я слишком легко поддаюсь грусти, это мой недостаток.

– И мой тоже, – ответил Ленц, – потому я и смеюсь. Иди сюда, Робби, выпьем за то, чтобы в мире никогда не умолкал смех!

Я подошел к ним.

– А что с этим пареньком? – спросил Стефан, показывая на Джорджи. – Очень уж у него печальный вид.

– Его легко осчастливить, – сказал я. – Ему бы только немного работы.

– В наши дни это хитрый фокус, – ответил Григоляйт.

– Он готов на любую работу.

– Теперь все готовы на любую работу. – Стефан немного отрезвел.

– Парню надо семьдесят пять марок в месяц.

– Ерунда. На это ему не прожить.

– Проживет, – сказал Ленц.

– Готтфрид, – заявил Григоляйт, – я старый пьяница. Пусть. Но работа – дело серьезное. Ее нельзя сегодня дать, а завтра отнять. Это еще хуже, чем женить человека, а назавтра отнять у него жену. Но если этот парень честен и может прожить на семьдесят пять марок, значит ему повезло. Пусть придет во вторник в восемь утра. Мне нужен помощник для всякой беготни по делам союза и тому подобное. Сверх жалованья будет время от времени получать пакет с мясом. Подкормиться ему не мешает – очень уж тощий.

– Это верное слово? – спросил Ленц.

– Слово Стефана Григоляйта.

– Джорджи, – позвал я. – Поди-ка сюда.

Когда ему сказали, в чем дело, он задрожал. Я вернулся к Кестеру.

– Послушай, Отто, – сказал я, – ты бы хотел начать жизнь сначала, если бы мог?

– И прожить ее так, как прожил?

– Да.

– Нет, – сказал Кестер.

– Я тоже нет, – сказал я.

XXIV

Это было три недели спустя, в холодный январский вечер. Я сидел в «Интернационале» и играл с хозяином в "двадцать одно". В кафе никого не было, даже проституток. Город был взволнован. На улице то и дело проходили демонстранты: одни маршировали под громовые военные марши, другие шли с пением «Интернационала». А затем снова тянулись длинные молчаливые колонны. Люди несли транспаранты с требованиями работы и хлеба. Бесчисленные шаги на мостовой отбивали такт, как огромные неумолимые часы. Перед вечером произошло первое столкновение между бастующими и полицией. Двенадцать раненых. Вся полиция давно уже была в боевой готовности. На улицах завывали сирены полицейских машин.

– Нет покоя, – сказал хозяин, показывая мне шестнадцать очков. – Война кончилась давно, а покоя всё нет, а ведь только покой нам и нужен. Сумасшедший мир!

На моих картах было семнадцать очков. Я взял банк.

– Мир не сумасшедший, – сказал я. – Только люди.

Алоис стоял за хозяйским стулом, заглядывая в карты. Он запротестовал:

– Люди не сумасшедшие. Просто жадные. Один завидует другому. Всякого добра на свете хоть завались, а у большинства людей ни черта нет. Тут всё дело только в распределении. – Правильно, – сказал я пасуя. – Вот уже несколько тысяч лет, как всё дело именно в этом.

Хозяин открыл карты. У него было пятнадцать очков, и он неуверенно посмотрел на меня. Прикупив туза, он себя погубил. Я показал свои карты. У меня было только двенадцать очков. Имея пятнадцать, он бы выиграл.

– К черту, больше не играю! – выругался он. – Какой подлый блеф! А я-то думал, что у вас не меньше восемнадцати.

Алоис что-то пробормотал. Я спрятал деньги в карман. Хозяин зевнул и посмотрел на часы:

– Скоро одиннадцать. Думаю, пора закрывать. Всё равно никто уже не придет.

– А вот кто-то идет, – сказал Алоис.

Дверь отворилась. Это был Кестер.

– Что-нибудь новое, Отто?

Он кивнул:

– Побоище в залах «Боруссии». Два тяжелораненых, несколько десятков легкораненых и около сотни арестованных. Две перестрелки в северной части города. Одного полицейского прикончили. Не знаю, сколько раненых. А когда кончатся большие митинги, тогда только всё и начнется. Тебе здесь больше нечего делать?

– Да, – сказал я. – Как раз собирались закрывать.

– Тогда пойдем со мной.

Я вопросительно посмотрел на хозяина. Он кивнул.

– Ну, прощайте, – сказал я.

– Прощайте, – лениво ответил хозяин. – Будьте осторожны.

Мы вышли. На улице пахло снегом. Мостовая была усеяна белыми листовками; казалось, это большие мертвые бабочки.

– Готтфрида нет, – сказал Кестер. – Торчит на одном из этих собраний. Я слышал, что их будут разгонять, и думаю, всякое может случиться. Хорошо бы успеть разыскать его. А то еще ввяжется в драку.

– А ты знаешь, где он? – спросил я.

– Точно не знаю. Но скорее всего он на одном из трех главных собраний. Надо заглянуть на все три. Готтфрида с его соломенной шевелюрой узнать нетрудно.

– Ладно.

Кестер запустил мотор, и мы помчались к месту, где шло одно из собраний.

* * *

На улице стоял грузовик с полицейскими.

Ремешки форменных фуражек были опущены. Стволы карабинов смутно поблескивали в свете фонарей. Из окон свешивались пестрые флаги. У входа толпились люди в униформах. Почти все были очень молоды.

Мы взяли входные билеты. Отказавшись от брошюр, не опустив ни одного пфеннига в копилки и не регистрируя свою партийную принадлежность, мы вошли в зал. Он был переполнен и хорошо освещен, чтобы можно было сразу увидеть всякого, кто подаст голос с места. Мы остались у входа, и Кестер, у которого были очень зоркие глаза, стал внимательно рассматривать ряды.

На сцене стоял сильный коренастый человек и говорил. У него был громкий грудной голос, хорошо слышный в самых дальних уголках зала. Этот голос убеждал, хотя никто особенно и не вслушивался в то, что он говорил. А говорил он вещи, понять которые было нетрудно. Оратор непринужденно расхаживал по сцене, чуть размахивая руками. Время от времени он отпивал глоток воды и шутил. Но затем он внезапно замирал, повернувшись лицом к публике, и измененным, резким голосом произносил одну за другой хлесткие фразы. Это были известные всем истины о нужде, о голоде, о безработице. Голос нарастал всё сильнее, увлекая слушателей; он звучал фортиссимо, и оратор остервенело швырял в аудиторию слова: "Так дальше продолжаться не может! Это должно измениться!" Публика выражала шумное одобрение, она аплодировала и кричала, словно благодаря этим словам всё уже изменилось. Оратор ждал. Его лицо блестело. А затем, пространно, убедительно и неодолимо со сцены понеслось одно обещание за другим. Обещания сыпались градом на головы людей, и над ними расцветал пестрый, волшебный купол рая; это была лотерея, в которой на каждый билет падал главный выигрыш, в которой каждый обретал личное счастье, личные права и мог осуществить личную месть.

Я смотрел на слушателей. Здесь были люди всех профессий – бухгалтеры, мелкие ремесленники, чиновники, несколько рабочих и множество женщин. Они сидели в Душном зале, откинувшись назад или подавшись вперед, РЯД за рядом, голова к голове. Со сцены лились потоки слов, и, странно, при всем разнообразии лиц на них было одинаковое, отсутствующее выражение, сонливые взгляды, устремленные в туманную даль, где маячила фата-моргана; в этих взглядах была пустота и вместе о тем ожидание какого-то великого свершения. В этом ожидании растворялось всё: критика, сомнения, противоречия, наболевшие вопросы, будни, современность, реальность. Человек на сцене знал ответ на каждый вопрос, он мог помочь любой беде. Было приятно довериться ему. Было приятно видеть кого-то, кто думал о тебе. Было приятно верить.

Ленца здесь не было. Кестер толкнул меня и кивнул головой в сторону выхода. Мы вышли. Молодчики, стоявшие в дверях, посмотрели на нас мрачно и подозрительно. В вестибюле выстроился оркестр, готовый войти в зал. За ним колыхался лес знамен и виднелось несметное количество значков.

– Здорово сработано, как ты считаешь? – спросил Кестер на улице.

– Первоклассно. Могу судить об этом как старый руководитель отдела рекламы.

В нескольких кварталах отсюда шло другое политическое собрание. Другие знамена, другая униформа, другой зал, но в остальном всё было одинаково. На лицах то же выражение неопределенной надежды, веры и пустоты. Перед рядами стол президиума, покрытый белой скатертью. За столом партийные секретари, члены президиума, несколько суетливых старых дев. Оратор чиновничьего вида был слабее предыдущего. Он говорил суконным немецким языком, приводил цифры, доказательства; всё было правильно, и всё же не так убедительно, как у того, хотя тот вообще ничего не доказывал, а только утверждал. Усталые партийные секретари за столом президиума клевали носом; они уже бывали на сотнях подобных собраний.

– Пойдем, – сказал Кестер немного погодя. – Здесь его тоже нет. Впрочем, я так и думал.

Мы поехали дальше. После духоты переполненных залов мы снова дышали свежим воздухом. Машина неслась по улицам Мы проезжали мимо канала. Маслянисто-желтый свет фонарей отражался в темной воде, тихо плескавшейся о бетонированный берег. Навстречу нам медленно проплыла черная плоскодонная баржа. Ее тащил буксирный пароходик с красными и зелеными сигнальными огнями. На палубе буксира залаяла собака, и какой то человек, пройдя под фонарем, скрылся в люке, вспыхнувшем на секунду золотистым светом. Вдоль другого берега тянулись ярко освещенные дома западного района. К ним вел мост с широкой аркой. По нему в обе стороны безостановочно двигались автомобили, автобусы и трамваи. Мост над ленивой черной водой походил на искрящуюся пеструю змею.

– Давай оставим машину здесь и пройдем немного пешком, – сказал Кестер. – Не надо бросаться в глаза Мы остановили «Карла» у фонаря около пивной. Когда я выходил из машины, под ногами у меня прошмыгнула белая кошка. Несколько проституток в передниках стояли чуть поодаль под аркой ворот. Когда мы проходили мимо них, они замолчали. На углу стоял шарманщик. Он спал, прислонившись к стене дома. Какая-то старуха рылась в отбросах, сваленных у края тротуара. Мы подошли к огромному грязному дому-казарме с множеством флигелей, дворов и проходов. В нижнем этаже разместились лавчонки и булочная; рядом принимали тряпье и железный лом. На улице перед воротами стояли два грузовика с полицейскими.

В одном из углов первого двора был сооружен деревянный стенд, на котором висело несколько карт звездного неба. За столиком, заваленным бумагами, па небольшом возвышении стоял человек в тюрбане. Над его головой красовался плакат "Астрология, графология, предсказание будущего! Ваш гороскоп за 50 пфеннигов!" Вокруг стояла толпа. Резкий свет карбидного фонаря падал на желтое сморщенное лицо астролога. Он настойчиво убеждал в чем-то слушателей, молча смотревших на него. Те же потерянные, отсутствующие взгляды людей, желавших увидеть чудо. Те же взгляды, что и на собраниях с флагами и оркестрами.

– Отто, – сказал я Кестеру, шедшему впереди меня, – теперь я знаю, чего хотят эти люди. Вовсе им не нужна политика. Им нужно что-то вместо религии.

Он обернулся:

– Конечно. Они хотят снова поверить. Всё равно во что. Потому-то они так фанатичны.

Мы пришли во второй двор, где был вход в пивную. Все окна были освещены. Вдруг оттуда послышался шум, и через темный боковой вход во двор, как по сигналу, вбежало несколько молодых людей в непромокаемых спортивных куртках. Прижимаясь к стене, они устремились к двери, ведшей в зал собрания. Передний рванул ее, и все ворвались внутрь.

– Ударная группа, – сказал Кестер. – Иди сюда к стене, станем за пивными бочками.

В зале поднялся рев и грохот. В следующее мгновение звякнуло стекло и кто-то вылетел из окна. Дверь распахнулась, и через нее стала протискиваться плотно сбившаяся куча людей. Передние были сбиты с ног, задние повалились на них. Какая-то женщина, истошно зовя на помощь, пробежала к воротам. Затем выкатилась вторая группа. Все были вооружены ножками от стульев и пивными кружками; они дрались, ожесточенно вцепившись друг в друга. Огромный плотник отделился от дерущихся и, заняв удобную позицию, продолжал бой: всякий раз, заметив голову противника, он ударял по ней кругообразным движением длинной руки и загонял его обратно в свалку. Он проделывал это совершенно спокойно, словно колол дрова.

Новый клубок людей подкатился к дверям, и вдруг в трех метрах от себя мы увидели всклокоченную светлую шевелюру Готтфрида, попавшего в руки какого-то буйного усача.

Кестер пригнулся и исчез в свалке. Через несколько секунд усач отпустил Готтфрида. С выражением крайнего удивления он поднял руки кверху и, точно подрубленное дерево, рухнул обратно в толпу. Сразу вслед за этим я увидел Кестера, тащившего Ленца за шиворот.

Ленц сопротивлялся.

— Отто, пусти меня туда… только на одну минутку… — задыхаясь, говорил он.

— Глупости, — кричал Кестер, — сейчас нагрянет полиция! Бежим! Вот сюда!

Мы опрометью помчались по двору к темному парадному. Спешка была отнюдь не напрасной. В тот же момент во дворе раздались пронзительные свистки, замелькали черные фуражки шупо, и полиция оцепила двор. Мы взбежали вверх по лестнице, чтобы скрыться от полицейских. Дальнейший ход событий мы наблюдали из окна на лестнице. Полицейские работали блестяще. Перекрыв выходы, они вклинились в свалку, расчленили ее и тут же стали увозить народ на машинах. Первым они погрузили ошеломленного плотника, который пытался что-то объяснить.

За нами отворилась дверь. Какая-то женщина в одной рубашке, с голыми худыми ногами и свечой в руке, высунула голову.

— Это ты? — угрюмо спросила она.

— Нет, — сказал Ленц, уже пришедший в себя. Женщина захлопнула дверь. Ленц повернулся и осветил карманным фонариком табличку на двери. Здесь ждали Герхарда Пешке, каменщика.

Внизу все стихло. Полиция убралась восвояси, и двор опустел. Мы подождали еще немного и спустились по лестнице. За какой-то дверью тихо и жалобно плакал ребенок.

Мы прошли через передний двор. Покинутый всеми астролог стоял у карт звездного неба.

— Угодно господам получить гороскоп? — крикнул он. — Или узнать будущее по линиям рук?

— Давай рассказывай, — сказал Готтфрид и протянул ему руку.

Астролог недолго, но внимательно рассматривал ее.

— У вас порок сердца, — заявил он категорически. —

Ваши чувства развиты сильно, линия разума очень коротка. Зато вы музыкальны. Вы любите помечтать, но как супруг многого не стоите. И всё же я вижу здесь троих детей. Вы дипломат по натуре, склонны к скрытности и доживете до восьмидесяти лет.

— Правильно, — сказал Готтфрид. — Моя фройляйн мамаша говорила всегда: кто зол, тот проживет долго. Мораль — это выдумка человечества, но не вывод из жизненного опыта.

Он дал астрологу деньги, и мы пошли дальше. Улица была пуста. Черная кошка перебежала нам дорогу. Ленц показал на нее рукой:

— Теперь, собственно, полагается поворачивать обратно.

— Ничего, — сказал я. — Раньше мы видели белую. Одна нейтрализует другую.

Мы продолжали идти. Несколько человек шли нам навстречу по другой стороне. Это были четыре молодых парня. Один из них был в новых кожаных крагах светло-желтого оттенка, остальные в сапогах военного образца. Они остановились и уставились на нас. — Вот он! — вдруг крикнул парень в крагах и побежал через улицу к нам. Раздались два выстрела, парень отскочил в сторону, и вся четверка пустилась со всех ног наутек. Я увидел, как Кестер рванулся было за ними, но тут же как-то странно повернулся, издал дикий, сдавленный крик и, выбросив вперед руки, пытался подхватить Ленца, тяжело грохнувшегося на брусчатку.

На секунду мне показалось, что Ленц просто упал; потом я увидел кровь. Кестер распахнул пиджак Ленца и разодрал на нем рубашку.

Кровь хлестала сильной струёй. Я прижал носовой платок к ране.

— Побудь здесь, я пригоню машину, — бросил Кестер и побежал.

— Готтфрид, ты слышишь меня? — сказал я.

Его лицо посерело. Глаза были полузакрыты. Веки не шевелились. Поддерживая одной рукой его голову, другой я крепко прижимал платок к ране. Я стоял возле него на коленях, стараясь уловить хоть вздох или хрип; но не слышал ничего, вокруг была полная тишина, бесконечная улица, бесконечные ряды домов, бесконечная ночь, — я слышал только, как на камни лилась кровь, и знал, что с ним такое не раз уже могло случиться, но теперь я не верил, что это правда.

Кестер примчался на полном газу. Он откинул спинку левого сидения. Мы осторожно подняли Готтфрида и уложили его. Я вскочил в машину, и Кестер пустился во весь опор к ближайшему пункту скорой помощи. Здесь он осторожно затормозил:

– Посмотри, есть ли там врач. Иначе придется ехать дальше.

Я вбежал в помещение. Меня встретил санитар.

– Есть у вас врач?

– Да. Вы привезли кого-нибудь?

– Да. Пойдемте со мной! Возьмите носилки, Мы положили Готтфрида на носилки и внесли его. Врач с закатанными рукавами уже ждал нас. Мы поставили носилки на стол. Врач опустил лампу, приблизив ее к ране:

– Что это?

– Огнестрельное ранение.

Он взял комок ваты, вытер кровь, пощупал пульс, выслушал сердце и выпрямился: – Ничего нельзя сделать.

Кестер не сводил с него глаз:

– Но ведь пуля прошла совсем сбоку. Ведь это не может быть опасно!

– Тут две пули! – сказал врач.

Он снова вытер кровь. Мы наклонились, и ниже раны, из которой сильно шла кровь, увидели другую – маленькое темное отверстие около сердца.

– Он, видимо, умер почти мгновенно, – сказал врач. Кестер выпрямился. Он посмотрел на Готтфрида. Врач затампонировал рапы и заклеил их полосками пластыря.

– Хотите умыться? – спросил он меня.

– Нет, – сказал я.

Теперь лицо Готтфрида пожелтело и запало. Рот чуть искривился, глаза были полузакрыты, – один чуть плотнее другого. Он смотрел на нас. Он непрерывно смотрел на нас.

– Как это случилось? – спросил врач.

Никто не ответил. Готтфрид смотрел на нас. Он неотрывно смотрел на нас.

– Его можно оставить здесь, – сказал врач.

Кестер пошевелился.

– Нет, – возразил он. – Мы его заберем!

– Нельзя, – сказал врач. – Мы должны позвонить в полицию. И в уголовный розыск. Надо сразу же предпринять всё, чтобы найти преступника.

– Преступника? – Кестер посмотрел на врача непонимающим взглядом. Потом он сказал: – Хорошо, я поеду за полицией.

– Можете позвонить. Тогда они прибудут скорее..

Кестер медленно покачал головой:

– Нет. Я поеду.

Он вышел, и я услышал, как заработал мотор «Карла». Врач подвинул мне стул:

– Не хотите пока посидеть?

– Благодарю, – сказал я и не сел. Яркий свет всё

еще падал на окровавленную грудь Готтфрида. Врач подпаял лампу повыше.

– Как это случилось? – спросил он снова.

– Не знаю. Видимо, его приняли за другого.

– Он был на фронте? – спросил врач.

Я кивнул. – Видно по шрамам, – сказал он. – И по прострелянной руке. Он был несколько раз ранен.

– Да. Четыре раза.

– Какая подлость, – сказал санитар. – Вшивые молокососы. Тогда они еще небось в пеленках лежали.

Я ничего не ответил. Готтфрид смотрел на меня. Смотрел, не отрывая глаз.

* * *

Кестера долго не было. Он вернулся один. Врач отложил газету, которую читал.

– Приехали представители полиции? – спросил он. Кестер молчал. Он не слышал слов врача.

– Полиция здесь? – спросил врач еще раз.

– Да, – проговорил Кестер. – Полиция. Надо позвонить, пусть приезжают.

Врач посмотрел на него, но ничего не сказал и пошел к телефону. Несколько минут спустя пришли два полицейских чиновника. Они сели за стол и принялись записывать сведения о Готтфриде. Не знаю почему, но теперь, когда он был мертв, мне казалось безумием говорить, как его звали, когда он родился и где жил. Я отвечал механически и не отводил глаз от черного карандашного огрызка, который чиновник то и дело слюнявил.

Второй чиновник принялся за протокол. Кестер давал ему необходимые показания.

– Вы можете приблизительно сказать, как выглядел убийца? – спросил чиновник.

– Нет, – ответил Кестер. – Не обратил внимания.

Я мельком взглянул на него. Я вспомнил желтые краги и униформу.

– Вы не знаете, к какой политической партии он принадлежал? Вы не заметили значков или формы?

– Нет, – сказал Кестер. – До выстрелов я ничего не видел. А потом я только… – Он запнулся на секунду, – потом я только заботился о моем товарище.

– Вы принадлежите к какой-нибудь политической партии?

– Нет.

– Я спросил потому, что, как вы говорите, он был вашим товарищем…

– Он мой товарищ по фронту, – сказал Кестер.

Чиновник обратился ко мне: – Можете вы описать убийцу?

Кестер твердо посмотрел на меня.

– Нет, – сказал я. – Я тоже ничего не видел.

– Странно, – заметил чиновник.

– Мы разговаривали и ни на что не обращали внимания. Всё произошло очень быстро.

Чиновник вздохнул:

– Тогда мало надежды, что мы поймаем этих ребят.

Он дописал протокол.

– Мы можем взять его с собой? – спросил Кестер.

– Собственно говоря… – Чиновник взглянул на врача. – Причина смерти установлена точно?

Врач кивнул:

– Я уже составил акт.

– А где пуля? Я должен взять с собой пулю.

– Две пули. Обе остались в теле. Мне пришлось бы… – Врач медлил.

– Мне нужны обе, – сказал чиновник. – Я должен видеть, выпущены ли они из одного оружия.

– Да, – сказал Кестер в ответ на вопросительный взгляд врача.

Санитар пододвинул носилки и опустил лампу. Врач взял инструменты и ввел пинцет в рану. Первую пулю он нашел быстро, она засела неглубоко. Для извлечения второй пришлось сделать разрез. Он поднял резиновые перчатки до локтей, взял скобки и скальпель. Кестер быстро подошел к носилкам и закрыл Готтфриду глаза. Услышав тихий скрежет скальпеля, я отвернулся. Мне захотелось вдруг кинуться к врачу и оттолкнуть его – на мгновение мне показалось, что Готтфрид просто в обмороке и что только теперь врач его в самом деле убивает,

– но тут же я опомнился и осознал всё снова. Мы видели достаточно мертвецов…

– Вот она, – сказал врач, выпрямляясь. Он вытер пулю и передал ее чиновнику:

– Такая же. Обе из одного оружия, правда?

Кестер наклонился и внимательно рассмотрел маленькие тупые пули. Они тускло поблескивали, перекатываясь па ладони чиновника.

– Да, – сказал он.

Чиновник завернул их в бумагу и сунул в карман.

– Вообще это не разрешено, – сказал он затем, – но если вы хотите забрать его домой… Суть дела ясна, не так ли, господин доктор? – Врач кивнул. – К тому же, вы судебный врач, – продолжал чиновник, – так что… как хотите… вы только должны… может статься, что завтра приедет еще одна комиссия…

– Я знаю, – сказал Кестер. – Всё останется как есть.

Чиновники ушли. Врач снова прикрыл и заклеил

раны Готтфрида.

— Вы как хотите? — спросил он. — Можете взять носилки. Только завтра пришлите их обратно.

— Да, спасибо, — сказал Кестер. — Пойдем, Робби.

— Я могу вам помочь, — сказал санитар.

Я покачал головой:

— Ничего, справимся.

Мы взяли носилки, вынесли их и положили па оба левых сидения, которые вместе с откинутой спинкой образовали одну плоскость. Санитар и врач вышли и смотрели на нас. Мы накрыли Готтфрида его пальто и поехали. Через минуту Кестер обернулся ко мне:

— Проедем еще раз по этой улице. Я уже был там, но слишком рано. Может быть, теперь они уже идут.

Тихо падал снег. Кестер вел машину почти бесшумно, то и дело выжимая сцепление и выключая зажигание. Он не хотел, чтобы нас слышали, хотя четверка, которую мы искали, не могла знать, что у нас машина. Бесшумно, как белое привидение, мы скользили в густеющем снегопаде. Я достал из ящика с инструментами молоток и положил его рядом с собой, чтобы бить сразу, едва выскочив из машины. Мы ехали по улице, где это случилось. Под фонарем еще чернело пятно крови. Кестер выключил фары. Мы двигались вдоль края тротуара и наблюдали улицу. Никого не было видно. Только из освещенной пивной доносились голоса.

Кестер остановился у перекрестка.

— Останься здесь, — сказал он. — Я загляну в пивную.

— Я пойду с тобой, — ответил я.

Он посмотрел на меня взглядом, запомнившимся мне еще с тех пор, когда он отправлялся один в разведку.

— В пивной я ничего не буду делать, — сказал Кестер, — а то он еще, чего доброго, улизнет. Только посмотрю, там ли он. Тогда будем караулить. Останься здесь с Готтфридом.

Я кивнул, и Отто исчез в снежной метели. Хлопья таяли на моем лице. Вдруг мне стало невыносимо больно оттого, что Готтфрид укрыт, словно он уже не наш. Я стянул пальто с его головы. Теперь снег падал и на его лицо, на глаза и губы, но не таял. Я достал платок, смахнул снег и снова укрыл голову Ленца краем пальто.

Кестер вернулся.

— Ничего?

— Нет, — сказал он.

— Поедем еще по другим улицам. Я чувствую, что мы можем встретить их в любую минуту.

Мотор взревел, но тут же заработал на низких

оборотах. Мы тихо крались сквозь белую взвихренную ночь, переезжая с одной улицы на другую; на поворотах я придерживал Готтфрида, чтобы он не соскользнул; время от времени мы останавливались в сотне метров от какой-нибудь пивной, и Кестер размашисто бежал посмотреть, там ли они. Он был одержим мрачным, холодным бешенством. Дважды он собирался ехать домой, чтобы отвезти Готтфрида, но оба раза поворачивал обратно, – ему казалось. что именно в эту минуту четверка должна быть где то поблизости.

Вдруг на длинной пустынной улице мы увидели далеко впереди себя темную группу людей. Кестер сейчас же выключил зажигание, и мы поехали вслед за ними бесшумно, с потушенным светом. Они не слыхали нас и разговаривали.

– Их четверо, – шепнул я Кестеру.

В ту же секунду мотор взревел, машина стрелой пролетела последние двести метров, вскочила на тротуар, заскрежетала тормозами и, заносясь вбок, остановилась на расстоянии метра от четырех прохожих, вскрикнувших от испуга.

Кестер наполовину высунулся из машины. Его тело, словно стальная пружина, было готово рвануться вперед, а лицо дышало неумолимостью смерти.

Мы увидели четырех мирных пожилых людей. Один из них был пьян. Они обругали нас. Кестер ничего им но ответил. Мы поехали дальше.

– Отто, – сказал я, – сегодня нам их не разыскать. Не думаю, чтобы они рискнули сунуться на улицу.

– Да, может быть, – не сразу ответил он и развернул машину. Мы поехали на квартиру Кестера. Его комната имела отдельный вход, и можно было войти в нее, не тревожа никого. Когда мы вышли из машины, я сказал:

– Почему ты не сообщил следователям приметы? Это помогло бы розыску. Ведь мы его разглядели достаточно подробно.

Кестер посмотрел на меня.

– Потому что мы это обделаем сами, без полиции. Ты что же думаешь?.. – Его голос стал совсем тихим, сдавленным и страшным. – Думаешь, я перепоручу его полиции? Чтобы он отделался несколькими годами тюрьмы? Сам знаешь, как кончаются такие процессы! Эти парни знают, что они найдут милосердных судей! Не выйдет! Если бы полиция даже и нашла его, я заявил бы, что это не он! Сам его раздобуду! Готтфрид мертвый, а он живой! Не будет этого!

Мы сняли носилки, пронесли их сквозь ветер и метель в дом, и казалось, будто мы воюем во Фландрии и принесли убитого товарища с переднего края в тыл.

Мы купили гроб и место для могилы на общинном кладбище. Похороны Готтфрида состоялись в ясный солнечный день. Мы сами укрепили крышку и снесли гроб вниз по лестнице. Провожающих было немного. Фердинанд, Валентин, Альфонс, бармен Фред, Джорджи, Юпп, фрау Штосс, Густав, Стефан Григоляйт и Роза. У ворот кладбища нам пришлось немного подождать. Впереди были еще две похоронные процессии. Одна шла за черным автомобилем, другая за каретой, в которую были впряжены лошади, украшенные черным и серебряным крепом. За каретой шла бесконечная вереница провожающих, оживленно беседовавших между собой.

Мы сняли гроб с машины и сами опустили его на веревках в могилу. Могильщик был этим доволен, у него и без нас хватало дел. Мы пригласили пастора. Правда, мы не знали, как бы отнесся к этому Готтфрид, но Валентин сказал, что так нужно. Впрочем, мы просили пастора не произносить надгробную речь. Он должен был только прочитать небольшую выдержку из библии. Пастор был старый, близорукий человек. Подойдя к могиле, он споткнулся о ком земли и свалился бы вниз, если бы не Кестер и Валентин, подхватившие его. Но, падая, он выронил библию и очки, которые как раз собирался надеть. Смущенный и расстроенный, щуря глаза, пастор смотрел в яму.

— Не беспокойтесь, господин пастор, — сказал Валентин, — мы возместим вам потерю.

— Дело не в книге, — тихо ответил пастор, — а в очках: они мне нужны.

Валентин сломал ветку у кладбищенской изгороди. Он встал на колени у могилы, ухитрился подцепить очки за дужку и извлечь их из венка. Оправа была золотая. Может быть, пастор поэтому и хотел получить их обратно. Библия проскользнула сбоку и очутилась под гробом; чтобы достать ее, пришлось бы поднять гроб и спуститься вниз. Этого не желал и сам пастор. Он стоял в полном замешательстве.

— Не сказать ли мне всё-таки несколько слов? — спросил он.

— Не беспокойтесь, господин пастор, — сказал Фердинанд. — Теперь у него под гробом весь Ветхий и Новый завет.

Остро пахла вскопанная земля. В одном из комьев копошилась белая личинка. Я подумал: "Могилу завалят, а личинка будет жить там внизу; она превратится в куколку, и в будущем году, пробившись сквозь слой земли, выйдет на поверхность. А Готтфрид мертв. Он погас". Мы стояли у могилы, зная, что его тело, глаза и волосы еще существуют, правда уже изменившись, но всё-таки еще существуют, и что, несмотря на это, он ушел и не вернется больше. Это было непостижимо. Наша кожа была тепла, мозг работал, сердце гнало кровь по жилам, мы были такие же, как прежде, как вчера, у нас было по две руки, мы не ослепли и не онемели, всё было как всегда… Но мы должны были уйти отсюда, а Готтфрид оставался здесь и никогда уже не мог пойти за нами. Это было непостижимо.

Комья земли забарабанили по крышке гроба. Могильщик дал нам лопаты, и вот мы закапывали его, Валентин, Кестер, Альфонс, я, – как закапывали когда-то не одного товарища. Вдруг мне почудилось, будто рядом грянула старая солдатская песня, старая, печальная солдатская песня, которую Готтфрид часто пел: v Аргоннский лес, Аргоннский лес, Ты как большой могильный крест… Альфонс принес черный деревянный крест, простой крест, какие стоят сотнями тысяч во Франции вдоль бесконечных рядов могил. Мы укрепили его у изголовья могилы Готтфрида.

– Пошли, – хрипло проговорил наконец Валентин,

– Да, – сказал Кестер. Но он остался на месте. Никто не шелохнулся. Валентин окинул всех нас взглядом.

– Зачем? – медленно сказал он. – Зачем же?.. Проклятье!

Ему не ответили.

Валентин устало махнул рукой:

– Пойдемте.

Мы пошли к выходу по дорожке, усыпанной гравием. У ворот нас ждали Фред, Джорджи и остальные

– Как он чудесно смеялся, – сказал Стефан Григоляйт, и слёзы текли по его беспомощному печальному лицу.

Я оглянулся. За нами никто не шел.

XXV

В феврале мы с Кестером сидели в последний раз в нашей мастерской. Нам пришлось ее продать, и теперь мы ждали распорядителя аукциона, который должен был пустить с молотка всё оборудование и такси. Кестер надеялся устроиться весной гонщиком в небольшой автомобильной фирме. Я по-прежнему играл в кафе «Интернациональ» и пытался подыскать себе еще какое нибудь дневное занятие, чтобы зарабатывать больше.

Во дворе собралось несколько человек. Пришел аукционист.

– Ты выйдешь, Отто? – спросил я.

– Зачем? Всё выставлено напоказ, а цены он знает.

У Кестера был утомленный вид. Его усталость не бросалась в глаза посторонним людям, но те, кто знал его хорошо, замечали ее сразу по несколько более напряженному и жесткому выражению лица. Вечер за вечером он рыскал в одном и том же районе. Он уже давно знал фамилию парня, застрелившего Готтфрида, но не мог его найти, потому что, боясь преследований полиции, убийца переехал на другую квартиру и прятался. Все эти подробности установил Альфонс. Он тоже был начеку. Правда, могло статься, что преступник выехал из города. Он не знал, что Кестер и Альфонс выслеживают его. Они же рассчитывали, что он вернется, когда почувствует себя в безопасности.

– Отто, я выйду и погляжу, – сказал я.

– Хорошо.

Я вышел. Наши станки и остальное оборудование были расставлены в середине двора. Справа у стены стояло такси. Мы его хорошенько помыли. Я смотрел на сидения и баллоны. Готтфрид часто называл эту машину "наша старая дойная корова". Нелегко было расставаться с ней.

Кто-то хлопнул меня по плечу. Я быстро обернулся. Передо мной стоял молодой человек ухарского вида, в пальто с поясом. Вертя бамбуковую трость, он подмигнул мне:

– Алло! А ведь мы знакомы!

Я стал припоминать:

– Гвидо Тисс из общества "Аугека"!

– Ну, вот видите! – самодовольно заявил Гвидо. – Мы встретились тогда у этой же рухляди. Правда, с вами был какой то отвратительный тип. Еще немного, и я бы дал ему по морде.

Представив себе, что этот мозгляк осмелился бы замахнуться на Кестера, я невольно скорчил гримасу. Тисс принял ее за улыбку и тоже осклабился, обнажив довольно скверные зубы:

– Ладно, забудем! Гвидо не злопамятен. Ведь вы тогда уплатили огромную цену за этого автомобильного дедушку. Хоть что-нибудь выгадали на нем?

– Да, – сказал я. – Машина неплохая.

Тисс затараторил:

– Послушались бы меня, получили бы больше. И я тоже. Ладно, забудем! Прощено и забыто! Но сегодня мы можем обтяпать дельце. Пятьсот марок – и машина наша. Наверняка. Покупать ее больше некому. Договорились.

Я всё понял. Он полагал, что мы тогда перепродали машину, и не знал, что мастерская принадлежит нам. Напротив, он считал, что мы намерены снова купить это такси.

— Она еще сегодня стоит полторы тысячи, — сказал я. — Не говоря уже о патенте на право эксплуатации.

— Вот именно, — с жаром подхватил Гвидо. — Поднимем цену до пятисот. Это сделаю я. Если нам отдадут ее за эти деньги — выплачиваю вам триста пятьдесят наличными.

— Не пойдет, — сказал я. — У меня уже есть покупатель.

— Но всё же... — Он хотел предложить другой вариант.

— Нет, это бесцельно... — Я перешел на середину двора. Теперь я знал, что он будет поднимать цену до тысячи двухсот.

Аукционист приступил к делу. Сначала пошли детали оборудования. Они не дали большой выручки. Инструмент также разошелся по дешевке. Настала очередь такси. Кто-то предложил триста марок.

— Четыреста, — сказал Гвидо.

— Четыреста пятьдесят, — предложил после долгих колебаний покупатель в синей рабочей блузе.

Гвидо нагнал цену до пятисот. Аукционист обвел всех взглядом. Человек в блузе молчал. Гвидо подмигнул мне и поднял четыре пальца.

— Шестьсот, — сказал я.

Гвидо недовольно покачал головой и предложил семьсот. Я продолжал поднимать цену. Гвидо отчаянно набавлял. При тысяче он сделал умоляющий жест, показав мне пальцем, что я еще могу заработать сотню. Он предложил тысячу десять марок. При моей следующей надбавке до тысячи ста марок он покраснел и злобно пропищал;

— Тысяча сто десять.

Я предложил тысячу сто девяносто марок, рассчитывая, что Гвидо назовет свою последнюю цену — тысячу двести. После этого я решил выйти из игры.

Но Гвидо рассвирепел. Считая, что я хочу вытеснить его окончательно, он неожиданно предложил тысячу триста. Я стал быстро соображать. Если бы он действительно хотел купить машину, то, бесспорно, остановился бы на тысяче двухстах. Теперь же, взвинчивая цену, он просто, метил мне. Из нашего разговора он понял, что мой предел — тысяча пятьсот, и не видел для себя никакой опасности.

— Тысяча триста десять, — сказал я.

— Тысяча четыреста, — поспешно предложил Гвидо.

— Тысяча четыреста десять, — нерешительно проговорил я, боясь попасть впросак, — Тысяча четыреста девяносто! — Гвидо торжествующе и насмешливо посмотрел на меня. Он был уверен, что здорово насолил мне.

Выдержав его взгляд, я молчал.

– Кто больше? – спросил аукционист.

Молчание.

– Кто больше? – спросил он второй раз. Потом он поднял молоток. В момент, когда Гвидо оказался владельцем машины, торжествующая мина на его лице сменилась выражением беспомощного изумления. В полном смятении он подошел ко мне:

– А я думал, вы хотите…

– Нет, – сказал я.

Придя в себя, он почесал затылок:

– Черт возьми! Нелегко будет навязать моей фирме такую покупку. Думал, что вы дойдете до полутора тысяч. Но на сей раз я всё-таки вырвал у вас этот ящик из под носа!

– Это вы как раз и должны были сделать! – сказал я.

Гвидо захлопал глазами. Только когда появился Кестер, Гвидо сразу понял всё и схватился за голову:

– Господи! Так это была ваша машина? Какой же я осёл, безумный осёл! Так влипнуть! Взяли на пушку! Бедный Гвидо! Чтобы с тобой случилось такое! Попался на простенькую удочку! Ладно, забудем! Самые прожженные ребята всегда попадаются в ловушку, знакомую всем детям! В следующий раз как-нибудь отыграюсь! Свое не упущу!

Он сел за руль и поехал. С тяжелым чувством смотрели мы вслед удалявшейся машине.

* * *

Днем пришла Матильда Штосс. Надо было рассчитаться с ней за последний месяц. Кестер выдал ей деньги и посоветовал попросить нового владельца оставить ее уборщицей в мастерской. Нам уже удалось пристроить у него Юппа. Но Матильда покачала головой:

– Нет, господин Кестер, с меня хватит. Болят старые кости.

– Что же вы будете делать? – спросил я.

– Поеду к дочери. Она живет в Бунцлау. Замужем. Вы бывали в Бунцлау?

– Нет, Матильда. – Но господин Кестер знает этот город, правда?

– И я там не бывал, фрау Штосс.

– Странно, – сказала Матильда. – Никто не знает про Бунцлау. А ведь моя дочь живет там уже целых двенадцать лет. Она замужем за секретарем канцелярии.

– Значит, город Бунцлау есть. Можете не

сомневаться. Раз там живет секретарь канцелярии…

– Это конечно. Но всё-таки довольно странно, что никто не знает про Бунцлау.

Мы согласились.

– Почему же вы сами за все эти годы ни разу не съездили туда? – спросил я.

Матильда ухмыльнулась:

– Это целая история. Но теперь я должна поехать к внукам. Их уже четверо.

– Мне кажется, что в тех краях изготовляют отличный шнапс, – сказал я. – Из слив или чего-то в этом роде…

Матильда замахала рукой:

– В том-то и всё дело. Мой зять, видите ли, трезвенник. Ничего не пьет.

Кестер достал с опустевшей полки последнюю бутылку:

– Ну что ж, фрау Штосс, придется выпить на прощанье по рюмочке.

– Я готова, – сказала Матильда.

Кестер поставил на стол рюмки и наполнил их. Матильда выпила ром с такой быстротой, словно пропустила его через сито. Ее верхняя губа резко вздрагивала, усики подергивались.

– Еще одну? – спросил я.

– Не откажусь.

Я налил ей доверху еще большую рюмку. Потом она простилась.

– Всего доброго на новом месте, – сказал я.

– Премного благодарна. И вам всего хорошего. Но странно, что никто не знает про Бунцлау, не правда ли?

Она вышла неверной походкой. Мы постояли еще немного в пустой мастерской.

– Собственно, и нам можно идти, – сказал Кестер.

– Да, – согласился я. – Здесь больше нечего делать.

Мы заперли дверь и пошли за «Карлом». Его мы не продали, и он стоял в соседнем гараже. Мы заехали на почту и в банк, где Кестер внес гербовый сбор заведующему управлением аукционов.

– Теперь я пойду спать, – сказал он. – Будешь у себя?

– У меня сегодня весь вечер свободен.

– Ладно, зайду за тобой к восьми.

* * *

Мы поели в небольшом пригородном трактире и поехали обратно. На первой же улице у нас лопнул передний баллон. Мы сменили его. «Карл» давно не был в мойке, и я здорово перепачкался.

— Я хотел бы вымыть руки, Отто, — сказал я.

Поблизости находилось довольно большое кафе. Мы вошли и сели за столик у входа. К нашему удивлению, почти все места были заняты. Играл женский ансамбль, и все шумно веселились. На оркестрантках красовались пестрые бумажные шапки, многие посетители были в маскарадных костюмах, над столиками взвивались ленты серпантина, к потолку взлетали воздушные шары, кельнеры с тяжело нагруженными подносами сновали по залу. Всё было в движении, гости хохотали и галдели.

— Что здесь происходит? — спросил Кестер.

Молодая блондинка за соседним столиком швырнула в нас пригоршню конфетти.

— Вы что, с луны свалились? — рассмеялась она. — Разве вы не знаете, что сегодня первый день масленицы?

— Вот оно что! — сказал я. — Ну, тогда пойду вымою руки.

Чтобы добраться до туалета, мне пришлось пройти через весь зал. У одного из столиков я задержался — несколько пьяных гостей пытались поднять какую-то девицу на столик, чтобы она им спела. Девица отбивалась и визжала. При этом она опрокинула столик, и вся компания повалилась на пол. Я ждал, пока освободится проход. Вдруг меня словно ударило током. Я оцепенел, кафе куда-то провалилось, не было больше ни шума, ни музыки. Кругом мелькали расплывчатые, неясные тени, но необыкновенно резко и отчетливо вырисовывался один столик, один-единственный столик, за которым сидел молодой человек в шутовском колпаке и обнимал за талию охмелевшую соседку. У него были стеклянные тупые глаза, очень тонкие губы. Из-под стола торчали ярко-желтые, начищенные до блеска краги…

Меня толкнул кельнер. Как пьяный, я прошел несколько шагов и остановился. Стало невыносимо жарко, но я трясся, как в ознобе, руки повлажнели. Теперь я видел и остальных, сидевших за столиком. С вызывающими лицами они что-то распевали хором, отбивая такт пивными кружками. Меня снова толкнули.

— Не загораживайте проход, — услышал я.

Я машинально двинулся дальше, нашел туалет, стал мыть руки и, только когда почувствовал резкую боль, сообразил, что держу их под струёй кипятка. Затем я вернулся к Кестеру.

— Что с тобой? — спросил он.

Я не мог ответить.

— Тебе плохо? — спросил он.

Я покачал головой и посмотрел на соседний столик, за которым сидела блондинка и поглядывала на нас. Вдруг Кестер побледнел. Его глаза сузились. Он подался вперед.

– Да? – спросил он очень тихо.

– Да, – ответил я.

– Где?

Я кивнул в сторону столика, за которым сидел убийца Готтфрида.

Кестер медленно поднялся. Казалось, кобра выпрямляет свое тело.

– Будь осторожен, – шепнул я. – Не здесь, Отто.

Он едва заметно махнул рукой и медленно пошел вперед. Я был готов броситься за ним. Какая-то женщина нахлобучила ему на голову красно-зеленый бумажный колпак и повисла у него на шее. Отто даже не заметил ее. Женщина отошла и удивленно посмотрела ему вслед. Обойдя вокруг зала, Отто вернулся к столику.

– Его там нет, – сказал он.

Я встал, окинул взглядом зал. Кестер был прав.

– Думаешь, он узнал меня? – спросил я.

Кестер пожал плечами. Только теперь он почувствовал, что на нем бумажная шапка, и смахнул ее.

– Не понимаю, – сказал я. – Я был в туалете не более одной-двух минут.

– Более четверти часа. – Что?.. – Я снова посмотрел в сторону столика. – Остальные тоже ушли. С ними была девушка, ее тоже нет. Если бы он меня узнал, он бы наверняка исчез один.

Кестер подозвал кельнера:

– Здесь есть еще второй выход?

– Да, с другой стороны есть выход на Гарденбергштрассе.

Кестер достал монету и дал ее кельнеру.

– Пойдем, – сказал он.

– Жаль, – сказала блондинка за соседним столиком. – Такие солидные кавалеры.

Мы вышли. Ветер ударил нам в лицо. После душного угара кафе он показался нам ледяным.

– Иди домой, – сказал Кестер.

– Их было несколько, – ответил я и сел рядом с ним.

Машина рванулась с места. Мы изъездили все улицы в районе кафе, всё больше удаляясь от него, но не нашли никого. Наконец Кестер остановился.

– Улизнул, – сказал он. – Но это ничего. Теперь он нам попадется рано или поздно.

– Отто, – сказал я. – Надо бросить это дело.

Он посмотрел на меня.

– Готтфрид мертв, – сказал я и сам удивился своим словам. – От этого он не воскреснет…

Кестер всё еще смотрел на меня.

– Робби, – медленно заговорил он, – не помню, скольких я убил. Но помню, как я сбил молодого английского летчика. У него заело патрон, задержка в подаче, и он ничего не мог сделать. Я был со своим пулеметом в нескольких метрах от него и ясно видел испуганное детское лицо с глазами, полными страха; потом выяснилось, что это был его первый боевой вылет и ему едва исполнилось восемнадцать лет. И в это испуганное, беспомощное и красивое лицо ребенка я всадил почти в упор пулеметную очередь. Его череп лопнул, как куриное яйцо. Я не знал этого паренька, и он мне ничего плохого не сделал. Я долго не мог успокоиться, гораздо дольше, чем в других случаях. С трудом заглушил совесть, сказав себе: "Война есть война!" Но, говорю тебе, если я не прикончу подлеца, убившего Готтфрида, пристрелившего его без всякой причины, как собаку, значит эта история с англичанином была страшным преступлением. Понимаешь ты это? – Да, – сказал я.

– А теперь иди домой. Я хочу довести дело до конца. Это как стена. Не могу идти дальше, пока не свалю ее.

– Я не пойду домой, Отто. Уж если так, останемся вместе.

– Ерунда, – нетерпеливо сказал он. – Ты мне не нужен. – Он поднял руку, заметив, что я хочу возразить. – Я его не прозеваю! Найду его одного, без остальных! Совсем одного! Не бойся.

Он столкнул меня с сиденья и тут же умчался. Я знал – ничто не сможет его удержать. Я знал также, почему он меня не взял с собой. Из-за Пат. Готтфрида он бы не прогнал.

* * *

Я пошел к Альфонсу. Теперь я мог говорить только с ним. Хотелось посоветоваться, можно ли что-нибудь предпринять. Но Альфонса я не застал. Заспанная девушка сообщила мне, что час назад он ушел на собрание. Я сел за столик и стал ждать.

В трактире было пусто. Над пивной стойкой горела маленькая лампочка. Девушка снова уселась и заснула. Я думал об Отто и Готтфриде и смотрел из окна на улицу, освещенную полной луной, медленно поднимавшейся над крышами, я думал о могиле с черным деревянным крестом и стальной каской и вдруг заметил, что плачу. Я смахнул слёзы.

Вскоре послышались быстрые тихие шаги. Альфонс вошел с черного хода. Его лицо блестело от пота.

– Это я, Альфонс!

– Иди сюда, скорее! – сказал он.

Я последовал за ним в комнату справа за стойкой. Альфонс подошел к шкафу и достал из него два старых санитарных пакета времен войны.

– Можешь сделать перевязку? – спросил он, осторожно стягивая штаны.

У него была рваная рана на бедре.

– Похоже на касательное ранение, – сказал я.

– Так и есть, – буркнул Альфонс. – Давай перевязывай!

– Альфонс, – сказал я, выпрямляясь. – Где Отто?

– Откуда мне знать, где Отто, – пробормотал он, выжимая из раны кровь. – Вы не были вместе?

– Нет.

– Ты его не видел?

– И не думал. Разверни второй пакет и наложи его сверху. Это только царапина.

Занятый своей раной, он продолжал бормотать.

– Альфонс, – сказал я, – мы видели его… того, который убил Готтфрида… ты ведь знаешь… мы видели его сегодня вечером. Отто выслеживает его.

– Что? Отто? – Альфонс насторожился. – Где же он? Теперь это уже ни к чему! Пусть убирается оттуда!

– Он не уйдет.

Альфонс отбросил ножницы:

– Поезжай туда! Ты знаешь, где он? Пускай убирается. Скажи ему, что за Готтфрида я расквитался. Я знал об этом раньше вас! Сам видишь, что я ранен! Он стрелял, но я сбил его руку. А потом стрелял я. Где Отто?

– Где-то в районе Менкештрассе.

– Слава богу. Там он уже давно не живет. Но всё равно, убери оттуда Отто.

Я подошел к телефону и вызвал стоянку такси, где обычно находился Густав. Он оказался на месте.

– Густав, – сказал я, – можешь подъехать на угол Визенштрассе и площади Бельвю? Только поскорее! Я жду.

– Буду через десять минут.

Я повесил трубку и вернулся к Альфонсу. Он надевал другие брюки.

– А я и не знал, что вы разъезжаете по городу, – сказал он. Его лицо всё еще было в испарине. – Лучше бы сидели где-нибудь. Для алиби. А вдруг вас спросят. Никогда нельзя знать…

– Подумай лучше о себе, – сказал я.

– А мне-то что! – Он говорил быстрее, чем обычно. – Я был с ним наедине. Поджидал в комнате. Этакая жилая беседка. Кругом ни души. К тому же, вынужденная оборона. Он выстрелил, как только переступил через порог. Мне и не надо алиби. А захочу – буду иметь Целых десять.

Он смотрел на меня, сидя на стуле и обратив ко мне широкое мокрое лицо. Его волосы слиплись, крупный рот искривился, а взгляд стал почти невыносимым – столько обнаженной и безнадежной муки, боли и любви было в его глазах.

– Теперь Готтфрид успокоится, – сказал он тихо и хрипло. – До сих пор мне всё казалось, что ему неспокойно.

Я стоял перед ним и молчал.

– А теперь иди, – сказал он.

Я прошел через зал. Девушка всё еще спала и шумно дышала. Луна поднялась высоко, и на улице было совсем светло. Я пошел к площади Бельвю. Окна домов сверкали в лунном свете, как серебряные зеркала. Ветер улегся. Было совсем тихо.

Густав подъехал через несколько минут.

– Что случилось, Роберт? – спросил он.

– Сегодня вечером угнали мою машину. Только что мне сказали, что ее видели в районе Менкештрассе. Подъедем туда?

– Подъедем, ясное дело! – Густав оживился. – И чего только теперь не воруют! Каждый день несколько машин. Но чаще всего на них разъезжают, пока не выйдет бензин, а потом бросают.

– Да, так, вероятно, будет и с нашей.

Густав сказал, что скоро собирается жениться. Его невеста ожидает ребенка, и тут, мол, уж ничего не поделаешь. Мы проехали по Менкештрассе и по соседним улицам.

– Вот она! – крикнул вдруг Густав. Машина стояла в темном переулке. Я подошел к ней, достал свой ключ и включил зажигание.

– Всё в порядке, Густав, – сказал я. – Спасибо, что подвез

– Не пропустить ли нам где-нибудь по рюмочке? – спросил он.

– Не сегодня. Завтра. Очень спешу.

Я полез в карман, чтобы заплатить ему за ездку.

– Ты что, спятил? – спросил он.

– Тогда спасибо, Густав. Не задерживайся. До свидания.

– А что если устроить засаду и накрыть молодца, который угнал ее?

– Нет, нет, он уже, конечно, давно смылся. – Меня вдруг охватило дикое нетерпение. – До свидания, Густав.

– А бензин у тебя есть? – Да, достаточно. Я уже проверил. Значит, спокойной ночи.

Он уехал. Выждав немного, я двинулся вслед за

ним, добрался до Менкештрассе и медленно проехал по ней на третьей скорости. Потом я развернулся и поехал обратно. Кестер стоял на углу:

— Что это значит?

— Садись, — быстро сказал я. — Тебе уже не к чему стоять здесь. Я как раз от Альфонса. Он его... он его уже встретил.

— И что?

— Да, — сказал я.

Кестер молча забрался на сидение. Он не сел за руль. Чуть сгорбившись, он примостился возле меня. Машина тронулась.

— Поедем ко мне? — спросил я.

Он кивнул. Я прибавил газу и свернул на набережную канала. Вода тянулась широкой серебряной полосой. На противоположном берегу в тени стояли черные как уголь сараи, но на мостовой лежал бледно-голубой свет, и шины скользили по нему, как по невидимому снегу. Широкие серебристо-зеленые башни собора в стиле барокко высились над рядами крыш. Они сверкали на далеком фоне фосфоресцирующего неба, в котором, как большая световая ракета, повисла луна.

— Отто, я рад, что всё случилось именно так, — сказал я.

— А я нет, — ответил он.

* * *

У фрау Залевски еще горел свет. Когда я открыл входную дверь, она вышла из гостиной.

— Вам телеграмма, — сказала она.

— Телеграмма? — повторил я удивленно. Я всё еще думал о прошедшем вечере. Но потом я понял и побежал в свою комнату. Телеграмма лежала на середине стола, светясь, как мел, под резкими лучами лампы. Я сорвал наклейку. Сердце сжалось, буквы расплылись, убежали, снова появились... и тогда я облегченно вздохнул, успокоился и показал телеграмму Кестеру:

— Слава богу. А я уже думал, что...

Там было только три слова: "Робби, приезжай скорее..." Я снова взял у него листок. Чувство облегчения улетучилось. Вернулся страх:

— Что там могло случиться, Отто? Боже мой, почему она не позвонила по телефону? Что-то неладно!

Кестер положил телеграмму па стол:

— Когда ты разговаривал с ней в последний раз?

— Неделю назад... Нет, больше.

— Закажи телефонный разговор. Если что-нибудь не гак, сразу же поедем. На машине. Есть у тебя железнодорожный справочник?

Я заказал разговор с санаторием и принес из гостиной фрау Залевски справочник. Кестер раскрыл его.

— Самый удобный поезд отправляется завтра в полдень, — сказал он. — Лучше сесть в машину и подъехать возможно ближе к санаторию. А там пересядем на ближайший поезд. Так мы наверняка сэкономим несколько часов. Как ты считаешь?

— Да, это, пожалуй, лучше. — Я не мог себе представить, как просижу несколько часов в поезде в полной бездеятельности.

Зазвонил телефон. Кестер взял справочник и ушел в мою комнату. Санаторий ответил. Я попросил позвать Пат. Через минуту дежурная сестра сказала, что Пат лучше не подходить к телефону.

— Что с ней? — крикнул я.

— Несколько дней назад у нее было небольшое кровотечение. Сегодня она немного температурит.

— Скажите ей, что я еду. С Кестером и «Карлом». Мы сейчас выезжаем. Вы поняли меня?

— С Кестером и Карлом, — повторил голос.

— Да. Но скажите ей об этом немедленно. Мы сейчас же выезжаем.

— Я ей тут же передам.

Я вернулся в свою комнату. Мои ноги двигались удивительно легко. Кестер сидел за столом и выписывал расписание поездов.

— Уложи чемодан, — сказал он. — Я поеду за своим домой. Через полчаса вернусь.

Я снял со шкафа чемодан. Это был всё тот же старый чемодан Ленца с пестрыми наклейками отелей. Я быстро собрал вещи и предупредил о своем отъезде фрау Залевски и хозяина «Интернационаля». Потом я сел к окну и стал дожидаться Кестера. Было очень тихо. Я подумал, что завтра вечером увижу Пат, и меня вдруг охватило жгучее, дикое нетерпение. Перед ним померкло всё: страх, беспокойство, печаль, отчаяние. Завтра вечером я увижу ее, — это было немыслимое, невообразимое счастье, в которое я уже почти не верил. Ведь я столько потерял с тех пор, как мы расстались…

Я взял чемодан и вышел из квартиры. Всё стало вдруг близким и теплым: лестница, устоявшийся запах подъезда, холодный, поблескивающий резиново-серый асфальт, по которому стремительно подкатил "Карл".

— Я захватил пару одеял, — сказал Кестер. — Будет холодно. Укутайся как следует.

— Будем вести по очереди, ладно? — спросил я.

— Да. Но пока поведу я. Ведь я поспал после обеда.

Через полчаса город остался позади, и нас поглотило безграничное молчание ясной лунной ночи.

Белое шоссе бежало перед нами, теряясь у горизонта. Было так светло, что можно было ехать без фар. Гул мотора походил на низкий органный звук; он не разрывал тишину, но делал ее еще более ощутимой.

– Поспал бы немного, – сказал Кестер.

Я покачал головой:

– Не могу, Отто.

– Тогда хотя бы полежи, чтобы утром быть свежим. Ведь нам еще через всю Германию ехать.

– Я и так отдохну.

Я сидел рядом с Кестером. Луна медленно скользила по небу. Поля блестели, как перламутр. Время от времени мимо пролетали деревни, иногда заспанный, пустынный город. Улицы, тянувшиеся между рядами домов, были словно ущелья, залитые призрачным, бесплотным светом луны, преображавшим эту ночь в какой-то фантастический фильм.

Под утро стало холодно. На лугах заискрился иней, на фоне бледнеющего неба высились деревья, точно отлитые из стали, в лесах поднялся ветер, и кое-где над крышами уже вился дымок. Мы поменялись местами, и я вел машину до десяти часов. Затем мы наскоро позавтракали в придорожном трактире и поехали дальше. В двенадцать Кестер снова сел за руль. Отто вел машину быстрее меня, и я его больше не подменял.

Уже смеркалось, когда мы прибыли к отрогам гор. У нас были цепи для колес и лопата, и мы стали расспрашивать, как далеко можно пробраться своим ходом.

– С цепями можете рискнуть, – сказал секретарь автомобильного клуба. – В этом году выпало очень мало снега. Только не скажу точно, каково положение на последних километрах. Возможно, что там вы застрянете.

Мы намного обогнали поезд и решили попытаться доехать на машине до места. Было холодно, и поэтому тумана мы не опасались. «Карл» неудержимо поднимался по спиральной дороге. Проехав полпути, мы надели на баллоны цепи. Шоссе было очищено от снега, но во многих местах оно обледенело. Машину частенько заносило и подбрасывало. Иногда приходилось вылезать и толкать ее. Дважды мы застревали и выгребали колёса из снега. В последней деревне мы раздобыли ведро песку. Теперь мы находились на большой высоте и боялись обледеневших поворотов на спусках. Стало совсем темно, голые, отвесные стены гор терялись в вечернем небе, дорога суживалась, мотор ревел на первой скорости. Мы спускались вниз, беря поворот за поворотом. Вдруг свет фар сорвался с каменной стены, провалился в пустоту, горы раскрылись, и внизу мы увидели огни деревушки.

Машина прогрохотала между пестрыми витринами магазинов на главной улице. Испуганные необычным зрелищем, пешеходы шарахались в стороны, лошади становились на дыбы. Какие-то сани съехали в кювет. Машина быстро поднялась по извилистой дороге к санаторию и остановилась у подъезда. Я выскочил. Как сквозь пелену промелькнули люди, любопытные взгляды, контора, лифт, белый коридор... Я рванул дверь и увидел Пат. Именно такой я видел ее сотни раз во сне и в мечтах, и теперь она шла мне навстречу, и я обхватил ее руками, как жизнь. Нет, это было больше, чем жизнь...

* * *

— Слава богу, — сказал я, придя немного в себя, — я думал, ты в постели.

Она покачала головой, ее волосы коснулись моей щеки. Потом она выпрямилась, сжала ладонями мое лицо и посмотрела на меня.

— Ты приехал! — прошептала она. — Подумать только, ты приехал! Она поцеловала меня осторожно, серьезно и бережно, словно боялась сломать. Почувствовав ее губы, я задрожал. Всё произошло слишком быстро, и я не мог осмыслить это до конца. Я еще не был здесь по-настоящему; я был еще полон ревом мотора и видел убегающую ленту шоссе. Так чувствует себя человек, попадающий из холода и мрака в теплую комнату, — он ощущает тепло кожей, глазами, но еще не согрелся.

— Мы быстро ехали, — сказал я.

Она не ответила и продолжала молча смотреть на меня в упор, и казалось, она ищет и хочет снова найти что-то очень важное. Я был смущен, я взял ее за плечи и опустил глаза.

— Ты теперь останешься здесь? — спросила она.

Я кивнул.

— Скажи мне сразу. Скажи, уедешь ли ты... Чтобы я знала.

Я хотел ответить, что еще не знаю этого и что через несколько дней мне, видимо, придется уехать, так как у меня нет денег, чтобы оставаться в горах. Но я не мог. Я не мог сказать этого, когда она так смотрела па меня.

— Да, — сказал я, — останусь здесь. До тех пор, пока мы не сможем уехать вдвоем.

Ее лицо оставалось неподвижным. Но внезапно оно просветлело, словно озаренное изнутри — О, — пробормотала она, — я бы этого не вынесла.

Я, попробовал разглядеть через ее плечо температурный лист, висевший над изголовьем постели. Она это заметила, быстро сорвала листок, скомкала его и швырнула под кровать.

– Теперь это уже ничего не стоит, – сказала она.

Я заметил, куда закатился бумажный шарик, и решил незаметно поднять его потом и спрятать в карман.

– Ты была больна? – спросил я.

– Немного. Всё уже прошло.

– А что говорит врач?

Она рассмеялась:

– Не спрашивай сейчас о врачах. Вообще ни о чем больше не спрашивай. Ты здесь, и этого достаточно!

Вдруг мне показалось, что она уже не та. Может быть, оттого, что я так давно ее не видел, но она показалась мне совсем не такой, как прежде. Ее движения стали более плавными, кожа теплее, и даже походка, даже то, как она пошла мне навстречу, – всё было каким-то другим… Она была уже не просто красивой девушкой, которую нужно оберегать, было в ней что-то новое, и если раньше я часто не знал, любит ли она меня, то теперь я это ясно чувствовал. Она ничего больше не скрывала; полная жизни, близкая мне как никогда прежде, она была прекрасна, даря мне еще большее счастье… Но все-таки в ней чувствовалось какое-то странное беспокойство.

– Пат, – сказал я. – Мне нужно поскорее спуститься вниз. Кестер ждет меня. Нам надо найти квартиру.

– Кестер? А где Ленц?

– Ленц… – сказал я. – Ленц остался дома.

Она ни о чем не догадалась.

– Ты можешь потом прийти вниз? – спросил я. – Или нам подняться к тебе?

– Мне можно всё. Теперь мне можно всё. Мы спустимся и выпьем немного. Я буду смотреть, как вы пьете.

– Хорошо. Тогда мы подождем тебя внизу в холле.

Она подошла к шкафу за платьем. Улучив минутку, я вытащил из-под кровати бумажный шарик и сунул его в карман.

– Значит, скоро придешь, Пат?

– Робби! – Она подошла и обняла меня. – Ведь я гак много хотела тебе сказать.

– И я тебе, Пат. Теперь у нас времени будет вдоволь. Целый день будем что-нибудь рассказывать друг другу. Завтра. Сразу как-то не получается.

Она кивнула:

– Да, мы всё расскажем друг другу, и тогда всё время, что мы не виделись, уже не будет для нас разлукой. Каждый узнает всё о другом, и тогда получится, будто мы и не расставались.

— Да так это и было, — сказал я.

Она улыбнулась:

— Ко мне это не относится. У меня нет таких сил. Мне тяжелее. Я не умею утешаться мечтами, когда я одна. Я тогда просто одна, и всё тут. Одиночество легче, когда не любишь.

Она всё еще улыбалась, но я видел, что это была вымученная улыбка. — Пат, — сказал я. — Дружище!

— Давно я этого не слышала, — проговорила она, и ее глаза наполнились слезами.

* * *

Я спустился к Кестеру. Он уже выгрузил чемоданы. Нам отвели две смежные комнаты во флигеле.

— Смотри, — сказал я, показывая ему кривую температуры. — Так и скачет вверх и вниз.

Мы пошли по лестнице к флигелю. Снег скрипел под ногами.

— Сама по себе кривая еще ни о чем не говорит, — сказал Кестер. — Спроси завтра врача.

— И так понятно, — ответил я, скомкал листок и снова положил его в Карман.

Мы умылись. Потом Кестер пришел ко мне в комнату. Он выглядел так, будто только что встал после сна.

— Одевайся, Робби.

— Да. — Я очнулся от своих раздумий и распаковал чемодан.

Мы пошли обратно в санаторий. «Карл» еще стоял перед подъездом. Кестер накрыл радиатор одеялом.

— Когда мы поедем обратно, Отто? — спросил я.

Он остановился:

— По-моему, мне нужно выехать завтра вечером или послезавтра утром. А ты ведь остаешься…

— Но как мне это сделать? — спросил я в отчаянии. — Моих денег хватит не более чем на десять дней, а за Пат оплачено только до пятнадцатого. Я должен вернуться, чтобы зарабатывать. Здесь им едва ли понадобится такой плохой пианист.

Кестер наклонился над радиатором «Карла» и поднял одеяло.

— Я достану тебе денег, — сказал он и выпрямился. — Так что можешь спокойно оставаться здесь.

— Отто, — сказал я, — ведь я знаю, сколько у тебя осталось от аукциона. Меньше трехсот марок.

– Не о них речь. Будут другие деньги. Не беспокойся. Через неделю ты их получишь.

Я мрачно пошутил:

– Ждешь наследства? – Нечто в этом роде. Положись на меня. Нельзя тебе сейчас уезжать.

– Нет, – сказал я. – Даже не знаю, как ей сказать об этом.

Кестер снова накрыл радиатор одеялом и погладил капот. Потом мы пошли в холл и уселись у камина.

– Который час? – спросил я.

Кестер посмотрел на часы:

– Половина седьмого.

– Странно, – сказал я. – А я думал, что уже больше.

По лестнице спустилась Пат в меховом жакете. Она быстро прошла через холл и поздоровалась с Кестером. Только теперь я заметил, как она загорела. По светлому красновато-бронзовому оттенку кожи ее можно было принять за молодую индианку. Но лицо похудело и глаза лихорадочно блестели.

– У тебя температура? – спросил я.

– Небольшая, – поспешно и уклончиво ответила она. – По вечерам здесь у всех поднимается температура. И вообще это из-за вашего приезда. Вы очень устали?

– От чего?

– Тогда пойдемте в бар, ладно? Ведь вы мои первые гости…

– А разве тут есть бар?

– Да, небольшой. Маленький уголок, напоминающий бар. Это тоже для "лечебного процесса". Они избегают всего, что напоминало бы больницу. А если больному что-нибудь запрещено, ему этого всё равно не дадут.

Бар был переполнен. Пат поздоровалась с несколькими посетителями. Я заметил среди них итальянца. Мы сели за освободившийся столик.

– Что ты выпьешь?

– Коктейль с ромом. Мы его всегда пили в баре. Ты знаешь рецепт?

– Это очень просто, – сказал я девушке, обслуживавшей нас. – Портвейн пополам с ямайским ромом.

– Две порции, – попросила Пат. – И один коктейль "специаль".

Девушка принесла два «порто-ронко» и розоватый напиток. – Это для меня, – сказала Пат и пододвинула нам рюмки. – Салют!

Она поставила свой бокал, не отпив ни капли, затем оглянулась, быстро схватила мою рюмку и выпила ее.

– Как хорошо! – сказала она.

– Что ты заказала? – спросил я и отведал подозрительную розовую жидкость. Это был малиновый сок с лимоном без всякого алкоголя. – Очень вкусно, – сказал я.

Пат посмотрела на меня.

– Утоляет жажду, – добавил я.

Она рассмеялась:

– Закажите-ка еще один «порто-ронко». Но для себя. Мне не подадут.

Я подозвал девушку.

– Один «порто-ронко» и один «специаль», – сказали. Я заметил, что за столиками пили довольно много коктейля "специаль".

– Сегодня мне можно, Робби, правда? – сказала Пат. – Только сегодня! Как в старое время. Верно, Кестер?

– "Специаль" неплох, – ответил я и выпил второй бокал.

– Я ненавижу его! Бедный Робби, из-за меня ты должен пить эту бурду!

– Я свое наверстаю!

Пат рассмеялась.

– Потом за ужином я выпью еще чего-нибудь. Красного вина.

Мы заказали еще несколько «порто-ронко» и перешли в столовую. Пат была великолепна. Ее лицо сияло. Мы сели за один из маленьких столиков, стоявших у окон. Было тепло. Внизу раскинулась деревня с улицами, посеребренными снегом.

– Где Хельга Гутман? – спросил я.

– Уехала, – сказала Пат после недолгого молчания.

– Уехала? Так рано?

– Да, – сказала Пат, и я понял, что она имела в виду.

Девушка принесла темно-красное вино. Кестер налил полные бокалы. Все столики были уже заняты. Повсюду сидели люди и болтали. Пат коснулась моей руки.

– Любимый, – сказала она очень тихо и нежно. – Я просто больше не могла!

XXVI

Я вышел из кабинета главного врача, Кестер ждал в ресторане. Увидя меня, он встал. Мы вышли и сели на скамье перед санаторием.

– Плохи дела, Отто, – сказал я. – Еще хуже, чем я опасался.

Шумная группа лыжников прошла вплотную мимо нас. Среди них было несколько женщин с широкими белозубыми улыбками на здоровых загорелых лицах, густо смазанных кремом. Они кричали о том, что голодны, как волки.

Мы подождали, пока они прошли.

— И вот такие, конечно, живут, — сказал я. — Живут и здоровы до мозга костей. Эх, до чего же всё омерзительно.

— Ты говорил с главным врачом? — спросил Кестер.

— Да. Его объяснения были очень туманны, со множеством оговорок. Но вывод ясен — наступило ухудшение. Впрочем, он утверждает, что стало лучше.

— Не понимаю.

— Он утверждает, что, если бы она оставалась внизу, давно уже не было бы никакой надежды. А здесь процесс развивается медленнее. Вот это он и называет улучшением.

Кестер чертил каблуками по слежавшемуся снегу. Потом он поднял голову:

— Значит, у него есть надежда?

— Врач всегда надеется, такова уж его профессия. Но у меня очень мало осталось надежд. Я спросил его, сделал ли он вдувание, он сказал, что сейчас уже нельзя. Ей уже делали несколько лет тому назад. Теперь поражены оба легких. Эх, будь всё проклято, Отто!

Старуха в стоптанных галошах остановилась перед нашей скамьей. У нее было синее тощее лицо и потухшие глаза графитного цвета, казавшиеся слепыми. Шея была обернута старомодным боа из перьев. Она медленно подняла лорнетку и поглядела на нас. Потом побрела дальше.

— Отвратительное привидение.

— Что он еще говорил? — спросил Кестер.

— Он объяснял мне вероятные причины заболевания. У него было много пациентов такого же возраста. Всё это, мол, последствия войны. Недоедание в детские и юношеские годы. Но какое мне дело до всего этого? Она должна выздороветь. — Я поглядел на Кестера. — Разумеется, врач сказал мне, что видел много чудес. Что именно при этом заболевании процесс иногда внезапно прекращается, начинается обызвествление, и тогда выздоравливают даже в самых безнадежных случаях. Жаффе говорил то же самое. Но я не верю в чудеса.

Кестер не отвечал. Мы продолжали молча сидеть рядом. О чем мы еще могли говорить? Мы слишком многое испытали вместе, чтобы стараться утешать друг друга.

— Она не должна ничего замечать, Робби, — сказал

наконец Кестер.

— Разумеется, — отвечал я.

Я ни о чем не думал; я даже не чувствовал отчаяния, я совершенно отупел. Всё во мне было серым и мертвым.

Мы сидели, ожидая Пат.

— Вот она, — сказал Кестер.

— Да, — сказал я и встал.

— Алло? — Пат подошла к нам. Она слегка пошатывалась и смеялась. — Я немного пьяна. От солнца. Каждый раз, как полежу на солнце, я качаюсь, точно старый моряк.

Я поглядел на нее, и вдруг все изменилось. Я не верил больше врачу; я верил в чудо. Она была здесь, она жила, она стояла рядом со мной и смеялась, — перед этим отступало всё остальное.

— Какие у вас физиономии! — сказала Пат.

— Городские физиономии, которые здесь совсем неуместны, — ответил Кестер. — Мы никак не можем привыкнуть к солнцу.

Она засмеялась.

— У меня сегодня хороший день. Нет температуры, и мне разрешили выходить. Пойдем в деревню и выпьем аперитив.

— Разумеется.

— Пошли.

— А не поехать ли нам в санях? — спросил Кестер.

— Я достаточно окрепла, — сказала Пат.

— Я это знаю, — ответил Кестер. — Но я еще никогда в жизни не ездил в санях. Мне бы хотелось попробовать.

Мы подозвали извозчика и поехали вниз по спиральной горной дороге, в деревню. Мы остановились перед кафе с маленькой, залитой солнцем террасой. Там сидело много людей, и среди них я узнал некоторых обитателей санатория. Итальянец из бара был тоже здесь. Его звали Антонио, он подошел к нашему столу, чтобы поздороваться с Пат. Он рассказал, как несколько шутников прошлой ночью перетащили одного спавшего пациента вместе с кроватью из его палаты в палату одной дряхлой учительницы.

— Зачем они это сделали? — спросил я.

— Он уже выздоровел и в ближайшие дни уезжает, — ответил Антонио. — В этих случаях здесь всегда устраивают такие штуки.

— Это пресловутый юмор висельников, которым пробавляются остающиеся, — добавила Пат.

— Да, здесь впадают в детство, — заметил Антонио извиняющимся тоном.

"Выздоровел, — подумал я. — Вот кто-то

выздоровел и уезжает обратно".

– Что бы ты хотела выпить, Пат? – спросил я.

– Рюмку мартини, сухого мартини.

Включили радио. Венские вальсы. Они взвивались в теплом солнечном воздухе, словно полотнища легких светлых знамен. Кельнер принес нам мартини. Рюмки были холодными, они искрились росинками в лучах солнца.

– Хорошо вот так посидеть, не правда ли? – спросила Пат.

– Великолепно, – ответил я.

– Но иногда это бывает невыносимо, – сказала она.

* * *

Мы остались до обеда. Пат очень хотела этого. Всё последнее время она вынуждена была оставаться в санатории и сегодня впервые вышла. Она сказала, что почувствует себя вдвойне здоровой, если сможет пообедать в деревне. Антонио обедал с нами. Потом мы опять поехали на гору, и Пат ушла к себе в комнату. Ей полагалось два часа полежать. Мы с Кестером выкатили «Карла» из гаража и осмотрели его. Нужно было сменить две сломанные рессорные пластины. У владельца гаража были инструменты, и мы принялись за работу. Потом мы подлили масла и смазали шасси. Покончив со всем этим, мы выкатили его наружу. Он стоял на снегу, забрызганный грязью, с обвисшими крыльями – лопоухий.

– Может, помоем его? – спросил я.

– Нет, в дороге нельзя, он этого не любит, – сказал Кестер.

Подошла Пат. Она выспалась и посвежела. Собака кружилась у ее ног.

– Билли! – окликнул я.

Пес замер, но глядел не слишком дружелюбно. Он не узнал меня. И очень смутился, когда Пат указала ему на меня.

– Ладно, – сказал я. – Слава богу, что у людей память лучше. Где же это он был вчера?

Пат засмеялась:

– Он всё время пролежал под кроватью. Он очень ревнует, когда ко мне кто-нибудь приходит. И всегда от раздражения куда-нибудь прячется.

– Ты отлично выглядишь, – сказал я.

Она посмотрела на меня счастливым взглядом. Потом подошла к "Карлу":

– Мне бы хотелось опять разок посидеть здесь и немножко прокатиться.

– Конечно, – сказал я. – Как ты думаешь, Отто?

– Само собой разумеется. Ведь на вас теплое пальто. Да и у нас здесь достаточно шарфов и одеял.

Пат села впереди, рядим с Кестером. «Карл» взревел. Выхлопные газы сине-белыми облачками заклубились в холодном воздухе. Мотор еще не прогрелся. Цепи, грохоча, начали медленно перемалывать снег. «Карл» пополз, фыркая, громыхая и ворча, вниз в деревню, вдоль главной улицы, словно поджарый волк, растерявшийся от конского топота и звона бубенцов.

Мы выбрались из деревни. Уже вечерело, и снежные поля мерцали в красноватых отсветах заходящего солнца. Несколько сараев на откосе были почти до самых крыш в снегу. Словно маленькие запятые, вниз, в долину, уносились последние лыжники. Они проскальзывали по красному диску солнца, которое вновь показалось из-за откоса – огромный круг тускнеющего жара.

– Вы вчера здесь проезжали? – спросила Пат.

– Да.

Машина забралась па гребень первого подъема. Кестер остановился. Отсюда открывался изумительный величественный вид. Когда накануне мы с грохотом пробирались сквозь стеклянный синий вечер, мы ничего этого не заметили. Тогда мы следили только за дорогой.

Там за откосами открывалась неровная долина. Дальние вершины остро и четко выступали на бледно-зеленом небе. Они отсвечивали золотом. Золотые пятна словно пыльцой покрывали снежные склоны у самых вершин. Пурпурно-белые откосы с каждым мгновением становились всё ярче, всё торжественнее, всё больше сгущались синие тени. Солнце стояло между двумя мерцающими вершинами, и вся широкая долина, с ее холмами и откосами, словно выстроилась для могучего безмолвного парада, который принимал уходящий властелин. Фиолетовая лента дороги извивалась вокруг холмов, то исчезая, то возникая вновь, темнея на поворотах, минуя деревни, и затем, выпрямившись, устремлялась к перевалу на горизонте.

– Так далеко за деревней я еще ни разу не была, – сказала Пат. – Ведь эта дорога ведет к нам домой?

– Да.

Она молча глядела вниз. Потом вышла из машины и, прикрывая глаза ладонью, как щитком, смотрела на север, словно различала там башни города.

– Это далеко отсюда? – спросила она.

– Да так с тысячу километров. В мае мы туда отправимся. Отто приедет за нами.

– В мае, – повторила она. – Боже мой, в мае!

Солнце медленно опускалось. Долина оживилась;

тени, которые до сих пор неподвижно прижимались к складкам местности, начали безмолвно выскальзывать оттуда и забираться всё выше, словно огромные синие пауки. Становилось прохладно.

– Нужно возвращаться, Пат, – сказал я.

Она поглядела на меня, и внезапно в лице ее проступила боль. Я сразу понял, что она знает всё. Она знает, что никогда больше не перейдет через этот беспощадный горный хребет, темнеющий там, на горизонте; она знала это и хотела скрыть от нас, так же, как мы скрывали от нее, но на один миг она потеряла власть над собой, и вся боль и скорбь мира заметались в ее глазах.

– Проедем еще немного, – сказала она. – Еще совсем немного вниз. – Поехали, – сказал я, переглянувшись с Кестером.

Она села со мной на заднее сиденье, я обнял ее и укрыл ее и себя одним пледом. Машина начала медленно съезжать в долину, в тени.

– Робби, милый, – шептала Пат у меня на плече. – Вот теперь всё так, словно мы едем домой, обратно в нашу жизнь.

– Да, – сказал я. И подтянул плед, укрывая ее с головой.

Смеркалось. Чем ниже мы спускались, тем сильнее сгущались сумерки. Пат лежала, укрытая пледом. Она положила руку мне на грудь, под рубашку, я почувствовал тепло ее ладони, потом ее дыхание, ее губы и потом – ее слёзы.

Осторожно, так, чтобы она не заметила поворота, Кестер развернулся в следующей деревне на рыночной площади, описал большую дугу и медленно повел машину обратно.

Когда мы добрались до вершины, солнце уже совсем скрылось, а на востоке между подымавшихся облаков стояла бледная и чистая луна. Мы ехали обратно. Цепи перекатывались по земле с монотонным шумом. Вокруг было очень тихо. Я сидел неподвижно, не шевелился и чувствовал слёзы Пат на моем сердце, словно там кровоточила рана.

* * *

Час спустя я сидел в ресторане. Пат была у себя в комнате, а Кестер пошел на метеостанцию узнать, будет ли еще снегопад. Уже стемнело, луну заволокло, и вечер за окнами был серый и мягкий, как бархат. Немного погодя пришел Антонио и подсел ко мне. За одним из дальних столиков сидел тяжелый пушечный снаряд в пиджаке из английского твида и слишком коротких брюках гольф. У него было лицо грудного младенца с надутыми губами и холодными глазами, круглая красная голова, совершенно лысая, сверкавшая, как биллиардный шар. Рядом с ним сидела очень худая женщина с глубокими тенями под глазами, с умоляющим, скорбным взглядом. Пушечный снаряд был очень оживлен. Его голова всё время двигалась, и он всё время плавно и округло разводил свои розовые плоские лапы:

— Чудесно здесь наверху. Просто великолепно. Этот вид, этот воздух, это питание. Тебе здесь действительно хорошо.

— Бернгард, — тихо сказала женщина.

— Право, я бы тоже хотел пожить, чтобы со мной так возились, так ухаживали... — Жирный смешок. — Ну, да ты стоишь этого.

— Ах, Бернгард, — сказала женщина робко.

— А что, а что? — радостно зашумел пушечный снаряд. — Ведь лучшего даже не может быть. Ты же здесь как в раю. А можешь себе представить, что делается там, внизу. Мне завтра опять в эту чертову суматоху. Радуйся, что ты ничего этого не ощущаешь. А я рад убедиться, что тебе здесь так хорошо.

— Бернгард, мне вовсе не хорошо, — сказала женщина.

— Но, детка, — громыхал Бернгард, — нечего хныкать. Что ж тогда говорить нашему брату? Всё время в делах, всюду банкротства, налоги. Хотя и работаешь с охотой.

Женщина молчала.

— Бодрый парень, — сказал я.

— Еще бы! — ответил Антонио. — Он здесь с позавчерашнего дня и каждое возражение жены опровергает своим "тебе здесь чудесно живется". Он не хочет ничего видеть; понимаете, ничего. Ни ее страха, ни ее болезни, ни ее одиночества. Вероятно, там, у себя в Берлине, он уже давно живет с другой женщиной — таким же пушечным снарядом, как и он сам, каждое полугодие приезжает сюда с обязательным визитом, потирает руки, развязно подшучивает, озабочен только своими удобствами. Лишь бы ничего не услышать. Здесь это часто бывает.

— А жена уже давно здесь?

— Примерно два года.

Группа молодежи, хихикая, прошла через зал. Антонио засмеялся:

— Они возвращаются с почты. Отправили телеграмму Роту.

— Кто это — Рот?

— Тот, который на днях уезжает. Они телеграфировали ему, что ввиду эпидемии гриппа в его краях он не имеет права уезжать и должен оставаться здесь. Всё это обычные шутки. Ведь им-то приходится оставаться, понимаете? Я посмотрел в окно на серый бархат потемневших гор. "Всё это неправда, – подумал я. – Всего этого не существует. Ведь так же не может быть. Здесь просто сцена, на которой разыгрывают шутливую пьеску о смерти. Ведь когда умирают по-настоящему, то это страшно серьезно". Мне хотелось подойти к этим молодым людям, похлопать по плечу и сказать: "Не правда ли, здесь только салонная смерть и вы только веселые любители игры в умирание? А потом вы опять встанете и будете раскланиваться. Ведь нельзя же умирать вот так, с не очень высокой температурой и прерывистым дыханием, ведь для этого нужны выстрелы и раны. Я ведь знаю это…"

– Вы тоже больны? – спросил я Антонио.

– Разумеется, – ответил он, улыбаясь.

– Право же, отличный кофе, – шумел рядом пушечный снаряд. – У нас теперь такого вообще нет. Воистину, райский уголок!

* * *

Кестер вернулся с метеостанции.

– Мне нужно уезжать, Робби, – сказал он. – Барометр падает, и ночью, вероятно, будет снегопад. Тогда я утром вообще не выберусь. Сегодня еще только и можно.

– Ладно. Мы еще успеем поужинать вместе?

– Да. Я сейчас, быстро соберусь.

– Идем, помогу, – сказал я.

Мы собрали вещи Кестера и снесли их вниз в гараж. Потом мы пошли за Пат.

– Если что-нибудь нужно будет, позвони мне, Робби, – сказал Отто.

Я кивнул.

– Деньги ты получишь через несколько дней. Так, чтобы хватило на некоторое время. Делай всё, что нужно.

– Да, Отто. – Я немного помедлил. – У нас там дома осталось еще несколько ампул морфия. Не мог бы ты их прислать мне?

Он поглядел на меня:

– Зачем они тебе?

– Не знаю, как здесь пойдут дела. Может быть, и не понадобится. У меня всё-таки есть еще надежда, несмотря ни на что. Каждый раз, когда вижу ее, я надеюсь. А когда остаюсь один, – перестаю. Но я не хотел бы, чтобы она мучилась, Отто. Чтобы она здесь лежала и не было ничего, кроме боли. Может быть, они ей сами дадут, если понадобится. Но всё же я буду спокойней, зная, что могу ей помочь.

— Только для этого, Робби? — спросил Кестер.

— Только для этого, Отто. Совершенно определенно. Иначе я не стал бы тебе говорить.

Он кивнул.

— Ведь нас теперь только двое, — произнес он медленно.

— Да.

— Ладно, Робби.

Мы пошли в ресторан, и по пути я зашел за Пат. Мы быстро поели, потому что небо всё больше и больше заволакивало тучами. Кестер вывел «Карла» из гаража к главному подъезду.

— Будь здоров, Робби, — сказал он.

— И ты будь здоров, Отто.

— До свидания, Пат! — Он протянул ей руку и поглядел на нее. — Весной я приеду за вами.

— Прощайте, Кестер. — Пат крепко держала его руку. — Я очень рада, что повидала вас. Передайте мой привет Готтфриду Ленцу.

— Да, — сказал Кестер.

Она всё еще держала его руку. Ее губы дрожали. И вдруг она прильнула к нему и поцеловала.

— Прощайте! — шепнула она сдавленным голосом.

По лицу Кестера словно пробежало ярко-красное пламя. Он хотел еще что-то сказать, но повернулся, сел в машину, стартовал рывком и помчался вниз по спиральной дороге, не оборачиваясь. Мы смотрели ему вслед. Машина грохотала вдоль шоссе, взбираясь на подъемы и, как одинокий светлячок, неся перед собой тусклое пятно света от фар, скользящее по серому снегу. На ближайшей высотке она остановилась, и Кестер помахал нам. Его силуэт темнел на свету. Потом он исчез, и мы еще долго слышали постепенно затихавшее жужжание машины.

* * *

Пат стояла, вся подавшись вперед, и прислушивалась, пока еще можно было что-нибудь слышать. Потом она повернулась ко мне:

— Итак, отбыл последний корабль, Робби. — Предпоследний, — возразил я. — Последний — это я. Знаешь, что я собираюсь делать? Хочу выбрать себе другое место для стоянки на якоре. Комната во флигеле мне больше не нравится. Не вижу причин, почему бы нам не поселиться вместе. Я попытаюсь раздобыть комнату поближе к тебе.

Она улыбнулась:

— Исключено. Это тебе не удастся. Что ты собираешься предпринять?

– А ты будешь довольна, если я всё-таки это устрою?

– Что за вопрос? Это было бы чудесно, милый. Почти как у мамаши Залевски.

– Ладно. Тогда позволь мне с полчасика похлопотать.

– Хорошо. А я пока сыграю с Антонио в шахматы. Я научилась здесь.

Я отправился в контору и заявил, что намерен остаться здесь на длительное время и хочу получить комнату на том же этаже, где находится Пат. Пожилая дама без бюста презрительно оглядела меня и отклонила мою просьбу, ссылаясь на местный распорядок.

– Кто установил этот распорядок? – спросил я.

– Дирекция, – ответила дама, разглаживая складки своего платья.

Довольно раздраженно она в конце концов сообщила мне, что просьбу о том, чтобы сделать исключение, может рассматривать только главный врач.

– Но он уже ушел, – добавила она. – И по вечерам не полагается беспокоить его служебными вопросами на дому.

– Отлично, – сказал я. – А я всё-таки обеспокою его разок по служебному вопросу. По вопросу о местном распорядке.

Главный врач жил в маленьком домике рядом с санаторием. Он сразу же принял меня и немедленно дал разрешение.

– По началу мне не думалось, что это будет так легко, – сказал я.

Он засмеялся:

– Ага, это вы, должно быть, нарвались на старую Рексрот? Ну, я сейчас позвоню.

Я вернулся в контору. Старуха Рексрот, завидев вызывающее выражение моего лица, с достоинством удалилась. Я уладил все с секретаршей и поручил швейцару перенести мои вещи и подать в номер пару бутылок рома. Потом я пошел в ресторан к Пат.

– Тебе удалось? – спросила она.

– Пока еще нет, но в ближайшие дни я добьюсь.

– Жаль. – Она опрокинула шахматные фигуры и встала.

– Что будем делать? – спросил я – Пойдем в бар?

– Мы по вечерам часто играем в карты, – сказал Антонио. – Скоро задует фен – это уже ощущается. В такое время карты – самое подходящее.

– Ты играешь в карты, Пат? – удивился я. – Какие же ты знаешь игры? Подкидного дурака или пасьянс?

– Покер, милый, – заявила Пат.

Я рассмеялся.

– Нет, право же, она умеет, – сказал Антонио. – Только она слишком отчаянная. Неимоверно блефует.

– Я тоже, – возразил я. – Значит, нужно испробовать хоть разок.

Мы забрались в угол и начали играть Пат неплохо разбиралась в покере. Она действительно блефовала так, что можно было только диву даваться. Час спустя Антонио показал на окно. Шел снег. Медленно, словно колеблясь, большие хлопья падали почти вертикально

– Совсем безветренно, – сказал Антонио. – Значит, будет много снега.

– Где сейчас может быть Кестер? – спросила Пат.

– Он уже проехал главный перевал, – ответил я.

На мгновение я отчетливо увидел перед собою «Карла» и Кестера, который вел его сквозь белую, снежную ночь. И внезапно мне показалось невероятным, что я сижу здесь, что Кестер где-то в пути, что Пат рядом со мной. Она смотрела на меня со счастливой улыбкой, ее рука с картами спокойно лежала на столе.

– Твой ход, Робби.

Пушечный снаряд пробрался через весь зал, остановился у нашего стола и добродушно заглядывал в карты. Вероятно, его жена уже уснула, и он искал собеседника. Я положил карты, злобно посмотрел на него и таращился, пока он не ушел.

– Ты не очень любезен, – весело сказала Пат.

– Нет, я не хочу быть любезным, – возразил я.

Потом мы еще зашли в бар и выпили пару коктейлей, а затем Пат нужно было отправляться спать. Я попрощался с ней в ресторане. Она медленно поднялась по лестнице, остановилась и оглянулась перед тем, как свернуть в коридор. Я подождал некоторое время и зашел в контору, чтобы получить ключ от своей комнаты. Маленькая секретарша улыбалась.

– Семьдесят восьмой номер, – сказала она.

Это было рядом с комнатой Пат.

– Неужели по указанию мадемуазель Рексрот? – спросил я.

– Нет. Мадемуазель Рексрот ушла в молитвенный дом, – ответила она.

– Молитвенные дома и вправду иногда приносят благодать, – сказал я и быстро поднялся наверх. Мои вещи были уже распакованы. Через полчаса я постучал в боковую дверь, которая вела в соседнюю комнату.

– Кто там? – крикнула Пат.

– Полиция нравов, – ответил я.

Ключ щелкнул, и дверь распахнулась.

– Робби, ты? – пробормотала изумленная Пат.

– Да, это я – победитель мадемуазель Рексрот и

владелец коньяка и «порто-ронко». – Обе бутылки я вытащил из кармана своего халата. – А теперь отвечай немедленно: сколько мужчин уже здесь побывало?

– Никого, кроме одной футбольной команды и одного оркестра филармонии, – смеясь, заявила Пат. – Ах, милый, теперь опять наступили прежние времена.

* * *

Она заснула на моем плече. Я еще долго не засыпал. В углу комнаты горела маленькая лампа. Снежные хлопья тихо ударялись в окно, и казалось, что время остановилось в этом зыбком золотисто-коричневом полумраке. В комнате было очень тепло. Изредка потрескивали трубы центрального отопления. Пат во сне пошевелилась, и одеяло, шурша, медленно соскользнуло на пол. "Ах, – думал я, – какая бронзовая мерцающая кожа! Какое чудо эти тонкие колени! И нежная тайна груди! – Я ощущал ее волосы на моем плече и губами чувствовал биение пульса в ее руке. – И ты должна умереть? Ты не можешь умереть. Ведь ты – это счастье*.

Осторожно я опять натянул одеяло. Пат что-то про бормотала во сне, замолкла и, не просыпаясь, медленно обняла меня за шею.

XXVII

Все последующие дни непрерывно шел снег. У Пат повысилась температура, и она должна была оставаться в постели. Многие в этом доме температурили.

– Это из-за погоды, – говорил Антонио. – Слишком тепло, и дует фен. Настоящая погода для лихорадки.

– Милый, да выйди ты прогуляться, – сказала Пат. – Ты умеешь ходить на лыжах?

– Нет, где бы я мог научиться? Ведь я никогда не бывал в горах.

– Антонио тебя научит. Ему это нравится, и он к тебе хорошо относится.

– Мне приятнее оставаться здесь.

Она приподнялась и села в постели. Ночная сорочка соскользнула с плеч. Проклятье! какими худенькими стали ее плечи! Проклятье! какой тонкой стала шея!

– Робби, – сказала она. – Сделай это для меня. Мне не нравится, что ты сидишь всё время здесь, у больничной постели. Вчера и позавчера; это уж больше чем слишком.

– А мне нравится здесь сидеть, – ответил я. – Не

имею никакого желания бродить по снегу.

Она дышала громко, и я слышал неравномерный шум ее дыхания.

– В этом деле у меня больше опыта, чем у тебя, – сказала она и облокотилась на подушку. – Так лучше для нас обоих. Ты сам потом в этом убедишься. – Она с трудом улыбнулась. – Сегодня после обеда или вечером ты еще сможешь достаточно здесь насидеться. Но по утрам это меня беспокоит, милый. По утрам, когда температура, всегда выглядишь ужасно. А вечером всё по-другому. Я поверхностная и глупая – я не хочу быть некрасивой, когда ты на меня смотришь.

– Однако, Пат… – Я поднялся. – Ладно, я выйду ненадолго с Антонио. К обеду буду опять здесь. Будем надеяться, что я не переломаю себе кости на этих досках, которые называются лыжами.

– Ты скоро научишься, милый. – Ее лицо утратило выражение тревожной напряженности. – Ты очень скоро будешь чудесно ходить на лыжах.

– И ты хочешь, чтобы я поскорее чудесно отсюда убрался, – сказал я и поцеловал ее. Ее руки были влажны и горячи, а губы сухи и воспалены.

* * *

Антонио жил на третьем этаже. Он одолжил мне пару ботинок и лыжи. Они подошли мне, так как мы были одинакового роста. Мы отправились на учебную поляну, неподалеку от деревни. По дороге Антонио испытующе поглядел на меня.

– Повышение температуры вызывает беспокойство, – сказал он. – В такие дни здесь уже происходили разные необычайные вещи. – Он положил лыжи на снег и стал их закреплять. – Самое худшее, когда нужно ждать и не можешь ничего сделать. От этого можно сойти с ума.

– Здоровым тоже, – ответил я. – Когда находишься тут же и не можешь ничего сделать.

Он кивнул.

– Некоторые из нас работают, – продолжал он. – Некоторые перечитывают целые библиотеки, а многие превращаются снова в школьников, которые стараются удрать от лечения, как раньше удирали от уроков физкультуры; случайно встретив врача, они, испуганно хихикая, прячутся в магазинах и кондитерских. Тайком курят, тайком выпивают, играют в запретные игры, сплетничают, придумывают глупые и озорные проделки – всем этим стараются спастись от пустоты. И от правды. Этакое ребяческое, легкомысленное, но, пожалуй, также героическое пренебрежение к смерти. Да что им в конце концов остается делать?

"Да, – подумал я. – Ведь и нам всем в конце концов ничего другого не остается делать".

– Ну что ж, попытаемся? – спросил Антонио и воткнул палки в снег.

– Ладно.

Он показал мне, как закреплять лыжи и как сохранять равновесие. Это было нетрудно. Я довольно часто падал, но потом стал постепенно привыкать, и дело понемногу пошло на лад. Через час мы закончили.

– Хватит, – сказал Антонио. – Сегодня вечером вы еще почувствуете все свои мышцы.

Я снял лыжи и ощутил, с какой силой во мне бьется кровь.

– Хорошо, что мы погуляли, Антонио, – сказал я. Он кивнул:

– Мы это можем делать каждое утро. Так только и удается отвлечься, подумать о чем-нибудь другом. – Не зайти ли нам куда-нибудь выпить? – спросил я.

– Можно. По рюмке «Дюбоне» у Форстера.

* * *

Мы выпили по рюмке «Дюбоне» и поднялись наверх к санаторию. В конторе секретарша сказала мне, что приходил почтальон и передал, чтобы я зашел на почту. Там для меня получены деньги. Я посмотрел на часы. Еще оставалось время, и я вернулся в деревню. На почте мне выдали две тысячи марок. С ними вручили и письмо Кестера. Он писал, чтобы я не беспокоился, что есть еще деньги. Я должен только сообщить, если понадобятся.

Я поглядел на деньги. Откуда он достал их? И так быстро… Я знал все наши источники. И внезапно я сообразил. Я вспомнил любителя гонок конфекционера Больвиса, как он жадно охлопывал нашего «Карла» в тот вечер у бара, когда он проиграл пари, как он приговаривал: "Эту машину я куплю в любое мгновенье"… Проклятье! Кестер продал «Карла». Вот откуда столько денег сразу. «Карла», о котором он говорил, что охотнее потеряет руку, чем эту машину. «Карла» у него больше не было. «Карл» был в толстых лапах фабриканта костюмов, и Отто, который за километры на слух узнавал гул его мотора, теперь услышит его в уличном шуме, словно вой брошенного пса.

Я спрятал письмо Кестера и маленький пакет с ампулами морфия. Беспомощно стоял я у оконца почты. Охотнее всего я тотчас же отправил бы деньги обратно. Но этого нельзя было делать. Они были необходимы нам. Я разгладил банкноты, сунул их в карман и вышел. Проклятье! Теперь я буду издалека обходить каждый автомобиль. Раньше автомобили были для нас приятелями, но «Карл» был больше чем приятель. Он был боевым другом! «Карл» – призрак шоссе. Мы были неразлучны: «Карл» и Кестер, «Карл» и Ленц, «Карл» и Пат. В бессильной ярости я топтался, стряхивая снег с ботинок. Ленц был убит. «Карл» продан, а Пат? Невидящими глазами я смотрел в небо, в это серое бесконечное небо сумасшедшего бога, который придумал жизнь и смерть, чтобы развлекаться.

* * *

К вечеру ветер переменился, прояснилось и похолодало. И Пат почувствовала себя лучше. На следующее утро ей уже позволили вставать, и несколько дней спустя, когда уезжал Рот, тот человек, что излечился, она даже пошла провожать его на вокзал.

Рота провожала целая толпа. Так уж здесь было заведено, когда кто-нибудь уезжал. Но сам Рот не слишком радовался. Его постигла своеобразная неудача. Два года тому назад некое медицинское светило, отвечая на вопрос Рота, сколько ему осталось еще жить, заявило, что не более двух лет, если он будет очень следить за собой. Для верности он спросил еще одного врача, прося сказать ему всю правду по совести. Тот назначил ему еще меньший срок. Тогда Рот распределил всё свое состояние на два года и пустился жить вовсю, не заботясь о своей хвори. С тяжелейшим кровохарканьем доставили его наконец в санаторий. Но здесь, вместо того чтобы умереть, он стал Неудержимо поправляться. Когда он прибыл сюда, он весил всего 45 килограммов. А теперь он уже весил 75 и был настолько здоров, что мог отправиться домой. Но зато денег у него уже не было.

– Что мне теперь делать там, внизу? – спрашивал он меня и скреб свое темя, покрытое рыжими волосами. – Вы ведь недавно оттуда. Что там сейчас творится?

– Многое изменилось за это время, – отвечал я, глядя на его круглое, словно стеганое, лицо с бесцветными ресницами. Он выздоровел, хотя был уже совершенно безнадежен, – больше меня в нем ничто не интересовало.

– Придется искать какую-нибудь работу, – сказал он. – Как теперь обстоит дело с этим?

Я пожал плечами. Зачем объяснять ему, что, вероятно, не найдется никакой работы. Он скоро сам убедится в этом.

– Есть у вас какие-нибудь связи, друзья?

– Друзья? Ну, видите ли, – он зло рассмеялся, –

когда внезапно оказываешься без денег, друзья скачут прочь, как блохи от мертвой собаки.

— Тогда вам будет трудно.

Он наморщил лоб:

— Не представляю себе совершенно, что будет. У меня осталось только несколько сот марок. И я ничему не учился, только уменью тратить деньги. Видимо, мой профессор всё-таки окажется прав, хотя и в несколько ином смысле: года через два я окочурюсь. Во всяком случае, от пули.

И тогда меня вдруг охватило бессмысленное бешенство против этого болтливого идиота. Неужели он не понимал, что такое жизнь. Я смотрел на Пат – она шла впереди рядом с Антонио, – я видел ее шею, ставшую такой тонкой от цепкой хватки болезни, я знал, как она любит жизнь, и в это мгновенье я не задумываясь мог бы убить Рота, если бы знал, что это принесет здоровье Пат; Поезд отошел. Рот махал нам шляпой. Провожающие кричали ему что-то вслед и смеялись. Какая-то девушка пробежала, спотыкаясь, вдогонку за поездом и кричала высоким, срывающимся голосом:

— До свидания, до свидания! – Потом она вернулась и разрыдалась.

У всех вокруг были смущенные лица.

— Алло! – крикнул Антонио. – Кто плачет на вокзале, должен платить штраф. Это старый закон санатория. Штраф в пользу кассы на расходы по следующему празднику.

Он широким жестом протянул к ней руку. Все опять засмеялись. Девушка тоже улыбнулась сквозь слёзы и достала из кармана пальто потертое портмоне.

Мне стало очень тоскливо. На этих лицах вокруг я видел не смех, а судорожное, мучительное веселье; они гримасничали.

— Пойдем, – сказал я Пат и крепко взял ее под руку.

Мы молча прошли по деревенской улице. В ближайшей кондитерской я купил коробку конфет.

— Это жареный миндаль, – сказал я, протягивая ей сверток. – Ты ведь любишь его, не правда ли?

— Робби, – сказала Пат, и у нее задрожали губы.

— Минутку, – ответил я и быстро вошел в цветочный магазин, находившийся рядом. Уже несколько успокоившись, я вышел оттуда с букетом роз.

— Робби, – сказала Пат.

Моя ухмылка была довольно жалкой:

— На старости лет я еще стану галантным кавалером.

Не знаю, что с нами внезапно приключилось.

Вероятно, причиной всему был этот проклятый только что отошедший поезд. Словно нависла свинцовая тень, словно серый ветер пронесся, срывая всё, что с таким трудом хотелось удержать… Разве не оказались мы внезапно лишь заблудившимися детьми, которые не знали, куда идти, и очень старались держаться храбро?

— Пойдем поскорей выпьем что-нибудь, — сказал я.

Она кивнула. Мы зашли в ближайшее кафе и сели у пустого столика возле окна.

— Чего бы ты хотела, Пат?

— Рому, — сказала она и поглядела на меня.

— Рому, — повторил я и отыскал под столом ее руку. Она крепко стиснула мою.

Нам принесли ром. Это был «Баккарди» с лимоном.

— За твое здоровье, милый, — сказала Пат и подняла бокал.

— Мой добрый старый дружище! — сказал я.

Мы посидели еще немного.

— А странно ведь иногда бывает? — сказала Пат.

— Да. Бывает. Но потом всё опять проходит.

Она кивнула. Мы пошли дальше, тесно прижавшись друг к другу. Усталые, потные лошади протопали мимо, волоча сани. Прошли утомленные загорелые лыжники в бело-красных свитерах — это была хоккейная команда, воплощение шумливой жизни.

— Как ты себя чувствуешь, Пат? — спросил я.

— Хорошо, Робби.

— Нам ведь всё нипочем, не правда ли?

— Конечно, милый. — Она прижала мою руку к себе.

Улица опустела. Закат розовым одеялом укрывал заснеженные горы.

— Пат, — сказал я, — а ведь ты еще не знаешь, что у нас куча денег. Кестер прислал.

Она остановилась:

— Вот это чудесно, Робби. Значит, мы сможем еще разок по-настоящему кутнуть.

— Само собой разумеется, — сказал я, — и столько раз, сколько захотим.

— Тогда мы в субботу пойдем в курзал. Там будет последний большой бал этого года.

— Но ведь тебе же нельзя выходить по вечерам.

— Да это нельзя большинству из тех, кто здесь, но всё же они выходят.

Я нахмурился, сомневаясь.

— Робби, — сказала Пат. — Пока тебя здесь не было, я выполняла всё, что мне было предписано. Я была перепуганной пленницей рецептов, ничем больше. И ведь всё это не помогло. Мне стало хуже. Не прерывай меня, я знаю, что ты скажешь. Я знаю также, чем всё это кончится. Но то время, что у меня еще осталось, то время, пока мы вместе с тобой, – позволь мне делать всё, что я хочу.

На ее лице лежал красноватый отсвет заходящего солнца. Взгляд был серьезным, спокойным и очень нежным. "О чем это мы говорим? – подумал я. И во рту у меня пересохло. – Ведь это же невероятно, что мы вот так стоим здесь и разговариваем о том, чего не может и не должно быть. Ведь это Пат произносит эти слова – так небрежно, почти без грусти, словно ничего уж нельзя предпринять, словно у нас не осталось и самого жалкого обрывка обманчивой надежды. Ведь это же Пат – почти ребенок, которого я должен оберегать, Пат, внезапно ставшая такой далекой и обреченной, причастной тому безыменному, что кроется за пределами жизни".

– Ты не должна так говорить, – пробормотал я наконец. – Я думаю, что мы, пожалуй, сначала спросим об этом врача.

– Мы никого и никогда больше не будем ни о чем спрашивать. – Она тряхнула своей прекрасной маленькой головкой, на меня глядели любимые глаза. – Я не хочу больше ни о чем узнавать. Теперь я хочу быть только счастливой.

* * *

Вечером в коридорах санатория была суета; все шушукались, бегали взад и вперед. Пришел Антонио и передал приглашение. Должна была состояться вечеринка в комнате одного русского.

– Ты считаешь удобным, что я так запросто пойду с тобой? – спросил я.

– Почему же нет? – возразила Пат.

– Здесь принято многое, что в иных местах неприемлемо, – сказал, улыбаясь, Антонио.

Русский был пожилым человеком со смуглым лицом. Он занимал две комнаты, устланные коврами. На сундуке стояли бутылки с водкой. В комнатах был полумрак. Горели только свечи. Среди гостей была очень красивая молодая испанка. Оказывается, праздновали день ее рождения. Очень своеобразное настроение царило в этих озаренных мерцающим светом комнатах. Полумраком и необычным побратимством собравшихся здесь людей, которых соединила одна судьба, они напоминали фронтовой блиндаж.

– Что бы вы хотели выпить? – спросил меня русский. Его глубокий, густой голос звучал очень тепло.

– Всё, что предложите.

Он принес бутылку коньяка и графин с водкой.

— Вы здоровы? — спросил он.

— Да, — ответил я смущенно.

Он протянул мне папиросы. Мы выпили.

— Вам, конечно, многое здесь кажется странным? — спросил он.

— Не очень, — ответил я. — Я не привык к нормальной жизни.

— Да, — сказал он и посмотрел сумеречным взглядом на испанку. — Здесь у нас в горах особый мир. Он изменяет людей.

Я кивнул.

— И болезнь особая, — добавил он задумчиво. — От нее острее чувствуешь жизнь. И иногда люди становятся лучше, чем были. Мистическая болезнь. Она растопляет и смывает шлаки.

Он поднялся, кивнул мне и подошел к испанке, улыбавшейся ему.

— Восторженный болтун, не правда ли? — спросил кто-то позади меня.

Лицо без подбородка. Шишковатый лоб. Беспокойные лихорадочные глаза.

— Я здесь в гостях, — ответил я. — А вы разве не гость?

— Вот так он и ловит женщин, — продолжал тот, не слушая. — Да, так он их и ловит. Так и эту малютку поймал.

Я не отвечал.

— Кто это? — спросил я Пат, когда он отошел.

— Музыкант. Скрипач. Он безнадежно влюблен в испанку. Самозабвенно, как все здесь влюбляются. Не она не хочет знать о нем. Она любит русского.

— Так бы и я поступил на ее месте.

Пат засмеялась.

— По-моему, в этого парня можно влюбиться, — сказал я. — Разве ты не находишь? — Нет, — отвечала она.

— Ты здесь не влюбилась?

— Не очень.

— Мне бы это было совершенно безразлично, — сказал я.

— Замечательное признание. — Пат выпрямилась. — Уж это никак не должно быть тебе безразлично.

— Да я не в таком смысле. Я даже не могу тебе толком объяснить, как я это понимаю. Не могу хотя бы потому, что я всё еще не знаю, что ты нашла во мне.

— Пусть уж это будет моей заботой, — ответила она.

— А ты это знаешь?

— Не совсем, — ответила она, улыбаясь. — Иначе это не было бы любовью.

Бутылки, которые принес русский, остались здесь.

Я осушил несколько рюмок подряд. Всё вокруг угнетало меня. Неприятно было видеть Пат среди этих больных людей.

– Тебе здесь не нравится? – спросила она.

– Не очень. Мне еще нужно привыкнуть.

– Бедняжка мой, милый… – Она погладила мою руку.

– Я не бедняжка, когда ты рядом.

– Разве Рита не прекрасна?

– Нет, – сказал я. – Ты прекрасней.

Молодая испанка держала на коленях гитару. Она взяла несколько аккордов. Потом она запела, и казалось, будто над нами парит темная птица. Она пела испанские песни, негромко, сипловатым, ломким голосом больной. И не знаю отчего: то ли от чужих меланхолических напевов, то ли от потрясающего сумеречного голоса девушки, то ли от теней людей, сидевших в креслах и просто на полу, то ли от большого склоненного смуглого лица русского, – но мне внезапно показалось, что всё это лишь рыдающее тихое заклинание судьбы, которая стоит там, позади занавешенных окон, стоит и ждет; что это мольба, крик ужаса, ужаса, возникшего в одиноком противостоянии безмолвно разъедающим силам небытия.

* * *

На следующее утро Пат была веселой и озорной. Она всё возилась со своими платьями.

– Слишком широким стало, слишком широким, – бормотала она, оглядывая себя в зеркале. Потом повернулась ко мне: – Ты взял с собой смокинг, милый?

– Нет, – сказал я. – Не знал. что он здесь может понадобиться.

– Тогда сходи к Антонио. Он тебе одолжит. У вас с ним одинаковые фигуры.

– Он может быть ему самому нужен.

– Он наденет фрак. – Она закалывала складку. – А потом пойди пройдись на лыжах. Мне нужно повозиться здесь. В твоем присутствии я не могу.

– Как быть с этим Антонио, – сказал я. – Ведь я же попросту граблю его. Что бы мы делали без него?

– Он добрый паренек, не правда ли?

– Да, – ответил я. – Это самое подходящее определение для него – он добрый паренек.

– Я не знаю, что бы я делала, если бы он не оказался здесь, когда я была одна.

– Об этом не будем больше думать, – сказал я – Это уже давно прошло.

– Да, – она поцеловала меня. – Теперь пойди побегай на лыжах.

Антонио ждал меня.

– Я и сам догадался, что у вас нет с собой смокинга, – сказал он. – Примерьте-ка эту курточку.

Смокинг был узковат, но в общем подошел. Антонио, удовлетворенно посвистывая, вытащил весь костюм.

– Завтра будет очень весело, – заявил он. – К счастью, вечером в конторе дежурит маленькая секретарша. Старуха Рексрот не выпустила бы нас. Ведь официально всё это запрещено. Но неофициально… мы, разумеется, уже не дети.

Мы отправились на лыжную прогулку. Я успел уже обучиться, и нам теперь не нужно было ходить на учебное поле. По пути мы встретили мужчину с бриллиантовыми кольцами на руках, в полосатых брюках и с пышным бантом на шее, как у художников.

– Комичные особы попадаются здесь, – сказал я.

Антонио засмеялся:

– Это важный человек. Сопроводитель трупов.

– Что? – спросил я изумленно.

– Сопроводитель трупов, – повторил Антонио. – Ведь здесь больные со всего света. Особенно много из Южной Америки. А там семьи чаще всего хотят хоронить своих близких у себя на родине. И вот такой сопроводитель за весьма приличное вознаграждение доставляет их тела куда следует в цинковых гробах Благодаря своему занятию эти люди становятся состоятельными и много путешествуют. Вот этот, например, на службе у смерти сделался настоящим денди, как видите.

Мы еще некоторое время шли в гору, потом стали на лыжи и понеслись. Белые холмы то поднимались, то опускались, а сзади нас мчался с лаем, то и дело окунаясь по грудь в снег, Билли, похожий на красно-коричневый мяч. Теперь он опять ко мне привык, хотя часто по пути вдруг поворачивал и с откинутыми ушами стремительно мчался назад в санаторий.

Я разучивал поворот «Христиания», и каждый раз, когда я скользил вниз по откосу и, готовясь к рывку, расслаблял тело, я думал "Вот если теперь удастся и я не упаду, Пат выздоровеет". Ветер свистел мне в лицо, снег был тяжелым и вязким, но я каждый раз поднимался снова, отыскивал всё более крутые спуски, все более трудные участки, и, когда снова и снова мне удавалось повернуть не падая, я думал: "Она спасена". Знал, что это глупо, и все же радовался, радовался впервые за долгое время.

* * *

В субботу вечером состоялся массовый тайный выход. По заказу Антонио несколько ниже по склону в стороне от санатория были приготовлены сани. Сам он, весело распевая, скатывался вниз с откоса в лакированных полуботинках и открытом пальто, из-под которого сверкала белая манишка.

– Он сошел с ума, – сказал я.

– Он часто делает так, – сказала Пат. – Он безмерно легкомыслен. Только поэтому он и держится, иначе ему трудно было бы всегда сохранять хорошее настроение.

– Но зато мы тем тщательнее упакуем тебя.

Я обернул ее всеми пледами и шарфами, которые у нас были. И вот санки покатились вниз. Образовалась длинная процессия. Удрали все, кто только мог. Можно было подумать, что в долину спускается свадебный поезд, так празднично покачивались в лунном свете пестрые султаны на конских головах, так много смеялись все и весело окликали друг друга. Курзал был убран роскошно. Когда мы прибыли. танцы уже начались. Для гостей из санатория был приготовлен особый угол, защищенный от сквозняков и открытых окон. Было тепло, пахло цветами, косметикой и вином.

За нашим столом собралось очень много людей. С нами сидели русский, Рита, скрипач, какая-то старуха, дама с лицом размалеванного скелета, при ней пижон с ухватками наемного танцора, а также Антонио и еще несколько человек.

– Пойдем, Робби, – сказала Пат, – попробуем потанцевать.

Танцевальная площадка медленно вращалась вокруг нас. Скрипка и виолончель вели нежную и певучую мелодию, плывшую над приглушенными звуками оркестра. Тихо шуршали по полу ноги танцующих

– Мой милый, мой любимый, да ведь ты, оказывается, чудесно танцуешь, – изумленно сказала Пат.

– Ну, уж чудесно…

– Конечно. Где ты учился?

– Это еще Готтфрид меня обучал, – сказал я.

– В вашей мастерской?

– Да. И в кафе «Интернациональ». Ведь для этого нам нужны были еще и дамы. Роза, Марион и Валли придали мне окончательный лоск. Боюсь только, что из-за этого у меня не слишком элегантно получается.

– Напротив. – Ее глаза лучились. – А ведь мы впервые танцуем с тобой, Робби.

Рядом с нами танцевали русский с испанкой. Он улыбнулся и кивнул нам Испанка была очень бледна. Черные блестящие волосы падали на ее лоб, как два вороньих крыла. Она танцевала с неподвижным серьезным лицом. Ее запястье охватывал браслет из больших четырехгранных смарагдов. Ей было восемнадцать лет. Скрипач из за стола слетал за нею жадными глазами.

Мы вернулись к столу.

— А теперь дай мне сигаретку, — сказала Пат.

— Уж лучше не надо, — осторожно возразил я

— Ну только несколько затяжек, Робби Ведь я так давно не курила. — Она взяла сигарету, но скоро отложила ее. — А знаешь, совсем невкусно. Просто невкусно теперь.

Я засмеялся: — Так всегда бывает, когда от чего-нибудь надолго отказываешься.

— А ты ведь от меня тоже надолго отказался? — спросила она.

— Но это только к ядам относится, — возразил я. — Только к водке и к табаку.

— Люди куда более опасный яд, чем водка и табак, мой милый.

Я засмеялся:

— Ты умная девочка, Пат.

Она облокотилась на стол и поглядела на меня:

— А ведь по существу ты никогда ко мне серьезно не относился, правда?

— Я к себе самому никогда серьезно не относился, Пат, — ответил я.

— И ко мне тоже. Скажи правду.

— Пожалуй, этого я не знаю. Но к нам обоим вместе я всегда относился страшно серьезно. Это я знаю определенно.

Она улыбнулась. Антонио пригласил ее на следующий танец. Они вышли на площадку. Я следил за ней во время танца. Она улыбалась мне каждый раз, когда приближалась. Ее серебряные туфельки едва касались пола, ее движения напоминали лань.

Русский опять танцевал с испанкой. Оба молчали. Его крупное смуглое лицо таило большую нежность. Скрипач попытался было пригласить испанку. Она только покачала головой и ушла на площадку с русским.

Скрипач сломал сигарету и раскрошил ее длинными костлявыми пальцами. Внезапно мне стало жаль его. Я предложил ему сигарету. Он отказался.

— Мне нужно беречься, — сказал он отрывисто.

Я кивнул.

— А вон тот, — продолжал он, хихикая, и показал на русского, — курит каждый день по пятьдесят штук.

— Ну что ж, один поступает так, а другой иначе, — заметил я.

— Пусть она теперь не хочет танцевать со мной, но

всё равно она еще мне достанется.

– Кто?

– Рита.

Он придвинулся ближе:

– Мы с ней дружили. Мы играли вместе. Потом явился этот русский и увлек ее своими разглагольствованиями. Но она опять мне достанется.

– Для этого вам придется очень постараться, – сказал я. Этот человек мне не нравился.

Он разразился блеющим смехом:

– Постараться? Эх вы, невинный херувимчик! Мне нужно только ждать.

– Ну и ждите.

– Пятьдесят сигарет, – прошептал он. – Ежедневно. Вчера я видел его рентгеновский снимок. Каверна на каверне. Можно сказать, что уже готов. – Он опять засмеялся. – Сперва у нас с ним всё было одинаково. Можно было перепутать наши рентгеновские снимки. Но видали бы вы, какая разница теперь. Я уже прибавил в весе два фунта. Нет, милейший. Мне нужно только ждать и беречься. Я уже радуюсь предстоящему снимку. Сестра каждый раз показывает мне. Теперь только ждать. Когда его не будет, наступит моя очередь.

– Что ж, это тоже средство, – сказал я.

– Тоже средство? – переспросил он. – Это единственное средство, сосунок вы этакий! Если бы я попытался стать ему на пути, я потерял бы все шансы па будущее. Нет, мой милый новичок, мне нужно дружелюбно и спокойно ждать.

Воздух становился густым и тяжелым. Пат закашлялась. Я заметил, как при этом она испуганно на меня посмотрела, и сделал вид, будто ничего не слышал. Старуха, увешанная жемчугами, сидела тихо, погруженная в себя. Время от времени она взрывалась резким хохотом. Потом опять становилась спокойной и неподвижной. Дама с лицом скелета переругивалась со своим альфонсом. Русский курил одну сигарету за другой. Скрипач давал ему прикуривать. Какая-то девушка внезапно судорожно захлебнулась, поднесла ко рту носовой платок, потом заглянула в него и побледнела.

Я оглядел зал. Здесь были столики спортсменов, там столики здоровых местных жителей, там сидели французы, там англичане, там голландцы, в речи которых протяжные слоги напоминали о лугах и море; и между ними всеми втиснулась маленькая колония болезни и смерти, лихорадящая, прекрасная и обреченная. "Луга и море, – я поглядел на Пат. – луга и море – пена, песок и купанье… Ах, – думал я, – мои любимый чистый лоб! Мои любимые руки! Моя любимая, ты сама жизнь. и я могу только любить тебя, но не могу спасти".

Я встал и вышел из зала. Мне было душно от бессилия. Медленно прошелся я по улицам. Меня пробирал холод, и ветер, вырывавшийся из-за домов, морозил кожу. Я стиснул кулаки и долю смотрел на равнодушные белые горы, а во мне бушевали отчаянье, ярость и боль.

Внизу по дороге, звеня бубенцами, проехали сани. Я пошел обратно. Пат шла мне навстречу:

– Где ты был?

– Немного прогулялся.

– У тебя плохое настроение?

– Вовсе нет.

– Милый, будь веселым! Сегодня будь веселым! Ради меня. Кто знает, когда я теперь опять смогу пойти на бал.

– Еще много, много раз.

Она прильнула головой к моему плечу:

– Если ты это говоришь, значит это, конечно, правда. Пойдем потанцуем. Ведь сегодня мы с тобой танцуем впервые.

Мы танцевали, и теплый мягкий свет был очень милосерден. Он скрывал тени, которые наступавшая ночь вырисовывала на лицах.

– Как ты себя чувствуешь? – спросил я.

– Хорошо, Робби.

– Как ты хороша, Пат!

Ее глаза лучились.

– Как хорошо, что ты мне это говоришь.

Я почувствовал на щеке ее теплые сухие губы.

* * *

Было уже поздно, когда мы вернулись в санаторий.

– Посмотрите только, как он выглядит! – хихикал скрипач, украдкой показывая на русского.

– Вы выглядите точно так же, – сказал я злобно.

Он посмотрел на меня растерянно и яростно прошипел:

– Ну да, вы-то сами здоровый чурбан!

Я попрощался с русским, крепко пожав ему руку. Он кивнул мне и повел молодую испанку очень нежно и бережно вверх по лестнице. В слабом свете ночных ламп казалось, что его широкая сутулая спина и рядом узенькие плечи девушки несут на себе всю тяжесть мира. Дама-скелет тянула за собой по коридору хныкающего альфонса. Антонио пожелал нам доброй ночи. Было что-то призрачное в этом почти неслышном прощании шепотом.

Пат снимала платье через голову. Она стояла, наклонившись, и стягивала его рывками. Парча лопнула у плеч. Она поглядела на разрыв.

– Должно быть, протерлось, – сказал я.

– Это неважно, – сказала Пат. – Оно мне, пожалуй, больше не понадобится.

Она медленно сложила платье, но не повесила его в шкаф. Сунула в чемодан. И вдруг стало заметно, что она очень утомлена.

– Погляди, что у меня тут, – поспешно сказал я, доставая из кармана пальто бутылку шампанского. – Теперь мы устроим наш собственный маленький праздник.

Я принес бокалы и налил. Она улыбнулась и выпила.

– За нас обоих, Пат.

– Да, мой милый, за нашу чудесную жизнь.

Как странно было всё: эта комната, тишина и наша печаль. А там, за дверью, простиралась жизнь непрекращающаяся, с лесами и реками, с сильным дыханием, цветущая и беспокойная. И по ту сторону белых гор уже стучался март, тревожа пробуждающуюся землю,

– Ты останешься ночью со мной, Робби?

– Да. Ляжем в постель. Мы будем так близки, как только могут быть близки люди. А бокалы поставим на одеяло и будем пить.

Вино. Золотисто-смуглая кожа. Ожидание. Бдение. Тишина – и тихие хрипы в любимой груди.

XXVIII

Снова дул фен. Слякотное, мокрое тепло разливалось по долине. Снег становился рыхлым. С крыш капало. У больных повышалась температура. Пат должна была оставаться в постели. Врач заходил каждые два-три часа. Его лицо выглядело всё озабоченней.

Однажды, когда я обедал, подошел Антонио и подсел ко мне – Рита умерла, – сказал он.

– Рита? Вы хотите сказать, что русский.

– Нет, Рита – испанка.

– Но это невозможно, – сказал я и почувствовал, как у меня застывает кровь. Состояние Риты было менее серьезным, чем у Пат.

– Здесь возможно только это, – меланхолически возразил Антонио – Она умерла сегодня утром. Ко всему еще прибавилось воспаление легких.

– Воспаление легких? Ну, это другое дело, – сказал я облегченно.

– Восемнадцать лет. Это ужасно. И она так

мучительно умирала.

– А как русский?

– Лучше не спрашивайте. Он не хочет верить, что она мертва. Всё говорит, что это летаргический сон. Он сидит у ее постели, и никто не может увести его из комнаты.

Антонио ушел. Я неподвижно глядел в окно. Рита умерла. Но я думал только об одном: это не Пат. Это не Пат.

Сквозь застекленную дверь в коридоре я заметил скрипача. Прежде чем я успел подняться, он уже вошел. Выглядел он ужасно.

– Вы курите? – спросил я, чтобы хоть что-нибудь сказать.

Он засмеялся:

– Разумеется! Почему бы нет? Теперь? Ведь теперь уже всё равно.

Я пожал плечами.

– Вам небось смешно, добродетельный болван? – спросил он издевательски.

– Вы сошли с ума, – сказал я.

– Сошел с ума? Нет, но я сел в лужу. – Он расселся за столом и дохнул мне в лицо перегаром коньяка. – В лужу сел я. Это они посадили меня в лужу. Свиньи. Все свиньи. И вы тоже добродетельная свинья.

– Если бы вы не были больны, я бы вас вышвырнул в окно, – сказал я.

– Болен? Болен? – передразнил он. – Я здоров, почти здоров. Вот поэтому и пришел! Чудесный случаи стремительного обызвествления. Шутка, не правда ли? – Ну и радуйтесь, – сказал я. – Когда вы уедете отсюда, вы забудете все свои горести.

– Вот как, – ответил он. – Вы так думаете? Какой у вас практический умишко. Эх вы, здоровый глупец! Сохрани господь вашу румяную душу. – Он ушел, пошатываясь, но потом опять вернулся:

– Пойдемте со мной! Побудьте со мной, давайте вместе выпьем. Я плачу за всё. Я не могу оставаться один.

– У меня нет времени, – ответил я. – Поищите кого нибудь другого.

Я поднялся опять к Пат. Она лежала тяжело дыша, опираясь на гору подушек.

– Ты не пройдешься на лыжах? – спросила она.

Я покачал головой:

– Снег уж очень плох. Везде тает.

– Может быть, ты поиграл бы с Антонио в шахматы?

– Нет, я хочу посидеть у тебя.

– Бедный Робби! – Она попыталась сделать какое-то движение. – Так достань себе по крайней мере что-нибудь выпить.

— Это я могу. — Зайдя в свою комнату, я принес оттуда бутылку коньяка и бокал. — Хочешь немножко? — спросил я. — Ведь тебе же можно, ты знаешь?

Она сделала маленький глоток и немного погодя еще один. Потом отдала мне бокал. Я налил его до краев и выпил.

— Ты не должен пить из одного бокала со мной, — сказала Пат.

— Этого еще недоставало! — Я опять налил бокал до краев и выпил единым духом.

Она покачала головой:

— Ты не должен этого делать, Робби. И ты не должен больше меня целовать. И вообще ты не должен так много бывать со мной. Ты не смеешь заболеть.

— А я буду тебя целовать, и мне наплевать на всё, — возразил я.

— Нет, ты не должен. И ты больше не должен спать в моей постели.

— Хорошо. Тогда спи ты в моей.

Она упрямо сжала губы:

— Перестань, Робби. Ты должен жить еще очень долго. Я хочу, чтобы ты был здоров и чтобы у тебя были дети и жена.

— Я не хочу никаких детей и никакой жены, кроме тебя. Ты мой ребенок и моя жена.

Несколько минут она лежала молча.

— Я очень хотела бы иметь от тебя ребенка, — сказала она потом и прислонилась липом к моему плечу. — Раньше я этого никогда не хотела. Я даже не могла себе этого представить. А теперь я часто об этом думаю. Хорошо было бы хоть что-нибудь после себя оставить. Ребенок смотрел бы на тебя, и ты бы иногда вспоминал обо мне. И тогда я опять была бы с тобой.

— У нас еще будет ребенок, — сказал я. — Когда ты выздоровеешь. Я очень хочу, чтобы ты родила мне ребенка, Пат. Но это должна быть девочка, которую мы назовем тоже Пат.

Она взяла у меня бокал и отпила глоток:

— А может быть, оно и лучше, что у нас нет ребенка, милый. Пусть у тебя ничего от меня не останется. Ты должен меня забыть. Когда же будешь вспоминать, то вспоминай только о том, что нам было хорошо вместе, и больше ни о чем. Того, что это уже кончилось, мы никогда не поймем. И ты не должен быть печальным.

— Меня печалит, когда ты так говоришь.

Некоторое время она смотрела на меня:

— Знаешь, когда лежишь вот так, то о многом думаешь. И тогда многое, что раньше было вовсе незаметным, кажется необычайным. И знаешь, чего я теперь просто не могу понять? Что вот двое любят друг друга так, как мы, и всё-таки один умирает.

— Молчи, — сказал я. — Всегда кто-нибудь умирает первым. Так всегда бывает в жизни. Но нам еще до этого далеко.

— Нужно, чтобы умирали только одинокие. Или когда ненавидят друг друга. Но не тогда, когда любят.

Я заставил себя улыбнуться.

— Да, Пат, — сказал я и взял ее горячую руку. — Если бы мы с тобой создавали этот мир, он выглядел бы лучше, не правда ли?

Она кивнула:

— Да, милый. Мы бы уж не допустили такого. Если б только знать, что потом. Ты веришь, что потом еще что нибудь есть? — Да, — ответил я. — Жизнь так плохо устроена, что она не может на этом закончиться.

Она улыбнулась:

— Что ж, и это довод. Но ты находишь, что и они плохо устроены?

Она показала на корзину желтых роз у ее кровати.

— Вот то-то и оно, — возразил я. — Отдельные детали чудесны, но всё в целом — совершенно бессмысленно. Так, будто наш мир создавал сумасшедший, который, глядя на чудесное разнообразие жизни, не придумал ничего лучшего, как уничтожать ее.

— А потом создавать заново, — сказала Пат.

— В этом я тоже не вижу смысла, — возразил я. — Лучше от этого она пока не стала.

— Неправда, милый. — сказала Пат. — С нами у него всё-таки хорошо получилось. Ведь лучшего даже не могло и быть. Только недолго, слишком недолго.

* * *

Несколько дней спустя я почувствовал покалывание в груди и стал кашлять. Главный врач услышал это, пройдя по коридору, и просунул голову в мою комнату:

— А ну зайдите ко мне в кабинет.

— Да у меня ничего особенного, — сказал я.

— Всё равно, — ответил он. — С таким кашлем вы не должны приближаться к мадемуазель Хольман. Сейчас же идите со мной.

У него в кабинете я со своеобразным удовлетворением снимал рубашку. Здесь здоровье казалось каким-то незаконным преимуществом; сам себя начинал чувствовать чем-то вроде спекулянта или дезертира.

Главный врач посмотрел на меня удивленно.

— Вы, кажется, еще радуетесь? — сказал он, морща

лоб.

Потом он меня тщательно выслушал. Я разглядывал какие-то блестящие штуки на стенах и дышал глубоко и медленно, быстро и коротко, вдыхал и выдыхал, – всё, как он велел. При этом я опять чувствовал покалывание и был доволен. Хоть в чем-нибудь я теперь мог состязаться с Пат.

– Вы простужены, – сказал главный врач. – Ложитесь на денек, на два в постель или по крайней мере не выходите из комнаты. К мадемуазель Хольман вы не должны подходить. Это не ради вас, а ради нее.

– А через дверь можно мне с ней разговаривать? – спросил я. – Или с балкона?

– С балкона можно, но не дольше нескольких минут. Да пожалуй можно и через дверь, если вы будете тщательно полоскать горло. Кроме простуды, у вас еще катар курильщика.

– А как легкие? – У меня была робкая надежда, что в них окажется хоть что-нибудь не в порядке. Тогда бы я себя лучше чувствовал рядом с Пат.

– Из каждого вашего легкого можно сделать три, – заявил главный врач. – Вы самый здоровый человек, которого я видел в последнее время. У вас только довольно уплотненная печень. Вероятно, много пьете.

Он прописал мне что-то, и я ушел к себе.

– Робби, – спросила Пат из своей комнаты. – Что он сказал?

– Некоторое время мне нельзя к тебе заходить, – ответил я через дверь. – Строжайший запрет. Опасность заражения.

– Вот видишь, – сказала она испуганно. – Я ведь всё время говорила, чтоб ты не делал этого.

– Опасно для тебя, Пат, не для меня.

– Не болтай чепухи, – сказала она. – Скажи, что с тобой?

– Это именно так. Сестра! – Я подозвал сестру, которая принесла мне лекарство. – Скажите мадемуазель Хольман, у кого из нас болезнь более заразная.

– У господина Локампа, – сказала сестра. – Ему нельзя заходить к вам, чтобы он вас не заразил.

Пат недоверчиво глядела то на сестру, то на меня. Я показал ей через дверь лекарство. Она сообразила, что это правда, и рассмеялась. Она смеялась до слез и закашлялась так мучительно, что сестра бросилась к ней, чтобы поддержать.

– Господи, – шептала она, – милый, ведь это смешно. Ты выглядишь таким гордым.

Весь вечер она была весела. Разумеется, я не покидал ее. Напялив теплое пальто и укутав шею шарфом, я сидел до полуночи на балконе, – в одной руке сигара, в другой – бокал, в ногах – бутылка коньяка. Я рассказывал ей истории из моей жизни, и меня то и дело прерывал и вдохновлял ее тихий щебечущий смех; я сочинял сколько мог, лишь бы вызвать хоть мимолетную улыбку на ее лице. Радовался своему лающему кашлю, выпил всю бутылку и наутро был здоров.

* * *

Опять дул фен. От ветра дребезжали окна, тучи нависали всё ниже, снег начинал сдвигаться, по ночам в горах шумели обвалы; больные лежали возбужденные, нервничали, не спали и прислушивались. На укрытых от ветра откосах уже начали расцветать крокусы, и на дороге среди санок появились первые повозки на высоких колесах.

Пат всё больше слабела. Она не могла уже вставать. По ночам у нее бывали частые приступы удушья. Тогда она серела от смертельного страха. Я сжимал ее влажные бессильные руки.

– Только бы пережить этот час, – хрипела она. – Только этот час, Робби. Именно в это время они умирают…

Она боялась последнего часа перед рассветом. Она была уверена, что тайный поток жизни становится слабее и почти угасает именно в этот последний час ночи. И только этого часа она боялась и не хотела оставаться одна. В другое время она была такой храброй, что я не раз стискивал зубы, глядя на нее.

Свою кровать я перенес в ее комнату и подсаживался к Пат каждый раз, когда она просыпалась и в ее глазах возникала отчаянная мольба. Часто думал я об ампулах морфия в моем чемодане; я пустил бы их в ход без колебаний, если бы не видел, с какой благодарной радостью встречает Пат каждый новый день.

Сидя у ее постели, я рассказывал ей обо всем, что приходило в голову. Ей нельзя было много разговаривать, и она охотно слушала, когда я рассказывал о разных случаях из моей жизни. Больше всего ей нравились истории из моей школьной жизни, и не раз бывало, что, едва оправившись от приступа, бледная, разбитая, откинувшись на подушки, она уже требовала, чтобы я изобразил ей кого-нибудь из моих учителей. Размахивая руками, сопя и поглаживая воображаемую рыжую бороду, я расхаживал по комнате и скрипучим голосом изрекал всякую педагогическую премудрость. Каждый день я придумывал что-нибудь новое. И мало-помалу Пат начала отлично разбираться во всем и знала уже всех драчунов и озорников нашего класса, которые каждый день изобретали что-нибудь новое, чем бы досадить учителям. Однажды дежурная ночная сестра зашла к нам, привлеченная рокочущим басом директора школы, и потребовалось довольно значительное время, прежде чем я смог, к величайшему удовольствию Пат, доказать сестре, что я не сошел с ума, хотя и прыгал среди ночи по комнате: накинув на себя пелерину Пат и напялив мягкую шляпу, я жесточайшим образом отчитывал некоего Карла Оссеге за то, что он коварно подпилил учительскую кафедру.

А потом постепенно в окна начинал просачиваться рассвет. Вершины горного хребта становились острыми черными силуэтами. И небо за ними – холодное и бледное – отступало всё дальше. Лампочка на ночном столике тускнела до бледной желтизны, и Пат прижимала влажное лицо к моим ладоням:

– Вот и прошло, Робби. Вот у меня есть еще один день.

* * *

Антонио принес мне свой радиоприемник. Я включил его в сеть освещения и заземлил на батарею отопления. Вечером я стал настраивать его для Пат. Он хрипел, квакал, но внезапно из шума выделилась нежная чистая мелодия.

– Что это, милый? – спросила Пат.

Антонио дал мне еще и радиожурнал. Я полистал его.

– Кажется, Рим.

И вот уже зазвучал глубокий металлический женский голос:

– "Радио Рома – Наполи – Фиренце…"

Я повернул ручку: соло на рояле.

– Ну, тут мне и смотреть незачем, – сказал я. – Это Вальдштейповская соната Бетховена. Когда-то в я умел ее играть. В те времена, когда еще верил, что смогу стать педагогом, профессором или композитором. Теперь уж не смог бы. Лучше поищем что-нибудь другое. Это не очень приятные воспоминания. Теплый альт пел тихо и вкрадчиво: "Parlez moi d'amour".[1]

– Это Париж, Пат.

Кто-то докладывал о способах борьбы против виноградной тли. Я продолжал вертеть ручку регулятора. Передавали рекламные сообщения. Потом был квартет.

---

[1] "Говорите мне о любви" (франц.)

– Что это? – спросила Пат.

– "Прага. Струнный квартет Бетховена. Опус пятьдесят девять, два", – прочел я вслух.

Я подождал, пока закончилась музыкальная фраза, снова повернул регулятор, и вдруг зазвучала скрипка, чудесная скрипка.

– Это, должно быть, Будапешт, Пат. Цыганская музыка.

Я точнее настроил приемник. И теперь мелодия лилась полнозвучная и нежная над стремящимся ей вслед оркестром цимбал, скрипок и пастушьих рожков.

– Ведь чудесно. Пат, не правда ли?

Она молчала. Я повернулся к ней. Она плакала, ее глаза были широко открыты. Я сразу же выключил приемник.

– Что с тобой, Пат? – Я обнял ее худенькие плечи.

– Ничего, Робби. Это глупо, конечно. Но только, когда слышишь вот так – Париж, Рим, Будапешт… Боже мой, а я была бы так рада, если б могла еще хоть раз спуститься в ближайшую деревню.

– Но, Пат…

Я сказал ей всё, что мог сказать, чтобы отвлечь ее. Но она только тряхнула головой:

– Я не тоскую, милый. Ты не должен так думать. Я вовсе не тоскую, когда плачу. Это бывает, правда, но ненадолго. Но зато я слишком много думаю.

– О чем же ты думаешь? – спросил я, целуя се волосы.

– О том единственном, о чем я только и могу еще думать, – о жизни и смерти. И когда мне становится очень тоскливо и я уже ничего больше не понимаю, тогда я говорю себе, что уж лучше умереть, когда хочется жить, чем дожить до того, что захочется умереть. Как ты думаешь?

– Не знаю. – Нет, право же. – Она прислонилась головой к моему плечу. – Если хочется жить, это значит, что есть что-то, что любишь. Так труднее, но так и легче. Ты подумай, ведь умереть я всё равно должна была бы. А теперь я благодарна, что у меня был ты. Ведь я могла быть и одинокой и несчастной. Тогда я умирала бы охотно. Теперь мне труднее. Но зато я полна любовью, как пчела медом, когда она вечером возвращается в улей. И если мне пришлось бы выбирать одно из двух, я бы снова и снова выбрала, чтобы – так, как сейчас.

Она поглядела на меня.

– Пат. – сказал я. – Но ведь есть еще и нечто третье. Когда прекратится фен, тебе станет лучше и мы уедем отсюда.

Она продолжала испытующе глядеть на меня:

– Вот за тебя я боюсь, Робби. Тебе это всё куда

труднее, чем мне.

– Не будем больше говорить об этом, – сказал я.

– А я говорила только для того, чтобы ты не думал, будто я тоскую, – возразила она.

– А я вовсе и не думаю, что ты тоскуешь, – сказал я.

Она положила руку мне на плечо:

– А ты не сделаешь опять так, чтобы играли эти цыгане?

– Ты хочешь слушать?

– Да, любимый.

Я опять включил приемник, и сперва тихо, а потом всё громче и полнее зазвучали в комнате скрипки и флейты и приглушенные арпеджио цимбал.

– Хорошо, – сказала Пат. – Как ветер. Как ветер, который куда-то уносит.

Это был вечерний концерт из ресторана в одном из парков Будапешта. Сквозь звуки музыки иногда слышны были голоса сидевших за столиками, время от времени раздавался звонкий, веселый возглас. Можно было себе представить, что там, на острове Маргариты, сейчас каштаны уже покрыты первой листвой, которая бледно мерцает в лунном свете и колеблется, словно от ветра скрипок. Может быть, там теперь теплый вечер и люди сидят на воздухе – и перед ними стаканы с желтым венгерским вином, бегают кельнеры в белых куртках, и цыгане играют; а потом в зеленых весенних сумерках, утомленный, идешь домой; а здесь лежит Пат и улыбается, и она уже никогда не выйдет из этой комнаты и никогда больше не встанет с этой постели.

* * *

Потом внезапно всё пошло очень быстро. На любимом лице таяла живая ткань тела. Скулы выступили, и на висках просвечивали кости. Руки стали тонкими, как у ребенка, рёбра выпирали под кожей, и жар всё чаще сотрясал исхудавшее тело. Сестра приносила кислородные подушки, и врач заходил каждый час.

Однажды к концу дня температура необъяснимо стремительно упала. Пат пришла в себя и долго смотрела на меня.

– Дай мне зеркало, – прошептала она.

– Зачем тебе зеркало? – спросил я. – Отдохни, Пат. Я думаю, что теперь уже пойдет на поправку. У тебя почти нет жара.

– Нет, – прошептала она своим надломленным, словно перегоревшим голосом. – Дай мне зеркало.

Я обошел кровать, снял со стены зеркало и уронил его. Оно разбилось.

– Прости, пожалуйста, – проговорил я. – Экой я увалень. Вот упало – и вдребезги.

– У меня в сумочке есть еще одно, Робби.

Это было маленькое зеркальце из хромированного никеля. Я мазнул по нему рукой, чтоб заслепить хоть немного, и подал Пат. Она с трудом протерла его и напряженно разглядывала себя.

– Ты должен уехать, милый, – прошептала она.

– Почему? Разве ты меня больше не любишь?

Ты не должен больше смотреть на меня. Ведь это уже не я.

Я отнял у нее зеркальце:

– Эти металлические штуки ни к черту не годятся. Посмотри, как я в нем выгляжу. Бледный и тощий. А ведь я-то загорелый крепыш. Эта штука вся сморщенная.

– Ты должен помнить меня другой, – шептала она. – Уезжай, милый. Я уж сама справлюсь с этим.

Я успокоил ее. Она снова потребовала зеркальце и свою сумочку. Потом стала пудриться, – бледное истощенное лицо, потрескавшиеся губы, глубокие коричневые впадины у глаз. – Вот хоть немного, милый, – сказала она и попыталась улыбнуться. – Ты не должен видеть меня некрасивой.

– Ты можешь делать всё, что хочешь, – сказал я. – Ты никогда не будешь некрасивой. Для меня ты самая красивая женщина, которую я когда-либо видел.

Я отнял у нее зеркальце и пудреницу и осторожно положил обе руки ей под голову. Несколько минут спустя она беспокойно задвигалась.

– Что с тобой, Пат? – спросил я.

– Слишком громко тикают, – прошептала она.

– Мои часы?

Она кивнула:

– Они так грохочут.

Я снял часы с руки.

Она испуганно посмотрела на секундную стрелку.

– Убери их.

Я швырнул часы об стенку:

– Вот, теперь они больше не будут тикать. Теперь время остановилось. Мы его разорвали пополам. Теперь существуем только мы вдвоем. Только мы вдвоем – ты и я – и больше нет никого.

Она поглядела на меня. Глаза были очень большими.

– Милый, – прошептала она.

Я не мог вынести ее взгляд. Он возникал где-то далеко и пронизывал меня, устремленный в неведомое.

– Дружище, – бормотал я. – Мой любимый, храбрый старый дружище.

* * *

Она умерла в последний час ночи, еще до того, как начался рассвет. Она умирала трудно и мучительно, и никто не мог ей помочь. Она крепко сжимала мою руку, но уже не узнавала меня.

Кто-то когда-то сказал:

– Она умерла.

– Нет, – возразил я. – Она еще не умерла. Она еще крепко держит мою руку.

Свет. Невыносимо яркий свет. Люди. Врач. Я медленно разжимаю пальцы. И ее рука падает. Кровь. Искаженное удушьем лицо. Страдальчески застывшие глаза. Коричневые шелковистые волосы.

– Пат, – говорю я. – Пат!

И впервые она не отвечает мне.

* * *

– Хочу остаться один, – говорю я.

– А не следовало бы сперва... – говорит кто-то.

– Нет, – отвечаю я. – Уходите, не трогайте.

Потом я смыл с нее кровь. Я одеревенел. Я причесал ее. Она остывала. Я перенес ее в мою постель и накрыл одеялами. Я сидел возле нее и не мог ни о чем думать. Я сидел на стуле и смотрел на нее. Вошла собака и села рядом со мной. Я видел, как изменялось лицо Пат. Я не мог ничего делать. Только сидеть вот так опустошенно и глядеть на нее. Потом наступило утро, и ее уже не было.

Made in the USA
Middletown, DE
10 January 2019